人间

THE WORLD

中卷 复活夜

[REVIVAL NIGHT]

蔡骏 著

河南文艺出版社

与幽灵对话（中）

2009年，冬天。

本书作者刚创作完《人间》上卷“谁是我”，忽然在家中接到一个电话，号码显示却是“未知”，接着听到某个沉闷的声音：“你好，我是梅菲斯特。”

“又是你——幽灵？”

“是，这个电话来自十六世纪，浮士德博士的年代。”

“哦，你不是潜伏在高能身上吗？”不，我也常把这两个名字搞混，“他叫古英雄。”

“作家朋友，我是一个幽灵，无所不在，无所不能，既能穿越到遥远未来，也能回到过去年代。”

还是快点问到正题吧：“古英雄现在的命运怎样了？”

“他在美国阿尔斯兰州的看守所里呢！正在法庭审理的阶段，我今天刚旁听了一场，实在是精彩得很。”

能想象电话的那头，重获青春的浮士德博士身边，幽灵眉飞色舞的表情，我厌恶地回答：“你真卑鄙！把他人的痛苦当做自己的乐趣。”

“是他自己的命运，又不是我让他进监狱的。”

“那是谁？”

“敌人。”

“他是被冤枉的？”我真是傻了，这还用问吗？“敌人是谁？常青的蓝衣社？还是兰陵王高家？”

“对不起，你都猜错了。”

"我要答案。"

梅菲斯特在十六世纪阴冷的德意志冷笑道："你是作家，你需要自己写出答案。"

"我会的，我们的主人公正在忍受煎熬，也许还会策划越狱。"

"当然，他将逐渐强大起来。"

"就像张无忌从一个病弱的小子开始，一步步幸运地练成了绝世武功？"

"命运需要主人公自己掌握，他的个人命运也将与世界的命运相关。"

"世界的命运？"我看了看桌上的台历，"现在是2009年，又是'9'这个数字，个位数的极限，许多改变人类命运的事件，总在带有'9'的年份发生，比如1789、1839、1919、1929、1939、1949……"

幽灵沉默片刻后道："这就是你的《人间》中卷的时空背景？"

"是的，我相信远在美国的古英雄，不会屈服于你这个幽灵，他将完全依靠自己的力量，成为拯救世界的英雄。"

"不，成为英雄是需要机遇的，所以你一定会输掉这场赌局！"

"我相信人自身的力量。"

"哦，我要带浮士德博士去敲甘泪卿的门了，至于我们之间的赌局——走着瞧！"

梅菲斯特终于挂断了这个跨越五个世纪的电话。

而我打开电脑，开始创作《人间》中卷——复活夜。

我发现我不是我，我质问谁才是我？

携带密令，远赴美国，却遭致命阴谋，被判终身监禁。

肖申克州立监狱，我已死为幽灵，又复活为英雄。

人间的传奇正在继续。

复活夜……

目 录 [Contents]

第一章 为自己而战斗→ 007

第二章 美国→ 032

第三章 审判→ 044

第四章 一级谋杀→ 065

第五章 肖申克州立监狱→ 086

第六章 被 Gnosis 选定之人→ 104

第七章 阿帕奇→ 129

第八章 复活夜→ 161

第九章 真凶→ 182

第十章 高思国→ 206

第十一章 莫妮卡→ 227

第十二章 我的天空→ 244

第十三章 王者归来→ 269

第一章
为自己而战斗

2009年9月19日，夜，20点31分。

美国，阿尔斯兰州，肖申克州立监狱，C区58号监房。

我的名字叫1914。

一年零三个月前，我的名字叫高能。

三年前，我的名字叫古英雄。

我是谁?

尽管，曾经被这个问题困扰许久，但现在我比任何人都清楚我是谁。

监狱里的台灯照着狭窄的床，老马科斯正低头看书。铁窗外射入阴冷的月光，我已换了第四本小簿子，本书上卷的故事记录到哪了?

答案是一个抉择。

就像今晚必须做出的抉择那样，一年多前我必须作出一个抉择：是否要完成蓝衣社的任务，以高能的身份前往美国，与天空集团大老板高思国见面?

在面临这个抉择之前，我已发现许多惊人秘密，险些葬送了自家性命——当我还叫古英雄时，杭州发生的一场神秘车祸，使我昏迷了整整一年，被剥夺了原来面孔，换上一张死者的脸。

从漫长的昏睡中醒来，却未曾意识到，我的名字、家庭以及一切，都已摇身一变成为另一个人——高能，天空集团中国分公司的推销员，也是兰陵王高长恭的第49代孙，他的家族原本是我最大的敌人。虽然一年多的时间过去，我的护照与所有的身份资料，依旧印着高能的名字，他的妈妈仍把我当做自己儿子，我同样也深爱高能的父母。

目前只有不超过三个人知道我真正的身份。

现在，是时候告诉你们，我如何来到美国，又如何成为杀人犯，被关进这座监狱的前前后后了……

2008年，夏天。

夜晚枯树下的长考之后，我已作出了决定。

蓝衣社是谁？

拉斯维加斯的常青，上海的端木良、华金山与南宫，现在加上我——古英雄。

我将以高能的身份前往美国，与天空集团大老板高思国见面，他将如何对待我这个从未谋面的"亲侄儿"？是像亲叔叔那样关照我，让侄儿享受荣华富贵，还是把我当做骗子投入监狱？抑或根本是个圈套？

幸亏我是个失业的穷小子，既无家人羁绊，也没有后顾之忧，大不了再度一无所有，回到贫民窟过一辈子。至于端木良给我的一切，只是小恩小惠的诱饵，随时随地可能失去。

但假设侥幸成功——先不管兰陵王的秘密，也别提我迷雾般的身世，算算天空集团那份产业，即便分给我百分之一，也足够过神仙般的上等人生活，拥有梦寐以求的一切……无论是高能还是古英雄，对我来说又有什么区别？

我的命运早已被彻底改变，不怕再被改变第二次。

在此之前，我想先去看一个人，为我换脸的人——华院长。

黄昏，细雨霏霏，黑云蔽日，满城风雨驱散暑气，怀着忐忑不安的心来到郊外，太平洋中美医院。

八个月前，我身为昏睡的植物人，躺在这家医院的病床上，不知哪一个千年才可醒转？

提前与院长华金山通过电话，是他为我移植了高能的脸，又是他让我在昏迷一年后醒来，竟然又是他在幕后参与监视我，因为他也是蓝衣社的一员。

刚走到医院楼下，头顶传来一阵呼啸声，我本能地往旁边一闪。

十分之一秒，一个黑影在眼前坠落，几乎擦到我的鼻尖，响起沉闷的撞击声。

什么东西溅到我的脸上？

不是雨水。

而是另一种带有腥味的液体——血。

在我身前坠落的东西，正匍匐在水泥地面上抽搐，后脑勺涌出大量的血，随着雨水肆意蔓延。他的脸仰望乌云下的苍穹，睁着一双惊恐的眼睛，仿佛倒映着最后见到的脸，那张脸以后将时常在我的噩梦中浮现。

“华……金……山……”

缓缓喊出他的名字，而他再也不能合上自己的眼睛了。

雨水冲刷着我的脸——华院长的血，化成一条条溪流，将我的衬衫染成古怪的粉色。

身后响起尖叫，两个小护士吓得逃跑了。

需要再解释一遍吗？当我走向医院大楼，华院长从头顶飞下来，在我的面前坠楼身亡。

若非及时躲开，恐怕会砸在我的头上！很可能不是华院长摔死，而是我被这枚人肉炸弹砸死！

自杀？他杀？

仰头看向这栋仅有五层的房子，密集的雨点坠落在眼底，天色阴沉得接近黑夜，如同一张变幻莫测的脸，发出冷酷的咆哮和对我的嘲笑。

突然，眼角余光扫到一个影子。

条件反射地瞪大眼睛，越过密如牛毛的雨幕，一个黑色人影，像子弹打进我的世界。

一秒钟后，黑影风似般钻进树林。

不必经过大脑思考，黑影指挥我的双腿，飞快地跨过花坛，紧追不舍地没入林子。

“站住！”

暴躁地狂吼一声，视野被茂密的树叶占据，唯有剧烈摇晃的枝叶，留下那个“人”的踪迹。我的全身被雨水淋湿，顺着额头模糊眼帘，胸口也冰凉一片。眼前不断闪过华院长的脸，惊骇地盯着天空的眼睛，这双眼球里刻录下的人，就是这个逃窜的黑影。

哪怕黑影会夺取我的性命，也无法阻挡我追赶的脚步。当我冲出树林，世界已完全陷入黑夜，将我彻底地抛弃。医院后面是大片稻田，双腿浸泡在深深的泥水中，甚至感到小龙虾在咬我的袜子。

我看不到。

除了脚下的稻田，身后的树林，那个“人”已彻底逃出我的视线。

只有雨，冰冷的雨，像箭镞射在我的脸上。

他（她）走了吗？

艰难地在雨夜的稻田跋涉，眼睛已失去作用，第一次体会到盲姑娘秋波的感受。

不，我又感觉到了，通过身体，通过皮肤，通过心脏，通过夹杂在风雨中的喘息，隐藏在黑暗中的目光。那个人就在我的身边，如同一块透明胶，永远无法让我看清，却永远与我形影不离。

“你是谁？”

猛烈却无力地在雨中挥舞拳头，仿佛自己与自己搏斗。

渐渐地，那个影子已然远去，像虚幻的风吹过稻田，隐入辽远的田野，躲进乌云背后的星空。

“华金山死了！”

“昨晚，我已知道了。”

端木良不紧不慢地与我说话，神情自若仿佛死的只是个陌生人。

上午，雨刚停。

几天来第一次回办公室，便冲到端木良面前，毫不客气地盯着他的眼睛。

“你不害怕？”

“听说是自杀，从医院楼顶跳下来——我并不感到意外，他一天到晚研究心理学与大脑，早晚有一天犯失心疯，走火入魔自取灭亡。”

“可他不是你们蓝衣社的一员吗？”

“是，但不是‘你们蓝衣社’，应该说‘我们’，我们蓝衣社。”他笔直地站起来，“古英雄，私下里我可以叫你的真名，你也是蓝衣社的一员，最重要的一个！”

奇怪，我看不出这句话是说谎：“我真的是蓝衣社的社长？”

“在你的父亲离开以后，你自然继承为蓝衣社唯一合法的社长。”

“那晚是常青在视频里说的，让我怎么信任你？”

“你丢失了全部记忆，假如一下子都告诉你，恐怕你自己也无法接受。”

“那么请告诉我，华金山是怎么死的？那个杀死他的黑影是谁？”

“杀死他？”端木良眉头一耸，“他不是自杀的吗？”

“我是目击者！他就摔死在我面前。”突然眯起眼睛，脑中浮起昨天雨夜，晃动在树林间的幻影……“一个黑影，飞快地逃出去，下着雨，天黑了，我没有追到他。”

“凭什么说华金山是被他杀的？”

“除了我以外，没有任何人看到过那个黑影。但我确信，这是一桩谋杀！就是那个黑影，我距离他十米之遥，便感应到了那种气息。”

“杀气？”

“是，但看不清这个人是男是女，是老是少，只有一个模糊的黑影，风一样消失了。”

端木良凝思许久，意味深长地吐出一句话，或是一句警告：“他不是我们蓝衣社的人。”

再度紧盯他的眼睛，读心术也再度告诉我，这句话并没有说谎。

事态超出我的想象是正常的，但我难以置信的是——事态已超出了蓝衣社的想象，在蓝衣社之外还有一个人！

他（她）是谁？

一下子想到莫妮卡，但这位混血美女正远在美国，不可能穿越回来杀人。

脑子全都乱了，原本剪不断的千头万绪，又多了一座迷宫。

“别多想，这只是一个插曲。”端木良站起来微微一笑，给我冲了杯咖啡，“华金山这个人行为怪异，不排除有我们不知道的仇家，何况现在他对我们来说，也没什么太大作用。”

“所以你一点都不对他的死感到悲伤。”

端木良的态度让我想起了两个成语——鸟尽弓藏、兔死狗烹。

“对不起，你不要以为蓝衣社是冷漠的，其实我们都是充满热情的人，为了那个共同的目的。”

“兰陵王的秘密？”我感到肩膀在剧烈颤抖，“为了发现这个秘密，你们就可以不择手段！甚至给我移植死人的脸，欺骗我那么长时间，让我代替另一个人生活！”

“抱歉，如果你没有丢失记忆，你也会这样选择的。”

“那么现在给我的选择呢？”

端木良靠近我的眼睛：“你在犹豫？究竟去不去美国？本来你已打定了主意，但因为目睹华金山的死，又害怕了？”

我不置可否地后退一步，不想让他感觉到我的恐惧。

“不仅仅是华金山，还有在我的办公桌上自杀的陆海空，失踪的严寒和方小案，我希望知道这些人出事的真相。”

“以后会告诉你的。”

这句话就等于承认了，我的三个前同事的意外，确实与蓝衣社有关。

“端木良，你真让我失望！”

“你这么说，我也感到非常遗憾。”他走到窗口背对着我，悲哀地长叹一声，“虽然我比你年长几岁，但从中学时代开始，当你还叫古英雄，我们两人就是最好的朋友，可以用情同手足来形容。”

“难以置信，我有过你这样的朋友！我妈妈还记得你吗？古英雄的妈妈。”

“不，我从没去过你家。关于蓝衣社，你的父亲一直对家里保密，你的妈妈向来一无所知。但是，你的父亲经常带你去我家，有段时间我们形影不离，挤在同一张床上抵足而眠，彻夜谈天说地。”

“不可思议！”

然而，端木良的语气越发怀旧与伤感："英雄，当你出事变成植物人，最伤心难过的人是我！我每天都期待你能醒来，重新回到这个世界上，担负起蓝衣社社长的使命。"

我竟有些不寒而栗，端木良说起我们两个的往事，竟然充满男女之间才有的感情，难不成我们还是少年同志？怪不得妈妈说我以前从没谈过女朋友。赶紧中断他的抒情："别，不管是真是假，请别再说了。"

"好，不谈往事，只说现在，那晚说的事情，你决定好了吗？"

"以高能的身份去美国？"

"别装傻了，我知道你心里还在挣扎，害怕陷入更深的危险，但又不想放弃这个千载难逢的机会——如果你放弃了选择，就等于放弃了亿万富豪的人生！放弃了你最后的未来！你就永远做一个失业的小职员，活在别人的鄙视之中，活在我的蔑视底下吧！我最亲爱的兄弟！"

该死的端木！为什么每句话都像利刃，准确地捅进我的心窝！

"够了！请再给我几天时间，我会作出决定的。"

"好。"他的攻势得手，见好就收，"古英雄，我等你的消息，这几天就帮你办手续，美国方面会给你发出邀请。但愿你不要让我们失望，我的社长。"

"再见！"

我厌恶地退出房间，再也不想看那张脸了。

接下来的许多天，一直默默问自己——

去？

还是，不去？

依然 to be or not be ?

我没有再去上班，没有再见过端木良，他们似乎胸有成竹，一直没来骚扰我。

最近头发全长好了，恢复了原来的发型，为了不让妈妈担心，我每天早上出门，傍晚坐地铁回家。经常坐在公园长椅上，乘着凉爽的树阴，度过炎热的漫漫夏日。无聊时捧起一本书，斯蒂芬 · 金的《黑暗的另一半》，小说开头有这样一句话——

"人们真正的生活开始于不同的时期，这一点和他们原始的肉体相反。"

我叫高能的生活开始于 2007 年 11 月，这一点正好与我古英雄原始的肉体相反。古英雄的生命终结于 2007 年 11 月，从此他的灵魂变成了另一个人。

至于那辆心爱的宝马 Z4，我从没机会开过，前几天连牌照把它卖了。虽然作为二手车缩水了不少，还是一次性套现了 50 万元——我活到二十六岁赚到最多的一笔钱。

我没有像许多人那样，拿到现金先犒劳自己一把，也没有花天酒地大肆放纵，甚至连一件新衣服都没买,依旧保持原来的生活水准。我也没把这笔钱做任何投资,更不敢涉足股票和基金。虽然据说现在是“抄底”良机，但究竟是谁被“抄”尚未可知。

50 万静静躺在银行，直到我取出 5 万元，匿名汇款给我的妈妈——古英雄的妈妈。

至于与我共同生活的另一个妈妈——高能的妈妈，我却对她守口如瓶，这样反而对她更安全，就像父亲认为的那样：她什么都不要知道，平平安安远离邪恶。

七个多月以来，我一直把他们当做自己的爸爸妈妈，他们也把我看做自己的儿子。他们对我的爱无私而真诚，是发自内心的天下父母心的爱——这是我从他们的眼睛里看到的。

不能把真相告诉妈妈，她失去了丈夫已万分痛苦，如果知道儿子也早就死了，毫无疑问会精神崩溃。就算为了安慰，我也必须演下去。

酷热的八月，突然收到一封挂号邮件——美国邮政局的邀请函和担保函，邀请我到美国商务考察四十天。美国邮政是美国少有的几家国有公司之一，2008 年世界 500 强排名第 64 位，由美国的国有部门发出的邀请函，拒签可能性极低。

几天之后，我意外地发现个人账户里增加了几万美元。

同时，端木的公司送来一张收入证明，居然说我的年薪有 30 万。

拿着这些烫手的材料与美元，其实与我完全没有干系，几天几夜令我难以入眠。

我决定去找端木良。

“你果然来找我了。”

端木良满面春风地招呼我坐下，殷勤地冲了杯咖啡。

“对不起，到底去不去美国，我还没决定呢！”

“如果要等你决定，再去准备这些材料，又要耽误好几周了。”

我不知道该发怒还是恐惧，眼前这个看似温文尔雅，其实诡计多端的男人，居然是我少年时代最好的朋友？

“你们怎么搞到美国邮政局邀请函的？”

“那是常先生的本事，他在美国有很多朋友，包括一些神秘的大人物。别说美国邮政，就连白宫的邀请函都不成问题。”

“常青！”

说起这个名字，就想起自杀的父亲，心头仿佛被扎了一刀。

端木良从抽屉里拿出一个信封，小心地交到我手里：“这是你的机票，一个月后从上海飞往洛杉矶。还有一份高额的旅行保险，包括在美国的酒店订单，全部费用由常先生支付。”

“你们把我去美国的一切都准备好了？”

“古英雄，我这个人说到做到，只要你交出护照——高能的护照，去美国领事馆办签证。”

我沉默了片刻，却不正面回答：“你们可真是周到啊。”

“这些材料可以确保你的签证万无一失。”

“连我在美国的酒店都预订好了？不管我去还是不去，可以告诉我都有哪些行程吗？”

“对不起，现在行程还未确定，我只知道你的第一站是洛杉矶，接下来要听常先生的安排。至于信封里的酒店预订单，纯粹为了应付签证手续。”

“洛杉矶？”想起那座天使之城，想起珠光宝气的好莱坞，“如果第二站是地狱呢？”

“如果是天堂呢？”

“不，只要是人间就好！”

“古英雄，我最好的兄弟，你会在美国得到一个更好的人间。”

“也可能是更坏的。”

端木良不想再玩文字游戏了：“我希望得到你的回答——yes or no？”

“等一等！等一等！”

我低下头躲避他的目光，太阳穴神经又剧烈疼痛起来，无数碎片穿过大脑，化出眼前奇异的幻影……不……又要来了……华院长……间歇性昏迷……失去的记忆……我是谁……黑色人影……爆炸了……

爆炸过后。

幸运的是，我还活着。

这是大脑的爆炸，意识的爆炸，恐惧的爆炸，没有声音与硝烟的爆炸。

醒来之后，发现自己坐在端木良的椅子上，办公室里安然无恙。窗外已是黑夜，所有人都下班了，包括所谓少年时最好的朋友。

我是怎么了？又是间歇性昏迷？让我难以抉择的使命，一切都准备好了，只要交出护照办理签证，“高能”就将飞往美国……

猛然摇头清醒神智，才看到桌子上有张字条，是端木良的笔迹——

古英雄，你可以选择同意，也可以选择拒绝。如果你选择拒绝，就等于背叛了蓝衣社，你也不再是我们的社长，而是敌人。你可以选择隐藏或逃跑，但别以为能躲过我们的眼睛，因为蓝衣社无所不在，无时不在。朋友，你的命运，由你自己掌握。

赤裸裸的威胁。

愤怒地将字条揉成一团，但转瞬又将它铺开。看着被我捏皱的文字，手指几次摸上去又缩回，最后将它小心地折好，放到自己的口袋里。

这不是属于我的世界，从前的天空集团也不属于我。假设我答应去美国，以后的天空集团呢？我的世界究竟在哪里？

从包里拿出一张照片，并非现在的这张脸，而是另一个看似相貌平凡，目光却隐含力量的年轻人。他的眼睛里藏着什么？蓝衣社邪恶的阴谋？还是某个千年前的秘密？

这是古英雄的脸，三年前我自己的脸，却是那么陌生那么遥远。

如今这张脸早已化为灰烬，跟随高能躺在坟墓里，以及妈妈的记忆之中。

当我刚知道自己不是高能，无端想象真正的我，应该是个年轻才俊，家境良好、品学兼优、风度翩翩，是许多女孩梦中的白马王子。

现实却那么残酷，虽然我叫古英雄，实际却与英雄相差甚远，除了十五岁救过一个少女。

我是个看似普通的保险推销员，私下里却是蓝衣社的新任社长，一个秘密家族的继承人，整天梦想某些肮脏的计划，见不得人的卑鄙勾当。而我的同伙都是些什么人？变态的医生华金山，阴险的奸商端木良，跟踪狂与偷窥狂南宫，还有远在美国的神秘人常青，我是和他们一样的人，而且比他们隐藏得更深更龌龊。

我恨自己！

什么是“自己”？自己的脸？自己的名字？自己的家人？还是心里的那个字——我？古英雄，从前的古英雄到底是什么人？魔鬼、英雄还是凡人？

下意识地打开端木良的电脑，不奢望找到什么有价值的线索，否则他不会把我留在这里。

我只是上线搜索三个字——古英雄。

翻到搜索引擎的第二页，就发现了一个名为“古英雄博客”的网页。

“古英雄”这三个字本来就不像生活中的人名，倒是很适合做网名或标题。

然而，博客首页有一张照片，居然就是——

瞪大眼睛拿起手中的照片，没错，就是他！

确切地说，就是我。

挂在博客首页的这张照片，正是我手中这张古英雄的照片。

这才是我从前真正的博客——古英雄的博客，而不是高能的“在卡夫卡的地洞里”。

手指颤抖着移动鼠标，博客访问量仅有91次。最后一篇文章，发表时间是2006年10月25日——三周之后，古英雄就与高能一同在杭州遭遇车祸，从此古英雄变成复活的高能，而高能变成死去的古英雄。

没错，这就是我，古英雄。

就连这张照片，也是我最喜欢的一张，以至于挂在博客首页，就这样毫不遮掩地处身于网络，只要搜索我的名字就能找到，静静等待主人再度来访，才得以幽灵重生。

古英雄的博客总共只有七篇文章，最早一篇发表于2005年7月14日，内容很简短——

“今天，是我的23岁生日，开通了自己的博客。我知道没人会来这里看，唯一的读者就是我自己，一个小小的保险推销员，祝我晚安！”

博客第二篇，是2005年7月30日——

“该死的夏天，热得要人命。我顶着火辣辣的太阳，在大街上跑了整个白天，去了五家公司，却全吃了闭门羹。臭汗湿透了衣服，再跑一天大概就要中暑了！这就是我的命运？”

博客第三篇，一下子跳到了2005年12月1日——

“许多天没来这里看过了，点击量没有过变化（苦笑中）。对不起，我还在寻找父亲，已经找了一年零六个月，还是没有他的任何消息，就像他失踪的夜晚那样神秘。父亲会不会已经死了？”

博客第四篇，已经跨越到了2006年2月14日——

“情人节，我一个人在街上闲逛，没有女朋友，也没有男朋友，谁会喜欢我呢？”

看来古英雄与高能还真是有许多相似之处。

博客第五篇，2006年4月5日——

“清明节，跟着妈妈去给爷爷扫墓，我忽然问了一个严肃的问题：妈妈，我的墓什么时候造好呢？”

这句话简直令人绝望，是什么原因让24岁的年轻人想到自己的坟墓？

接下来博客第六篇，2006年9月19日——

“梦，我又做了那个梦，回到十五岁那年，跳到黑色的水中，救起那个盲人少女。这是我第一次，也是最后一次，感觉自己是个英雄。”

啊，那个梦，自从我苏醒以后，也经常做这个梦。

梦是唯一没有断裂的记忆，在失忆以前和以后，这个梦永远都无法被抹去。

奇怪的是，博客看到这里，却没有半个字提到兰陵王，也没有提到过蓝衣社，更没有任何与面具相关的内容。也许，我以前隐藏得实在太好了，就连这个只是写给自己看的博客，也不泄露半点秘密。

第七篇，也是最后一篇博客，2006年10月25日，距离那个致命的时间愈来愈近——

“假如我死了，请在我的墓碑上，刻下这样几行歌词：

别哭，我最爱的人
今夜我如昙花绽放
在最美的一刹那凋落
你的泪也挽不回的枯萎

别哭，我最爱的人
可知我将不会再醒
在最美的夜空中眨眼
我的眸是最闪亮的星光

是否记得我骄傲地说
这世界我曾经来过
不要告诉我永恒是什么
我在最灿烂的瞬间毁灭

不要告诉我成熟是什么
我在刚开始的瞬间结束

这是郑智化的《别哭，我最爱的人》，希望在我死的时候，能够有一个我最爱的人，来到我的坟墓前为我唱这首歌。”

别哭，我最爱的人？我以前有最爱的人吗？现在还有吗？

当即下载这首郑智化的歌，用端木良的电脑放出来，晚上没人时把音量调到最大，整个楼面飘荡夜半歌声“别哭，我最爱的人……”

这个沧桑与沙哑的歌声，伴随绝望的情绪，几乎走向毁灭的尽头。却在每一句的字里行间，透露着对生命的无限眷恋，“流水落花春去也，天上人间”。屏幕里的古英雄博客，照亮我被替换成高能的脸，听着那生离死别的激情，仿佛对这个世界道别。

突然，手机铃声响起，接起听到一个熟悉的声音——

“Hello！我是莫妮卡！我回到上海了，现在就想见到你！”

半小时后。

我见到了莫妮卡。

五星级酒店 48 层总统套房，站在奢侈的落地大窗边，可以俯瞰黄浦江的九十度大转弯，迎面就是军刀般锋利的环球金融中心。整个上海都匍匐在脚下，神秘雾气缭绕夜空，不夜灯光柔和了许多，银河似的铺在水泥森林上。只有一块巨型电子屏幕，依旧顽强地闪烁着汽车广告，红色光芒穿破夜雾，自下而上地射映我的脸——高能的脸。

落地玻璃边还有一张脸，美丽的混血儿的脸，一千年前丝绸古道上雅利安人与华夏人的脸，比这个夜晚的雾气更加神秘的脸。

她的中文名字叫孟歌，英文名字叫莫妮卡，三个小时前刚从美国飞到上海，住进酒店房间的第一件事，就是给我打电话。

时针，走到深夜十一点整。

这样的暧昧时刻，匆忙让我来到她的房间，地上还堆着跨越太平洋而来的行李，以及她疲惫而焦虑的眼神。

她从背后抱住了我。

手足无措地往前挣脱，应该是窗户擦得太干净，我的额头重重撞到了玻璃，忍不住哎呀一声叫出来。

“小心！”

莫妮卡揉着我的额头，而我尴尬地缩回去，极力掩饰慌张：“没事！我没事！”

“骗人！你要是力气再大点，我看这窗户就要被你撞碎，到时候我们一起摔下去，明天的报纸上就会说——‘五星酒店离奇命案，一对鸳鸯殉情坠楼！’”

我终于苦笑了出来：“没想到你的中文水平不但没有退步，反而还会编新闻标题了。”

“高能，不——古英雄，在美国的日子里，我总是想起你的脸，不管是不是你自己的脸。”

“我知道自己的脸，不，高能的脸，没那么好看，并不值得你那么思念。而且，那么多天来没有任何你的消息，而你连我的名字都说错了。”

二十二岁的女孩着急为自己辩白：“你到底叫什么重要吗？高能也好，古英雄也好，在我眼里都是你的脸，虽然并不怎么好看，但起码你的眼睛很特别——这是你自己的眼睛，不会被别人替换的眼睛。”

“你喜欢我的眼睛？”

“一开始是眼睛。后来，就是你的整个人。”

“就算我恢复了记忆，大概你也是第一个这么对我说的人。”

想起刚才看到的古英雄的博客。

“你的眼睛能读人的心，让我对你产生了浓厚兴趣，而不再是原来的任务。接着我发现你的眼睛很真，有时候真实得像个小男孩。在这个什么都很假的世界，所有人都说谎的时代，对任何人的眼睛都无法信任的城市。只有你——高能或者古英雄，只有你的眼睛，让我感到真实，让我可以相信，让我不用处处提防。”

她一口气说了那么多，让我怀疑她最近是不是补习过中文了。

不过，我确实有些感动。

真实？

这是以前从未有过的评价，也许是对我这一辈子最高的评价。

低下头扪心自问，我是一个真实的人吗？

突然，我闪到总统套房的镜子前，看着原本属于别人的脸——这张脸上只有两样是属于我的：两只眼睛。

真实的目光。

“知道吗？你自己最大的问题，就是过分自卑。”

镜中出现莫妮卡的脸，这张年轻的混血面孔，披散栗色波浪的长发，乌黑眼眸盯着镜子里的我。

自卑？她说得没错，我从来看不起自己，觉得只能是个失败者，永远得不到想要的一切。

“莫妮卡，一个人怎么才能从自卑回到自信？”

“看着我的眼睛。”

然而我却在躲避。

她轻轻移到我的身后，整个人靠在我的肩膀上，几乎贴着我的脸，栗色长发卷过耳朵，这就是传说中的耳鬓厮磨？

“如果你不敢的话，那就在镜子里看着我。”

与一贯命令式的口吻不同，她的声音如此温柔，就像枕边窃窃私语，把我溶化在水里。

看着镜子里的她，我们的脸贴得那么近，不断摩擦彼此脸颊，互相传递火热的体温。

这不是我梦寐以求的时刻吗？在这样的夜晚，这样的房间，遇到这样的女子，与她四目相对深情相拥心无旁骛……过去二十六年生命中从未有过的，却日夜盼望的情景，梦一般发生在自己身上，古英雄，你还要犹豫什么？你不是一个正常的男人吗？你压抑了那么久，还要继续束缚自己吗？你存心要与自己为敌，要在将来追悔莫及吗？

然而，当一切血液冲上头顶，勇气却一点点消退。无数个问号又充满脑子，她究竟是什么人？她所谓的任务是什么？为什么突然回美国又突然回来？这些问号如同蝇蛆在脑中生长，编织为一条结实的绳子，牢牢捆住我的双手，只要稍微挣扎一下，便越收越紧令人窒息！

这样的纠结让我进退维谷，宛如站在酒店顶楼，向前踏出一步就会坠入万丈深渊。

“今晚，你留下来吧。”

莫妮卡又在耳边呢喃，仿佛温柔的小绵羊，而我却不是虎狼猛兽，更不是自信的牧羊人。

该死的！怎么又来了！太阳穴神经剧烈疼痛，只要她将我抱得越紧，脑子就被勒得越疼，又一次接近爆炸时刻。脚下天旋地转，白色光芒再度闪烁，数千只迁徙的火烈鸟，将我剪成无数碎片。

在欲望爆发之前，世界，变成了黑色。

我，什么都不知道了。

醒来，已是凌晨一点。

手机铃声把我从昏迷中唤醒，睁开恍惚的眼睛，看到华丽的总统套房。我躺在一张宽大的床上，依然穿着原来的衬衫，挣扎着摸出裤袋里的手机。

是妈妈打来的电话，问我那么晚还不回家。我只能解释说在公司加班，让她不要太担心。

摸了摸发烫的脑袋，这是今天第二次间歇性晕倒，怎么变得如此频繁？今晚的刺激太强烈？还是脑子问题越来越重？不会再有华院长为我治疗了，如果有什么事只能等死？

“Are you ok？”

莫妮卡端了一杯热饮料，坐在床上递到我手中。她已换上一身睡衣，眼神动作都像女朋友，反而让我更加紧张。

“我又昏迷了？怎么回事？”

“是的，你大概太累了吧，我把你扶到床上休息到现在。”

端起杯子一饮而尽，我喘着粗气：“为什么对我那么好？除了父母以外，这辈子没人对我这么好。你还太年轻，太任性……”

“住嘴！”她果然又任性地打断我的话，“我是很年轻，但不是小孩子，我也从没遇到过你这种男人，难道你嫌我不漂亮？”

“不，莫妮卡，我是个一无所有的小人物，真的值得你爱吗？”

她沉默许久，大胆地把头靠在我的肩头：“当你是高能，我不能爱你。但是，现在你是古英雄，我就不得不爱你了！”

刹那间，冷汗从后背心渗了出来，我往后靠到床架上，再也无路可退。而她就像王尔德笔下的莎乐美，舔着鲜艳夺目的嘴唇，注视着她的爱人的头颅。

我是背叛的约翰吗？

“对不起！对不起！我一直瞒着你！我也很难过，很难过，你能吻我吗？”

“吻？”

还没等我反应过来，莫妮卡火热的唇，已轻轻贴到我的嘴上。

烈火已将我点燃。

窗外，48层高空的夜，意乱情迷的上海之夜，所有灯火朦胧一团，如这里四片相拥的唇。

我也吻着她，难以遏制地吻她，自从那个杭州的夜晚，心底就隐隐升起这种欲望，却被我强迫着遗忘，强迫着埋葬在坟墓里。

现在，这灼热的欲望已不可阻挡，穿破棺材，裂土而出，成为一团复活的焰。

火，在彼此的血液里燃烧，全身互相拥抱抚摸，唯一清醒的器官是眼睛。

莫妮卡的眼睛。

这个瞬间，她的身体与心灵已毫不设防，像一只剥了壳的生蚝。隐藏了那么久的秘密，终于在我眼前泄露！

我看到了。

在这双忘我的眼睛里，在男女痴情地相吻时，我看到了她眼里的秘密——

“谢天谢地！你不是高能……你不是我的堂兄……也不是兰陵王的后代……我们没有任何血缘关系……否则我就要痛苦一辈子了……”

堂兄？血缘关系？如果我是高能的话！

我的眼睛不会看错，她的眼睛也不会说谎，她依旧痴痴地吻着我。而我强行抓起她的脸颊，让她正对着我的眼睛，继续“读”她眼里泄露的秘密——

“古英雄……我不在乎你到底是谁……也不在乎你的过去……更不在乎爸爸给我的任务……还有什么高家的秘密……我只在乎你这双真实的眼睛……只在乎你这个真实的人……”

竟然，她是真的爱我！

我曾经从另一个女人的眼睛里，看到过完全相反的话，我以为女人对男人说这句话的时候，多半是违心的安慰甚至是骇人的谎言。

莫妮卡却是真的。

她的眼睛还在继续泄露心里话——

“没有任何障碍能阻挡我……也没有任何困难能打败你……因为你的眼睛告诉我……你注定将与众不同……成为非凡的男人……成为拯救世界的英雄……”

我的心要碎了，却不能再接受她的吻。

因为，我要通过她的嘴巴，通过我的耳朵，而不是读心术的眼睛，来听到这些秘密。

粗暴地将她推到床角，颤抖着说：“莫妮卡，我要你说出来，把刚才的话说出来。”

“刚才的话？”

她被感情冲昏了头脑，以至于忘记了我的读心术，眼神还是一片迷惘。

"是你心里的话，在你的眼睛里，刚才我都看到了，我要你亲口再对我说一遍！"

莫妮卡的脸色一变，慌张地缩成一团："读心术？"

"是，你终于疏忽大意了，被我发现一些秘密。"

"你……你看到了什么？"

"希望你自己说出来。"

她战栗着低下头，大概在回忆刚才脑中想了些什么。

"对不起！对不起！我不能说，不是因为这秘密有多重要，而是我不想让你难过，不想伤害你！"

"我已经一无所有，还有什么可以被伤害吗？"我仰天叹了一口气，"当你知道我的读心术以后，你每次遇到我的眼睛，都尽量不去想那些秘密。然而，当你完全沉浸在爱与激情之中，却又难以抑制地想起了那些事。"

她苦笑了一声："我怎能忘记！"

"你还是不愿意说出来？"

"Sorry！"

莫妮卡躲到角落里啜泣。

"你让我失望了。"

我站起来整理衣服，把她一个人留下，毫不留恋地夺门而去。

坐着高速电梯直下48层，飞快地冲出五星级酒店，在门口打了辆出租车回家。

车子刚开出条马路，手机响了，听到莫妮卡悲伤的声音："古英雄，非常抱歉！我不知道该怎么向你解释。"

"感谢你一直以来对我的帮助，也感谢你的眼睛里泄露的爱，我相信你的爱是真的。但是，在知道你的真实身份和目的前，我暂时不想见你。"

电话那头沉默许久，才听到她后悔的声音："你喜欢我吗？"

"我——"

不知道……不知道……虽然很想要得到她，这混血的美丽女孩，又漂亮又聪明，怎能不让人喜欢？在二十多年不成功的人生里，除了父母之外，几乎没有人爱过我——她是第一个这么说的女子。

她的爱，让我第一次感到温暖，甚至也是第一次感受到爱。

可是，她却一直在骗我！

直到今夜才泄露了秘密——她不可以爱高能，因为高能原本是她的堂兄！她也是兰陵王高家的后人！她要完成她爸爸的任务，如果她是高能的堂妹，那么她的爸爸就是高能的叔叔，而高能只有一个叔叔——天空集团全球CEO高思国！

她姓高，并不姓孟，连姓都是假的！究竟是美酒还是毒药？

想着想着电话已经断线。

无助地闭上眼睛，任由出租车带我穿破黑夜回家。

回家？那里是我的家吗？我的家在哪里？

半个月后。

莫妮卡几乎每天给我打电话，但我只要看到她的号码，就马上拒接来电。有几次她用其他号码打过来，我接起来只是敷衍几句，没有答应她的见面请求。而她也没能解释清楚，关于她的真实身份，以及她来中国的使命。我无数次动过恻隐之心，或涌起再度耳鬓厮磨的渴求，但这些欲望的火苗，终被我狠心掐灭了。

对不起，我这样回避着你，希望有一天你能够原谅。

而在另外一边——端木良拿到了我的护照，将办理签证所需的资料，包括我的银行存款与收入证明，送到了美国领事馆。

很快接到签证面试通知，端木良雇了代替排队的人，不必经过领事馆门口漫长等待。我轻松地坐到面试官面前，用英语流利地回答问题。邀请单位是美国的国有部门，各项材料齐全，签证官对我非常客气。

不久，我收到了为期两个月的美国商务签证。

端木良没再来找我，只是和我通了个电话，又向我的账户里打了一笔钱，作为我在美国活动的费用。他不和我当面谈具体行程和计划，会不会是为了躲避我的眼睛？难道他发现了我的读心术？他们非但不惧怕，反而还想利用我的特殊能力？所以去美国的任务必须由我完成？

虽然，一切手续都已办妥，美利坚合众国的大门对我敞开，可我从未明确答应过蓝衣社。在踏上前往美国的飞机之前，我还有机会反悔，放弃他们计划的一切。这些天来每晚辗转难眠，我早已骑虎难下，被绑上一辆再也无法刹住的汽车。

两个月的签证期，可以在美国做很多事去很多地方。不管是不是按照原定方案，只要我见到天空集团全球CEO高思国，就有机会改变我的人生，甚至改变许多人的命运。

然而，只有一个人，可能破坏这个计划。

莫妮卡。

除了蓝衣社的几个人之外，只有她知道我不是高能，只有她知道我的读心术，只有她掌握着某些我不知道的秘密。

尽管她从未告诉过我，但那晚她的眼睛已然泄密，她是高能的堂妹，她的爸爸是高能的叔叔——高思国。

她来中国所谓的任务，估计就是她的爸爸交代给她的——来到高能的身边，接近他并得到他的信任，找到留在中国的高家后人的秘密。

兰陵王的秘密？

而这个任务不也是蓝衣社留给古英雄的使命吗？

莫妮卡会不会告诉她的爸爸：他所谓的亲侄儿高能，原来是个冒牌货？

幸好她并不知道，我本是蓝衣社的社长，是高家延续数十年的世仇。如今，我却摇身变为兰陵王家族的后人，还要去美国骗取她爸爸的庞大产业，哪怕是其中很小一部分。

所以，这次美国之行还是充满风险，最大的风险来自这个爱着我的女人。

我的第二个幸运是，无论常青还是端木良，他们都不知道这件事。即便他们知道莫妮卡是谁，也未必知道她已摸清了我的真实身份。

所以，蓝衣社仍对我寄予厚望，而且深信他们的许愿，包括天空集团那份产业的诱惑，都足以使我心甘情愿成为一枚棋子，即便我随时有可能背叛。

蓝衣社 VS 莫妮卡——两边都知道我是假高能，但两边都不清楚互相掌握的情况，这反而给了我最大的活动空间。

我第一次产生了自信。

此刻，我既不是原来的古英雄，也不是被假冒的高能。

自从杭州的致命车祸，自从我的脸被替换，自从原来的我躺进坟墓，我就是一个全新的人，一个死而复生的人，一个脱胎换骨的人。我能看清别人的心灵，发现隐藏的秘密。我有独立的目标，有坚持的价值观，有永不放弃的梦想。

我不属于任何家族，也不属于任何组织。兰陵王高氏家族也好，世代相传的蓝衣社也好，我只属于我自己！我所作所为的一切，都只能为一个人负责——我。

必须为了我自己而战斗，哪怕遇到多大的困难，哪怕一切的面具都被戳穿，哪怕遇到最可怕的危险。

苍天作证——我是为自己而去美国，我将完成的是自己的任务，成为一个英雄的任务！

又是熙熙攘攘的地铁站。

我在站台上随着人群等车，大屏幕里放出娱乐新闻：大明星洪冰冰深陷艳照门丑闻。

这些天网上到处都传那些照片，相比之下陈冠希真是小巫见大巫，而洪冰冰的艳照男主角们，并不是那些男明星，而都是富豪榜上的大人物。有纳斯达克上市的网游公司大老板，有国际风险投资公司总裁，也有娱乐传媒业的龙头老大，更有以大胆言论闻名的房地产开发商……

洪冰冰的艳照事件，既是娱乐圈头号新闻，也是财经圈深水炸弹。坊间到处是关于她的传闻，至于那些精彩照片倒成了其次。人们更关心那些富豪们的尴尬与逃避，更有些艳照中的老板，利用手中的金钱与资源，控制媒体封锁消息。但网络成为传播的主战场，广大网民凭借娱乐精神，让富豪们陷入人民战争的汪洋大海。

女主角洪冰冰自然名声扫地，彻底退出娱乐圈。而她代言的品牌，都受到巨大冲击。南京路上有一张她的巨幅灯箱广告，一夜之间变成了白板。想起她曾为天空集团作的代言，当初我已从她的眼睛里发现问题——这个女人早晚会出事，果然东窗事发，使天空集团的形象大受损伤。

列车飞驰入站台，又是下班时间，我随人流挤进去，拉着扶手摇摇晃晃，拿着一本口语教材，为了更好地与美国人说话。

忽然，我看到了盲姑娘。

已有两三个月没见过秋波，她还是脱俗不凡的样子，与周围匆忙疲惫的人们相比，就像从另一个世界穿越而来。

她收起导盲杖坐在别人让出的位子上，我急忙挤过去轻声说："你好，还记得我吗？"

"你是——"她皱起眉头想了想，"高能？"

"是！好久不见！"

没想到隔了那么久，她还能记得我的声音，也许耳朵的记忆也是有天分的。

"最近两个月，都是哥哥开车送我去电台，所以我们在地铁碰不上了。今天，正好他有事过不来，只能我自己去了。"

"你还有哥哥？"

"自从小时候爸爸妈妈离婚，我跟着妈妈，哥哥跟着爸爸，我们就很少在一起了。"

"对不起。"

说着已经要到站了，我小心地陪她下车，不时用眼角余光扫视着她——真可笑，她根本看不到我，干吗不大胆地盯着她？可我就是不敢，仿佛只要盯着她的脸，就是欺负她是个盲人，还是我过分缺乏自信？抑或她天生丽质让我自惭形秽？

"最近过得怎么样？心里还难过吗？"

走出车站回到地面，华灯初上的夜晚，她的脸庞更加生动，这份关心让我受宠若惊："你还记得我那封信啊？"

"每一封听众来信我都不会忘记的。"

"还有许多复杂的事情，等待着我去完成。"

"工作很忙吗？"

真不知道该怎么回答，只能微笑着转移话题："真幸运又能见到你。"

"为什么？"

"因为你是我的救命恩人。"

事实情况恰恰相反，她是高能的救命恩人，而我——古英雄是她的救命恩人。

“好多年前的事情，还提那些干什么。”

轻描淡写，却还隐藏一些忧伤，因为正是那件事，导致她永远失去光明。

“啊，不过我失去了全部记忆，早就忘记了那时的情景。”

走到广播大厦门口，她匆忙地说：“我要进去了，再见。”

“哦，请等一等，我想对你说。”

“什么？”

“我马上要去美国了，就在下个星期，可能要很久听不到你的声音了。”

“祝你一路平安。”

“谢谢。”

我还想对她说什么，比如“我不知道在美国会发生什么？不知道有什么命运在等着我？”，但秋波已走入大厦，回头说了声“再见”，缓缓消失在电梯间。

一个人站在大厦门口，与保安大眼瞪小眼，不禁对自己苦笑一声，能记住我的声音已不错了，何必再奢望什么。

默默在心里说：“下个星期！”

倒计时。

距离我起飞前往美国，还剩下 24 小时。

一层秋雨一层凉。

第一场秋雨淅淅沥沥落下，微凉的风掠过空旷天野，吹乱刚留长的头发。一条小河从身边缓缓流淌，水面泛起一圈圈雨痕，流向远方的稻田与荒原。最遥远的视野尽头，几棵枯树寂静地矗立，伸向烟雨蒙蒙的天际线。

我撑着一把黑伞，来到松柏丛中最深处，找到了自己的坟墓。

墓碑上刻着一行红色的隶书汉字——

爱子古英雄之墓

墓碑镶嵌着一张陶瓷照片，没想到正是我包里的那张，大概也是从前最喜欢的照片。

不知是幸运还是不幸，墓碑上我曾经的照片，并非我现在的这张脸。

同样，也不知是幸运还是不幸，坟墓里埋葬着的骨灰，也并不属于墓碑上刻着的名字。

只有几个人才知道这个秘密——古英雄的坟墓里，埋葬着的是高能的骨灰。

一个是秘密蓝衣社的年轻社长，一个是兰陵王高氏家族最后的传人。他们原本是几代人的宿敌，血管深处盛满仇恨，至今还是水火难容。此刻却以这样一种方式，在坟墓之中亲密无间融为一体。

这才看到命运是什么。一张嘲笑的大嘴，一个荒诞的小丑。

可惜的是，在我的墓碑上，并没有博客里那首郑智化的《别哭，我最爱的人》。

因为真正的古英雄还未死去。

如果我要留下遗嘱，不管在几十年后还是明天，也不管以古英雄还是高能的名义，都会把这首歌写在遗嘱里。

看着自己小小的墓碑，还有底下不到一平方米的基座，隔着几块石板就是“自己”的骨灰——真正的高能的骨灰，明天我就要以他的名字，飞去美国与他的叔叔见面，图谋天空集团价值万亿美元的产业。

是我杀了他吗？

想到这个危险的可能，身体便猛烈一晃，秋风秋雨中更见单薄，似乎风再大点就能把我吹到墓碑上。四周除了松柏就是坟墓，密密麻麻如同城市的万家灯火，这倒也没什么稀奇，这个世界的坟墓远远多过活着的人。

大胆伸手在墓碑上摸了摸，被雨水打湿的大理石，刚好被洗去尘埃，干干净净地迎接我的到来。

这既是古英雄的坟墓，也是高能的坟墓，这个坟墓把我们两个人的过去一同埋葬。此刻站在墓碑前的我，就是两个人复活之后的统一体，既是古英雄也是高能，一个全新的灵魂，一个等待被拯救与拯救他人的灵魂。

不知不觉在雨中站了十几分钟，拿出布小心擦拭墓碑基座，当我要对自己的坟墓说再见时，却听到身后踩过雨水的脚步声。

墓地里听到背后这样的声音，任何人都会惊出一身冷汗，莫非有鬼从墓中爬出来了？

警觉地回过头去，却是一个撑着伞的老头，提着一个铅桶，穿过许多墓碑而来。

提前来给自己买阴宅的？

没想到老头竟走到我身边，我下意识地往旁边让了让。他抬头看了我一眼，便俯下身子掏出几叠纸钱，塞到铅桶里烧起来。

老头的伞挡住雨水，纸钱变成红色火焰，黑色的烟屑随风飞扬，飘到半空中又被雨打落，烟雾直冲得我流眼泪。

他在为我烧纸钱！

不敢相信自己的眼睛，但老头的铅桶正对我的墓碑。他在烧纸钱的同时，还看着墓碑上的照片，抚摸陶瓷相片上我过去的脸！

老头子看上去快八十岁了，留着一头银白的板寸，他的动作并不缓慢，皮肤与气色都还不错，尤其双目炯炯有神。

他是谁？

古家的亲戚吗？难道我还有爷爷在世？老人站在烟雾的上风口，并未被烟雾熏到，我只能躲到他的背后，从侧后方观察他的表情。

我看到了一个老人的忧伤，他的手指抚摸墓碑上“古英雄”三个字，随即从眼眶中淌出泪水。不敢打扰他的怀念，静静站在雨中，直到铅桶里的纸钱烧成灰烬，最后一团烟雾飘向天空，宛如我再也不会回来的记忆。

老人转头要离去，我才疑惑地问：“请问，你是古英雄的家人吗？”

泪水还未从眼中干涸，他盯着我看了几秒钟，却缓缓地摇了摇头。

“那是——”

不是家人又会是什么呢？我拦在老人面前，一定要问个清楚。

但老人并不回答问题，反问了一句：“你是谁？”

“我？哦，我是古英雄以前的同学。”

“谢谢你还记得来看他。”老人提着铅桶从我身边绕过，“再见。“

不，不能就这么让他走了，这个老人不可能是普通人！

我固执地追上去，大胆地问道：“对不起，请问你知道兰陵王吗？”

老人的脸色立刻阴沉下来，停下脚步站在雨中，用冷酷的目光扫视我全身，看得我后背心直起鸡皮疙瘩。

许久，他才吐出一句话：“你在说谎。”

“什么？”

“你不是古英雄的同学。”

这句话一下子揭去了我的面具，让我无地自容地后退两步，只能故作镇定地苦笑道：“不，我没有说谎，我是他的同学，否则干吗来看他呢？”

“不，你是‘他们’的人！”

“他们？”

心里又猛晃了一下，抓着伞柄的手差点松开，所谓的“他们”是谁？

老人又打量我一番：“你不像是坏人，快点离开这吧。”

“坏人？谁是坏人？”

我仍固执地缠着他，老人厌恶地说了声：“别再跟着我了。”

一直走到墓地的出口，我大声地问了一句：“请告诉我，你一定知道，兰陵王！”

终于，老人回头看着我，雨幕里看不清他的目光，只听到他缓缓回答——

“兰陵王是个魔鬼。”

凌晨，我做了一个梦。

不再是那片黑色的湖水，而是一个个封闭的房间，排列在昏暗的长廊中。我屏住呼吸踮着脚尖，轻轻打开每一扇房门，却看不到任何人影，直到最后一个——门里响起剧烈的争吵声，含混的英语无法听清楚，我恐惧地站在门外许久，还未等举手敲门，房门便自动打开。刹那间，我瞪大眼睛，看到一支黑洞洞的枪口，接着一点火星闪烁，一枚子弹钻进大脑。

死亡瞬间，我带着一身冷汗从梦中惊醒。

妈妈端着早餐进来，不到六点我就要出门赶航班——上周才明确告诉妈妈，我将去美国工作几个月。她非常惊讶与担心，但我说这是公司的任务，如果完成会提升为经理。妈妈也没法阻拦我，但经常悄悄流泪。我答应她会打电话回来，保证照顾好自己。

五点三刻，端木良开着他的奥迪 A4 来到我家楼下。

在楼下与妈妈告别，第一次亲了她的额头，擦去她的眼泪，尽管我并非她真正的儿子。

带着行李上了端木良的车，他的精神看起来不错，飞速开上高架直往机场而去。

“昨晚我九点钟就睡了，就为了一大早起来送你去机场。”

“看得出。”我并不给他好脸色，抓紧把手，“小心别开这么快，我还想完整地去美国。”

“放心！”

端木良打开音响，居然放出美国的黑人音乐。

“现在，能告诉我具体的行程了吗？”

“对不起，I don't know。”

“什么？”我瞪大眼睛，要不是他现在开车，早就揪住他的脖子了，“到现在还不知道？等我一个人飞到洛杉矶，就在机场发呆？”

“会有人在机场接你的。”

“是常青吗？”

“我不知道是谁，但肯定会有人接。”

这样的回答让我抓狂：“那么高思国呢？天空集团的大老板，我不是要去见这位所谓的亲叔叔吗？”

“是，会有人给你安排的，但具体只有常先生知道。”端木良用眼角扫了扫我，微笑着说，“别担心！这不是一个骗局，有谁会花几十万，来骗一个本来就没钱的人呢？OK！就算你到了美国，却发现什么人都找不到，至少你的卡里有几万美元——那都是我们打给你的，可以保证你不会在美国流浪，就当是免费旅游，尽情享受那个花花世界吧。不过，你要是去拉斯维加斯赌钱，那我就不敢担保你能平安归来了。”

我沉默地看着川流不息的道路，想象地平线尽头的大海，将在海的另一边发生什么。

端木良送我到达机场，一直陪我到边检窗口，说了声“祝你好运”。

当我通过边检回头再看，他却像空气一样消失了，难道他只是我幻想出来的一个影子？

此刻，坐在登机口外的座位上，整理散乱的头发，回想近一年来发生的全部——奇迹般地从植物人的状态中醒来，却丢失全部自我记忆，“我”的一切都是别人告诉我的。我成为高能，回到天空集团上班，经过一段极不成功的职场生涯，遭到了公司裁员。我遇到了莫妮卡，发现兰陵王面具与蓝衣社，父亲为了保护我而自杀！这才发现我根本不是高能，我本是另外一个人，却被替换上高能的脸。当发现自己是古英雄，一群自称古英雄同伙的人出现，我被绑上蓝衣社的战车，担负这个不可能完成的任务。

突然机场的广播响了：美国联合航空公司的 815 航班开始登机。

中断回忆，忐忑不安地走进排队人群。那些陌生的面孔，即将陪伴我跨越半个地球。通过登机口进入通道，我不断仰头深呼吸，紧张地捏着包，额头竟落下豆大的汗。

一个机场工作人员过来问我：“先生，需要帮助吗？”

糟糕！不会把我当做恐怖分子吧？我结结巴巴地回答：“不！不！我只是……只是……第一次坐飞机。”

这个愚蠢的理由让人家笑了：“哦，没关系，坐大飞机很安全的。”

我急忙点头走过去，通过波音 747 的舱门，进入这架巨大的飞行器。

第一次上飞机，没想到里面可以容纳那么多人，各种肤色的面孔从眼前闪过。好不容易找到自己的座位，刚坐下就绑紧了安全带。

掏出手机给妈妈发了条短信，说我“已平安登机，不要担心”。

低头沉思片刻，终于拨通了一个号码。

半分钟后，听到一个还没睡醒的声音：“喂——”

“莫妮卡！”

“是你！”她即刻反应了过来，“你终于给我打电话了！我现在能见你吗？”

我无奈地看着飞机的舷窗：“不，今天你不可能再见到我了。”

“怎么了？你在哪？”

“还有十分钟，飞机就要起飞了。”

“你在机场？”

机舱里响起英语广播，让乘客们系紧安全带关闭手机，我低头“嗯”了一声：“快起飞了。”

电话里她着急地追问：“你去哪？”

“去你来的地方。”

“我来的地方？”她变成不可思议的语气，“美国？”

“是。”

“你说你现在要去美国？”

“是。”

“这怎么可能！你没有骗我吧？”

我知道她会有这种反应，便把手机从耳边拿开，让她能够听到机舱内的广播。

“Shit！”她极度失望地咒骂起来，“我听到美国联合航空公司了！你真的在去美国的飞机上？你的签证办下来了？”

“莫妮卡，你太小看我了。”

“该死！”果然是在美国长大的女孩，她在电话里骂了我一连串英文，“对不起！我不该骂你。可是，你为什么到现在才告诉我？你真的要去美国，我可以很容易地帮助你。”

“不，我去美国与你无关。”

电话那头沉默了几秒钟，她忽然变得异常镇定：“古英雄，你不要自作聪明，我知道你去美国的原因！”

这回轮到我沉默了——莫妮卡知道我去美国的原因？她是虚张声势给自己打气，还是对我和蓝衣社的交易了如指掌？也许她是瞬间的推理，估算我已发现高能家族的身世，要以高能的身份去美国，寻找天空集团的大老板高思国——莫妮卡很可能是他的女儿。

飞机引擎已发出巨大的轰鸣，有个美国空姐（其实已是大妈）走过来请我关闭手机。

我只能匆忙地说最后一句：“对不起，十几个小时以后我就到美国了。”

“古英雄，你不是高能，你一定会后悔的！”

“抱歉，我要关机了。”

“Boy，保护好自己！”

莫妮卡说最后这句话时，我在电话里听到她哭泣的声音。

空姐大妈依然盯着我，只能尴尬地对她点点头，迅速关闭我的手机。

再见，莫妮卡，假如还能再见的话。

强迫自己冷静下来，舷窗外的景色渐渐移动，飞机正在离开停机坪。

几分钟后，波音 747 进入起飞跑道，巨大的引擎声更加刺耳。

加速度——冲刺——抬头——冲上蓝天！

随着被重力推向椅背，我的嘴唇不断发抖。低头再看舷窗，大地已在脚下，呈现奇怪的倾斜角度，直到地面的一切越来越小，宛如一幅巨大的地图。

闭上眼睛，滑下一滴泪水。

第二章 美国

起落架与地面摩擦的瞬间，我睁开眼睛。

仍然是白色的机舱，身边沉默不语的黑人老头，前排不断晃动的金发少女，还有舷窗外那个陌生的世界。

美国。

这是一场梦吗？

似乎刚闭上眼睛没多久，等我从梦中醒来，就已飞过了半个地球。

为什么又来了？这种该死的感觉，再度统治我的神经。就像回到十个月前，太平洋中美医院的病房，从漫长的昏迷中醒来，脑海里对自我一片空白，只剩下一个问题——我是谁？

肌肉和关节都在酸痛，除了几次去上厕所，就一直窝在这个座位里，时间已过去十几个钟头，这样的长途飞行真是让人发疯。

飞机在滑行后停稳，乘客们骚动不安起来，我小心地留在座位上，观察舷窗外的景色——偌大的停机坪，漂亮的候机楼，再远处看不到的地方就是太平洋。

等到 747 的机舱里只剩下空乘人员，我才最后一个走下飞机。

踏出舱门就是舷梯，加州的太阳洒到脸上，眯起眼睛扫视四周，确信无疑这就是美国！

现在是洛杉矶的上午，虽然飞了那么久，但由于时差因素（特别是要经过太平洋上的国际日期变更线），所以我降落在美国的当地时间，居然还慢于我上飞机的北京时间！

小心翼翼走下舷梯，第一次踩在美国的土地上，虽然是硬邦邦的停机坪，却让我感到脚底那么真实。

这不是一场梦。

从这一时刻开始，我要忘记自己真正的名字。

现在，我还是那个可怜的高能，前天空集团中国分公司销售员，碌碌无为被所有人看不起的失业男。

这个叫“高能”的名字，将帮助我彻底改变自己的命运。

高能，我是高能——心底不停重复这句话，随着乘客们坐进停机坪的电动车，来到巨大的候机楼。

国际到达通道，走每一步都小心翼翼，提完行李又落到最后。机场空调开得很足，许多人都穿上外套，我的额头却冒着汗珠。通关排起很长的队伍，我竟像个偷渡客般紧张。排了十分钟，才缓缓走到检查窗口——黑人大妈盯着我的脸，让我露出极不自然的笑容。她对着电脑停顿了半分钟，引起后面人们的不耐烦。

难道发现我是假货？当我想要逃跑时，她却给护照盖章还给我，示意顺利通关。

“Thank you！”

如释重负地吐出一口气，迅速通过海关检查，法律上来说我已入境美国。

提着行李走出人潮涌动的机场大厅，也许还没倒时差的缘故，感到头晕眼花一片茫然。眼前那么多人匆忙走过，清一色陌生面孔，就连同一航班上的乘客都看不到了。耳边闪过飞快的美式英语，女人踩着高跟鞋的脚步声，小孩子们的哭闹声，中国某些公费考察团的喧哗声……

该死的，我差点忘了来美国是干什么的！

那位素未谋面的“叔叔”——神秘的亿万富翁高思国，我要见到他并获得信任。其他的我一无所知，就这么被送上波音747，飞越整个太平洋，来到万里之外的洛杉矶，面对成千上万个陌生人。这才发现自己像个瞎子，低着头什么都看不见，却奢望在地上找到一根针！

想起十几个小时前，去浦东机场的路上，端木良对我说的那些话——有人会在机场接我？猛然抬头扫视四周，在那排接机的人群中，看到一块醒目的白纸板，分别用英文和中文写着“GAO NENG”和“高能”。

高能——这名字刺激我柔软的心脏。赶快拖着行李冲向白纸板，却发现是个四十多岁的男子，金色头发，粉色皮肤，典型的日耳曼人种外形。穿着一身笔挺西装，但更像某种制服，还夹着一块胸牌。

“Hello！”我紧张地打招呼，还好没把英文忘掉，“I am GAO NENG！ Nice to meet you！”

“Welcome to Los Angeles。”

（接下来的每一句英文对话，我都用中文来表示。）

“你好，你是常先生的人吗？”

“常先生？对不起，我是南加州皇家酒店的司机，是酒店派我来接你的。”这家伙又端详了我一番，“你是高能先生吗？”

酒店的司机？他在怀疑我的身份吗？我掏出护照给他看了看，在确认我就是“高能”后，司机又堆起满脸笑容：“高先生，请跟我上车，送你去酒店。”

“谁给我订的酒店？”

这个陌生人会不会趁机把我绑架了？记得办签证时提供的酒店预订单上，并没有这家所谓的南加州皇家酒店。

“抱歉，我也不知道，酒店经理让我来接你的，他说费用已经有人预付了，你不需要支付一分钱。”

有人预付？大概就是常青吧？

一直盯着对方眼睛，读心术发现他并未说谎。

跟着司机来到停车场，来到一辆老款豪华型凯迪拉克前，酒店专门接送贵宾的车。

洛杉矶国际机场位于市区，紧靠太平洋海岸，一出去就是市内街道。

我目不转睛地盯着车窗，不放弃眼前闪过的每一个街景。不敢想象真的到了美国，刚下飞机感觉并不怎么强烈。但当车子行驶在大街上，加州阳光下的天使之城，鳞次栉比的摩天大厦，堵在路上的滚滚车流，街边大大小小的英文广告牌——这就是美国！我确信无疑地告诉自己，并非一场游戏一场梦，艰难的任务已经开始。

“洛杉矶—长滩—圣安娜都会区，濒临太平洋东侧的圣佩德罗湾和圣莫尼卡湾沿岸，背靠圣加布里埃尔山，拥有1300万人口，是美国仅次于纽约的第二大城市，也是美国最主要的金融、科技、文化中心之一。”虽然到酒店的路并不远，但因堵车，司机还有时间聊天，“你是第一次来美国吧？”

“哦，是的。”

大概是我紧张的表情，还有东张西望的眼神，看起来就像进城的民工。

“这是个自由的国家！”他一边加油门一边自豪地说，“高先生，从现在开始的48小时，我将全程为你服务，你要去的任何地方，我都会开车带你去，并且免费为你做导游。”

“对不起，我——”

刚想说不需要，司机就笑着说："有人为你预付过两万美元，足够你一周的住宿与交通。"

两万美元！算来常青已为我砸了不少钱，但与天空集团数万亿产业相比又能算什么？

凯迪拉克带我来到目的地，没想到是四十层的五星级酒店，进入宽阔气派的大堂，服务生立即提起行李。虽然富丽堂皇，却完全没有人气，简直门可罗雀，我竟是唯一的客人！

司机尴尬地说："高先生，最近美国金融危机，酒店业受到很大影响，入住率也低得吓人，但我保证这不会影响到我们的服务。"

一个经理模样的男子，笑容满面地为我办理入住手续。他的服务太过殷勤周到，以至于我都不敢掏小费给人家，怕钱给少了丢中国人的面子。可笑我在中国不过是个失业的穷光蛋，到了洛杉矶竟成为五星级酒店的贵宾。

最后，经理拿出一张美国本地的手机 SIM 卡说："高先生，这是为你预付房费的先生留给你的，请把这张 SIM 卡更换到你的手机上。"

看来常青是要通过这张卡与我联系，我迅速更换了手机 SIM 卡。

坐进电梯上升到四十层，也是酒店顶层的总统套房。第一次住进这么豪华的房间，浴缸大得惊人，至少可以躺进去三个人。服务生把行李运上来了，墨西哥裔的清洁工，正勤快地整理房间。

走到窗边才看到一幕熟悉的景色——对面山顶上排开几个硕大的字母：

HOLLYWOOD

好莱坞！

对面正是大名鼎鼎的好莱坞山，站在酒店高层可以俯瞰好莱坞的全景。

再次怀疑自己是不是做梦。

这时，手机铃声打破了我的怀疑，接起一个陌生的美国号码，我听到了一个沉闷的男声："贤侄，南加州皇家酒店的总统套房感觉如何？"

"常——常先生？"

只有他才会叫我"贤侄"，虽然我名义上是蓝衣社社长，但现在他才是真正的老板。

"是，安排得怎么样？还满意吗？"

"非常好，谢谢！"

常青在电话里笑着说："长途飞行辛苦了，你要好好休息倒时差。"

这才想起我还要倒时差，否则下一分钟就要出门去对面的好莱坞了！

"休息——休息好以后呢？要去哪里？找什么人？要做什么事？为什么我都到了洛杉矶却还一无所知，难道你安排我来美国，就是旅游观光吗？"

“请不要着急，一切都在掌握之中，你会见到你的叔叔——高能的叔叔。”

“我与高思国见面？你已经安排好了？在哪里？什么地方？”

“高能，我会通知你的。”

我条件反射似的吼道：“我不是高能！”

“记住，你已不是古英雄，现在你的名字叫高能！”他的语气突然变得无比严厉，好像在教训员工，“你是天空集团董事长高思国的嫡亲侄子，也是兰陵王高家唯一的男性继承人！”

“我——”握着电话的手在颤抖，沉默片刻后屈服了，“是，我记住了。”

“好。”常青的声音一下子恢复了和气，“晚上可以打电话给自己找找乐趣。”

“打电话？打给谁？”

他又是诡异地一笑：“呵呵，原来你还不知道啊，这个酒店的电话内线，可以预约特殊服务，这些费用都是包含在房费里的，你可不要浪费了哦。”

特殊服务？大概是应召女郎之类的吧，我断然摇头说：“不，不用你费心！”

“那你休息吧，明天在洛杉矶好好玩，好莱坞星光大道、迪斯尼乐园、环球影城。记住千万不要关手机！我随时可能与你联络！再见，祝你好运。”

放下手机，看着华丽的总统套房，仿佛被悬在高高的天上，随时会摔下来粉身碎骨。

服务生送来丰盛的午餐，法国牛排与意大利红酒，同样也在房费之内。享用完这顿大餐，我整理一下行李和衣服，到浴缸里泡了个澡。氤氲缭绕的蒸汽中，浮过无数张面孔，仔细回想常青那张脸，仅仅在上海的酒店见过一面，第二次却是电脑视频，第三次在何时何地呢？

还有一张脸，更陌生与神秘的脸，那是我的“叔叔”，父亲的同父异母弟弟，我从未见过这张脸，也极少有其他人见到过。但这张脸的背后，却掌握着富可敌国的财产，决定着千万人的命运。

而我这张脸的背后呢？

洗完澡擦干净身子，打开电视看 CNN，发现今天所有的新闻，都有一个相同的头条——雷曼兄弟公司（Lehman Brothers Holdings Inc.）破产，华尔街遭受金融风暴，全球经济陷入严重危机。

2008 年 9 月 15 日，美国第四大投资银行雷曼兄弟公司，在次贷危机的风暴中申请破产。美元和美国股指期货齐声下跌，道·琼斯 30 种工业股票平均价格指数重挫 500 多点，跌幅达 4.42%。标准普尔 500 种股票指数跌幅达 4.69%，纳斯达克综合指数跌幅达 3.60%，华尔街度过七年来最黑暗一日！

一百五十八年的雷曼兄弟破产，标志着美国金融风暴已全面转化为全球性经济危机，人类历史进入一个重要的转折点，是否将重蹈 1929—1931 年大萧条的灾难？

同样在美国的天空集团呢?

裹着浴巾躺在床上，感到后背阵阵凉风，慌张地跳起来看着身后，并没有空调的出风口。我拉了条毯子躺下，拉上所有窗帘，昏暗中沉入KING SIZE的大床。

美国的第一天。

梦游西半球。

是梦吗?

美国，洛杉矶，南加州皇家酒店，四十层总统套房。

连续睡了十几个小时，也不知有没有倒好时差，不到凌晨三点就醒了。

就像第一次从植物人状态中醒来，艰难地看了看窗外，洛杉矶依然在沉睡，好莱坞山上点点霓虹，远处高楼大厦闪烁灯光。

强迫自己再闭上眼睛，半梦半醒之间躺了几个钟头，直到清晨七点才起床。我打电话要了房间服务，送来一顿美式早餐，美美地吃完这一顿，房间电话突然响了。

原来是昨天来接我的司机:“高先生，刚才房间服务说你已经醒了，请问今天你要去哪里?我将全程做你的司机兼导游。”

“哦——”我抓着电话想了想，走到窗边眺望酒店对面的山坡，脱口而出对面那排大字，“HOLLYWOOD!”

十分钟后，我穿着一身休闲服走出酒店，昨天那辆凯迪拉克已经等着我了。

真是个敬业的司机啊，我不禁夸奖了他一番，掏出十美元作为小费，不知他会不会嫌少?

车子转过几个路口，便是大名鼎鼎的好莱坞。

上午游客不算多，给了我许多拍照机会，司机是个好导游，一路陪伴说着奇闻逸事，好莱坞最近的八卦绯闻。司机特别介绍了中国大戏院，好莱坞的地标建筑，以前奥斯卡颁奖典礼就在此举行。不过，除了臆想的建筑风格以外，这个戏院与中国毫无关系。他陪我走了好莱坞星光大道，地上布满星星图案，一不留神还发现了成龙的名字。

路上不停地看手机，担心错过常青打给我的电话，这也让我游览得很不尽兴。

加州迪斯尼乐园——华尔特·迪斯尼亲手创办的全球第一家迪斯尼乐园。司机更像个小孩子，趁着为我做导游的机会，也能自己大玩一把，怪不得一大早就等着我。走过“美国大街”，来到“明日世界”，两个男人坐太空轨道车，玩了星球大战。在“幻想世界”看到睡美人城堡，也是所有迪斯尼乐园的标志。在“动物天地”的飞溅山冲下瀑布，经过有趣的“米奇卡通城”和“冒险世界”，亲身经历印第安纳琼斯的探险。最后就是新奥尔良广场，那座大鬼屋吓不倒我，司机却吓得脸色煞白。

乐园里客人不多，果然是经济萧条景象。司机说最近酒店生意很差，他之前已在家歇了一周，听到经理安排任务，兴奋得睡不着觉，否则下个月就要被裁员了。

手机始终都没有动静，难道常青胸有成竹？让我在洛杉矶逍遥自在一天一夜都不担心？

下午，马不停蹄地前往环球影城，争取在入夜前游览完。刚进园区司机就接到电话，酒店经理打给他的——说有一张写着我的名字的飞机票，刚被送到酒店前台。

写着我的名字的飞机票？自然就是“GAO NENG”！

立刻中断环球影城的游玩，从大猩猩金刚的世界跑出来。司机也只能失望地摇头，恋恋不舍地与侏罗纪公园告别，载着我飞速开回酒店。

一路上忐忑不安，捏着手机犹豫不决，终于大着胆子给常青打了电话——昨天接到的那个座机号码，没想到却是个公用电话！看来常青故意的，不让我发现他的行踪，也不让我主动跟他联系，亏得他煞费苦心了。

回到酒店是下午四点半，经理将机票交到我手里，果然写着“GAO NENG”，目的地是一长串我看不懂的地名，不知是哪个鸟不拉屎的鬼地方。

经理拿来一份带有中文的美国地图，指到美国西部深山之中，这才看到一行中文——阿尔斯兰州，马丁·路德市。

常青要我飞到阿尔斯兰州马丁·路德市？这个从没听说过的地方，甚至怀疑美国是不是有这个州？

经理说：“确实有阿尔斯兰州，但我没去过那里，也很少有人去那个州。”

果然是个鬼地方！再看机票上的起飞时间：2008 年 9 月 16 日 18 点 30 分——不就是今晚吗？

又看了看手表，我只剩下两个小时，这架航班就要起飞了！

该死的常青，怎么给我订的这种航班？早就该把机票给我了，要是没有接到电话，百分之百要误机了！

“现在去机场还来得及！”

看到我在酒店前台发呆，经理提醒了我一句。

“Thank you！”

迅速回到总统套房，把所有行李收拾好，再以光速冲回前台退房。经理也希望我快点走人，反正多余的房费也不会退还。

还是那辆老款凯迪拉克，带着我驶往洛杉矶国际机场。正好是堵车的点，司机在车流里钻来钻去，幸好距离机场也不太远，半个多钟头就送到了。

下车时给了司机二十美元小费，他站在候机楼门口说：“上帝保佑你，一路平安！”

难道这一路会不平安吗？我飞奔进候机楼，迅速办理登机牌托运行李，焦急的排长队通过安检，一路小跑找到登机口。

刚好开始登机！真是一分钟都没浪费，跟随乘客们进入机舱。

目的地阿尔斯兰州马丁·路德市，距洛杉矶一千多公里，美国西部最偏僻的州，飞机也明显比国际航班小很多。等到舱门关闭等待起飞，还有一大半座位空着，要么是经济危机影响了乘客，要么那个什么马丁·路德市，根本就是个子虚乌有的地方，我陪着一群精神病人飞行。

即将关闭手机之时，忽然响起令我尴尬的铃声，只有一个人知道这个号码——常青。

低头轻声接起电话，果然听到那个神秘的声音："贤侄，你就要起飞了吧。"

"是，怎么现在才打给我？"我满腹怨气，却又得压低着声音，"常先生，你昨天就该给我飞机票了！"

"吉人自有天相，我算到你运气超好，一定不会误机的。"

我运气超好？想起最近几个月来的厄运缠身，真是今年最大的笑话："对不起，你的判断是错的。"

"听好了，天空集团全球CEO高思国，已在十分钟前抵达马丁·路德市。我把一切都安排好了，你们将在今晚九点左右见面。"

"今晚？这么快？"

实在没有想到，原以为要在洛杉矶游荡两个月，今晚就要和高思国见面了？

"没错，你和高思国将单独见面！记住你的名字叫高能，是天空集团大老板高思国唯一的侄子，也是兰陵王高氏家族最后的男性继承人！"

飞机即将起飞，空姐大妈过来催促我关机，我只能抓紧手机说："记住了！"

"贤侄，今晚如果能成功，赢得你的叔叔高思国信任，你将成为这个星球最富有的人！"

这句话令我心头一阵狂跳，还不知道怎么回答，常青就严肃地说："机场会有人接你的！祝你成功！再见！"

电话挂断抬起头，空姐大妈正严厉地看着我，只能连声说着"Sorry"关掉手机。

滑行进入跑道，舷窗外的夕阳渐渐没去。我紧靠椅背剧烈颤抖，这样的紧张并不是因为起飞，而是那个从未曾谋面的"叔叔"。

飞机离开洛杉矶机场，冲向西部广袤的夜空，也带着我飞往想象中的云霄。

这个星球最富有的人？

也许很快就不是了！飞机上的液晶电视，播放今晚的新闻——华尔街金融风暴持续动荡，继雷曼兄弟公司破产，富兰克林银行也宣布破产，持有该银行40%股份的天空集团遭受重创。美国第三大银行——天空银行，天空集团的全资子公司，面临资金链断裂的危险。不知什么原因，拥有全球数万雇员的天空银行，未被纳入政府的七千亿美元救市计划。除了金融的重大损失，作为集团支柱的能源产业，受到原油价格下滑的巨大冲击。从最高每桶 147 美元，下跌到现在的 100 美元，估计年内会跌破 40 美元！天空集团在美国本土、拉美、非洲、中东等地拥有大量油田，石油业务出现巨额亏损。外界纷传天空集团危在旦夕，很可能步雷曼兄弟之后尘，届时无异于又一场全球经济大地震。

大多数人还在睡觉，只有我戴着耳机看新闻，心脏怦怦乱跳。如果天空集团这次没有挺住，不要说美国，远在中国分公司的前同事们，大概也得领失业保险了？值此大厦将倾之时，我为何万里迢迢飞来做炮灰？难道高思国决定与我见面，是为天空集团的生死存亡？

胡思乱想之间，耳膜疼痛难忍，透过舷窗什么都看不清，只有下面两道灯光带。几分钟后，飞机降落在一片黑暗之中，广播说已抵达目的地——阿尔斯兰州首府马丁·路德市。

走下舷梯，发现所有人都换上外套或毛衣，只有我还穿着衬衫。夜空中袭来阵阵冷风，一下子把我冻得浑身发抖。有个美国大妈提醒我一句："小伙子，这里是西部的落基山区，海拔超过几千英尺，气温比西海岸的洛杉矶低很多，特别是晚上要小心着凉。"

倒霉的是外套都在托运行李内，我只得紧紧抱着自己肩膀，跟着大家跑进电车。远处依稀亮着几盏警示灯，后面似乎是连绵群山，传说中的落基山脉？美国的屋脊？阿尔斯兰州就好像中国的青藏高原？

总算进入候机楼，像中国的三线城市，不消几分钟就能走完。几乎看不到工作人员，乘客们也稀稀拉拉，当地人穿着打扮很是古怪。破烂的通道散发臭味，卫生间更像中国的火车站，这就是美国一个州的首府？

哆嗦着取完行李，赶快拿出毛衣与外套穿起来，感觉就像上海的深秋。走到机场出口，生怕漏掉来接我的人，但连一个接机的鬼影都没看到！这下真的不知所措了，起飞前常青对我说什么来着——今晚九点高思国会与我见面，再低头看表，已经八点三十分了！

心急如焚起来，还剩半个钟头，我却依然站在机场傻等。

"高先生？"

听到有人用中文喊道，我一开始还没反应，但"高先生"不就是我吗？

回头一看是个中国男人，看起来四十多岁，长相却相当猥琐。他穿着一身昂贵西装，提着一个名牌皮包，颇有美国华裔精英的味道。

"你是？"

他向我伸出了手，用相当流利的汉语普通话问："是高能先生吗？"

“你怎么知道的？”我始终保持着警惕，“我们见过吗？”

“我见过你的照片。”

他的手仍然向前伸着，我只能与他握了握手说：“请问你是哪位？”

“我姓吴，是天空集团全球 CEO 高思国先生的秘书。”

“啊，你是高——”忽然意识到不该直呼高思国其名，立即改口，“你是我叔叔的秘书？”

“是，高思国先生说你是他唯一的侄子，他听说你已经来美国了，特意飞到马丁·路德市来与你见面。”

“他真的已经在这里了？”一下子让我兴奋异常，“什么时候见面？”

“Now！”

一分钟后，我跟着吴秘书走出机场，钻进一辆福特商务车，显然是在当地租的车子。

西部的夜色寒意逼人，他面无表情地开着车，载着我驶入城内。看着车窗外的马丁·路德市，几乎所有商店都关门了，除了路灯看不到任何灯光，大概这里的人都早睡早起。让人难以置信，这里就像中国西部的小县城，堂堂世界前 50 强天空集团大老板，为何要跑到这种鬼地方与我见面？难道看中这里的偏僻，交通闭塞，信息不通，不会被财经媒体跟踪？想想天空集团正在金融危机的风口浪尖，高思国谨慎小心不是没有道理。

可是，我这个早就被公司裁员的小销售员，又有何德何能让大老板对我刮目相看？仅仅我身上“高能”两个字？兰陵王家族最后的男性血脉？或者兰陵王家族的秘密，要比天空集团的生死更重要？

这座城市果然小得可怜，十几分钟就横穿全城。黑夜中看不清两边街道，只记得他在一栋楼前停下了车。

摇下车窗把头探出去，昏暗路灯照着一栋破旧的公寓楼，总共只有五层高度，在落基山下的夜风中，似乎随时可能倒塌。马路对面有一栋同样的公寓楼，再往外就是荒郊野外，一条公路伸向无边无际的西部，隐隐可以听到郊狼的呼唤。

吴秘书诡异地笑了笑：“高先生，不，是老高先生，正在这栋楼的 513 房间等你。老高先生想与你单独见面，所以只能你一个人上楼，我会一直在楼下等你的。”

老高先生？自然就是天空集团大老板高思国，而我就是“小高先生”了，不知这老少两位高先生的见面，到底是要解开兰陵王的秘密，还是拯救天空集团的命运呢？

“我一个人上去？”

面对我恐惧的语气，吴秘书斩钉截铁地说：“是，如果还有第二个人，就算我陪着你，老高先生也不会见你。”

干吗弄得疑神疑鬼？反正关于高思国，我不知道的秘密还多着呢。

最后看了一眼吴秘书，他向我点点头说："时不我待！"

时不我待！

抛下最后一点疑惑，我快步走进公寓楼。楼道内呼啸着冷风，就连电梯也是摇摇欲坠，住这的大概都是些穷学生，或者偷渡进来的非法劳工。

坐电梯来到五楼，迎面一条走廊，两旁几扇紧闭的房门，安静得就像太平间。缓缓向前走去，感到呼吸越来越压抑，好像那些房门随时会打开。

我有一种奇怪的感觉，这不是来美国之前做的那个梦吗？

"513……"

轻声念出门上的牌子，天空集团全球CEO，身价万亿美元的高思国，就在这扇不起眼的房门里等我？忽然有些犹豫，偌大一个美国，数不清的五星级酒店与高级会所，再不济也有天空集团的度假基地，为何偏偏选在这个美国的"青藏高原"，这栋藏污纳垢的破房子里呢？

手脚战栗着敲响房门，未曾想根本就没锁过，一碰房门就打开了。这更让人感到蹊跷，我站在门口不敢进去，轻轻叫了两声："Hello！ Hello！"

但门里丝毫没有反应，我犹豫了两分钟，再看手表已经九点整了。

回想楼下吴秘书的那句"时不我待"——不能再等了！

蹑手蹑脚地走进513房间，多年后回想起这晚的决定，不知是深深的悔恨，还是命运的注定？

屋里亮着白色灯光，进门是不大不小的餐厅，却没有任何厨房用品或餐具。家具全是最简单的，也没有什么家用电器，看起来没有住人的迹象，怕是长期空着的房子。

只有一样东西像刀子扎进我的眼球。

其实，它就是刀子。

餐桌上有一把刀子，像是切菜的刀具，还带有一些红色污迹。刀子下面压着一张白纸，写着一行小小的英文字母。

我疑惑地拿起餐桌上的刀子，才看清下面白纸上的小字——

DAY DREAM

白天的梦？白日梦？如果要译为中国的成语，那就是"想入非非"！

我在对什么想入非非？对天空集团的大老板高思国，对这个万亿身家的财富帝国，对改变自己命运的梦想！在这个空空荡荡的房间里，梦想能见到自己的"叔叔"，梦想自己真的就是高能，梦想能够欺骗并得到某个人的信任。

DAY DREAM！这八个字母仿佛一张大嘴，对所有这些白日梦的妄想大声嘲笑！

低头看手中的刀子，却发现那红色污迹并不一般，放到鼻前嗅了嗅，居然有股血腥味。

难道是新鲜的血迹？五根手指全都僵硬了，竟握着刀柄无法放松。

高思国！难道高思国被人杀了？

我慌乱地冲进里面房间，果然看到地上躺着一个男人，胸口已被鲜血染红，似乎是刚刚被杀的！

天空集团全球 CEO 在神秘房间遇刺身亡？

来不及想象明天全美各大新闻的头条，我俯下身来想要看清楚，至少得知道我的“叔叔”长什么样吧？也许他还没有死？只是受了重伤，我还有希望救他？却不想脚底被一把扫帚绊倒，刹那失去重心倒在了他的身上。

糟糕！

我的脸摔在他还未变冷的头上，正对死者瞪大的眼睛，还有惊讶得张大的嘴巴。

他死了！

这个中年华裔男子，心脏被人用一把尖刀扎碎，而这把尖刀就在我的手中。

唯一的错误——他不是高思国，不是我的亿万富豪的“叔叔”，不是那个掌握着无数人命运的男人。

虽然，我从未见过高思国的脸，我却认识眼前这张死者的脸。

他是常青！

是，我认得这张脸，第一次在上海的美洲大酒店，第二次在郊外仓库的电脑视频里。

永远不会忘记这张脸，一度对他充满仇恨，又一度对他寄予妄想。

就是这张脸！一手操纵了蓝衣社，操纵了改变我的脸的阴谋，操纵了改变我的命运的行动，操纵了我来美国与高思国见面的计划。

常青，是他给了我飞机票，让我从洛杉矶飞到这个鸟不拉屎的马丁·路德市，让我跑到这个房间冒充侄子与叔叔见面。

我见到的不是那位传说中神秘的“叔叔”，而是这一切的幕后操纵者常青！

常青死了！死在我踏进这个房间前不久，被人用一把尖刀捅穿了心脏。

我的手指更加僵硬，脑子霎时一片空白，只剩下满眼鲜血，像被泼到自己脸上。

一切理智都已丧失，墙壁剧烈摇晃，整个大地陷于震动，难道世界末日已然降临？走投无路地冲出房间，只想离常青的尸体越远越好。

我跑回白色的走廊，飞奔到电梯前刚想摁按钮，没想到电梯门居然自动打开了。

地狱之门？

电梯里走出两个戴着大盖帽的制服男子，一个黑人一个白人，这黑白双煞看到我的模样，当即拔出手枪对准我的脑袋。

“不许动！我们是警察！”

面对两个用枪指着我的警察，我才意识到自己身上全是血迹，手里依然牢牢握着那把杀人的尖刀！

第三章
审判

You have the right to remain silent. Anything you say can and will be used against you in a court of law. You have the right to have an attorney present during questioning. If you cannot afford an attorney, one will be appointed for you.

——Miranda warning

你有权保持沉默。你所说的一切将被作为呈堂证供。你有权请律师。如果你请不起律师，法庭可以为你指定一名。

——米兰达警告

我有权保持沉默。

沉默……

仰头对着潮湿的天花板，一只蟑螂缓缓爬过，忽然有些羡慕这小动物，无论它在什么肮脏地方，至少要比我自由与幸福很多。低头看着自己的手铐，将双手牢牢绑在一起。我已换上一身蓝衣，屁股下一张破旧的椅子，三面阴暗的墙壁，另外一面是警察局的大办公室。当中隔着一道厚厚的玻璃，传来刚被抓的抢劫犯的叫嚷声，还有黑白双煞得意的大笑，这下他俩可立下了大功一件。

终于，紧锁的防弹玻璃门被打开，一个穿着西装的中年白人进来，小心翼翼地坐下打量我一番才说："高先生，你会说英语吗？"

"会！"这是十个小时以来，我第一次开口说话，"你是法庭给我指定的律师吗？"

"是，我是史密斯律师。高先生，你很可能被指控犯有一级谋杀罪，现在请把你知道的所有情况告诉我。"

"我没有杀人！"

"好的，能否说得更详细一些？"

"对不起，我只能说我是一个阴谋的牺牲品。当我走进房间时他已经死了，随后我就被警察发现。"

"但你手里握着一把刀，经检验就是导致受害人死亡的凶器，还有你的身上有大量死者的血迹，这些都是对你很不利的证据。"

我咬紧着牙关："我没有杀人！"

"高先生，你认识死者吗？"

我当然认识常青，但怎么解释我与常青的关系呢？是古英雄与常青的贤侄与世伯？还是高能与蓝衣社的世代仇敌？现在杀人嫌疑犯是高能，不是那个背负着使命的古英雄！

"对不起，无可奉告。"

"高先生，我对你的态度很遗憾，我是你的辩护律师，是来帮助你的，你应该告诉我一切。你的护照显示，两天前你刚从洛杉矶入境美国，也是你第一次来美国。我也查询了你的签证资料，显然你还没来得及开始考察。"

又一个要命的问题，所有的签证邀请都是常青帮我办的，现在他已躺进了停尸房，而警察认为是我杀死了他，除非他能死而复生，否则谁都说不清楚。

看到我一直不回答，律师继续问："高先生，能否告诉我，你来美国的真实目的？否则，陪审团很可能认为你来美国就是要谋杀常青。"

我来美国的真实目的？以高能的身份与天空集团大老板高思国见面，但是我可以把这个秘密说出去吗？就算说了会有人相信吗？高思国根本就不在那个破房间里，连他的鬼影子都没见到！谁会相信堂堂的美国亿万富翁，会在马丁·路德市这样的鬼地方，与一个中国的穷小子见面？就算我说自己是高思国的侄子，可谁又能为我证明呢？

"不，我不能说，但我来美国肯定不是来杀人的！"

"很抱歉，如果你不能说出原因，我为你辩护成功的可能性就非常小了。"

小小的房间内气氛很是僵硬，大概他平时的服务对象，也仅限于付不起律师费的小偷强盗，像我这种动机不明的杀人嫌疑犯，也让他一筹莫展。

还是我先打破僵局："请告诉我，为什么当我刚要离开时，警察就出现在了大楼里？"

"有人拨打 911 报警，说那栋楼的 513 房可能发生命案。逮捕你的两位警察，在两分钟内赶到案发地，正好碰到你浑身是血拿着刀子冲向电梯。"

"是谁打电话报警的？一定是那个人陷害我的！"

"不知道，是个匿名电话，来自楼下的公用电话亭。警方判断也许是有人在楼下，听到了死者被杀的惨叫。"

"可是没人看到我杀人！"我低头用中文对自己说，"我没杀人！"

"高先生，所有证据都对你非常不利。警方检查过死者的手机，发现他生前最后一次通话记录，就是你的手机号码！"

没错，在洛杉矶起飞之前，我才接到常青打来的电话，这通电话也成了我的杀人证据？

"毫无疑问，你一定认识死者，你们的最后一次通话，确定了他所在的位置，所以你就到马丁·路德市来找他了。"

这话好像已经断定我是凶手了，我不禁发怒道："你是辩护律师还是检察官？"

"对不起，我说的是警方手中的证据，这些证据很可能决定陪审团的意见。还有，法医已完成了对死者的检验，死因是心脏被锐器戳穿，凶器就是你手中的尖刀，死亡时间在昨晚二十一点左右——你被捕之前十分钟，警方认为你完全具备作案时间与条件。"

"住嘴！"

我仰起头盯着律师的眼睛，直接看到了他的心里话——

"中国人，根据我的经验判断，你就是杀人凶手！你没办法为自己解释，连编个谎话的勇气都没有。大概死者生前与你有仇，你骗得了邀请函与签证，飞到美国来杀人报仇吧！"

读心术……

"史密斯先生，我想要更换辩护律师。"

不需要再犹豫了，我不能让这位律师先生，把我"辩护"到电椅上！

律师的脸色一变："高先生，我是法庭指定的律师。"

"前提是我没有钱请律师，其实我可以请到最好的律师。"

"好吧，既然你不需要我了，那我先告辞了，请保重！"

当他打开防弹玻璃门，我却喊了一声："等一等，我有权利打电话吗？就打一个电话！"

律师点了点头，似乎对我的眼神感到恐惧，便重重地关上了门。

我独自被关着，回想噩梦般的昨晚——在那栋鬼楼似的公寓，我发现常青死在血泊之中，当我慌乱之中冲向电梯，却被两个警察抓个正着。他们用枪指着我的头，并把我的双手铐起来，向我宣读“你有权保持沉默……”的米兰达警告。

于是我保持沉默，既然这是我的权利。

大批警察赶到凶案现场，当我被押解到楼下，却再也见不到所谓的“吴秘书”。只有我的行李留在路边，与我一同被送回警局。

没错，这是一个精心策划的陷阱，一个当代版的“白虎节堂”事件！

一路上没有说话，根本不知该如何解释！我怎会出现在凶杀现场？因为打酱油路过吗？

警方认为我不会英语，关进这间小屋以后，除了给我送两次牢饭，就再没来审问过我。孤独地度过漫漫长夜，直到今天清晨，才有这位指定的史密斯律师姗姗来迟。

突然，一个警察进来打断了我的回忆：“律师说你要打电话？”

我点了点头。

“给你三分钟，只准打一个！”

警察把我带出小屋，来到隔壁的一张桌子前，让我戴着手铐打电话。

想了十秒钟，我拨通了一个中国的手机号码。

不是妈妈，而是另一个女人的手机。

她的名字叫莫妮卡。

二十四小时后。

美国，阿尔斯兰州，马丁·路德市。

不再是警察局的小房间，我被转移到州立看守所。经过一番可耻的检查，与抢劫犯和强奸犯关在一起。我拒绝与任何人说话，即便是那些狂躁凶残的家伙，新人通常会挨他们的拳头，或者遭到更悲惨的侮辱。

然而，我的沉默让“室友”们感到害怕，从一个惯犯的眼睛里，读心术发现：**“这个中国人怎么一句话都不说？他会不会有武功？像李小龙那样，要么不说话，要么就把我打个半死？”**

感谢香港功夫电影，他们居然不敢对我怎么样。我一直蜷缩在床铺上，在半睡半醒之间，度过了被捕后的第二夜。

清晨，有个狱警打开房门，叫着我的名字说：“高能，有人来看你！”

我困惑地走出班房，来到探望室，一个年轻的女子正等着我。

又是那张混血的面孔，栗色波浪的长发，丝绸之路上的眼睛，还有那个神秘的名字。

“莫妮卡！”

是她，不是做梦！一个昼夜之间，就像从一千年前，穿越时空来到我面前。

当我的双手还在僵硬，她已将头埋在我的怀中，像只小动物一样剧烈起伏。

这样更令人心魂荡漾，心跳几乎要冲破 150，耳根子烫得发红，又不敢真正抱紧她，因为狱警始终站在旁边，还有头顶正对的摄像头，这些眼睛让人无地自容——我是一个囚犯！

突然胆怯起来，连轻吻一下的勇气都没了，只能和她一起颤抖。她的眼神不知是可怜还是可惜，却什么话都没有。与以往的吵吵嚷嚷相比，莫妮卡此刻的沉默，才让我感到真正的恐惧。她不是自称无所不能样样神通吗？怎么回到了她的美国，却变得如此一筹莫展？如果连她都无法救我，那么麻烦可真就大了！

这回轮到我先说话："你……你怎么做到的？这么快就来了？"

"接到你的电话是上海的半夜，我立刻订了第二天清晨的航班，从上海飞往洛杉矶。同时订好洛杉矶飞往马丁 · 路德市的航班。当中几乎没停过，就从洛杉矶来到这里。"她回头看看土里土气的狱警，"这也是我第一次到阿尔斯兰州。"

"莫妮卡，我对你这么重要吗？"

她怔怔地看着我的眼睛，有些失望："你说呢？"

"对不起。"

"你不是可以看到我的心里话吗？你看不出来吗？"

我现在才发觉，读心术只能读出思维与情绪，却读不出非理智的感情，因为心底的感情无法用语言形容，也无从感知其语言。

"我——不知道。"

"你在想究竟是你对我这么重要，还是你对我背后的人这么重要？原来我也有读心术？"

莫妮卡让我无地自容，我索性正视她的脸，那双美丽的混血眼球："你背后的人？是谁？"

"就是前天晚上你想要见却未能见到的人！"

她终于亲口承认了！

前天晚上，我被当做杀人犯而被捕的晚上，我想要见却未能见到的人，正是天空集团全球 CEO 高思国。

"谢谢你，我一直在等待你的这句话。"

"好，就算我欠你这句话，古英雄。"

"对不起，我在这里叫高能。"

"我不管你到底叫什么！但我现在所做的一切，不是为了我背后的那个人，也不是为了我自己，而是为你——你为什么看不起自己？"

也许从昏迷中醒来的那一夜，看到镜子里的我开始，就从来没有看得起自己过！

我不想在狱警的面前太激动，转换到更重要的话题："你是来救我的吗？"

“是！”

“你相信我是无辜的吗？”我的脸无比严肃，又补充了一句，“仅凭我的一面之词。”

“我相信！你是无辜的，是遭人陷害的，从我刚接起你的电话，我就确信无疑——你是一个巨大阴谋的牺牲品！”

读心术对这种思维看得一清二楚，莫妮卡的眼睛告诉我，这就是她所想的真心话。

“巨大阴谋。”我难过地点点头，在她面前显露脆弱，“没错，这是一个巨大的阴谋，大到让我们都无法想象。”

“为什么？为什么要打电话给我？”她轻轻叹了口气，不等我回答继续道，“因为，你知道只有我才能救你！在这个世界上，你再也没有一个人可以信任了，除了我。”

是，再也没有一个人可以信任了。

原本我来美国的一切，都依靠常青的安排，却没想到千里迢迢过来，却是来发现他的尸体！该死的是，我还被当做杀死他的凶手！这个时候能去找端木良吗？大概他也以为是我干的吧，毕竟他知道我从心底厌恶常青，正好趁着去美国的机会干掉他。我还能给谁打电话呢？难道要告诉妈妈我成了杀人犯？想来想去只有一个人，只有莫妮卡有可能救我，如果她仍然对我感兴趣。

但我真的信任她吗？

她把手放在我的肩膀上：“我将为你聘请最好的律师，不惜任何代价为你洗清冤屈。”

“时间到了！”

狱警走过来，粗暴地将我从莫妮卡面前拖走。她嘴唇颤抖着看着我，像一尊欧亚草原上的古老雕塑。而我就像待宰的羔羊，被拖入深不见底的监狱深处……

这一晚。

我仍在看守所保持沉默，这种令人恐惧的沉默，让我成为嫌犯们眼中的异类。没人敢来招惹我，尤其当我用狼似的眼神，死死盯着对面的家伙。有人说我是香港来的职业杀手，也有人说我是旧金山华人黑社会的，更有人说我是某个传说中的变态杀人狂。

囚室整夜难以入眠，除了防备黑暗中的惯犯，脑中回想几十个小时前的一幕幕场景——到现在为止我没对任何人说过，究竟是在行使“米兰达权利”，还是对真相感到胆怯？这是自己性格中的一贯弱点，害怕别人不相信我的话，害怕被当做一个无知的白痴，居然编造这种拙劣的谎言，为杀人罪行开脱？

西部高原的夜异常寒冷，白天可以眺望落基山脉终年不化的积雪，相比洛杉矶已是两个世界。后半夜越来越难熬，躺在单薄的床上瑟瑟发抖，天亮才支撑不住失去意识。

我梦到了常青。

案发的荒凉公寓楼内，昏暗的白色走廊，他独自摇晃着向我走来。直到近前才看清他一身蓝色风衣，高高的衣领竖着掩盖两颊，中间隐藏一张惨白的脸，僵尸般深陷的眼窝。他身上散发着一股腐尸臭味，似乎有蝇蛆自眼睛爬出来，胸口溢出大摊黑色血液，紧接着又凝固成污渍……常青越近就越让我窒息，感到空气中有一只大手，紧扼我的咽喉。

“不！不是我干的！我没有杀你！”

在睡梦中叫喊起来，大概也是我在这间囚室说的第一句话。

奇怪的是梦中的世界还在继续，并未回到凌晨的看守所，眼前还是公寓楼的走廊，蓝衣包裹的常青看着我，发出嘶哑的低音：“记住你的任务！”

真被这个老家伙彻底雷倒了！雷得我在梦里迎风凌乱！他被人捅死变成鬼魂，却还惦记着那该死的任务！

我对着常青的僵尸喊道：“告诉我，是谁？是谁杀了你？”

“是他！”

“他是谁？”

“是他！”

我讨厌这种无意义的重复：“最后问你一遍，如果你还是不告诉我，那就下地狱去吧！”

“是他！”

不幸的常青依然在重复，于是我飞起一脚蹬到他身上，把他从五楼窗口踹了下去。

趴到被砸破的窗口，只见一条蓝色风衣的影子，被风卷入黑暗的荒野，转眼消失无踪。

感觉从未有过的畅快淋漓，早就该送常青下地狱了，是哪位朋友代替我做了这件事呢？

唯一倒霉的是，这件事被嫁祸到了我的头上。

梦，醒了。

睁开眼睛，铁窗外已是黎明，有个嫌犯恐惧地看着我，大概听到了刚才的梦话。显然我在梦里说的是母语，他们不可能听懂我的话，故而对我更加又惊又怕。

至于梦中常青的僵尸形象，恐怕是他躺在验尸房里的真实样子吧？想象法医用解剖刀切开他身体和内脏的情景，竟让我有了一种快感，就像我在梦中将他踢下楼去。

不，猛地摇了摇头，我怎会有这样一种欲望，残忍而嗜血的欲望？就像包裹常青的一身蓝衣——蓝衣社，那才是我原本的归宿？难道以前的古英雄，是表面像个温驯的绵羊，到黑夜却变得无情的恶魔吗？

白天。

莫妮卡又来探监了。

一身黑色套装，CHANEL 镶钻墨镜，掩盖乌黑的混血眼睛。一个中年白人男子跟着她，提着公文包，穿着笔挺的西装，目不斜视地走进看守所。

看着她身边的男人，我把激动的情绪收敛起来，严肃地用英文说："你好，请问你是？"

"乔治·萨顿。"

他严谨地与我握了握手，莫妮卡摘下墨镜说："高能，萨顿先生是美国最好的刑事辩护律师，当然也是价格最为昂贵的，他打的官司 99% 都是赢的。"

"99%？"我皱起眉头，用汉语轻声问，"可是——莫妮卡，为什么你的表情那么阴沉？"

她迅速转过脸去，躲避着我锐利的目光，用英语对萨顿律师说："请你和他说吧。"

"你好，高先生，我作为你的辩护律师，将竭尽全力为你服务，也请你配合我的工作。"

"好，我能申请假释吗？"

"我已向法官提出了假释申请，莫妮卡女士愿意付出 100 万美元的保释金——这将创下阿尔斯兰州的最高纪录。但非常遗憾的是，假释申请被法官驳回了，因为对你的指控是一级谋杀罪，而且警方提供的证据很充分。抱歉！法官的态度很坚决，他说你是持商务签证入境的外国人，很有可能趁机潜逃，所以不准假释。"

听律师说完啰里巴唆一大堆话，结果还是得洗干净屁股蹲牢房，我愤愤地握紧拳头。不过莫妮卡愿意为我付 100 万——美元，原来我的命这么值钱啊："好吧，那我就继续和那些强奸犯、抢劫犯关在一起，反正我也是个杀人犯。"

"高先生，今早我刚接手你的案子，请给我时间熟悉案情和证据。虽然不能保证一定会赢，但以我多年的经验，我有信心为你打赢官司！"

我暗暗瞥了一眼莫妮卡，她的脸色比刚才更难看了，我只能苦笑道："但愿如此。"

"让我们研究一下案情吧。"

三人坐在桌子前，萨顿律师摊开一堆文件说："这是我从警方复印来的资料，已初步调查过案发地的情况，整栋公寓楼的产权都属于死者，是他在五年多前买下来的。"

"整栋公寓楼？"

常青干吗在这个鬼地方买那么多房子呢？

"没错，这栋楼归他所有，但他从未在这住过。公寓楼内大多数房间都是空的，只有三楼与四楼出租给几户外国劳工，租金也非常低廉。警方询问了那晚的住户，至少有五个人表示在案发时，听到楼上传来的惨叫声。根据现场勘察情况，特别是喷溅到墙壁上的血迹，确定 513 房就是凶案第一现场，凶手没有移动过尸体。"

"这是对我非常不利的证据吧？"

"没错。"萨顿律师面色凝重地盯着我，"高先生，不管你有什么隐情，请一定要告诉我全部事实。"

我从他的眼睛里看到了，原来他也怀疑我是凶手！既然律师都这么想了，他干吗还要来为我辩护呢？

"你是想要问——我到底有没有杀人吧？"

"高先生，我不是这个意思，我是说——"

"我没杀人！"

还没等萨顿律师解释，我已斩钉截铁地打断了他。

"很好，能告诉我全部过程吗？你是怎么发现死者的？"

"案发当晚，我坐飞机来到马丁·路德市，有个四十多岁的华人男子来机场接我，他的中文相当流利，自称天空集团全球 CEO 的秘书，说天空集团的大老板要见我。他开车带着我来到案发的公寓楼，让我到 513 房间找大老板。结果我刚走进房间，就发现了常青的尸体。"

来美国才几天时间，我的口语水平竟已突飞猛进。

"好的，我会去看机场的监控录像。"律师已录下我的话，又在本子上记了几句，"高先生，你认识死者常青吗？"

"认识。"

"他和你什么关系？"

我犹豫了一分钟，在莫妮卡和律师面前，我究竟该怎么说呢？为了蓝衣社的大业，冒充高能万里迢迢飞来美国，骗取天空集团大老板高思国的信任？如果就这样说出来，莫妮卡会把我掐死吗？不，不能告诉她这些，也不能告诉任何人！这是我与常青之间的秘密，即便他埋进坟墓也不能泄露！

"他是我父亲生前的朋友，在中国与我见过一面。他帮我搞到了美国的签证，让我飞来美国找他。"

我迅速给自己编了个理由，却被莫妮卡戳穿了："你撒谎！"

为什么她的口气就像该死的检察官？！

“对不起，继续说下去吧。”她不愿让律师留下对我不好的印象，“Sorry，乔治，我不该打断你们。”

“好的，高先生，你说有人来机场接你，要带你去见天空集团大老板，这是怎么回事？你和天空集团是什么关系？”

这个问题可把我难倒了，除非说出高能的身世，否则我没办法为自己解释了。

于是，我把这个难题扔给了莫妮卡。

“你来回答吧！当我自己还蒙在鼓里的时候，你就知道这个问题的答案了。”我用汉语补充了一句，“假设我还是高能。”

莫妮卡的面色微微一变，她早就知道高能的身世，几个月前带着任务飞来中国，想方设法接近我，以至于她现在难以自拔。至于我如何知道高能的秘密？对她来说已不重要，如果不是这个原因，我何必千辛万苦来到美国？

“萨顿先生，请你答应我——”她无奈地摇摇头，为了救我必须说出来，“在法庭以外的地方，为我和高先生保密，不要把这个秘密说出去。”

“放心吧，保护当事人的隐私是我的义务。”

莫妮卡冷冷地看着我说：“高能先生，是天空集团全球CEO高思国先生的侄子。”

虽然她明知我是个冒牌货，却还在为我圆谎，因为如果我不是高能，那不但是杀人嫌疑犯，而且还是非法入境。

萨顿律师惊讶地看着我，似乎在仰望一座闪闪发光的金山，态度立时恭敬起来：“高先生来美国的原因，就是与你的叔叔见面吧？”

“是。”

“可为什么由死者常青来为你安排签证呢？高小姐不是更适合为你做这件事吗？”

“我……我一开始不想让叔叔知道，所以常青帮了我这个忙，也是他在联系我的叔叔的，至于他和我的叔叔什么关系，我也不是很清楚。”

不可否认我说谎的本领正在逐渐提高。

“高先生，是谁让你来马丁·路德市的？”

“是常青给我订的机票，从洛杉矶飞到马丁·路德市，他说我的叔叔已抵达这里，会有人到机场来接我。”

“嗯，警方已发现常青生前与你通过电话。”他又埋头在纸上写了几笔，对我挤出一丝虚伪的微笑，“你在案发的公寓楼里，见到了你的叔叔吗？”

“不，连个影子都没有，当我被警察抓住押到楼下，所谓的秘书就消失了，只剩下我的行李躺在路边。”

“能说得更具体些吗？我是说发现死者的情景。”律师轻轻叹了口气，神色凝重地说，“有一条对你最不利的证据——警方逮捕你的时候，你正紧握杀人的凶器。”

“Shit！”我终于忍不住用英语爆了粗口，随即尴尬地摇摇头，“Sorry，我有些激动。"

"没关系，我常遇到这种情况。高先生，在向陪审团解释之前，能否先对我解释一下？"

"案发那天晚上，我走进公寓楼的513房间，看到餐桌上放着一把刀，下面压着一张字条。我想看清字条上的字,便毫无防备地拿起刀子,看到字条上写着'DAY DREAM'。"

"DAY DREAM？"

"没错，是手写体的英文字，'DAY DREAM'，用中文说就是'白日做梦'！"

最后这句中文是说给莫妮卡听的。

"高先生，根据警方提供的证据，在勘察命案现场的过程中，确实在餐桌上发现了一张字条,上面正如你所说写着'DAY DREAM',这个会成为一项重要证据的。因为你要看清字条上的字，所以拿起了盖住文字的刀子，是不是？"

"没错！这几个字引诱了我拿起凶器，这是一场精心策划的谋杀案，同时诱骗我成为杀人嫌疑犯。"

"虽然很离奇，但未必没有可能，也许陪审团会相信吧。"

辩护律师模棱两可的态度让我生气："我说的都是真实情况！请相信我！"

"好，我当然相信，请不要激动。高先生，能不能告诉我，为什么警察发现你的时候，你身上沾有死者血迹？手上仍然握着那把凶器，为什么不把刀子扔掉，反而拿着刀子去坐电梯呢？"

"当我看到'DAY DREAM'这行字，我就被彻底激怒了！接着在里面的房间，发现常青的尸体。也许是凶手故意放的，我被一把扫帚绊倒，不幸地倒在死者身上，沾上了他的血迹。当时我太紧张了，手指完全僵硬，惊慌失措地握着刀子往外跑，倒霉地遇上了两个警察。"

"确实很倒霉！"

萨顿律师又拧起了眉毛，我的读心术告诉我——他心想"这家伙是在编小说吧"。

"我根本不知该怎么解释，听到了警察的米兰达警告，干脆一个字都不说了。"

"高先生，好在情况还不算最坏，因为现在没有任何人亲眼看到你杀死常青，也没有任何录像证据。即便警察看到你握着凶器，也只能算间接人证。"

算是安慰吗？起码我没有死定："只要抓到真正的凶手，我就可以洗脱清白了！"

"前提是能够抓到的话——这桩案子的难度还是很高的，也算是对我自己的挑战。但请你们放心，法庭上没有什么是不可能的！"

莫妮卡也按了按我的肩膀："努力！"

"高先生，由于常青是美国公民，根据案发地阿尔斯兰州的法律，你将在马丁·路德市地方法院受审，估计最快下个月就会开庭。"

“我还要留在这个鬼地方一个多月？”

“假设你第一次开庭就被无罪释放——但这个可能性不大。”

“我们要做好持久战的准备。”莫妮卡又插了一句话，看着我的眼睛问，“你有信心吗？”

“我要作无罪辩护！”

一周之后。

我差不多已适应看守所的生活，偶尔也和同室的嫌犯们说几句话，故作神秘地打几个手势，看起来像黑道动作，抑或某种中国功夫架势。我的到来成为了传奇，何况是以杀人嫌疑犯的身份。每天放风在狭窄的天井，越过高墙与钢丝网，眺望远方落基山的积雪。极少有人来与我搭话，牛高马大的暴力罪犯们，遇到我也得退避三舍。

饮食还算不错，起码不用为填饱肚子担忧，如果身体闲得发慌，还有台球室与乒乓房。但我很少参与体育运动，倒是经常去阅览室，可以看到许多报刊杂志。最新一期《TIME》周刊，几乎全是金融危机的特别报道。看来美国已难逃厄运，正竞选总统的奥巴马与麦凯恩，也将如何拯救美国经济，作为最重要的竞选议题。

这期的《TIME》有篇关注天空集团的文章，作者深谙财经圈的内幕，为读者撩开天空集团的神秘面纱——

这家顶级跨国企业巨头，不像美国其他大公司，比如通用汽车、通用电气、IBM、微软、英特尔那样经营各自专业领域。天空集团更像东亚的财阀集团，比如日韩的三菱、三星、LG，从能源、金融到高科技几乎无所不包，经营范围之广令人惊叹。在某个行业里天空集团并非最强，但集团旗下各子公司加起来，却可能超过美国任何一家大公司。集团的亚洲家族式经营策略，与美国企业文化格格不入，因此也饱受各界非议。至于集团董事长，据说是一位华人，也是公司绝对控股的自然人，多年来隐藏幕后，从未在媒体上露面。如果此条消息属实，他将是全球最有钱的华人，超过李嘉诚数百倍。

文章并没有透露天空集团大老板的名字——管他叫什么？他与我有什么关系？我不是高能，也不是他的侄儿，现在却要以高能的名字，接受谋杀罪的审判——不知道这个阿尔斯兰州有没有死刑？如果还是像以前一贯倒霉，最终冤枉地坐上电椅呢？

天杀的命运！你送我跨越太平洋到美国，就是要体验电椅的滋味吗？

绝望地抓紧《TIME》封面，就像电流贯穿身体，将脆弱的心脏刺激到极点。

对不起本期这位封面人物了。

忽然，狱警在后面叫了我一声，通知有人来探视我。

律师又来找我研究案情？

走进探望室，却只看到莫妮卡一个人，疲惫的混血容颜，穿着休闲的毛衣，还将头发扎在脑后，感觉与以前很不一样。

“你——终于来了。”

已经在牢房里等了她七天，当然也不指望她天天来探监。

“萨顿律师和法官沟通过了，由二十三人组成的大陪审团，将决定是否对你进行起诉。”莫妮卡停顿片刻，没有在我脸上找到什么希望，“不必奢望了，你肯定会被起诉。”

“接下来的程序呢？”

“根据阿尔斯兰州的法律，起诉后无非两种情况，一种是被告认罪，另一种是全面审判。如果被告愿意认罪，可以在量刑上从轻，这就是所谓辩诉交易，为了降低政府的审判成本。”

“不，我绝不认罪，我没有杀人！”

“当然不能。”她将头凑近我的眼睛，却低头躲避我的读心术，“全面审判就是电影里经常看到的，十二人组成的小陪审团，还有法官、被告、检察官、辩护律师、证人……唇枪舌剑、旷日持久，非常残酷，经常有人精神崩溃。”

面对她低落的情绪，必须表明我的态度：“我不怕，我们会获胜的。”

“很好，关键在于你自己。”

我回想起上次和律师说的话：“对了，我说过有人开车带我去案发的公寓楼，那个人自称天空集团大老板的秘书，你们有没有调查过机场的录像？”

“萨顿律师去机场查过监控录像，但非常遗憾——马丁·路德市的机场年久失修，许多摄像监控设备无法运行，没找到你说的那段录像。”

“该死！我明白为什么会在这了，美国最破的阿尔斯兰州，最适合做谋杀的陷阱！这是精心策划好的地点，才会煞费苦心地骗我过来。”

“让你来马丁·路德市的人，不正是死者常青吗？难道他设置陷阱？杀死自己来陷害你？”

“不，这太变态了！常青要害我易如反掌，何必牺牲自己的性命？”

“你还真把我的假设当真了？”看起来像是对我的嘲笑，莫妮卡狠狠白了我一眼，这才显露本色，“警方的验尸报告显示，死者是被外力捅死的，可以排除自杀可能。”

“常青为什么要骗我呢？天空集团？全球 CEO？高思国？根本全是骗局——结果却是他自己死了？”

无法想象，陷入密室杀人的迷宫，莫妮卡却露出诡异眼神：“也许，常青并没有骗你。”

“什么意思？”

“两个月前，我在美国雇用了私家侦探，调查常青的底细——他在全美几乎每个州都有房产，包括最偏远的阿尔斯兰州。他还拥有许多股票和债券，包括控股太平洋中美医院的医疗集团。常青的身家起码有几个亿，却没有家庭和子女，也没有任何公司实体，谁都不知道他的财产来源。”

“你是为了这个才回美国的？”

“不，还有其他原因。”莫妮卡又正襟危坐，“命案发生一个月前，天空集团全球 CEO 高思国，接到了一个神秘的电话，说他唯一的侄子高能，即将飞来美国寻找叔叔。打电话的人自称高家世交，说高能正面临危险，必须万分小心不能泄露行踪。高思国并没有明确答复，一直等到案发两天之前，才主动与那个人联系。对方说高能已到了美国，见面地点在阿尔斯兰州马丁·路德市，案发的那栋公寓楼。”

我急迫地想要知道：“高思国真的去了吗？”

“是，但他从事一贯谨慎小心，事先派私家侦探调查了那栋楼，又有十几名带枪保镖陪同，在案发当晚飞到马丁·路德市。当他的车队悄然抵达荒凉的公寓楼下，忽然接到又一个神秘电话，告诉他楼内潜藏危险——这时距离你到达公寓楼，还不到二十分钟。于是，高思国的车队立刻掉头，离开公寓楼原路返回机场，当晚飞回了纽约。”

“该死！大概这时候的常青，正在楼上等着高思国吧？接着凶手就上楼杀了他！”

“我去电话公司做过调查，给高思国警告的那个电话，与拨 911 让警察来抓你的是同一个号码——就在公寓楼下的公共电话亭。”

“明白了，那个打电话的家伙，就藏在电话亭里，看着高思国的车队离开，才跑到楼上去杀人的。”我站起来焦虑地走了几步，“那个警告电话说的是中文吗？”

“没错。”

“可是，不可能是那个吴秘书，那时候他正在机场接我呢，不可能分身跑到公寓楼下。”

“根本就没有什么吴秘书，高思国确实有高级秘书，但却是一位黑人女士。天空集团的美国总部，也没有你所描述的这个人。”

“冒牌货！”我深恶痛绝地回忆那张面孔，“他说自己姓‘吴’，就是‘无’的意思，查询结果就是无此人！”

“何必骂别人？其实，你自己也是个冒牌货！”

莫妮卡冷冷地在耳边抛出一句，像刀子扎进我的心脏，让我捂住心口：“你——是！我是冒牌的高能，反正你早就知道了，我也用不着怕你。”

“不，你应该怕我的！我看你一直都很怕我，否则为什么要瞒我？为什么坐上飞机才给我打电话？为什么不说出你的真实目的？为什么来美国？为了冒充高能，见到高思国吧？”

连珠炮似的提问让人心慌意乱，显然有备而来，我只能低头说：“既然你都知道了，又何必明知故问？”

“重要的不是这个，而是埋藏在你心里的秘密——别以为只有读心术才能看到谎言！你对萨顿律师说常青是你父亲生前的好友，就不怕我在旁边揭穿你吗？为什么不敢把你和常青之间的交易说出来？”

“交易？”

我不是故意在装傻，而是我一直没想到，其实我来到美国的这一切，是一场与魔鬼的交易。

“常青为什么要帮你来美国？你为什么接受他的帮助？”

“我——”

面对她的咄咄逼人，我一时语塞，不知道该编什么谎言？

“三个月前，我和你一起见过常青，我知道你恨他！你认为他导致了你父亲的自杀，他根本不是你的朋友，而是你的仇人！为什么不把这个告诉律师？”

用力地捏紧拳头，我想揍的人正是自己。也许，此刻在莫妮卡的眼里，我已是认贼作父的无耻不孝之徒了吧！

“对不起，我怕把这个说出去以后——我承认我恨常青，到现在都没有原谅他——就会成为我的杀人动机！到时候就连律师都不会相信我了。”

“是啊，我也感到奇怪，如果不是你杀了常青，还会有谁呢？”

“你！”我强迫自己压抑愤怒的情绪，“连你也怀疑我吗？那你为什么要来救我？”

“就像你一直对我的怀疑那样，为什么我不能怀疑你？”

“你是在报复我吗？”

“没错！”

这个睚眦必报的女人！遇见她是我的幸运还是倒霉？

忽然，她按住我的肩膀，让我安静地坐下来，幽幽地说：“冒牌货的高能，如果要我不再怀疑你，那就不要再说谎了，请把一切的真相告诉我，比如你和常青的关系。”

肩头是她温暖的手，似乎不费吹灰之力，就把我牢牢钉在座位上。我痴痴看着这个女孩，这双年轻的混血眼睛，放弃了读心企图，沉默几分钟后，举起白旗投降了。

“你说得没错，这是一场交易，龌龊的交易——常青送我来美国，而我要冒充高能，骗取天空集团大老板高思国的信任。我得到的是一个机会，要么就此灭亡，要么飞黄腾达。”

她缓缓吁出一口气：“你终于承认，你和他们同流合污了。”

“也许吧，我还要告诉你一个秘密——当我还是古英雄的时候，白天是个保险推销员，晚上就是蓝衣社的社长。”

“蓝衣社？”

“是，你难以置信吧！但这并非我自己的选择，而是我真正的父亲留给我的遗产，这群诡异神秘的家伙，还有一个古老的使命，发现兰陵王的秘密！两年前，华金山给我做了人脸移植手术，以前的古英雄已经死了，而我戴着高能的面具借尸还魂。当中还有许多细节不清楚，总之我成了一个牺牲品，直到发现自己的身世。”

莫妮卡仔细端详我的面孔：“不，你真是那个人？那个隐藏在黑暗里，最可怕的那个人？”

“就在你看到的这张脸的下面。”

说罢我大声苦笑起来，完全不顾狱警的呵斥。

“古英雄！”

“所以，我恨自己。”

“这不是你的错，至少不是我所认识的你的错。”

莫妮卡所认识的我，不就是那个昏迷以后醒来，对从前一无所知，天空集团的小销售员，心地单纯而真实的高能吗？没错，现在我就是高能，我的生命从2007年11月24日开始，一切都是重生以后的记忆。

“我不知自己该怎么做，现在真有些后悔了，我宁愿回到高能的生命里，不知什么叫蓝衣社，也从不知道古英雄这个人。我感觉自己像一台机器，完全听从他人摆布，竟还异想天开到美国来，重新创造自己的命运，却一不小心变成杀人犯！”

“在这个世界上，每个人都是一台机器，或者是机器中的一个铆钉，一切都听凭外力的摆布，几乎没人能控制自己的命运。”

“我的可悲与可笑就在于——既想知道自己是谁，又想知道自己从哪里来，甚至还想知道自己将向哪里去！”

或许这句话感动了莫妮卡，她贴近我的耳朵说：“总有一天你会知道的。”

“现在最想知道的是，我将永远留在监狱里，还是能够获得自由？”

“我会尽全力帮你，既然你已说出了秘密，那么我也说出我的秘密吧。天空集团董事长兼全球CEO高思国——就是我的父亲。”

虽然，读心术早让我知道这个秘密，但我一直等待她对我亲口承认，否则我将永远怀疑她。

“你的名字不叫孟歌，现在可以说出真名实姓了吗？”

“对不起，我一直隐瞒着自己的真名——我姓高，中文名字叫高梦，做梦的梦。”

“高梦？反过来念就是孟歌？你到天空集团中国分公司的目的，就是接近高能——也就是你的堂兄。”

“是，除了我以外，父亲并没有其他子女。我的妈妈是苏格兰人，几年前去世了。

但父亲一直没有再婚的念头，因为他深爱亡妻，此生此世再也没有第二个人，能取代妈妈在他心中的地位。我的祖父祖母都已去世，父亲除了我以外，只剩下一个亲人，那就是他的哥哥，也是我的伯父——远在中国的高思祖。"

"高能就是你父亲唯一的侄子，也是高家唯一的男性继承人。"

"三年前，父亲收到过一封电子邮件，有个自称是他的侄子的人，也是天空集团中国分公司的销售员，希望得到他的帮助。谨慎的父亲派人秘密调查高能，经过严格证实确是他的侄子。但父亲并没有给高能回信，就当这件事从没发生过，更没给自己的侄子任何关照。"

"我看到过那封邮件。"

"今年年初，天空集团的加州培训基地，也是父亲拥有的一个私人山庄，他偶然遇到了一个参加培训的员工，来自中国分公司，也是你的同事。"

"陆海空！"

刹那闪过他吊死在我的办公桌上的情景，似乎至今仍摇晃在我的头顶……

"不知道什么原因，这个年轻的中国员工，居然向天空集团的大老板，问起了关于你的身世。我的父亲当然非常惊讶，这样的秘密怎么泄露到了外人耳中？但他并没有否认这件事，反而大方地承认了高能的身份。"

"为什么？你的父亲不是向来行事谨慎吗？干吗要向陆海空证实呢？他完全可以矢口否认的，就当是某个中国青年的幻想吧。"

"一开始我也感到很奇怪，为什么父亲会一反常态？原来这也是他计划的一部分，让陆海空回去干扰你的生活。当陆海空在公司自杀身亡，第二天父亲就接到了消息。"

我仰天长叹了一声，说给头顶的冤魂听："可怜的陆海空，不过是一个诱饵罢了！"

"四川大地震发生以后，父亲用他的私人账户，匿名捐献了10亿美元。他给我安排了秘密任务，让我飞到中国担任总经理助理，我的真实身份——只有中国区老总才知道，父亲要求他必须保密。而高能的身世，就连总经理也不知道，只有我掌握你的秘密。还记得你父亲追悼会上，出现的那批神秘黑衣人吗？那就是我的父亲，还有他周围的保镖。他在接到我的电话后，专程从美国飞来悼念他的哥哥，又闪电飞回美国了。"

"你的父亲，天空集团的大老板，传说中的华人首富，为什么这么看重我？不，是看重高能，仅仅因为叔侄关系吗？如果只是认亲的话，何不光明正大地来，我还求之不得呢！"

"为了你的安全！具体什么原因我不知道，但父亲告诉我，天空集团正面临危机，还有些人隐藏在黑暗之中，是我们家族最大的死敌，如果高能的身份暴露，后果不堪设想!”

“早就暴露了吧!”我不愿再回想过去的事了,“只不过,你的父亲当时并不知道,他的侄儿高能早已死了,现在的这个只是冒牌货。”

“他现在依然不知道。”

“你没告诉他吗?”

莫妮卡混血的眼睛眨了眨:“没有,我从没说过你是假冒的。我说你就是高能,就是他唯一的侄儿,很想到美国来见叔叔,他迄今为止也没怀疑过。”

她的眼睛告诉我,这几句话千真万确,让我沉默半晌:“莫妮卡,何必要为了我,而对你的父亲说谎?”

“首先,我喜欢你。”

面对她的直率,我不知道该说什么。

她继续自顾自地说下去:“如果被我的父亲知道,你不但是个冒牌货,而且还曾是高家的死敌,那你就真的惨了!包括我在内,任何人,都不可能救你,你就等着在这上电椅吧!”

听到这,我浑身都发抖了,看来到美国的这个抉择,果然是巨大的冒险。

莫妮卡的表情越发复杂:“其次,我认为这个谎言,不会伤害到我的父亲,以及他热爱的天空集团。”

“你觉得我是个善良的人?”

“不管以前的古英雄是怎样的人,但当你是高能的时候,你是个真实而善良的人,也是这个世界上难得单纯的人——”她轻轻抚摸我的头发,就像安慰一个受伤的小男孩,“你啊!真是个单纯的傻孩子,所以才会傻得受骗上当,落到这个可怜的地方。”

“我单纯吗?”

其实,我一直觉得自己很复杂,复杂的过去,复杂的欲望,复杂的心。

“傻瓜,你知道吗?你单纯得像一块水晶,单纯得让人着迷,单纯得叫我时时刻刻担心!”

这句话让我不知怎么回答,只是用我想象中单纯的目光,怔怔地注视她的双眼。

没错,她没有说谎。

狱警终于过来,说探监时间已经到了,其实早就超过了很久,大概莫妮卡塞给他小费了。

她温柔地贴了贴我的脸颊,体温渗透入毛细孔,融化于我的血液。

“保重!傻瓜!”

目送她的背影消失在探望室外,我低头转回暗无天日的牢房。

几天后。

看守所长给我调换了牢房，从四人间变成双人间。室友不再是抢劫犯与强奸犯，而是一个洗钱的嫌疑犯。四十多岁的本地白人，金融风暴中公司亏损，把公司钱洗到个人账上再申请破产，被其他股东告发而入狱。这种经济犯通常可以假释，但他的老婆为躲债带着孩子跑了。他从公司老总变成穷光蛋，又不想乖乖认罪，只能关在这里。

与这种人关在一起算上辈子走运，睡觉时不必提心吊胆。倒是我的新室友吓得要命，我只能反复解释这是桩冤案——当然说了等于白说，在这里每个人都自称冤枉。新房间比过去干净许多，晚上也很暖和，足够抵御过早来到的秋天，简直就是看守所的总统套房。我猜这又是莫妮卡的功劳，为我打点了看守所长，才会这样破例为我安排。

然而在凌晨时分，依旧是噩梦世界。

以前那个关于黑水的梦，已渐渐从我脑中消失，现在梦中的男主角是常青——挺着满是鲜血的胸口，对我说不着边际的鬼话，被我一顿暴打或蹂躏。梦中的我变得越来越暴力，每次梦见常青的脸，就恨不得再给他捅上一刀。

是，我确实有杀人动机，还有潜意识里享受杀人的欲望。尤其面对常青的时候，这个试图控制我的命运，并把我作为一枚棋子的家伙。虽然与他做了卑鄙的交易，但这并不妨碍我的仇恨，以及趁机向他复仇的可能性。

但我是被冤枉的。

尽管被警察发现的时候，我正握着杀人凶器，身上沾着死者血迹。

如果要完全洗脱清白，除了仰赖萨顿律师三寸不烂之舌，最有效的办法就是——找到真正的杀人凶手！

谁是凶手？

可惜，本书不是推理小说。

但偶尔也可以推一推，从我在洛杉矶起飞前，接到常青的电话推起。他肯定已联系好高思国，蛰伏在公寓楼等待这位大人物光临。同时，他还派遣一个人去机场接我——鉴于莫妮卡已向我证实，此人绝非高思国手下，所谓的“吴秘书”本为常青服务，却将我诱骗入命案现场。

存在三种可能——

第一，此人确实执行了常青的命令，冒充高思国秘书接我去公寓楼。至于常青刚在楼上被杀害，他也完全一无所知，在我上楼后就按原定计划，将我的行李扔下车扬长而去。

第二，常青确实派遣一个人到机场来接我，但在途中被人杀害或绑架，反正来接我的那个“吴秘书”，已是冒牌货的冒牌货。他知道常青即将被杀害，便将我诱骗到命案现场，然后神秘消失。

第三，蓝衣社内部出现了叛徒！此人奉常青之命来机场接我，却又勾结外人谋害“主公”，正如古代弑主犯上的不忠家臣。倒霉的我成了牺牲品，被他接到现场顶了杀人黑锅。

不管哪一种可能，凶手肯定另有其人！虽然，子虚乌有的“吴秘书”并不具备作案时间，但极有可能与凶手串通一气，否则不会配合得如此天衣无缝——恰恰在我到达之前几分钟，常青才被人谋害致死；此前二十分钟，又有人用楼下的公用电话，警告正巧赶到的高思国，使其迅速离开现场；又在我上楼之后几分钟，警察就接报911将我抓个正着！

就像一个精心彩排的电影长镜头……哪怕一个环节出了最细微的差错，就足以酿成全盘失败，到底是那个人太聪明了，还是我太倒霉了呢？

但我拿不出任何证据，证明“吴秘书”的存在！所以警方也不可能去寻找那个人。

辗转反侧到凌晨五点，仍无法入睡，回忆倒带至几个月前——第一个在我面前死去的人，是可怜的陆海空，他吊死在我的办公桌上。因为天空集团大老板，老谋深算的高思国，故意泄露了高能的秘密。但他不会想到，陆海空竟会因此而断送性命，当他频繁出现于与兰陵王相关的网络世界，引起了蓝衣社的注意——这些家伙既然能将别人的脸移植给我，自然也可以控制他人的精神，最终导致他自我毁灭。至于高寒与方小案，我已不指望再见到他们了。

常青死了，我在监狱里，谁还是蓝衣社的头？

2008年，10月。

美国，阿尔斯兰州，马丁·路德市，看守所。

我，一个杀人嫌疑犯，正在等待末日审判。

而监狱外面的世界，有一些人也在等待末日审判。

十月的前五天，尽管美国通过七千亿美元拯救方案，但已无法挽回投资者信心，道·琼斯指数狂泻14%，跌破万点大关——过去一年股市竟已蒸发了三分之一。短短几天，美国人在股票市场上的退休金共损失两万多亿美元。

无法想象美国会有如此景象，虽然被关在看守所里，但每天可以看最新的报纸，还有两个小时的电视。即便最穷的阿尔斯兰州，也绝非什么世外桃源。前两天本地新闻还报道，有个华尔街的投行白领，因为公司倒闭走投无路，赶到阿尔斯兰州开枪打死了躲债的老板。

一周前，我终于给家里打了电话，她已等待了很多个夜晚，一直没办法联系上我，早就心急如焚。她刚接起电话兴高采烈，听我说完却泪如雨下，这是父亲自杀以后又一个沉重打击——在她的面前我永远是高能，她唯一的儿子。

妈妈急切地想要来美国看我，探监与探亲虽然性质相同，但一字之差却有天壤之别——无论怎么去领事馆门口排队，结果永远都是拒签。每次想到妈妈我就难过，偶尔也会流下后悔的眼泪。

转眼已到十月下旬，美国西部高原的深秋时节。放风时眺望巍峨的落基山脉，纯白的积雪正渐渐变厚。这里就像一台吞叶钞票的 ATM，我看着一批批人走出去，或被释放或进监狱，又有一批批新人走进来。

莫妮卡和萨顿律师每周来看我一次，喋喋不休地研究案情，却毫无进展，没找到任何对我有利的证据，每次都以我的沉默告终。莫妮卡总是神情阴沉，与她从前的阳光判若两人，走时再也不敢看我，仿佛回头就是永别？

最近一次探监是今天早上，律师说我的案子明天就要开庭了。

明天！

第四章
一级谋杀

上午，九点。

马丁·路德市已飘满落叶，短暂的秋天正悄悄逝去，稀少的行人穿着厚厚的冬衣，街面萧瑟清冷如同鬼域。

最近数十天来，我第一次离开看守所，戴着冰冷的手铐，坐在囚车的防弹玻璃后。

开进法院的地下停车场，在荷枪实弹的法警监护下，我走进狭窄阴暗的通道，坐在封闭的小房间里。终于被脱去手铐，抚摸疼痛的手腕，等待上庭的通知。

昨天，萨顿律师反复关照我所有庭审流程和规矩，尤其如何回答检察官的提问——据说这个检察官是个狠角色，经常把嫌犯问得哑口无言，只能被迫承认犯罪。关键要沉着冷静，如果过分紧张，心慌意乱，很容易掉进检察官的陷阱，或给陪审团留下坏印象。现在我的英语水平没问题，不会在语言上被抓住把柄。不过律师说语言差点也没关系，反而会引起陪审团同情，毕竟初来乍到美国的人，很容易上当受骗。

再看时间，已经开庭了，不知法官和检察官长什么样？也不知萨顿律师有没有把握？陪审团的十二个人，虽然都是从普通市民中选出，但有没有先入为主的偏见呢？正紧张地哆嗦，法警进来叫我上庭了。

急忙整理一下西装，这是莫妮卡为我上庭准备的——专门在纽约的顶级西装店定做，据说很多明星也在那里做衣服。尽管衣冠楚楚也可能是禽兽，但如果打扮得破破烂烂，岂不更像土匪流氓？

穿过一条漫长通道，似乎回到记忆的起点，重生时经过的产道，这将是第二次重生？抑或第二次毁灭？

法警推开最后一道大门，迎面射来白色灯光，刺得我半晌睁不开眼。刹那间，像来到古印第安人的祭祀仪式，而我就是奉献给死神的祭品，同许多待宰的羔羊绑在一起，听巫婆念起神的咒语……

“请被告人入席！”

听到大祭司的命令，我瞪大了眼睛，法庭最显著的位置，端坐着一位黑衣老人，他就是本案的法官——五十多岁的年纪，头发差不多秃光了，不怒自威地注视着我。

这是我生平第一次上法庭，紧张得忘了萨顿律师的告诫，像只无头苍蝇不知所措。在法警的指引之下，我才走进被告席，被一排小栏杆围起来，就像牛仔家的羊圈。

颤抖着抓着栏杆，对面就是陪审团的席位，十二个陪审员有各种肤色和年龄，穿着打扮也各不相同，就像阿尔斯兰州的大杂烩。十二双眼睛齐刷刷盯着我，打量第一次出场的杀人嫌疑犯。好在我没忘记律师的叮嘱，大胆直视他们的眼睛，没有做贼心虚似的躲避。

从陪审团的第一双眼睛里，我读到的心里话是：“就是你！就是他干的！”

脑残！还没审就给我定罪了，我记着这张白人老头的脸！

第二双眼睛来自年轻的白人女子，她在心里说：“这个中国人看起来挺猥琐的，但未必是杀人凶手吧？”

谢谢你啦！好姑娘！

第三双眼睛是个印第安大叔，看来是阿尔斯兰州的土著居民，他在心中怜悯道：“可怜的中国人，又是一个替罪羊。”

哎呀，这位大叔真是目光犀利，一针见血。

还没等我来得及看第四双眼睛，法官大声道：“关于高能涉嫌故意杀人一案，控辩双方已完成开场陈述，接下来请检察官举证。”

律师已给我上过美国司法课了，法庭审理第一关是开场陈述，先由检察官告诉陪审团指控性质、案件发生经过和支持控诉的证据。接下来是辩护律师的开场陈述，说明自己的辩护要点，使陪审团对案件产生疑问。

第一次见到对我指控的检察官，四十岁左右的白人男子，像个老实巴交的美国农民。然而，当他靠近我的瞬间，眼里闪过一丝不易察觉的光，令我心惊肉跳。

我恐惧地将头转向另一边，才看到我的律师萨顿先生，他气定神闲，胸有成竹，看来刚才的开场陈述效果不错。旁听席上坐了几十个看热闹的，莫妮卡醒目地坐在第一排，栗色长发束起绾在脑后，混血的双眼直勾勾看过来，读心术发现了她的心里话："加油！"

我默默给自己鼓劲，却随着检察官的脚步声，下意识地往后退着。

现在是审判的第二阶段，起诉方应当向法庭提供证据，出示物证和传唤证人出庭。检察官微笑着取出物证，展示给陪审团和法官看——包括杀人凶器，沾有大量我的指纹，我被捕时带血的衣服，还有凶案现场的照片。面对这些骇人的物件，让我不时闭起眼睛，更不敢与检察官对视。检察官在描述这些证物时，不断采用"凶残"、"血腥"、"冷酷"之类的字眼，试图让陪审团对我深恶痛绝，认定我就是个十恶不赦的杀人魔鬼。

起诉方的证人出庭，先是逮捕我的两位警察——"黑白双煞"。这两位仁兄宣誓所说的都是事实，对他们大概也是家常便饭。警察先对我进行辨认，回答检察官的提问，陈述案发当晚接报911，赶到现场在电梯口抓住了我。

然后，是法庭上最精彩的部分——交叉询问，辩护律师当场向证人询问。

萨顿律师走到警察的面前，指着我说："你们有没有看到我的当事人杀人？"

警察看了看我说："我看到他浑身是血冲向电梯，手里还拿着凶器。"

"对不起，我只要你回答——有没有亲眼看到，我的当事人杀人的过程？"

警察无奈地瞪了我一眼："没有。"

"谢谢！"律师转身对着法官说，"我的问题完了。"

法官俯身对检察官说："起诉方有没有要再问的？"

辩护律师交叉询问后，检察官可以再直接询问证人。通常证人没有说到要点，或被律师抓住小辫子，需要检察官澄清证词的模糊之处。但辩护律师也可以再度询问，持续攻击证人的可信性。这就是庭审片里常见的唇枪舌剑，检察官与辩护律师你来我往，经常把证人或被告折磨得半死。但是，如果某一方触犯法庭上的规则，比如询问方式有诱导之嫌，或者询问与本案无关的内容，另一方可以当场反对。但对方也会向法官简短解释，这样提问的理由和必要。法官会决定反对是否有效，这是个非常复杂的过程，但对查明案件真相很有效。

可是，检察官出乎意料地放弃再度询问，要求第三位证人出庭，也就是负责此案的警官。

我也见过这位警官，但因为我履行了米兰达权利，从未和他说过话。他在法庭宣誓之后，陈述了现场勘察结果，还有法医的验尸报告。这些证据都对我非常不利，现场到处留下我的指纹和脚印，包括常青的死亡时间与伤口情况。

接着，辩方律师作了简短询问，检察官也像上次一样没有论战。

法官宣布庭审进入辩方举证阶段。

萨顿律师终于走到我的面前，用目光示意我不要紧张，朗声问道："高能先生，你能用英语回答吗？”

“No—pro—pro—problem！”

该死！怎么第一句英文就结巴了！同时听到陪审团和旁听席上一阵讽刺的笑声，我羞愧得无地自容，真想马上宣判死刑送上电椅得了！

律师的表情也很尴尬，只能安慰道：“请别紧张，你能用英语回答吗？”

这是我第一次在法庭上说话，嘴唇皮都发紫了，陪审团像看傻瓜一样看着我，而我只能慌张地躲避他们的目光，却撞到旁听席上莫妮卡的双眼。

“坚持住！”

她的眼睛在对我说话，混血的美丽脸庞如同雕塑，笼罩在幻影般的白色灯光下，仿佛她才是这次审判的主角。

“No problem！”

刹那间，我口齿伶俐起来，美式英语也变得异常标准，自信的目光对着陪审团，让那十二个人刮目相看。

“很好，高能先生！”律师赞许地对我点头，“你可以继续陈述下去。”

按照事先与律师商量好的方案，我从来到美国的那一刻说起，来到马丁·路德市，被自称天空集团吴秘书的人，接到案发的公寓楼，在 513 房间发现死者常青，然后我慌忙地逃出去，被及时赶到的警察抓住了。

我没有说蓝衣社的情况，只说常青是我父亲的好友，帮助我与天空集团大老板取得联系，并为我安排签证手续。当然，我更不可能说出自己的真实身份，在这里我就是高能，我是以高能的身份接受审判，来美国也是要找我的“叔叔”高思国，那个遥远的古英雄早已死了。

其余情况都是事实，尤其在案发现场，餐桌上那张神秘字条，引诱我拿起凶器，成为对我最不利的杀人证据。律师听完频频点头，旁听席的莫妮卡也给我鼓劲，陪审员们都没有发出声音，看来我的英语表达能力还不错。

律师出示最重要的物证，那张来自警方现场勘查的字条，保存在透明的证物袋里，一张皱巴巴的白纸，有着手写体的两个英文单词——

DAY DREAM

白日梦！

我站在被告席里一阵颤抖，就是这张可怕的字条，这段直白的英文，像一张嘲笑的大嘴，把无辜的我吞入这桩审判！

陪审团和法官都看了一圈物证，最后轮到检察官手上，他皱起眉头停顿片刻，迅速作出反应，走到我的面前说：“高能先生，你说你没有杀人，而是走进凶案现场，发现了这张字条，为了看清字条上的字，而拿起了压着字条的刀子？”

第一次与检察官对话，我紧张地只说了一个字：“Yes。”

这也是律师关照的，与检察官说话越短越好，免得被他捉到漏洞。

“你认为这是一场针对你的阴谋？”

“Yes。”

检察官的表情异常严肃，我已看到他心里的话——“这个小子不好对付！”

“请问你在拿起刀子之前，有没有看到刀刃上的血迹？”

“有，看到了红色的污迹。”

“既然已看到了血迹，为什么还要拿起来？”

面对他犀利的目光，我说了早已准备好的话，其实也并非谎言：“当时我没认为是血迹，因为刀子是放在餐桌上的，我以为是西瓜汁或番茄汁，根本不会想到有杀人案。”

“好，回答得很合理。你说为了看清字条上的字，所以把压住字条的刀挪开，却为什么还一直握着刀子？”

“我刚拿起刀子，就看清了字条上的‘DAY DREAM’——当时把我吓住了，紧张得双拳握紧，就再也没有把刀子放下来。”

检察官耸了耸肩膀：“提请陪审团注意，按常理来说有些奇怪，就这两个英语单词，能让被告紧张成这样吗？”

“我……”赶紧让自己镇定下来，“因为这两个字，让我感觉这是一个陷阱，但又不知道具体什么危险，一刹那就很紧张。”

“陷阱？两个字就代表陷阱了？这个世界岂不是到处都是陷阱？”

“是，这个世界上，确实到处都是陷阱。”我忽然意识到自己说跑题了，低下头说：“对不起！”

他盯着我的眼睛摇摇头：“看来你是一位悲观主义者。”

“Yes。”

“再次提请陪审团注意，当你看到写有‘DAY DREAM’的字条，就会拿起一把沾着血迹的刀子到处乱跑吗？”

不知道该怎么回答，尽管确实不合常理，但又无法描述案发时的心情。从接到冒充高能去美国的任务那一刻起，我就再也没睡过一天安稳觉，无数次从噩梦中惊醒。就在那晚走进公寓楼时，无数种情绪交织在心中，既有将要见到高思国的兴奋，又有谎言与面具被戳穿的担心，更有对黑暗中不为人知的危险的恐惧。当看到刀子底下“DAY DREAM”这八个英文字母，“白日做梦”的声音在耳边响彻，刹那间所有幻想都破灭了，彻底坠入黑暗深渊。当时根本无法控制自己，没有意识到凶器握在手中，直到浑身是血冲出房间。策划这桩凶杀案的人，肯定深入剖析过我的心理，抓住我性格上的弱点，判定会出现这样的情况——电脑般的精确计算，无论时间、地点还有一切细节，都是一张捕捉我的阴谋大网。

看着我不再回答，检察官眼里露出一丝满意。他举起透明的物证袋，朗声对陪审团说："我不怀疑这张写有'DAY DREAM'的字条的真实性，也不怀疑警方报告这张纸上沾有死者的血迹的事实。但现在谁也说不清楚，'DAY DREAM'究竟是谁所写？而根据被告的陈述，这行字使他坠入一个精心编织的陷阱，拿起刀子被警察误认为是凶手。所以，查出是谁写了这行字，对于证明被告所说的话是真是假，具有非常重要的意义。所以，我建议法庭对这行字做笔迹鉴定！"

法官点了点头说："好，不过检察官先生，这张字条要和谁的笔迹作对比呢？"

"死者！"

陪审团一阵小小的骚动，我也摇摇头说："不，怎么可能是常青写的呢？"

法官严厉地瞪了我一眼："没有法官允许，被告不得擅自说话！"

我哑口无言地缩了回去，但那还用问吗？肯定是杀人凶手写给我看的，只有找到真凶才能鉴定笔迹。

"同意检察官的请求。"法官回头对书记员说，"准备鉴定这张字条与死者常青的笔迹。"

在法官的示意之下，检察官继续对我询问："请问被告，你说有一位自称天空集团吴秘书的华人男子，从机场接你来到案发现场？"

"Yes。"

"但根据警方现场的勘察，并未发现所谓吴秘书的任何踪迹，这是否是你杜撰或想象出来的呢？"

没想到会有这种问题！当我不知所措之际，萨顿律师站起来说："反对！这纯属控方的想象。"

"反对有效！"

法官托着下巴厉声道，大概他也是把这场官司，当做一台难得上演的好戏。

狡猾的检察官见好就收，微笑着说："法官先生，我的问题问完了。"

"现在，辩护律师可以询问被告了。"

萨顿律师看了看我的眼睛，摇摇头："我没有问题了。"

根据我们事先的战略，律师会让我尽量少说话，先适应美国法庭的气氛。

法官揉揉眼睛，疲惫不堪地说："中午了，今天到此休庭，下次开庭时间另行通知！"

下次开庭时间？

这一等就是几十天。

我仍然每天在看守所坐井观天，而高墙外的美国已发生剧变。

白宫有了新主人，第一次有个黑皮肤的中年人，登上了美国总统宝座。就连看守所里的犯人们，每天也看电视关心选情，他们分成两派支持麦凯恩与奥巴马。不过囚犯大多是黑人、印第安人、墨西哥人等少数族裔，奥巴马在这里明显占了上风。11月5日大选结果揭晓，看守所还增加了许多警力维持秩序，以免两派囚犯大打出手。

至于我这个中国公民，既无权投票也不是很关心。就连关系我性命的案情，似乎也不放在心上了。每周一次“接见”莫妮卡与萨顿律师，而每次分析案情，律师都强烈要求我说出所有秘密。但我要么装傻顾左右而言他，要么干脆就说：“对不起，我不能说。”

我悄悄地瞥一眼莫妮卡，而她苦笑一声，显然对一些家族秘密，她也是守口如瓶。这搞得萨顿律师很抓狂，他知道我一定隐瞒了许多，而这些关键性内容，要么可以为我洗脱清白，要么就直接送我上电椅。

不过，严格意义上我在法庭上说的都是谎言——因为我本来就不是高能！杀人嫌疑犯却是我，可能背负罪名上电椅的人也是我。

反正早已经死过一次，用高能的名字再死一次又何妨？律师说形势不容乐观，检察官继续搜寻对我不利的证据。但是，无论那张‘DAY DREAM’字条鉴定结果如何，这场官司肯定会旷日持久下去，我也得继续被关在阿尔斯兰州，这片古老而悲惨的土地。

这里本是印第安人的家园，生活着一群桀骜不驯的游牧民。因为很像古代亚洲的突厥人，被以突厥语“阿尔斯兰”命名，意为狮子。十九世纪中叶，随着美国人逐渐掠夺北美中部土地，许多印第安部落遭到驱逐与屠杀。阿尔斯兰人不愿屈服，拒绝承认美国主权，为保卫土地不惜一战。1876年，一支美军袭击了印第安部落，屠杀了一万名印第安人，大部分是老人和孩子。十年后阿尔斯兰州建立，最早的移民是德国来的路德教徒，故而将首府命名为马丁·路德市。

感谢莫妮卡为我疏通关节，每周都能与远在中国的妈妈通电话，虽然只有短暂的三分钟。妈妈去美国领事馆排了许多次队，可以想象她的决心与毅力，仅仅为了来见我一面。我也想过请莫妮卡帮忙，就像常青为我办理签证材料那样。但转念一想还是算了吧，何必让她见到我现在的样子，难道让她来看着我上电椅吗？

呸！呸！呸！

苏醒以后已经够倒霉了，为什么总想这些晦气的话？好像明天就要宣判似的——不，明天不会真的宣判吧？

半分钟前，所长通知我明天第二次开庭。

阿尔斯兰州下了第一场雪。

漫天风雪从遥远的北极出发，穿越辽阔的北美大陆，沿着落基山脉席卷而过，海拔数千米的马丁·路德市首当其冲。到处是积雪的世界，街上几乎见不到人影，许多商店已提前歇业。不断有雪粒打到防弹玻璃上，化为一摊热泪般的雪水，模糊我空白的视线。

高能涉嫌故意谋杀常青案第二次开庭审理。

第二次走上法庭，我比上次镇定了许多，坐在被告席对着陪审团。还是那十二个男男女女，最老的起码有七十岁，最小的恐怕才大学毕业。但他们看我的目光，变得更加古怪与可怕。有个女的刚看到我的眼睛，便吓得转过脸去不敢再看，俨然已把我当成杀人狂魔。还有个中年陪审员，目光怀疑地盯着我。他的心里在说——

“这个中国人到底有没有杀人？上次的证据已很充分，可他却说是一场阴谋，难道真有这种离奇的事情？不，我不相信，这种电影里才有的故事，会在阿尔斯兰州的法庭上演！”

愚蠢的陪审团，我恨不得大声喊道：“生活才是最精彩的电影！”

法官、检察官、辩护律师早已就座，包括旁听席的莫妮卡——她穿了一件黑色大衣，混血脸庞依然艳丽，却有些憔悴，她在为我的案情担心？还是天空集团遭遇了更大危机？在肃穆的法庭之上，心底一阵颤动，努力压抑欲望，却很想冲上去抱紧她，亲吻她温暖的嘴唇。

该死！真想抽自己两个耳光！怎么到了这种时候这种地方，还在想入非非？

法官宣布继续上次的庭审程序，由控辩双方各自请出证据和证人。

先是检察官出场说话，举起透明的物证袋说：“尊敬的法官与陪审团成员们，本案第一次庭审时，法官先生同意对这件重要证据进行笔记鉴定，也就是在凶案现场发现的写有‘DAY DREAM’的字条。经过联邦调查局笔迹专家鉴定，与常青生前留下的大量手写英文字迹比较，这张字条上的字迹，已确定为常青本人所写！”

说完陪审团和旁听席一阵惊讶的交头接耳，法官喊道：“肃静！”

检察官向法官和陪审团展示了鉴定结果，并交送法院存档。

萨顿律师在验看过鉴定报告后说：“对不起，提请陪审团注意，虽然这张字条确系常青所写，但并不能证明什么，更无法证明我的当事人是凶手。我认为这很可能是死者用来警告另一个人的，而这个人才是真正的凶手。然而，狡诈的凶手利用了这张字条，引诱我的当事人拿起凶器，以制造他杀人的假象。”

检察官微笑着点头：“没错，从目前掌握的证据来看，萨顿先生的推论并不违逻辑。不过，检方还对被告证词做了更深入调查，比如被告说的接他去案发现场的人——从未被警方证实存在过的吴秘书。根据检方在天空集团美国总部的调查，整个天空集团的美国雇员中，仅有两位吴姓的华人，一位是年轻的女士。还有一位是中年男性，不过案发当晚，他正好在欧洲度假，显然不可能是被告所说的那个人。”

他说完后走到我的面前，直接进入询问阶段，目光里隐含蔑视道：“高能先生，你确认真的有人接你到案发现场吗？”

“那个人冒充天空集团大老板的秘书，骗取我的信任，带我去那个荒郊野外的地方。”

我下意识地扫了一眼萨顿律师，他皱起双眉摇摇头，示意我不要尝试为自己辩护，也不要做过多推断，只要说出事实就可以了。

“因为你是天空集团董事长的侄子？你已事先和他联系好，会在阿尔斯兰州马丁·路德市见面？”

“是，不——是常青帮我联系的，我没有直接同我的叔叔联系过。”

“死者帮你联系的？可是，像天空集团董事长这样位高权重的大人物，死者又是怎样联系上他？让他来到阿尔斯兰州的呢？”

陪审团听着频频点头，因为本州实在太过偏僻，就连奥巴马竞选总统都没来过。

“常青是怎么做到的，我不知道，这一切都是他在电话里告诉我的。”

“电话？他和你通的这个电话，是在什么时候？”

“在案发之前几个小时，我即将从洛杉矶起飞的时候。”

“很好，高能先生，你已承认在案发前夕与死者通过电话。”然后他又面对着陪审团说，“根据警方调查，死者的手机通话记录，最后一个电话正是打给本案被告的。”

这才追悔莫及，竟轻而易举地被检察官套出了话！再看萨顿律师的脸色已变得铁青。

“不过，高能先生有一点没说错，就是关于天空集团董事长的名字。”检察官又向陪审团和法官出示一份文件，“根据联邦调查局协助，大名鼎鼎的天空集团，确实有一位华裔董事长，中文名字也确实叫高思国，但他从未在媒体上露面，故而不为大众所知。”

我终于松了口气：“我没骗你们吧。”

“但这并不能说明你没有说谎。”

当然，我也可以说那晚要见的人原本是贝拉克·奥巴马。

检察官继续咄咄逼人道：“高能先生，在我们向天空集团董事长高思国本人证实之前，你如何证明自己是他的侄子呢？”

这个棘手的问题就像颗手雷，刚被我接到便爆炸了。

是，我不知道该怎么证明，仅凭护照上的一个“高”字？

如果不是那封藏在大衣里的信，高能和我都不会知道，还有这么一位亿万富豪的叔叔！难道要萨顿律师到中国去给我办理公证？就算他紧急飞去也没用，在高能家的户籍资料上，怎么会有高思国的名字呢？至于高能的祖父高过，恐怕也很难查到他的记录。而我唯一能举出的证据——那封“祖父”留下的信，却已被我烧成灰烬，送给天国里的父亲了。

沉默了几分钟后，我怔怔地回答道："只有高思国先生本人才能证明，如果他愿意为我证明的话。"

说完我把目光投向旁听席，那双丝绸之路上的眼睛，莫妮卡没有任何表情，唯独这件事她并不能做主。

"高能先生，这个问题可不该问我——我想萨顿律师会为你想办法的。"

检察官调侃道，这是辩护律师的责任，控方可不会为被告找证据。

他毫不留情地继续问道："高能先生，关于你和死者的关系，你说常青是你父亲的好友，能否说得再详细一些？比如你第一次见到常青是什么时候？"

又是一颗拉开引信的手雷！

我无奈地接过来说："我……我……是在父亲死后才见到常青的！"

"哦，对不起，请问你父亲是什么时候去世的？"

心头颤抖一下便放弃了抵抗："今年，夏天。"

手雷又爆炸了。

"这么说来，你是在案发前不久才认识死者的？"

"Yes。"

"抱歉，我感到有些奇怪，这么说来你和常青并不熟，他为什么还要帮你来美国呢？"

"他说是父亲生前的朋友，与我们家是世交，并非常怜悯我的处境。"

"你的处境？"

豁出去了，索性把以前的倒霉事也说了吧："我原来是天空集团中国分公司的员工，但后来被公司裁员。没人知道我是高思国的侄子，我也从未和我的叔叔联系过，我希望他能帮助我摆脱困境。"

"很好，好莱坞电影里常有的情节，穷困潦倒的年轻人，到美国来投奔富有的叔叔。"检察官露出一丝狞笑，转身对法官说："我的问题问完了，谢谢。"

此刻，我已满头冷汗，看着萨顿律师走到我面前，他的脸色也有些尴尬，问了我几个平常问题，包括我以前的工作与生活，还有我对于常青的了解——其实我也一无所知，除了千万不能说出口的蓝衣社。

这些都是我们事先排练好的，也没什么惊天动地，在陪审团觉得厌烦之时，萨顿律师乖乖结束了提问。

法官疲倦地叹了口气："今天审理到此为止，等待第三次开庭通知。"

2008 年的最后一夜。

雪，几乎下了一个月。

铁窗外茫茫的黑夜，只有雪花点缀夜空，从被灯光照亮的高墙边缘飘落。可以想象整个阿尔斯兰州，都像落基山一样变成银白世界，如同光秃秃的死亡坟场。

据说室外的气温，已降到零下二十摄氏度。囚室内虽然开着暖气，嘴巴仍呼着热气，裹着厚厚的睡袋不敢出来。我的室友比尔熟睡了，就是那位洗钱的前华尔街金融精英。最近的两个月，他已成为我的好朋友，教了我不少金融知识，比如次级贷款、风险投资、对冲基金……尽管随着投资银行的破灭，许多都已成为泡影。他经常做噩梦大声号叫，把我吓得一身冷汗，只能彻夜聊天让他平静。

外面的世界依然风雪不断，炎热的中东却已血流成河，以色列再度挥舞屠刀，在加沙杀害无数平民与儿童，当然美国照旧装聋作哑——报应似乎即将来到，奥巴马的激情并未立竿见影，美国失业数据不见好转，三大汽车公司在破产边缘，许多美国家庭勒紧裤腰带过了圣诞节。花旗银行集团在过去一年亏损超过200亿，股价下跌70%，被迫裁员七万五千人。

最令人惊讶的莫过于“麦道夫骗局”——纳斯达克股票市场公司前董事会主席伯纳德·麦道夫，在金融风暴袭击下轰然倒塌，因涉嫌欺诈被捕，引出高达500亿美元的惊世大骗局。

麦道夫从业记录近乎完美，在他管理下的纳斯达克，成为IT时代的标志，许多著名高科技与网络公司，都从纳斯达克掘到了金。“把钱投给麦道夫”，是全球富豪们的身份象征，包括许多好莱坞明星，比如大导演斯皮尔伯格的慈善机构神童基金会。麦道夫对公司财务状况秘而不宣。直到金融风暴吹破美国的大泡沫，他面临70亿美元的赎回压力，美国历史上最大的金额欺诈案才东窗事发。

一石激起千层浪，众多企业与富豪因此损失惨重，西班牙国家银行旗下的对冲基金的风险敞口高达23.3亿欧元。管理20亿欧元的通路国际（Access International）创始人德拉维耶伊谢，在自己的办公室中自杀身亡，他的15亿欧元正深陷于子虚乌有的骗局之中。

骗局——到处都是骗局，有人在骗局中创造财富，也有人在骗局中遭遇灭亡。

我的眼睛，虽然可以看到别人的秘密，却未必看得透世间的骗局。也许，我经历的一切都是场大骗局，包括亲眼看到的——只是一场不真实的幻觉？那个来机场接我的“吴秘书”，刀子底下的神秘字条，还有倒在血泊下的常青——根本是我脑中幻想出来的？为了欺骗自己是清白的？其实，我早已对常青恨之入骨，认定是他害得父亲自杀。这是一个蓄谋已久的报复计划，利用常青给我安排的任务，借他之力来到美国，趁着与他见面接头的机会，一刀捅死这个不共戴天之仇敌！当我落荒而逃之时，却不知“螳螂捕蝉，黄雀在后”，早有人看得清清楚楚，报警将我当场抓获……

痛！

太阳穴神经再度剧痛，再也分不清幻想和真实的界线，也许到美国来就是一场梦？其实我还在上海的家里，抑或躺在医院病床上，还未从车祸的昏迷中醒来，仍是一无所知的植物人。

此时此地，前生还是来世？

时间，来到了公元 2009 年。

一月的阿尔斯兰州，千里冰封，万里雪飘，远方落基山脉连绵到天边，无法与风雪分辨出来。我坐在囚车的玻璃后，痴痴地望着白色的街道，黑色突兀的地方法院。

第三次开庭。

法庭于我已是熟门熟路，走进被告席时还和法警打着招呼，法官已见怪不怪并未警告。陪审团、检察官、辩护律师，早已各就各位，我习惯性地看向旁听席，却没有看到莫妮卡。

心里被揪了一下，再仔细辨认旁听席，总共就十几个没事看热闹的，基本都是本地居民老头老太，没有莫妮卡的踪影——每次开庭她都会坐在那里，用目光对我说“镇定”和“加油”，今天怎么没有来？到底出了什么意外？难道她对我放弃了？慌张地看了一眼萨顿律师，他却根本没理睬我的焦虑。

法官宣布仍然延续上次庭审程序，控辩双方提出新的重要证据，先由辩方出示。萨顿律师面带微笑，走上来对陪审团说：“上次庭审给我们留下一个悬念，被告声称自己是天空集团董事长的侄子，来到案发地是要与叔叔见面——如果能够证实被告叔叔的身份，那么他的可信度就可以大大提高。”

“没错。”法官饶有兴趣地问道，“萨顿先生，你向天空集团证实了吗？”

“现在，我请一位重要证人出场，他可以证明被告并未说谎。”

法庭内立刻鸦雀无声，陪审团也个个瞪大眼睛——只有天空集团董事长高思国本人，才能证明我——高能是他的亲侄儿，难道他会亲临法庭，说出这个天大的秘密？

鉴于天空集团在美国家喻户晓的影响力，以及这位董事长向来神出鬼没，从没人见过他的真实面目，所有人都兴奋地翘首以待，似乎即将出场的是大熊猫。

终于，法庭对面一扇小门打开，却并非我那从未谋面的“叔叔”，而是今天没出现在旁听席上的那个人。

莫妮卡！

混血的面容化了淡妆，眼影底下一双迷离目光，涌着涨潮的太平洋海水，头发特地弄过，披散在肩，一身巴黎定做的黑色风衣，浓烈的香水气味已弥漫整个法庭。

这副传说中的明星模样，与往日旁听席里的低调完全不同，众人眼里简直惊为天人。陪审团的男性成员，纷纷张嘴掉下口水，就连法官大人也摸了摸胸口，以免被浪得心脏病暴发。

只有我平静地看着莫妮卡，最初的震惊仅仅持续了两秒钟，然后是与她的四目对视。虽然，走上法庭的她也毫无表情，但用眼睛对我说："亲爱的，我会救你出来的！"

霎时感动得浑身颤抖，我微微颔首向她示意，眼眶却已禁不住温热。

当她走进证人席，萨顿律师点头说："高小姐，能否向法官与陪审团介绍一下你的身份。"

莫妮卡挺胸面对陪审团，酷酷地理了理头发，给了他们一个性感的微笑，直把男陪审员们电得不知所措。

"尊敬的法官大人，以及各位陪审团成员，我的名字叫莫妮卡·高，是天空集团全球董事长兼 CEO 高思国先生的独生女。"

萨顿律师适时地将莫妮卡的身份资料，呈送给了法官和陪审团成员们。

"我的父亲，因为从不在公众面前出现，故而委托我作为高氏家族代表，向法官及陪审团作证——高能先生，确系我父亲高思国先生的亲侄儿。高能先生的父亲，前不久去世的高思祖先生，是高思国先生的同父异母兄长。"

莫妮卡的证词让检察官的脸色异常难看，萨顿律师满意地说："很好，你能否确认一下，站在本庭被告席上的这位先生，是否就是你所说的高能先生？"

她镇定地看着我的眼睛说：**"是，他就是高能，是我的堂兄，也是我父亲唯一的侄子**。我从前在中国见过他多次，虽然他并不知道我的真实身份，但我绝对不会把他认错！"

律师继续问："高小姐，还有一个疑问能否解释，既然高能先生是高思国先生的侄子，为什么还要通过第三人——也就是常青先生的帮助，才能来到美国并联系高思国先生呢？"

"我父亲的同父异母兄长，高思祖先生及其家庭，包括高能先生，一直生活在中国的上海市，与美国的高思国先生一家极少联系。高能先生，是高思国先生唯一的侄儿，也是高氏家族唯一的男性继承人。高思国先生非常重视他的侄子，在常青先生的联系之下，同意在本案发生的夜晚，在阿尔斯兰州马丁·路德市，也就是案发的公寓楼里，与高能先生秘密见面。"

"请问你的父亲是否认识本案的死者常青先生？"

"不，从来都不认识，是常青给我的父亲打电话，说正在帮助高能先生来美国，希望我的父亲可以见一下高能。父亲虽然极少与中国的亲戚联系，但他一直关注高能先生，最终同意了常青提出的见面方式。"

"可是，为什么那天晚上，高思国先生没有出现在案发地？"

莫妮卡看了一眼陪审团和法官，再度性感地甩了甩头发："其实，当晚我的父亲及其保镖团，已经赶到案发的公寓楼下。但在案发之前，他接到一个奇怪的电话，警告他大楼内有危险，于是他们迅速撤离，未能与高能先生见面。”

“哦，原来被告高能先生，他向法庭陈述的都是事实！”萨顿律师像唱双簧那样对陪审团说，看来早已与莫妮卡设计好了，只是事先没有告诉我，“还有，高小姐，你的父亲是否有一位华裔秘书姓吴？”

“没有，我的父亲只有一个高级秘书，是位非洲裔的女士。”

“最后一个问题——高小姐，你能否证实自己所说的话呢？或者有没有高思国先生的书面文件？”

“有！”

莫妮卡取出了一份文件，上面有高思国手写的证词，并且有天空集团的印鉴，还有纽约地区的公证记录，以及高思国及莫妮卡的身份资料。

文件在陪审团和检察官手中传阅了一圈，最后来到法官手中，他仔细辨认一番后说：“法庭确认这份文件具备法律效力，莫妮卡·高小姐可以代替高思国先生出庭作证。”

萨顿律师得意地看了看检察官，似乎已胜券在握地说：“法官大人，我的问题问完了，现在可以控方提问了。”

然而，检察官出人意料地放弃了提问，法官宣布让莫妮卡退席。

当她走出法庭，对我做了一个 V 字手势，我感激地握紧了拳头。

检察官重整旗鼓，微笑着对律师摇摇头，完全没有失败迹象，朗声对法官说：“尊敬的法官大人，虽然刚才证人的出庭非常重要，证实了被告确系高思国先生的侄子。但我也将展示一项重要证据，关系到本案一个最大的疑问，那就是被告的杀人动机。死者明明是被告父亲生前的好友，倾尽全力帮助被告来到美国，并联系被告的叔叔与他见面，为何被告还恩将仇报地杀害了他？”

律师立时站起来说：“反对！控方不该这样误导大家认为被告就是凶手！”

法官点点头说：“反对有效！”

“对不起。”检察官看了我一眼，冷酷地笑道，“被告也并非无理由杀人的变态——如果杀人动机不成立，那么确实很难给被告定罪。但是，最近我得到了一件重要的证据，证明了被告的杀人动机！”

陪审团又一阵骚动，不知他卖什么关子。

检察官从公文包里拿出一张电脑光盘，放进法庭书记员的电脑里，音箱里传出一种熟悉的语言——

“是的，非常抱歉，昨天凌晨一点，是我用酒店的号码，给你的父亲，也就是高思祖先生打了电话。”

是汉语！一开始感到莫名其妙，但很快想起这声音是谁——常青！

没错，还是他的声音：**“两天前的晚上，也是我给你父亲打了电话，然后他就**

到这个房间里，与我长谈到了深夜。"

紧接着听到了我自己的声音——

"你是什么人？蓝衣社？"

常青在电脑音箱里回答：**"蓝衣社不是一个人，但我确实与蓝衣社有关。"**

我的声音：**"昨晚与我在 MSN 上说话的人是不是你？"**

常青的声音：**"当然不是！"**

之后我的声音异常激动：**"你们究竟要怎么样？害死了我的父亲，现在又要来害我吗？"**

法庭上一片寂静，这段神秘的录音也到此为止。

而我已经呆若木鸡，额头布满了冷汗，只有我才知道，这段录音来自何时何地。

半年前，当父亲自杀身亡不久，我查到他死前通过的电话号码，因此追查到了常青暂住的酒店。我和莫妮卡一起冲到他的房间，与他展开了一场奇特而重要的对话。而刚才听到的这段录音，正是我与常青对话中的重要部分！尤其最后那句**"你们究竟要怎么样？害死了我的父亲，现在又要来害我吗"**。

最要命的录音！这就是我的杀人动机！

由于录音全是汉语，陪审团和法官完全听不懂，一个个瞪大眼睛很是茫然。

检察官却笑了笑说："抱歉，其实我也听不懂中国话，法庭上只有被告知道这段录音的内容，因为这正是被告与死者之间的对话！"

犀利的目光投向我，让我恐惧地往后缩去，检察官再次诡异地一笑："几天前，我收到一件匿名快递，里面就是这张神秘光盘。我找了一位华人朋友，将这段录音翻译成英文，结果让我大为震惊！"

随后，检察官请出一位在州政府工作的华人，在法庭上将这段录音翻译了一遍，陪审团成员纷纷交头接耳，表情最怪的莫过于我的辩护律师。

检察官微笑着说："联邦调查局的声学专家，已仔细比对录音中的两个声音，其中一个年轻人的声音，确定就是本案被告。那位年长者的声音，确定为本案死者！警方在调查死者遗物过程中，发现死者生前有秘密录音习惯，悄悄将自己与他人的对话录下来，当然这看起来有些不道德。死者生前录音绝大部分遗失了，但根据他留下的部分录音，与这张光盘里的声音比对，可以百分之百肯定是他本人。"

刹那间，我明白了！常青这个老变态，居然偷偷录下我和他的对话。又不知是哪个浑蛋——也许就是杀人真凶，为将我彻底陷害到电椅上，便把这段最为致命的录音，快递给时刻盼望给我定罪的检察官！

我绝望地仰头叹息，那个隐藏在黑暗中的魔鬼，真是费尽心机无所不用其极。就在我的官司形势好转的时刻，却悄然在我背后插上最狠的一刀！

检察官简直已是狞笑，走到我面前高声问道："高能先生，你能否告诉法官及陪审团，刚才这段录音里的声音，是否是你和常青的对话？”

沉默，但沉默并没有用，我该否认吗？既然联邦调查局的专家已经确认，再撒谎又有什么意义？只会让陪审团对我的印象更坏，坠入万劫不复的深渊。

“是，我承认，这段录音里的声音，是我和常青的对话！”

检察官如释重负地点点头：“非常好！”

萨顿律师垂头丧气地闭上眼睛。

“能否再告诉陪审团，这段对话发生的时间和地点？”

“大约半年以前，在中国的上海市，常青住的酒店房间里。”

“你能否解释一下，录音里的最后一句话？”

检察官把录音快进到最后——

“你们究竟要怎么样？害死了我的父亲，现在又要来害我吗？”

控方请来的华人又用英语翻译了一遍。

“你认为常青害死了你的父亲？甚至还想要害你？”

这个问题几乎是刺进胸口的刀子！

我无法抗拒，也无法说谎，只能怔怔地回答：“是，那是在我父亲死后两天，我通过父亲生前的电话记录，才找到常青所在的酒店。”

“在你父亲死后两天？”检察官敏锐地捕捉到了线索，“如果我没有记错的话，这段录音的第一句话，也就是常青对你说的，英文大意是——昨天凌晨一点，他用酒店的号码，给你的父亲打了电话。”

致命一刀，我已无处遁形！

“是，我的父亲刚与他通完电话，就自杀去世了！”

“非常抱歉。”检察官故作同情地说，“但我仍要问下去，结合录音里最后一句话，是不是意味着，你认为是常青先生打的电话，导致了你父亲的自杀？”

最后一刀。

此刻，一个声音在我身体里高喊：“不！千万不要承认！承认了你就死定了！一定要说不！说不！”

这是梅菲斯特的声音。

不，我不会听从幽灵的摆布。

“Yes。”

敞开胸膛，接受这一刀刺破心脏。

对不起，莫妮卡。

我承认了，承认我曾经的推断——常青害死了我的父亲，这正是我的杀人动机。

萨顿律师已失望至极，他指望我拼命否认，或许还有胜算可能。

“谢谢！”检察官趾高气扬地向法官说，“我的问题问完了！”

法官异常严肃地看着我："本次开庭到此结束，等待下次开庭的通知——下次开庭陪审团将作出最终裁定！"

2009 年，农历除夕。

在美国阿尔斯兰州的看守所里度过。

没有年夜饭，没有父母双亲，窗外没有爆竹声，电视机里没有春晚，更没有小沈阳，只有囚室里沉睡的比尔，还有铁窗外漫天的大雪。

孤独地蜷缩在床上，双眼愣愣地盯着黑暗，怎么也闭不上眼睛。因为无论白天或黑夜，我看到的都只是同一种颜色，将我缓缓吞噬的颜色，一如梦中的那池湖水。

今天，萨顿律师单独来探监，他说现在情况非常糟糕——陪审团已掌握我的杀人动机，即便证明我与天空集团大老板的关系，也很难洗脱杀人罪名。所有最重要的证据，全都对我不利，包括字条上的"DAY DREAM"。虽然证据链条还不完整，但并不妨碍对我的有罪推定，从动机到时间直到凶器，全都符合杀人条件。何况一开始我就向法庭隐瞒了我和常青的真实关系——我说他是父亲生前的好友，其实他间接害死了我的父亲。还不如早点坦白这一点，等到被那段该死的录音揭穿，我已无路可退。

律师说官司打赢的希望已很渺茫，最坏的可能就是被定罪为一级谋杀，甚至并不排除死刑可能——尽管阿尔斯兰州上次执行死刑，还是在七年以前，据说那个倒霉的家伙，在椅子上坐成了电烤鸡。

不过，我还有另一种选择，就是主动向法官认罪，不必等到陪审团最后来定我的罪名。美国司法制度奖励主动认罪者，以减轻司法程序负担。我很可能逃脱死刑，甚至不必终身监禁，也许只有十几年刑期，如果表现良好，蹲上七八年就有机会出狱。

如果不认罪的话，也可能因证据不足无罪释放——萨顿律师认为这种可能性，现在只剩下 10%！剩下 90% 的可能，我将被判一级谋杀罪，面临最严厉的刑罚。

律师被这个案子折磨得彻夜难眠，强烈建议我现在就认罪，可以保证性命无忧。

思考了一分钟。

但这一分钟对我而言并不短暂，我想到刚刚醒来的瞬间，仿佛从母体来到这个世界，初生婴儿般看着周围一切，脑中完全空白一无所知……这就是我全部的生命？连自己是谁都不知道，转瞬就要在电椅上终结？

我不想死。

可是，不死的代价就是要说谎，要煞有介事地告诉法官，我确实杀死了一个人。

真的是我杀死了他吗？现在我倒希望是的！这样我就可以不用撒谎，正大光明地去认罪，正当光明地被减轻刑期，又正当光明地蹲十年美国大牢再出来。

可惜这不是真相。

杀死常青的是另一个人，或者是另一群人，他们隐藏在黑暗彼岸，露出邪恶的微笑，盯着被困于绝境的我——只要我承认自己杀了常青。

不，我没有杀人！

为什么还要承认？为什么要替别人揽下罪名？为自己活命而承认杀害了别人的生命？

最近的一年来，我已说了无数个谎言，我不愿再说谎了。

我不认罪，永远都不会认罪，我要作无罪辩护！

当我最后一次拒绝萨顿律师的认罪建议，我能看透他眼睛里想的话——

"这个固执的中国小伙子！真是傻啊！谁知道你究竟有没有杀人呢？也许你一直在对我说谎，也许你本来就是杀人凶手，干吗要拼命死撑着呢？"

我即刻冷冷地说："我没有对你说谎，我知道你心里想什么！"

萨顿律师的脸色一变，马上收拾公文包告辞："祝你好运！"

好运？

这个词从来都没有属于过我，自从我醒来成为另一个人，一年来经历的所有事，从被公司裁员到父亲自杀，从飞来美国到蹲进牢房……

下次开庭是最后的裁决，等待我的是好运，还是厄运？

时间，已过了子夜十二点。

从鼠年来到牛年。

在我短暂的记忆里，去年这个时候与父母一起在家守岁。父亲面色红彤彤的，希望我能工作顺利，早日找到合适的女朋友。他早已去了另一个世界，将我留在遥远的异国他乡，独自在雪夜的看守所过年。

轻轻抹去两滴眼泪，却听到一阵惨叫从比尔的床上发出，又是某个极度可怕的噩梦？

面朝雪山，春暖花开。

(请容许我篡改海子的诗句。)

阿尔斯兰州地方看守所，绝望地等待了近两个月，远方落基山脉的雪线渐渐上升，终于接到了开庭通知。

审判日。

还是莫妮卡给我买的那套西装，特意在看守所里理了头发，将胡子剃得干干净净，就像出席一场盛大的派对——末日审判的死亡派对。

这是我第四次上法庭，但愿也是最后一次。缓缓走进属于我的被告席，依然面对陪审团那些老面孔。我甚至知道了其中几位的秘密，有个男的一直瞒着老婆搞外遇，一个大学教授其实是同性恋，还有个老头每晚都会虐待他的菲佣。更有甚者是个家庭主妇，在五年前毒死身为牧师的丈夫，就埋在自家院子里，对外声称老公去非洲传教了。

检察官轻松地整理资料，我的辩护律师面色凝重。他并不担心我的命运，而是如果这桩案子打输了，会影响他以后接单的价格，尤其在金融危机之时，腰包会大大缩水。

旁听席几乎坐满了，几天前本地报纸刊登了消息，大家都想来看看审判结果。莫妮卡仍然坐在第一排，却异常低调穿着黑纱套装，乍一看还以为是孝服，让人想起《红与黑》里的玛蒂尔德，是来为我送葬的吗？可我与她非亲非故，更无肌肤之亲，顶多只是个冒牌堂兄，值得她这样做吗？当看到我走进被告席，她摘下大大的墨镜，露出一双幽怨的眼睛。这是她从未有过的目光，完全不像从前雷厉风行的性格。

忽然，莫妮卡将混血的双眼瞪大，我看到了她眼睛里的话——

“没人能够打败你！”

冰冷的心被她温暖了一下，我紧紧盯着这个女子，似乎整个法庭只剩下我们两人。

法官的话打破全场肃静：“现在，请控辩双方作总结辩论。”

率先出场的是检察官，他将按照对控方最有利的观点，对所有的证据进行总结。

他整了整西装向法官点头，又向陪审团点头，最后看了一眼被告席上的我，平稳地说：“尊敬的法官大人，陪审团的各位成员，今天你们将在此裁定这位被告，是否犯有一级谋杀罪？是否对一位美国公民的遇害负有直接责任？根据法律赋予我的权利，我将不会对被告是否有罪发表个人判断，而仅仅为大家分析一下，目前已掌握的大量证据，以及这些证据互相之间的逻辑关系……”

检察官丝毫不带感情色彩地陈述证据，当然每个证据都对我极其不利。从案发被捕的警方记录，到后来庭审时的各种证词，甚至我入境美国和酒店的住宿记录，凡是可以在美国境内采集的证据，他都事无巨细地一一呈现，直到最后发现杀人动机。已经不需要什么总结了，检察官已然将陪审团征服，就连法官听的时候也频频点头。

现在，轮到我的辩护律师说话了。

萨顿律师情绪有些低落，但还是满面笑容地对陪审团说：“尊敬的法官大人，尊敬的陪审团成员们。今天你们将在此审判一位年轻人，他从万里之外第一次来到美国，就像我的祖父渡过大西洋第一次登陆纽约。这位年轻人素来品性良好，能够熟练地用英语对话。他来美国的目的很简单——为了寻找失散多年的叔叔。就像从前许多电影里情节一样，他对于美国还完全陌生，刚刚入境两天的时间，就遭遇了可怕的意外，竟因涉嫌杀人而被逮捕。他行使了美国法律赋予他的米兰达权利，因为他知道自己是无辜的！”

他又列举了一些证据，其实基本都是对我不利的，但强调目前还没有任何直接证据——比如杀人案发生当时的目击证人，抑或任何影像或图片资料。至于那段半年前的录音，仅仅作为我的杀人动机，却不能成为杀人证据。

确实是厉害的律师，能从那么多不利证据中，找到最关键的要素——警察虽然看到我拿着凶器，却没有亲眼看到我杀人！我仍有打赢官司的可能，接下来全得取决于陪审团了，那些看起来衣冠楚楚，其实眼睛里藏着许多男盗女娼秘密的人们。

我的生死就由这些人来决定吗？

法官说话了："各位陪审团成员，你们是否清楚自己的职责与义务？是否了解本案全部的证据？如果各位没有异议的话，可以退庭进行陪审团评议。现在，我指定约翰逊夫人为陪审团长，由她来主持评议。"

约翰逊夫人——就是杀死自己牧师老公的那位，看上去极度虔诚的路德教徒。

由真正的杀人犯来对无辜的杀人嫌疑犯进行审判，上帝跟我开了一个小小的玩笑。

陪审团离开法庭，进入严格保卫的评议室。他们的评议内容必须保密，不管最终结果如何，也不会接受法律调查。

现在，被告席上的我只能等待。

就像坐在电椅上，等待电闸放下还是合上？

检察官耐心地闭目养神，法官也喝起了咖啡，萨顿律师居然还与检察官打起招呼。旁听席里的人们有些不耐烦，有人互相之间大声说话，惹得法官要求大家肃静。

只有莫妮卡表情没有变化，目光不曾离开过我的脸。每当我抬头都会撞到她的眼神，听到她心里的话语："老天保护着你。"

不，我感到自己早就被老天抛弃了。

尽管只过去十几分钟，感觉却像十几个小时，又似乎十几个世纪，我已回到千年以前，这里仍是一片不毛之地，北美野牛纵横驰骋……

那扇门又被推开了，以杀死自己老公的女人为首，陪审团成员们面色冷峻地回到法庭。

一下子安静许多，我的心再度揪了起来，法官高声问道："陪审团是否已作出一致裁决？"

陪审团长扭动着肥胖的身躯，声音尖厉地回答——

"陪审团一致裁定——检方指控被告一级谋杀罪成立！"

尘埃落定。

悬在头上的刀子，终于砸下来了。

法庭上鸦雀无声，检察官得意地挥了挥拳头，萨顿律师低头沉默，法官叹息地点头。

旁听席上的莫妮卡站起来，抓着栏杆却被法警阻拦。她只能痛苦地摇着头，眼神里盛满复杂的情绪，化作千万种语言和符号，再也无法让我听清楚了。

然而，我却如释重负地闭上眼睛，无论最后量刑结果是什么，至少可以结束等待的折磨。

根据美国大部分州的法律，陪审团只决定被告是否有罪，最终量刑由法官来决定。但在关系到死刑的案件，必须由陪审团一致裁决。

于是，法官继续问道："鉴于一级谋杀罪的最高刑罚是死刑，必须由陪审团一致裁定被告是否适用死刑，请问陪审团是否已作出一致裁定？"

To be or not be？

将自己丈夫杀死埋在院子里的陪审团长说——

"陪审团已作出一致裁决，被告不适用死刑！"

To be！

时间凝固在此时此刻，我已获得了永生不死之灵。

我一直闭着眼睛，法庭里响起一片掌声，想必是反对死刑的人士。

睁开眼睛看到的第一个人，却是旁听席里的莫妮卡，她已为我泪流满面。

"陪审团已一致裁决，本案被告不适用死刑。"法官再次要求大家肃静，敲了敲木槌，"根据阿尔斯兰州法律，由法官进行裁决——**被告一级谋杀罪名成立！判处终身监禁。"**

第五章
肖申克州立监狱

黄沙，落日，地平线。

盛装上演的夕阳，似圆规画出的一腔鲜血，将死亡气味洒满整片荒原。大地平坦得像面镜子，却连最卑贱的野草都无法生长。远方落基雪山的俯瞰之下，亿万年来未曾变化过。只有散布在原野上的白骨与冤魂，证明了任何变化的徒劳与荒谬。

无边无际的土地，无边无际的空气，无边无际的时间，人类可以被省略。

“千山鸟飞绝，万径人踪灭。”

隔着囚车的防弹玻璃，默默地对自己说。

从阿尔斯兰州看守所开出三个小时，其中有两个半钟头不见人烟，我怀疑是不是要开到喜马拉雅山。

视线由近及远，从车轮下破碎不堪的砾石，到数百米内寸草不生的荒野，再到地平线上亘古辉煌的落日。

仿佛来到月球。

车里空荡荡的只有我一个囚犯，加上司机和持枪的警卫，就像《水浒传》里林冲发配的情景——同样白虎节堂式的冤案，同样两个捕快一个犯人，我会遇上野猪林和鲁智深吗？

不，我遇到的将是肖申克。

(向斯蒂芬·金大师致敬)

他不是一个人，而是一座监狱。

可惜，这里没有救赎。

在漫长而绝望的旅行之后，地平线尽头终于出现一座人类遗迹。

抱歉，在这种史前般的荒凉环境中，只能产生遗迹的感觉。

囚车渐渐驶近，才看清那座建筑物的轮廓，就像电视上看到过的楼兰遗址，白茫茫的荒野上兀自突起，涂抹着白色的外墙和屋顶，却被夕阳涂抹成了黄色，从空中看更像一片沙丘。

我看到高高的岗楼，铁丝网后面是持枪的看守，一道坚固的大门拦住去路。等待了五分钟大门才打开，司机嘟囔这里的警卫太严，连他的指纹钮都信不过。车子开过两堵高大的墙壁，在一个狭窄的天井停下来。

简短的交接之后，我被带下囚车。第一次踏上肖申克州立监狱的土地，夕阳已渐渐隐没，另一边灰暗的天空闪现点点星辰。刺眼的灯光照射着我，无法看清四周道路。两个黑人狱警押着我，走进一栋高大坚固的房子，穿过漫长的白色通道，进入宽敞的屋子。

有个五十多岁的白人狱警，不断说粗话要我脱光衣服。我已在看守所经历过这种例行检查，任何人都不能例外。在老狱警的猥琐目光注视之下，我缓缓脱光衣服，露出身上每一寸皮肤，让他检查是否夹带物品。

换上一套橘红色囚服——这种颜色最醒目，也最不易逃脱。接过检查过的私人物品，进行入狱拍照和登记。鉴于我的刑期是终身监禁，老狱警特别说了两遍监狱的规矩。

要命，居然和美剧里听到的一样!

在这里没有自己的名字，每个人都有一个编号，我的号码已经确定——**“1914”**。

这个颇具有纪念意义的数字，第一次世界大战爆发的年份。

“在肖申克州立监狱，如果你能被关到老死，那就该感谢上帝!”

如果终老于此是一种幸运，那么死于非命才是常态？我的刑期是一辈子，不在乎活多久。

就当老狱警要带我去监房时，对讲机突然吵了起来，一阵含混的英语之后，他的脸色微微一变，轻声轻气地对我说：“1914，典狱长要见你!”

还来不及习惯自己的新名字，茫然片刻才反应过来。墙上的钟已走到晚上八点，典狱长为什么现在要见我？

跟着老狱警走进一扇铁门，穿过一条铁丝网的露天通道。路上经过三道门禁系统，每次都是指纹识别，还有带枪的警卫把守。

最后，从地下走廊进入一栋小楼，这是监狱的行政区域，典狱长办公室就在三楼。

与外面的世界截然不同，开放着暖气与加湿机，一台宽大的书桌摆放着电脑，后面是重重的实木书架，似乎是装饰品的几百本藏书。窗外亮着彻夜通明的探照灯，室内栽种着几盆绿色植物，仿佛从阿尔斯兰回到了洛杉矶。

典狱长坐在办公桌后，虽然乌黑的头发梳得整整齐齐，但无法掩盖他已年过五旬的事实。长长的鹰钩鼻，瘦长的头形与脸架子，十有八九是个犹太人。

他的眼窝里藏着深深的目光，仔细端详着我说："高能先生，欢迎来到肖申克州立监狱！"

"谢谢。"我不卑不亢地回答，"典狱长先生，Welcome 在这里并不适合吧。"

他没想到我会这么回答，愣了一下笑道："你很有幽默感！是，对绝大多数人来说并不适合，包括在这里工作的狱警们。但是，我代表个人欢迎你，希望能成为你的朋友。"

"朋友？我不明白，我只是个囚犯，一个被判处了终身监禁的杀人犯。"

"我希望与这里的所有人交朋友。"

"哦，抱歉，我不懂这里的规矩，这是我第一次进监狱，其实也是第一次来美国。"

典狱长点起香烟，吐出一团蓝色烟雾："放心，我看过你的资料和案情，对你深抱同情。"

"你觉得我是被冤枉的吗？"

"来这里的每个人都这么说，其中一定有无辜的可怜人。"他的表情忽然变得严肃，"我的名字叫德穆革，至于身份就不用介绍了，总之在这里我说了算。"

德穆革？真是个奇怪的名字，像某种古代宗教里的用语。

"我会牢牢记住的。"

强龙不压地头蛇，在这个远离人烟的荒凉之地，典狱长就是土皇帝，囚犯们可以不认识奥巴马，但绝对不能小看德穆革。既然他能晚上"接见"我，说明对我的重视非同一般，那我也只能谢主隆恩，免得惹祸上身。

"我已给你安排好房间了，你有个非常好的室友，保证每晚都能睡上好觉，不用担心囚犯通常会害怕的问题。"

在典狱长的不动声色的眼睛里，我却读到了他心里的秘密——

"来到我的手里，你要么是倒霉到头，要么是走运到头！"

不管怎么样，总之都是"到头"了。

我挤出一丝笑容："谢谢，典狱长先生，我明白你说的囚犯的害怕是什么。"

通常，新人来到监狱都会被欺负，如果同室的家伙是个变态，晚上就得惨了！我已做好心理准备，如果真的遇到这种人，一定会拼个鱼死网破。

"只要你明白就好！"

“我可能要在这里住一辈子，非常感谢你的关照。”

吞云吐雾的典狱长德穆革把脸板起来说：“不用谢我！对不起，在这里囚犯都只能叫数字，这将是我最后一次叫你高能先生，以后包括我在内的所有人，都得称呼你为 1914，请你不要介意。”

“不，我不介意，我很喜欢 1914 这个新名字。”

在这里不用叫“高能”，反而解除了心头一个沉重负担。

“很好，1914，你可以回监房休息了。在今后漫长的岁月中，希望我们能够好好合作，并且成为朋友。”

说完他掐灭烟头，看着窗外的夜空，再也不发出任何声音了。

小心地告别典狱长，被老狱警押解出行政楼。经过地下通道和门禁系统，转入另一间小院。这里的道路就像老鼠窝，歪歪扭扭胜似迷宫，四周都被高墙围住，不时遇到带枪警卫。直至一栋高大坚固的建筑，荒漠里平地而起的城堡，这里是肖申克州立监狱 C 区监房，关押的都是刑期十年以上的重犯。

再度经过两道铁门，踏入戒备森严的监区。和许多电影里看到的那样，C 区分为上下两层，左右各一道长长的走廊，中间隔着一个室内天井。走廊灯光可以照亮每个角落，铁栏杆内的监房，几乎全部沉浸在黑暗中，看不清关押着什么怪物。

经过楼梯来到上层走廊，我悄悄往旁边看了看，有几张面孔就贴着铁栏杆，向我吐着舌头翻着白眼。

有个黑人大声吼道：“又来一个送死的！”

老狱警立刻抽出警棍砸在铁门上，狠狠地骂道：“小心你的骨头！”

在 13 号监房门口停下，狱警打开牢门对里面说：“教授，你来了新室友。”

当我小心翼翼地低头进去，身后的铁门就被重重地锁上，老狱警一声不吭地消失了。

C 区 13 号，我的新家？

小屋里漆黑一片，只能依靠走廊里的光线，似乎连个人影都没有，难道所谓的“教授”刚越狱出逃？抑或根本就是个幽灵，仅仅存在于典狱长的幻想中？

恐惧地往里摸了摸，突然感到手背一阵轻微呼吸，随即听到一阵沉闷的英语：“对不起，你快打到我的鼻子了。”

这声音将我吓个半死，随即监房内的灯光打开，照亮这不到九平方米的空间——左右各有一张小床，中间是个抽水马桶和水槽，墙壁上方有扇小小的铁窗。

右面小床上蜷缩着一个白人，看起来五十多岁，留着雪白的长发，苍白的面孔不见血色，对我瞪着一双深邃的眼睛。

“抱歉，我没看到，请原谅我的冒犯。”

他有一只高挺的鼻子，颇有贵族风范地耸了耸，诡异的眼神盯着我：“没关系，他们都叫我教授——事实上我就是一个教授，你叫什么名字？”

“1914。”

我已牢牢记住自己的新名字，教授点点头：“你适应得非常快，你是中国人吗？”

“你怎么知道？”

“我是波士顿大学历史系教授，主要研究人类学与考古学，我能准确分辨人类各民族的外形特征。”

“很高兴能在此认识你。”

这绝非我的客套之词，能在监狱里与大学教授同屋，全拜典狱长的恩泽所赐。

“你是怎么进来的？”

在这里不用说自己是冤枉的，我只能淡淡地回答：“杀人罪。”

“哦，彼此彼此。”

要命，这位道貌岸然的历史系教授也是个杀人犯！

不知该怎么说了，尴尬地坐到左边的小床上，整理了一下床铺和被子。

“你害怕了？”

不敢看他那双冷冷的目光，只能低头躲避说：“不，只是长途旅行很累，想早点睡觉休息。”

“肖申克州立监狱，从来不属于这个人间，能来到这里已是奇迹。”

不属于这个人间？

“没人能够逃出去吗？”

“你想逃吗？”

教授犀利的问题，让我苦笑着摇头：“不，只是随便问问。”

“没人能逃出去，这里方圆数百英里都是荒漠，没有任何人烟与水源，就连幽灵也逃不出去！”

“来的路上就能感觉到。”

说完我将身体缩在被窝里，后背紧靠着墙壁，摆出一副严加防范的姿态。

“1914，你不必担心我会伤害你。虽然在这个监狱里，确实有许多变态和无赖，新来者通常会承受屈辱与痛苦。”说到这，教授的表情有些忧伤，也许他自己就经历过这些，“但你是一个幸运儿，因为你遇到了我。”

我只能极不自然地挤出一丝笑容：“Yes。”

“我确实是一个杀人犯，被法院判处了终身监禁，你也是吧？”

“没错。”

“但是，我杀的那个不是人！”

这句话让我心头一惊：“什么？”

“被我杀死的那个‘人’，仅仅看上去像人而已，实际上是——”

正当我像听故事那样饶有兴致时，教授的眼神却诡异地一变，后退到黑暗的角落，嘴里喃喃道："不，我不能再说下去了，你听到了吗？"

"听到什么？"

"那个声音，残留在空气中的脚步声。"

他压低的气声让人毛骨悚然。

"谁？"

"GREAT OLD ONES！"

这句话该怎么翻译呢？

然后，教授用一句很长的英文解释了这句话："中文怎么说？"

"旧日支配者。"

这是数天来我说的第一句汉语。

"谢谢。"教授又从黑暗中探出头来，眼神就像一直胆怯的老鼠，"他过去了。"

"到底是谁？你所说的旧日支配者？"

"不，不能说，谁都不能说出他的名字。"

看着他骇人的眼神与语气，我也识相地闭嘴不再说话，随手关掉了电灯。

小小的牢房陷入死一般的沉默，除了自己的呼吸声外，听不到其他任何动静，好像对面那个"教授"已凭空消失。

穿越荒漠的漫长旅行，早已让我疲惫不堪，却怎么也无法真正睡着。困顿的身体与警惕的心，就像两个人互相角力，在半梦半醒之间痛苦游荡。

不知过了多久，眼皮感到一阵亮光，慌张地睁开眼睛，只见铁栏杆外一道电光。

"1914？"

一个陌生的声音响起，我下意识地诺道："Yes！"

手电光线又闪向另一侧："教授？"

"在！"

对面床里清晰地传来"教授"的回答，原来他并非我的幻想。

电光转向外面的走廊，我才看清一个狱警的背影，接着响起模糊的声音，渐渐消失在午夜的监狱。

当我吁出一口长气，听到对面的教授说："Good night。"

"Good night。"

终于，黑暗彻底将我覆盖，塞入永无天日的地下，也许就此长眠不醒……

在肖申克州立监狱的第一夜。

很遗憾，我记不清刚才的梦了。

很幸运，虽然记不清刚才的梦，但我还活着，仅仅活着而已。

铁窗射入清冷的光，看着牢房的天花板，还有被分割的狭窄蓝天。

阿尔斯兰州荒漠的天空。

那么蓝，蓝得像我从未见过的大海，而我只是海底的一只生蚝，永远囚禁在贝壳之中，除非成为一道烤生蚝大餐。

从床上爬起裹上厚外套，踮起脚伸直右手，试图触摸那高高的铁窗。

“别费劲了！窗户有厚厚的玻璃，你一辈子都别想弄破它。”

这声音把我吓了一跳，急忙坐下来才发现，教授不知何时已穿戴整齐，在黑暗角落里盯着我。

“Good morning，我只是想看看天空，这里的蓝天真美，只是看起来太小了。”

“是啊，很美。”教授意味深长地笑了一下，露出雪白的尖利牙齿，“睡得还好吗？”

“哦，比想象中好吧。”

其实，我对于监狱最大的恐惧，莫过于同一个变态恶魔同屋。在看守所就每天锻炼身体，以防万一好以暴制暴，幸好那里的室友比尔是个前纽约白领。而现在这位历史系教授，看起来也弱不禁风——果然是典狱长送我的一份大礼，再也不必担心午夜噩梦。

铁门外响起沉重的脚步声，闪出一张黑人狱警的脸，恶狠狠地点名道：“教授？”

看到教授苍白的面孔后，狱警打量着我说：“你就是新来的 1914？”

“是的。”

“和教授一个房间算你走运！”他用警棍敲打铁门说，“知道这里的规矩了吗？”

“知道了。”

黑人狱警嚼着口香糖说：“这里我是老大！给我乖一点，不然就惨了！早餐给你们！”

他将两个餐盒塞进来，之后继续前往下一间牢房。

打开餐盒还算不错，典型的美国饮食，基本不用考虑好吃，但足够你吃饱。

“每晚十二点，每天早晨七点，狱警查房送餐。”教授轻描淡写地说，“你会慢慢习惯的。”

是啊，我不禁悲从中来，反正要在这里待一辈子，总有一天会习惯的——也许就是明天，也许是很多年后老死的那天。

吃完早餐，教授变得异常沉默，埋头苦写他的笔记，似乎对面的我已变成一团空气。我没兴趣窥探他人文字，呆呆地坐在床上，看着铁窗外那方小小的蓝天。

八点，黑人狱警再度出现，收走餐盒打开牢门，向外撇了撇嘴说：“小子，放风了！”

放风——在这意味着暂时的自由，监狱里每个人都盼望这一时刻，尽管那么短暂，还要在警卫的枪口底下。

我兴奋地走出铁门，身后却听不到任何动静，回头疑惑地问：“教授，你不去放风吗？”

“不，我讨厌阳光，宁愿躲在安静的角落里。”

那张苍白的脸缩进黑暗，永远见不得太阳的老吸血鬼。

“1914，你也不想出来吗？”狱警不耐烦地喊，“监狱里人人都知道，教授从来不参加放风。”

“哦，我出来！”

皱着眉头看看牢房，教授消失成了空气，这是怎样的一个室友呢？

来到C区走廊，周围拥过几十个囚犯。奇怪的眼神和嘘声里，我颤抖着往前走去，握紧双拳尽量靠近狱警。听到英语里最肮脏的字眼，当然比起汉语还是小巫见大巫，有人挑衅地拍拍我的肩膀，灯光照亮那些家伙的文身，有的几乎布满整个后背，有人留着莫希干发型，都是杀人放火的悍匪，而我这个“杀人犯”大概是最文明的一个。

依次打开三道铁门，等待全体囚犯通过，关上后门再打开前门，确保不会发生闯关危险。最后的大门徐徐打开，阳光闪烁在缝隙之间，无数利剑刺入瞳孔。

阳光渐渐灿烂，我的眼睛与心也被渐渐撕碎，身体却被放风的囚犯们推搡着，来到布满碎石的大地。双腿已不受自己控制，好久才适应阳光，不知不觉到了操场中央。看起来有足球场这么大，三面全是高高的围墙，每隔数十米就有岗哨塔，可以望见警卫的步枪。视线越过监狱高墙，数百英里外矗立着落基山脉的雪峰。而在高山与监狱之间，是任何人无法穿越的荒漠，也是上天赐给阿尔斯兰州的地狱。

周围不停有人过来与我说话，但我板着脸不理不睬，装作听不懂英语。遇到有人拦在面前，我就狠狠地瞪他一眼，迅速地从旁边绕过去。关在这里的人都不是好惹的，他们不清楚我的底细，所以也不敢造次。

等到没人再来骚扰，我才仔细观察监狱全貌。操场三面被围墙环绕，另一面是坚固的建筑，大概就是A、B、C三个监区。再往前还有建筑物，估计是昨晚我看到的那些。整个监狱占地极大，但戒备极其森严，高墙底下有铁丝网，一群持枪警卫正在巡逻。

囚犯们分散在操场上，看起来起码有三百多人，统一穿着橘红色春季囚服。幸好我没被太阳照花了眼，否则还以为几百颗橙子在沙子上滚来滚去。他们要么打篮球，要么聚集着聊天——估计是黑市交易，或者独自慢跑散步。各色人种都可以看到，白人大概只占一小半，黑人的数目也差不多，其余多是些拉美裔的面孔，甚至有几个印第安人，显然是阿尔斯兰州土著。至于中国人或日本人韩国人，我只看到一个——就是我自己。

在这里注定孤独吗？

于是，我走向大操场里唯一的无人地带。

确实很奇怪，阳光下到处都有囚犯们活动，但唯独那里是个“死角”，居然不见任何人影。就连长跑的那个家伙，也远远绕过避之唯恐不及。

走到监狱的这个角落，地面不再平整，而是布满杂乱的大石头。几十块长方形石板，镶嵌在乱石堆中，看起来像墓碑——回头再看我的身后，距离最近的人也有五十米开外，我已被监狱抛弃，流放到这个荒凉神秘的角落。

忽然，我感到浑身一股寒意，如电流从脚底板升起贯穿全身，最后涌入心脏的深处。

“我要出去！”

一个声音对我的心里说。

你是谁？

惊恐地跳起来，这是上午八点三十分左右，春天的太阳照射在我的头顶，将我的影子投射到斑驳的石板之上。

没错，我确实听到了这个声音，没有通过任何听觉器官，而是直接由心脏感受到了。

倒吸一口冷气，下意识地往前走了几步，发现地下布满这些石板，大部分都被尘土和碎石掩埋，大约数十米范围之内寸草不生。

该死！双腿被灌了重重的铅，每踏出一步都那么艰难。

痛苦地低下头来，正对地面上一块石板，强风袭来吹开尘土，露出几行英文——先是模糊的姓名拼写，下面的数字很清晰——

1905—1928

最后刻着的是肖申克州立监狱，我吓得摔倒在地，后背和双肘贴着大石头，阳光下竟然如此冰冷！

我发现的是一块墓碑。

“1905—1928”——正是墓碑主人出生与死亡的年份，只有二十三岁的短短生命，便葬送在这座监狱地下。而这块墓碑距离今天，已经超过了八十年，那个年轻的幽灵，也在这里哭泣了八十年？

小心爬起来再看看其他石板，大部分文字都被磨平了，偶尔看到一些生卒年份，最古老的有十九世纪，最近的是 1969 年，可能以后都被送出去埋葬了吧？

这些石板有的互相叠加，大部分被埋在地下，难以估计到底有多少？奇怪的是，所有墓碑上都没有十字架，也许在这里信仰已经无用，都是被神抛弃的灵魂。

“这里没有基督！”

一个沉闷的声音从身后响起，再度把我吓得跌倒在地。

是埋葬于此的幽灵？大白天闹鬼了？当我要落荒而逃时，却看到阳光下一张老人的脸。

最醒目的是灰色的络腮胡，一双炯炯有神的大眼睛，额头布满刀刻般的皱纹，身体却像堵墙般坚硬——老年版的切·格瓦拉（假设他还能活到现在），年轻时典型的拉丁美男子。

“你是谁？”

“萨拉曼卡·马科斯。”

说完老人伸出一只大手，将我从墓碑上拉起来。

“谢谢，你也是这里的犯人？”

看到他那身橘红色的囚服，我就知道自己有多愚蠢了。

“是，你是新来的？”

“我叫 1914。”

“你知道吗？你的胆子可真够大的！他们都在看着你呢！”

他回头指了指操场，所有囚犯都在看热闹，但没人敢靠近我五十米内，好像把这片墓地当做舞台，而我成为最倒霉的演员。

“对不起，我不知道这里是墓地。”

“这里是肖申克州立监狱的禁忌，就算大白天也没人敢来，我也有好几年没来过了。”

老头的英文带有拉丁口音，他的外形与眼神都非常酷，真是一个百年不遇的老帅哥。

“Let’s go！”

灿烂的阳光底下，他搂着我的肩膀，快步将我带出墓地，回到大队囚犯们中间。

所有人都像看怪物一样看着我，仿佛我是从墓地里爬出的僵尸。但除了老头没人敢靠近我，全体为我们让开一条路。两边的人墙如摩西渡过的红海，目送我们离开操场。

不久，仅仅一小时的放风时间就结束了，囚犯们被狱警赶回监仓，身后一片喧闹嘈杂。

低着头回到 C 区，老马科斯拍着我的肩膀说：“新来的，保重好自己吧。”

在狱警的监视之下，我乖乖回到 13 号监房，听着身后铁门被锁紧。对面的教授仍然埋头疾书，完全无视我的归来。

还没走出墓地的恐慌情绪，揉着不断搏动的太阳穴，在狭窄的牢房里反复徘徊。

“请保持安静！”

教授冷冷地提醒我一句，貌似不悦地放下手中的笔。

“对不起。”我胆怯地坐倒在硬硬的床板上，“我打扰你了，因为刚才我被吓到了。”

“有人欺负你了？”

“不，是墓地，我去了操场上的墓地。”

“你好有胆量！”教授缓缓回过头来，灰色的眼珠似乎不是人类，“发现什么了吗？”

不敢再回忆墓地了，我张口结舌地回答：“没——没有。”

“如果你走运的话，以后会发现一些的。”

说着他就把小本子收了起来，小心地锁在床头的抽屉里。

“你在写什么？”

“历史——关于‘GREAT OLD ONES’的历史，旧日的支配者。”

我执著地追问：“到底什么是旧日支配者？”

“你问得太多了！”

教授把头转了过去，缩在黑暗中闭上眼睛，不知冥想些什么，而我始终未能捕捉到他眼睛里的秘密。

叹息着仰头看向铁窗，那方阳光下的蓝天，心中默念着那个名字——

GREAT OLD ONES。

中午查房之后，就是午餐时间。

教授终于出门了，跟随汹涌而来的人们，经过三道监控铁门，来到人声鼎沸的囚犯餐厅。上午的放风还不过瘾，每个人都显得很活跃，拉帮结派地坐到一起，或者互相插队推来推去。狱警不太管他们，隔着玻璃门远远地监视。

奇怪的是，虽然周围都是恶贯满盈之徒，但没人敢来招惹教授，难道这里也有尊师重教的传统？还是教授以前杀人手段太过残忍，早已传遍了整座监狱？当我跟着他排队取餐盘时，前面的囚犯们自动让开路，居然把我们送到第一排。我小心而疑惑地端着午餐，和教授一起找到餐厅角落。那些杀人放火的悍匪纷纷让开，旁边的桌子空无一人，许多人宁愿挤在一起，也不肯靠近我们两个。

我一边埋头吃着午餐，一边用眼角余光扫视四周——每个人都偷偷地朝我们看，然而一旦被我的目光撞上，便立刻惊慌地转头躲避，好像这里坐着一对瘟神！

快要吃完，我才轻声问教授：“为什么他们看起来很怕你的样子？”

“不，他们不怕我！”教授一脸无辜，“平时吃饭他们都喜欢坐在我旁边。”

“啊——”我嘴里的汤几乎漏了出来，“难道是因为我？”

教授一副古怪的表情：“可怜的孩子，你现在才知道吗？”

“因为我上午去过墓地？”

这个可怕的事实让我再也吃不下去了。

“没错，墓地是监狱的禁忌，谁都不敢去那个地方，谁去了就会带上厄运，甚至会传染给身边的人。"

我的嘴唇哆嗦片刻，转念一想反正够倒霉了，从一年前开始厄运缠身，这个月差点被判死刑坐电椅，还能比这些更倒霉的吗？

"教授，那么你呢？你怎么不害怕？还和我坐在一起？"

"因为我渴望遇上厄运！将我带离这个世界，回到我本该来的地方。"

这话让我听得汗毛直竖，赶紧端起餐盘放回去，再也不愿待在那些恐惧的目光下。

忽然，身边闪过一个魁梧的背影，原来是上午那个古怪的人——萨拉曼卡·马科斯。

只有这个老头并不惧怕，竟转身拦住我的去路，一如革命帅哥猛然回头的瞬间。

我与老马科斯距离不足一尺，清晰读出他的心里话："你就是被 Gnosis 选定的那个人！"

Gnosis 是什么？

这个问题深深植入我的心底，使我如雕塑般僵硬在原地，一动不动地看着老马科斯。

老头发觉了我的眼神变化，似乎知道我已读懂了他的心，退到一边给我让开了路。

"谢谢！"

我低头轻声感谢，在狱警的监视之下，惴惴不安地回到监房。

下午，莫妮卡来探监了。

狭小的探望室里，她穿着黑色风衣出现，面色灰白疲惫，栗色头发低调地绾在脑后，难掩引人注目的混血眼睛。

犹豫了几秒钟，我不再压抑自己的情绪，紧紧抱住了她。仿佛抓住水中的救命绳，双手几乎嵌入她的身体，感受衣服底下日渐消瘦的后背，几分骨感又几分刺人。这里没有玻璃窗的分隔，只有狱警远远监视着，也算典狱长的恩赐吧。

她埋在我的肩里颤抖片刻，抬起头已恢复镇定，嗓子沙哑："我雇用了一辆州政府的车，坐了几个小时才来到肖申克州立监狱，他们说我开车永远找不到这里。"

我立即对警卫说："对不起，能给这位小姐喝杯水吗？"

狱警先是愣了一下，然后倒了杯水给莫妮卡。

她几乎不停顿地将一杯水喝完，舔着嘴唇说："这里真干燥啊！"

"差不多就是高原沙漠。"

"你一定很不适应。"

莫妮卡像看一个可怜的孩子那样看着我的眼睛。

“我想我可以在这里活下去，只要没沾上墓地的厄运。”

究竟沾上了吗？真的能活下去吗？不，不要再给她增加烦恼了！

“墓地的厄运？”

“没什么，只是这里的传说，无稽之谈罢了。”

“但愿吧。”她低头沉默片刻，轻轻抓起我的手问，“典狱长对你怎么样？”

“还不错，给我安排在一间最安全的牢房里，室友是个大学教授。”

“没人欺负你吧？”

大概她早就幻想我被折磨得生不如死的样子吧？

“没有，我很好，放心吧。”

“可是，你已经受了很多苦。”

“莫妮卡，你为我做得够多了。”我将她的手握得更紧，盯着混血的双眼，“是你花钱买通了典狱长，让他对我格外开恩的吧？”

在她不置可否地转头躲避之前，我已读到了她眼底的话：“没错，是我买通了典狱长。”

我苦笑着仰起头：“你不需要回答了。”

其实，也不用担心被人监听，我们说的都是中文，这里没人能听懂。

“对不起，我觉得是我没做好，没为你请到最好的律师，没为你打赢官司，让你落到了这个地方。”

莫妮卡忧伤地低声倾诉，再也不是以往强势的霸道女，楚楚可怜的样子，让我禁不住又搂紧了她。

“一切都与你无关，是我自己犯了太多的错，而那个隐藏在黑暗中的人，又实在太狡猾阴险，我们完全不是他的对手。”

抚摸着她的栗色长发，仿佛抱着一只受伤的小鹿。而她再也不说话了，似乎到达漫长旅途的客栈，需要好好休息在我的怀中。

“现在天空集团怎么样了？”

突然冒出的这句话，让她很是意外地瞪大眼睛：“你都在监狱里了，干吗还关心这个？”

莫妮卡的反问令我尴尬，但还是干脆地回答：“因为我来美国的目的，就是为了天空集团，我相信这一切的阴谋，也与天空集团和兰陵王高家有关！”

“够了！你真以为自己是我的堂兄高能吗？”

她的回答让我无语，这种境地干吗还想这些呢？

僵持了一分钟后，混血的双眼才柔软下来，叹息着：“不好，天空集团的状况很不好，天空银行已危在旦夕，但父亲坚持不裁员，仅仅让员工轮岗休息，降薪百分之三十，而集团高管的年薪已降低了百分之八十！上周刚有三个高管、十六个中层经理辞职。除了我们中国分公司以外，几乎全球每一个分公司，都陷入严重的财务危机。”

“你父亲呢？他怎么样？”

“我已经一个月没见到他了！他一直躲在宾州开电话会议，却不去纽约的集团总部。”

看来我的这位“叔叔”已面临绝境，起码天空集团也是我工作过的地方：“别担心，经济危机总会过去，天空集团和你父亲也会好起来的。”

“不，通用汽车都快要破产了，天空集团翻船的可能性也很大。”

面对她毫无表情的脸庞，我有些失望：“你怎么说得那么冷静？”

“这是命运。”

再度让我低头不语。

狱警过来指了指表说：“对不起，小姐，已经超时了。”

莫妮卡神情复杂地站起来，我放开了她的手：“早点回去，晚了路上危险，我会照顾好自己。”

她像温驯的羔羊点头，轻轻吻了我的嘴唇。

湿湿的，热热的。

当莫妮卡的背影消失在探望室外，我又回到冰凉的监狱。

傍晚六点，监狱的晚餐时间。

我和教授走在一起，所有人都与我们保持距离，就连狱警也皱起眉头。我们顺利地排到最前面，最早拿到热腾腾的餐盘，坐到最干净的桌子上。没人敢和我们坐在一起，完全不受干扰地吃好晚餐，又在所有人的目送下，最早回到 13 号监房。

吃饱喝足躺上小床，仰望高高的铁窗，幸运地看到了月亮——就像我从漫长昏迷中醒来，第一晚看到的那轮月光，像钥匙打开我混沌的心。现在的心更加混沌，一团杂乱无章的电线，交织着散发致命的电流，它们能否被月光照亮？高原荒漠上的月光，恰好镶嵌在那方小小的天空中，如寒冷宝石消灭心底灼热，她就是那个人吗？

教授仍然低头撰写他的历史，完全忘却我的存在，而我故意挑衅地问：“教授，能说说你进来的原因吗？”

“1914，你够执著！”他只停顿一下，又低头写下去，自言自语：“每个人进来都有原因。”

“我先说自己吧，我没杀人，但我在杀人现场出现，不慎拿起杀人凶器，更倒霉的是还有杀人动机，于是被判处了一级谋杀罪。”

“每个人都这么说——”教授将最后一个音节拖得很长，突然藏起小本子，转过苍白的脸："除了我。"

"你？"

"我承认我确实杀了——但不是人！"

把昨晚的对话继续下去："你说你杀的不是人？那是什么东西呢？"

"他是以人的形式存在的非人类，是远古邪神残留至今的后代！"

教授愤怒地站起来，面孔丝毫未见血色，他的身体制造的影子，渐渐将我吞噬。

其实，我是故意激怒他，要探听那些可怕的故事，这得冒极大的风险。

"你不相信吗？我专门研究人类学，我编写的考古学与人类学课程，至今仍是美国许多大学的教材。"

"教授，你怎么杀死这个邪神后代的？"

"非常困难！我足足用了三天三夜，才一点点把那个生物的血放光，直到最后才露出本来面目——非人类！"

他说起来不动声色，但善于联想的我，脑中已浮满可怕的画面，再也不敢看他的眼睛。

"你怎知道他是非人类？"

教授闭上眼睛陷入沉思："你以为这个宇宙，无数个世纪前，真是我们想象的样子？"

"难道还有另一种解释？"

"Azathoth，太古最初的神，生出'黑暗'、'雾'还有'混沌'。"他将我带到另一个黑暗荒芜的世界，"黑暗生出'GREAT OLD ONES'——至高无上的旧日支配者，在远古统治地球，拥有难以置信的巨大力量。但在某次斗争中败给了其他神，从此被禁锢在世界各地，在无边无际的时间中沉睡。"

"听起来像科幻小说？"

"不要打断我！"教授狂怒地咆哮，"这不是小说，而是真实的历史！人类只要看到那些，就会丧失理智变成疯子，甚至甘心成为奴隶。偶尔也有人想利用'GREAT OLD ONES'的力量，妄图统治现实的人间，结果全是自取灭亡！'GREAT OLD ONES'被遗忘在南太平洋的海底城市 R'lyeh，当繁星指向太古，宏伟的 R'lyeh 将浮出海面，唤醒沉睡亿万年的'GREAT OLD ONES'，从而毁灭全人类！"

虽然，我确定这些都是无稽之谈，却被他的表情吓到了，缩回被窝怯生生地问："教授，这就是你的研究成果？"

"《死灵之书》早已证明了！无数中世纪与近代学者先贤，都曾洞察这个远古秘密，只是不为掌握话语权的学术界承认。"

教授灼热的目光，显示他对自己所说的深信不疑，我无法读出其他信息，只能惊讶地问："什么是《死灵之书》？"

“一部惊世骇俗之作！古代阿拉伯人的智慧结晶，探究世界被掩盖的真相，充满神秘魔力。如果念起《死灵之书》阿拉伯语原文，就会如同咒语消灭那些披着人形的魔鬼。”

也许他已丧失理智？但我大胆地问：“你真的见过披着人形的魔鬼？”

“是，在新英格兰海岸的一座破旧的镇子，十八世纪建造的房子，住着一户形象古怪的人家。我在查阅各种资料后，小心翼翼地造访那里，见到一个体形高大面色苍白的年轻人。他不断翻着鱼似的眼睛，企求我将他带离老镇开始新生活。于是，他被我带到波士顿大学，成为学校里一名清洁工。但他无法与正常人沟通接触，每个学生见到他都吓得逃走了。而我也在悄悄研究他的身体，每当我用古阿拉伯语念起《死灵之书》，这个年轻人就会癫痫发作。最后，当我确认他就是‘GREAT OLD ONES’的后代才追悔莫及，因为这个生物将迅速在校园里繁殖，残害无知的女学生们，散布来自远古的邪恶种子。”

“所以你要消灭他？”

“是的，我将这个怪物带到阿尔斯兰州，用三天三夜放干他身上的血，只剩下一具空空的皮囊——”

“Stop！”

不敢想象这可怕的画面，只感到胃里一阵恶心。

“几个月后，有人发现那具人形皮囊，然后我就被送到这里来了。”

教授说完露出一个诡异的微笑，雪白的牙齿在灯光下闪烁。

这样的对话该停止了，我不敢看他的眼睛，也读不出什么谎言——如果这一切都是教授的臆想，那他就是严重的妄想症精神病人，同时也是极度危险的杀人狂。

铁窗外的月光，已悄然隐去。

幽灵。

我的体内，有一个幽灵。

不知来自何处，也不知要去向何方，就像一条寄生虫，悄悄蚕食我的血液与灵魂。

读心术来自于这位幽灵。

清晨。

我还活着，是幽灵先生将我从噩梦中唤醒。

清冷的光透过铁窗，刺痛微微睁开的双眼。对面的老杀人狂，不知何时已起床，坐在角落写他的“历史”。

吃完早餐，教授依然蜷缩在黑暗的牢房，而我跟随其他囚犯走向操场。每个人都忙着躲开我，不断用恐惧或疑惑的目光扫来。我拧着眉头想寻找另一个人，却被拥挤的人头淹没。

来到监狱的大操场，阳光明媚的天空，荒芜的高原愈加干燥，大多数人嘴唇开裂。茫然地在空地散步，我走到哪里，人们便散开，剩下以我为中心，半径十五米的无人区。

索性也落得个清净！我享受地随便走走，不知不觉又靠近那片墓地。即将踏入乱石堆的瞬间，下意识往后退了半步，接着身后一阵异样，冷汗竟也渐渐沁出。

“你又要表演给他们看吗？”

带有西班牙口音的英语，让我颤抖着回过头：“又是你？”

没错，马科斯，肖申克州立监狱最酷的老头。

“他们都在看着你呢！”

果然，那些囚犯们几乎排队观赏，在几十米外熙熙攘攘，大概还有人对我下赌注，看我今晚会不会死于非命？我是在干吗呢？像马戏团的空中飞人表演玩命游戏？

老头拍拍我的肩膀，带着我离开墓地，回到操场中央的阳光下。

“你不害怕吗？”

我疑惑地盯着他的眼睛，而他摇摇头笑道：“是啊，你昨天去过墓地，现在所有人都害怕你，让你成了这里的老大！”

“你还没问答我的问题。”

“在这个星球上，没有任何东西，也没有任何人能让我害怕！”

老马科斯手搭凉棚看着太阳，晾着他那身接近古铜色的皮肤。

“你是这里的老大？”

“不，肖申克州立监狱的老大另有其人，但你永远不会见到。”

我低头停顿片刻：“你在这里多久了？”

“八年。”

他搭住我的肩头，像父亲保护着儿子——其实老头年龄要比我的父亲大很多。

“为什么？这里的人都害怕这块墓地？”

“这座监狱的一百多年中，每个死于此地的囚犯，都会被埋葬在这片墓地。据说午夜刮起大风时，墓地会传出凄惨的呼号——神秘死去的冤魂们，想要占有活着的囚犯的身体。”

但我并不认可老头的理由：“只是些无聊的迷信传说，不至于让这些胆大包天的浑蛋们怕成这样吧？”

“不，这是真的。”

远离墓地，再眺望那片荒凉的乱石堆，背景是监狱围墙，再往后的雪山，构成一幅上古时代的画卷。

“用什么来证明？”

“年轻人，你真固执！我来告诉你‘掘墓人’的故事吧。”

这将是我在一天一夜内听到的第二个“故事”。

“大约八十年前，肖申克州立监狱，出现了一个有特殊能力的囚犯——他可以盯着别人的眼睛就看透别人心里想的秘密，当场戳穿人家的谎言，这种能力就叫——”

“读心术！”

我的嘴唇剧烈发抖，因为老头说的那个人不正是我吗?

“是！”他发现我的脸色有变，“你怎么了？”

“没什么。”我慌张地转过头，不敢让他看着我的眼睛，“只是感觉很可怕，当你可以发现所有人的秘密。”

“确实非常可怕！这个具有读心术能力的囚犯，成为监狱里所有人的噩梦。那段故事可以用惊心动魄来形容，他非常聪明又极度残忍，在这里制造了一场骇人听闻的大屠杀——墓地里许多人都是那时埋入的。他有个外号叫‘掘墓人’，因为他入狱前的职业，是为马丁·路德市的公墓掘坑埋葬死人。”

“他也埋葬在墓地里吗？”

老头面色阴沉地摇摇头：“不，那场大屠杀结束以后，谁都不知道‘掘墓人’是死是活？反正没找到他的尸体，像空气一样消失了，唯一肯定的是他并未逃出监狱。”

“这里也有**躲猫猫**？”

“躲猫猫”是用中文说的，没想到老马科斯也领会了：“没错，这是肖申克州立监狱，数十年来无法忘却的禁忌传说——‘掘墓人’，依然游荡在监狱中的某个角落，不时夺去哪个倒霉蛋的性命，比如接触过墓地的囚犯。”

“我？”

老马科斯摇了摇头说：“放风快结束了，回去吧。”

阳光下的可怕故事终于结束，我紧紧跟随老头的脚步，在众人疑惑的目光下，回到黑暗的监仓之中。

第六章
被 Gnosis 选定之人

一个多月后。

我终于适应了将要漫长的监狱生活。

肖申克州立监狱，阿尔斯兰州最后的地狱，除了海拔太高，气候太干，消除越狱可能之外，是个养老送终的好地方！一日三餐无忧，每周洗澡三次，可以累计通电话十分钟。我和远在国内的妈妈通了电话，她已伤心欲绝了半年多。我只能打肿脸充胖子，说这里环境非常好，山河壮美胜过大峡谷风景区，待遇也相当于三星级酒店。

人人都要参加劳动，典狱长把我安排到洗衣房，一来认为中国人最适合干这个，二来洗衣房工作最轻松，只要搬搬衣服揿揿按钮，总比扫厕所好多了。自从我来到洗衣房，一同干活的几个囚犯，就像见到鬼似的颤抖。他们索性不让我干活了，搬张椅子让我休息看报，成了洗衣房的监工。

我多了一个朋友——看守所里的室友“号叫比尔”，那位跑到阿尔斯兰州杀死老板的华尔街白领，最近被法院判处了三十年监禁。比尔初来乍到，不清楚这里的禁忌，整天跟我形影不离。每当他被那些恶贯满盈之徒欺负，我就挺身而出去解救，他们看到我都会躲开。我和比尔的这种亲密关系，使得教授用一种暧昧目光来看我们。

然而，每天放风的时候，都会有一双眼睛盯着我。

格瓦拉式的冷酷眼神，带着多年的沧桑与神秘，穿越操场稀薄的空气，紧紧贴着我的眼睛。这目光让我不胜其烦，怎么也无法躲避和摆脱，硬碰硬地盯着他——萨拉曼卡·马科斯。

老头目不转睛，毫无畏惧地与我对视，我能读出他眼里的话：**"Gnosis！没错，你是 Gnosis 之人！"**

Gnosis 是什么？

本想走过去问问，但他转身没入人群。

"教授"还是老样子，从不到阳光下放风，终日埋头远古邪恶的历史，嘴里时不时冒出奇怪的单词，他说那是旧日支配者的语言，至今无人能准确破译。他那副吸血鬼的样子，还有精神深处的变态，让我彻入骨髓的害怕，晚上也难以入眠——不，我不能和这样的人住在一起，时间久了耳濡目染，我会被慢慢同化，最后也变成一个妄想狂。

然而，我实在没有理由，向典狱长提出换房间。因为教授从没有暴力行为，而且如果换房的话，很可能换到一个暴徒的房间。更要命的是，现在没人愿意和我住一间房，都认为我已沾上墓地厄运。

这是我目前最大的烦恼。

监狱里有个小型图书馆，可以借阅不少老书，还有晚一周的报刊杂志。我主要看最近的新闻，同时训练英文阅读能力。

按照北京时间计算，今天是中国的五一假期，不过现在全世界最关心的一件事，却与一种肥胖肮脏的动物有关——尽管世界卫生组织已将其改名为A（H1N1）型流感，但恐惧仍随之传遍整个地球，就像数月前爆发至今仍在发酵的金融危机。

还有一条爆炸性新闻，奥巴马宣布美国第三大汽车公司克莱斯勒正式申请破产保护。菲亚特已向克莱斯勒提供了资金，美国政府会继续协助克莱斯勒的债务清偿。

接下来是谁？"叔叔"的天空集团吗？

要命！我是不是脑残了？自我催眠以为是高能吗？对不起，我的疑问句太多了。

连续去了几次图书馆，我认识了管理员老金——Mr King。

这是个四十出头的美国白人，与恐怖小说大师斯蒂芬·金同姓，这引起我的一些好感。他戴着眼镜，文质彬彬，实在不像这里的囚犯，但实际上他是个希区柯克电影式的杀妻者，半年前以二级谋杀罪判处二十八年监禁。他和我一样都受到典狱长的照顾，荣任图书馆管理员的美差，可以终日沉浸在几千册图书之中。

虽然，老金也知道我的厄运传说，但他不像其他人那么迷信，见到我都是矜持地微笑。其实他也挺无聊的，每天接待那些暴力罪犯，他们不是来看书的，无非是找个地方聊天，或者做黑市交易。只有我这个认真读书看报的人，可以让他引以为知己。

也许老金憋得太久了，平时根本没人与他沟通，当他知道我曾在天空集团工作，就兴奋地告诉我许多金融圈内幕——他大学毕业时身无分文，三十岁却成了身家亿万的暴发户，四十岁在次贷危机中再次落得身无分文。他准备和妻子一起自杀，飞到阿尔斯兰州落基山下，开枪打死妻子之后，自己却没勇气动手，于是被送到了肖申克州立监狱。

他的风投公司做过许多大项目，其中包括中国几家知名的网站和网游公司。他还是许多大公司的座上宾，帮助这些公司完成投资与融资计划。他甚至提到了天空集团，马上激起我的浓厚兴趣："等一等！你去过天空集团的美国总部？"

"是，纽约曼哈顿的天空中心大厦，在八十八层顶楼的最高会议室，极其神秘的豪华之地。"

"老金，你真的进去了？"

"在这用得着骗你吗？"他泡了两杯咖啡端过来，真是超五星待遇，"去年一月，天空集团遇到财务危机——我猜想现在应该比那时更严重，但他们行事一贯低调，不想泄露这个消息，要请一家小公司帮忙，七转八弯地找到了我。"

"你能拯救天空集团？"

"二十一世纪没什么不可能，可惜——我失败了！我赔掉了所有的资金和信誉，最后输得只剩下一辆破车。"

我打断了他的血泪史："说说重点！你在天空集团见到了那个人吗？"

"传说中神秘的董事长？"

"对！"

"干吗那么兴奋？那天我见到他了，没想到他是个中国人。"老金看着我的面孔似乎察觉到什么，"你知道！对不对？所以你才这样兴奋！"

"就算是吧，能说得再详细些吗？"

他啜了口咖啡："天空集团的大老板，是标准的中国人形象。年龄不会超过五十岁，但人显得很是憔悴，相貌也没什么特别之处。他如果走在唐人街上，多半会被当做厨师或小老板。会议主要是他们的财务总监主持的，董事长只到场不到十分钟，当他发现我在盯着他看，便匆匆离场而去——我听到头顶巨响，他肯定是坐直升飞机来的，为了避开普通人视线。"

"他说什么了？"

"No，将近十分钟里一句话都没说，也没和我打过招呼，事后天空集团还和我签了一份保密合同，规定不能对外泄露董事长形象，否则我将赔偿五百万美元。"

"那你不是已经泄露了吗？"

老金苦笑道："反正我已经一无所有，也不怕什么！不过，这也是我第一次对别人说。”

“谢谢！”

我装作受宠若惊的样子，读心术告诉我——老金并没有说谎。

昨夜，比尔杀猪般的号叫太厉害了，引起 C 区全体囚犯的公愤，忍无可忍的狱警把他关进了禁闭室。

今天放风没人跟着我了，独自在阳光下的大操场，远离那些杀人犯们，遥望数百里外的落基雪山。

走着走着又靠近墓地，停下脚步看着那些乱石堆，掘墓人就隐藏其中吗？

“Hello！”

一个声音在背后响起，我毛骨悚然地往旁边一闪，回头看到那张格瓦拉式的脸。

“马科斯？”

“你好，1914。”老头仰头看着蓝天说，“昨晚，比尔这小子也吵到我了，今天大家精神都不好。”

“所以，我一个人了。”

“我看你很孤独。”

老头这句话什么意思？一边说还一边撇着嘴笑，莫非他也有特殊爱好？我连连摇头：“没关系，我早就习惯了。”

“我也是。”

他双眼直勾勾盯着我，让我再度准确读出他的心里话：**“Gnosis！果然是 Gnosis 之人！”**

“什么是 Gnosis？”

我不再掩饰了，趁着他毫无防范，正面抛出了这句话。

老马科斯的面色大变，后退一步说：“你怎么知道？”

“我无所不知。”

我故意摆了个傲慢的 pose，好像已成为救世主。

然而，老头迅速恢复了镇定，重新靠近我的眼睛：“既然你无所不知，又为什么不知道 Gnosis 呢？”

这个问题让我自相矛盾，真是个难缠角色，我再度读出了他的心里话：**“年轻人，你不知道 Gnosis 来自古希腊语吗？”**

我顺口说道：“古希腊语，Gnosis，是吗？”

马科斯的目光里掠过什么，微微点头：“不错，你还知道更多吗？”

紧接着我从他的眼睛里，又读到了一段话：**“苏格拉底说：‘认识你自己’，他所说的‘认识’，就是 Gnosis！”**

“苏格拉底！”我突然兴奋起来，好像发现了什么宝藏，“认识你自己！”

“小子，你真的无所不知？”

老头又后退一步，但眼里的秘密再度泄露：“苏格拉底所说的这个认识，包含着人间一切实际的知识和科学。”

“Gnosis 无所不包，是我们所有的知识！”

然而，我自以为聪明的这句话，让马科斯狂妄地大笑起来：“错！你真是个无知之人！”

“什么？”

“我已明白你是怎么知道的了！”他的脸板了下来，厉声道，“你的眼睛！你用眼睛发现了我的心里话。”

该死！才意识到自己落入了老头的圈套，他故意使用这种方式，发现了我的读心术秘密！

“你！”现在我躲避他的目光了，“你真阴险！”

“读心术——你和八十多年前的掘墓人一样，都拥有邪恶的读心术。”

我愤怒地背对他，剧烈地颤抖：“老头，你特意在心里想了个错误答案，然后诱惑我说出来，是不是？”

“没错，苏格拉底说：‘认识你自己’的 Gnosis，并不是普通的实用的知识，而是一种神秘的知识，关于世界本原和心灵拯救的知识！”

“这才是 Gnosis ？”

老马科斯严肃地说：“是，读心术的朋友，你具有成为 Gnostics 的潜力。”

“Gnostics ？”

我不敢再用读心术去看他的眼睛了。

“拥有 Gnosis 之人。”

老头带有西班牙口音的话语，如烧红的烙铁刻在我心上——我将拥有关于世界本原与心灵拯救的知识？

我低头沉默半晌：“对你来说很重要吗？”

“不，对你来说很重要！”

马科斯的话让我的脑筋一转：“所以我才会来到这里？”

“是。”

“被 Gnosis 选定之人？”

“祝贺你开始逐渐发现自己。”

难道说以前的我，对自己根本一无所知？也没错啊！从我醒来的那一刻起，就失去了全部记忆，所有的一切都是别人告诉我的，就连名字与身份都是假的，我还没有真正发现自己。

“谢谢！”

这并非出于客气，而是由衷的心里话。

老头的目光瞟了瞟：“我的室友上周刑满出狱了。年轻人，如果你有兴趣，可以住到我的房间来，我在 C 区 58 号。”

“你要我——换到你的监房？”

马科斯点头微笑，又像父亲似的搂住我的胳膊，看着远处的囚犯说：“哦，放风时间结束了！”

“典狱长先生，我想换间牢房。”

安静的典狱长办公室，隔了一层玻璃是漫天黄沙，原来这里也有恼人的沙尘暴。

“换监房？”犹太人典狱长德穆革皱起眉头，瘦长脸上的乌黑眼珠转了转，“为什么？”

我已紧张得浑身是汗，为了来到典狱长办公室，提出更换监房的要求，足足犹豫了一个星期。终于，再也无法忍受教授的变态，我下定决心通知狱警，又等待了两天，才敲开了这道肖申克州立监狱最重要的房门。

“因为，我……我害怕……害怕教授。”

该死！我的英语又开始结巴了！

“1914，我真是感到很奇怪，教授有什么可怕的？”

“是，表面上完全看不出来。”我努力让自己镇定下来，说出准备好的台词，“但是，和他关在一起的这段时间，我发现他内心非常阴暗，患有极其严重的妄想症，如果发作将极度危险，我可不想成为汉尼拔博士的牺牲品。”

典狱长德穆革听完我的理由，点起一根香烟：“难以置信！你要知道，许多人想和教授住在一起，他们觉得只有教授才是最安全的。”

“恰恰相反，他是最危险的。”

“你想调到哪去？”

“C 区 58 号。”

德穆革迅速在电脑上查了查：“萨拉曼卡 · 马科斯？现在 58 号里只有他一个人。”

“是，我想和他做室友。”

“亲爱的 1914，为什么是他？”

“我想他可以和我成为好朋友。”

典狱长吐出一圈蓝色的烟雾：“你居然相信老马科斯？这个古怪的老头？”

“没错，请准许我的请求。”

“不！我不准许！”

“为什么？”

我的心头一阵失望，却依然固执地看着他的眼睛。

“肖申克州立监狱上百年历史中，从未有过这种先例！所有人的牢房都是典狱长指定的，没人可以自己选择哪个监房，更不能选择和谁住在一起，也从没有一个囚犯能主动提出换房，而得到典狱长批准！”

典狱长的眼睛泄露了他的心里话：**“臭小子！你以为你是谁？是平时我对你太客气了吧！竟然敢来命令我？你要知道我才是这的老大！”**

我冷冷地看着他，咬着嘴唇说不出话。

德穆革狠狠掐灭烟头，大声训斥：“1914，我希望我们能成为朋友，但并不意味着我将一味地迁就你！你心里非常明白，你在此受到了我的特别关照，享受到了许多囚犯奢望的特权，你已经非常幸运了，却还是贪得无厌不知满足，真令我失望！”

窗外，遮天蔽日的黄沙，宛如上帝挥舞的鞭子，让整座监狱改变颜色。不断有沙粒打到玻璃上，发出噼里啪啦的可怕声响，不断提醒屋里僵持的两个人。

典狱长的表情柔和了下来：“1914，请尊重我的权威，不要再散布教授危险论，也许患有妄想症的不是他而是你！”

我压抑着被挫败的情绪，仿佛被无情地剥光了衣服，低头走出典狱长办公室。

狱警将我带出行政楼，在回到监区之前，我突然提出要打电话——这是每个囚犯的权利，这个星期我还没使用过。

他们不耐烦地将我带到电话室，我拨通了一个熟悉的号码。

“喂，莫妮卡！我是古英雄。”

“怎么是你打来的？”电话那头的她异常紧张，以为我遇到了什么麻烦，“发生什么事了？我现在有事在欧洲，不能立刻赶过来！”

“我只需要你给典狱长打个电话。”

第二天。

典狱长打破肖申克州立监狱百年规矩，第一次准许囚犯提出的更换监房申请。

当然，这全属莫妮卡的功劳——她给贪得无厌的德穆革先生账上汇了5万美元，才得以打开这个绝无仅有的先例。

背着行李走出铁门的时刻，四周响起一阵嘘声，还有人用力敲打栏杆。十几名狱警赶来维持秩序，用警棍让那些浑蛋保持安静。告别妄想症与杀人狂的“教授”，最后看了一眼13号牢房。那张面无血色的脸庞，不再低头面对手中的“历史”，而是向我报以灿烂的笑容，是怀念共同相处的室友时光？还是预言我的某种未来？只有当离开一个人的时候，才能感到某种温暖。

C区走廊早已乱作一团，各种脏话与噪声甚嚣尘上，就连狱警们也对我恨得牙痒痒的——若非我让典狱长破了规矩，他们也不必面临暴动的危险。

从 13 号经过几十间牢房，最后来到 58 号监房门口。白人老狱警沉默着打开铁门，待我进去便重重锁上，并对旁边挑衅的囚犯大声咒骂。

“Welcome！”

黑暗中浮出一双炯炯有神的眼睛，接着是切·格瓦拉式的胡子，七十多岁的魁梧身躯为我让路，萨拉曼卡·马科斯虚席以待。

果然，坐上床铺感觉一尘不染，显然主人精心打扫过了。包括床头的抽屉与马桶，都特意收拾过，看不到丝毫前任痕迹。

整理好所有东西，我坐在老头对面：“谢谢！可我有一个疑问，你怎知道我会换房成功？”

“是，肖申克州立监狱从无这种先例。如果换作别人，我绝不会有换房想法，那肯定是白费口舌，说不定还会被狱警惩罚。但你就不一样了，既然典狱长把你安排在教授的房间，说明你一定有所背景，说不定可以为你破例。”

“你也太冒险了吧。”

“嗯，是有风险，不过我有把握，因为德穆革本性贪婪。”

“贪婪？”我同意地点点头，“不错，他是个色厉内荏的家伙。”

老头一脸凝重：“如果监狱是一个世界，德穆革就是这个世界的主宰，这个世界有多么荒谬？”

“是，非常荒谬。”

我从没考虑过这种问题，但整个人间不就如此荒谬吗？

“你觉得世界应该如此吗？”

“不。”

“是的，世界不应该如此。”他将手上放到脑后，放松地半躺下来，“虽然，德穆革是这里的主人，但并不是他创造了肖申克州立监狱，更不是他创造了来到这里的我们。”

“他不过是个代理人。”

“没错，我们以为主宰这个世界的人，其实也不过是代理人而已，真正的主人隐藏在不为凡人所知之处。”

“不为凡人所知之处？”我不想再用读心术看他的眼睛，仰头看着 58 号监房的铁窗，那块即将被暮色覆盖的小小天空，“Gnostics？”

“你很聪明，果然是 Gnosis 之人。”

马科斯的最后一句话带着气声，让我的后背心有些发颤。

“对不起，请不要再和我绕圈子了，告诉我什么是 Gnostics？”

但他决然地摇了摇头。

“告诉我！”我伸长脖子追问，“这是吸引我换房过来的最重要原因，什么才是

Gnostics？你凭什么说我是 Gnosis 之人？”

“小子，以后我会慢慢告诉你的。”

“见鬼！”

我再也按捺不住愤怒，却也不敢说些什么，顺势背靠墙壁，闭上疲倦的双眼。

C 区 58 号监房沉默许久，直到我快要睡着的时候，才听到对面兀地响起一句话——

“我喜欢这个房间。”

“什么？”

我赶紧驱散睡意，瞪大眼睛看着老头。

“我说我喜欢这个房间。”

“原因呢？”

“因为八十多年前，‘掘墓人’也被关在这一间——C 区 58 号监房。”

老马科斯说得轻描淡写，我却听得心惊胆战，滑下床重重摔在水泥地上。

随着一声惨叫，骨头缝都被摔疼了！一只有力的大手将我从地上拉起来，老头锐利的目光自我眼前扫过。

再也不敢坐了，紧张地望着四壁，仿佛会渗出血来：“真的吗？这是掘墓人住过的牢房？”

“是。”

“该死，你干吗骗我来这里？你知道吗？为了我能换到这个房间，有人花了多大代价？可现在你又告诉我，这间房子还曾是名人故居，所谓名人就是这座监狱里不散的阴魂！”

老头微微一笑：“放心，掘墓人只是一个影子，他绝对不会伤害到你的！”

“为什么我这么倒霉，总是轻易地相信别人？”

“小子，你相信我没错的。”他凑近了我说话，似乎不想让藏在墙壁里的掘墓人听到，“不过，关于掘墓人的事情，在这是个天大的忌讳，典狱长不许任何人说起，所以你也不要把我们之间的谈话，说给其他任何人听！”

“OK。”

我狐疑地看着老头，缩到床上关了电灯。

晚安，掘墓人。

搬家第一夜。

我梦见了掘墓人。

在一片荒芜的乱石堆上，狂风之中沙尘肆虐，我难以睁开眼睛，被风吹倒在地。当我努力想要爬起来，四周却变得异常寂静，只剩下头顶一轮清澈的月亮。

月光下闪过一个黑影，我跟着他在荒野追逐，直到成千上万的墓碑跟前。黑影俯下身在地上挖掘，刨开一个深埋着的坟墓。我战栗着渐渐靠近，月光照亮坟墓里的人，照亮那张年轻的脸——正是我自己。

从噩梦中醒来，庆幸自己仍好好活着，天窗射下第一缕晨曦，激活模糊的瞳孔。

这里是肖申克州立监狱，C 区 58 号监房，我的名字叫 1914。

我的新室友叫萨拉曼卡·马科斯，他仍躺在对面床上打鼾，与“教授”相比他要么是天使，要么是魔鬼。

“1914！”

走廊外响起狱警查房的声音，早餐、放风、午餐、洗衣房、晚餐……

夜，铁窗外重新露出繁星点点。

老头低头坐在床上，既不睡觉也不说话，不知沉思什么。而我这么早也没法睡着，在狭窄的小屋里坐卧难安，稀薄的空气令人窒息。

终于，我决定打破这尴尬气氛，试探性地小心问道：“马科斯，说说你的故事吧。”

等了差不多一分钟，老头才抬起头来：“你觉得我有故事吗？”

“这里的每个人都有一个故事。”

“为什么要问我？”

我强压自己的慌张：“因为我看得出来，你的故事最特别。”

他又沉默许久，突然蹦出一个字：“Yes！”

“我没猜错吗？”

“没错，我的故事最特别。”马科斯陷入了沉思，表情复杂地摇摇头，“你是要问我怎么来这里的？还是要从头问起？”

我大着胆子说：“从头问起！”

“别感到无聊就好——1938 年，我出生在阿根廷首都布宜诺斯艾利斯。我的家族从西班牙移民到美洲，根据祖谱可以追溯到格拉纳达之战，那时我的祖先被女王封为侯爵。不过根据另外一个传说，我们家族原本是阿拉伯人，一千多年前随着穆斯林征服者来到伊比利亚半岛，作为格兰纳达王国的贵族，是阿尔罕布拉宫主人的宠臣。但在十五世纪，随着基督徒收复失地运动逐渐胜利，我们家族极不光彩地做了叛徒，投靠卡斯提国王并改宗天主教。所以，我身上流着许多种血液，西班牙、阿拉伯、柏柏尔，甚至还有日耳曼。”

这个从头说起也说得太 long long ago 了！

老头进入家族史的回忆：“我的曾祖父和祖父都是阿根廷有名的诗人，我的父亲在国家图书馆工作，博尔赫斯曾是他的同事。1959 年，当我从布宜诺斯艾利斯大学西班牙语文学系毕业，却乘船去了美洲北半球的一个国家——古巴。”

“1959 年的古巴？”我看了看老头的胡子与脸庞，联想到那位西方青年的偶像，

“切？”

“是，因为我的阿根廷同胞切 · 格瓦拉，当年他实在太传奇了，他的理想鼓舞了每一个叛逆者，我简直就是无比地崇拜他！我也对现实不满，相信人类应该有更好的制度，来替代血腥的丛林世界，尤其是苦难深重的拉丁美洲，从巴塔哥尼亚到墨西哥高原，到处是革命火种。”

“你去古巴参加革命了？”

“1959 年已革命成功，格瓦拉负责古巴经济事务。我家与格瓦拉有亲戚关系，于是我成为他的秘书。他是个非凡的男人，不仅仅在于那回头一瞥的形象，更在于他的理想主义，无所畏惧的勇气。我跟随了他五年多，见到当时世界上许多重要人物，也经历了几乎引起第三次世界大战的古巴导弹事件。虽然格瓦拉身居高位，但一直保持朴素生活，厌恶腐败与官僚主义。我曾跟随他访问前苏联，却彻底破灭我们的幻想，对前苏联式社会主义忧心忡忡。格瓦拉说前苏联从前的革命者，如今却坐着豪华汽车，躺在漂亮的女秘书怀里——比罪恶的旧世界好不到哪里去。”

天哪，我居然和切 · 格瓦拉的秘书被关在一个牢房里！

怪不得肖申克州立监狱在这么荒凉的沙漠中，原来还关押着外国的政治犯？

为什么我身上会集中那么多传奇？遇到这么不可思议的人物？难道他又是一个“教授”式的妄想狂，仅仅因为年轻时代崇拜格瓦拉，就把自己幻想成为他的秘书？并跟随在他身边工作和战斗？

“切 · 格瓦拉开始厌恶自己身处的环境，宁可回到从前的革命状态，开创他心目中真正的理想世界。于是他离开古巴，前往非洲继续战斗，他是个永远的战士。我也怀有与他相同的理想，忠诚地跟随他来到刚果，在热带雨林度过数月。我们吃尽了苦头，患有哮喘的格瓦拉几次病倒，最终失败地撤出非洲。你可以看看我的胳膊——”

马科斯脱下衣服，左肩靠近灯光，露出一个难看的伤疤。

“这是我在非洲留下的伤痕，一颗子弹从这里钻进去，几乎打断了我的骨头，幸好有个中国医生救了我。那么多年过去，每到阴雨天气，左手就疼得抬不起来。还好这里的空气干燥，几乎从没下过雨。”

我貌似开始相信他的故事了：“离开非洲以后呢？”

“1966 年，我跟随格瓦拉来到南美的玻利维亚。统治玻利维亚的独裁者非常惊慌，请来美国中央情报局对付我们。游击队犯了不少错误，以至于失去了外界联系。在 CIA 和玻利维亚政府军的围捕之中，我们越来越危险，格瓦拉的哮喘病也越来越严重，我的情绪极度低落，甚至有了开小差的念头！”

老头依旧裸露肩膀，抓紧自己的肌肉颤抖着：“1967 年 10 月，最后时刻来了！一个叛徒向政府军告密，特种部队包围了游击队营地。经过短暂的枪战，我们许多人都被俘虏，包括切·格瓦拉，还有我。俘虏被囚禁在一座校舍里，CIA 审讯了我和格瓦拉，但我们拒绝回答任何问题。审讯者问格瓦拉在想什么？他的回答是——我在想，革命是不朽的。”

“不朽？”

“1967 年 10 月 9 日下午，根据玻利维亚最高军事当局命令，切·格瓦拉双手被反绑，由一名玻利维亚军官执行处决——我被强迫目睹了处决过程，永远难以磨灭的记忆，在格瓦拉被杀害前，他向将要对自己开枪的人说：‘我知道你要在这里杀我。开枪吧！懦夫，你只是要杀一个人’。”

当他以格瓦拉的语气说话，仿佛我就是行刑的刽子手，端着枪口面对老头的脑袋。老马科斯的双眼变得通红，几乎每根头发都竖直起来，双手紧紧握拳想要跳起来，却又被什么压住动弹不得。

“敌人先对切·格瓦拉的双腿开枪，想制造他在枪战中被击毙的假象，掩盖他们屠杀的真相，但最后还是开枪打穿了他的胸膛。”老人说到这里几乎躺在床上，“我目睹了整个过程，直到格瓦拉浑身鲜血，痛苦地停止呼吸。”

我小心地走到老马科斯身边，摸着他的额头：“你怎么了？需要帮助吗？”

“没事！”他立刻坐直起来，“那么多年无法忘却的噩梦！接下来的事大家都知道，格瓦拉的遗体被直升飞机运到一个医院展示，他的双手被残忍地砍下来验证身份。有人拍下他的遗体照片，迅速传遍整个世界——死去的切·格瓦拉赤裸上身，留着长长的胡子，脸庞消瘦憔悴，眼睛半睁半闭，胸口残留着弹孔，宛如从十字架上下来的受难基督！”

肖申克州立监狱 C 区 58 号监房，历史已成为永不褪色的画面。

“他是在代替我受难！与格瓦拉一同被俘的另外七人，有六个都被同时杀害了，只有我一个人活了下来。因为我写了一份悔过书，对参加格瓦拉的游击队表示忏悔，并愿意回阿根廷过平民生活。我是个贪生怕死的懦夫，看着自己深深敬仰的人，看着出生入死的战友们，一个个被敌人残忍杀害，却苟且偷生活了下来——**我明白从那一天开始，我已经死了！**”

“这是战争，你没有错。”

“我曾经这么认为，但当我回到布宜诺斯艾利斯，在家人的庇护之下，企图恢复平静生活，却发现永远都做不到了。萨特说切·格瓦拉是我们时代的完人，他的牺牲赢得了全世界钦佩，也成为无数青年的偶像，印着他的头像的文化衫，出现在巴黎的学生运动中，出现在摇滚音乐会上。格瓦拉死了，他却永远活在全世界人们的胸前。我还活着，却早就死在了 1967 年的玻利维亚。”

“你看不起自己？”

老马科斯的表情越发扭曲：“是，我恨自己，恨自己的忍辱偷生，恨自己的懦弱无能，为什么不像战友们那样勇敢地死去？”

“珍惜生命不是错。”

“但我无法饶恕自己！”他重重地一拳砸在墙上，“我在布宜诺斯艾利斯住了几年，终于忍受不住精神压力，再度离家出走飞往西班牙——我祖先所在之地。”

“你怎么会到这里来的？”

“我的故事才说到一半，后面又是一个 long story，但我不想再说了。”

老头疲倦地盖上毛毯，在床上躺平准备睡觉了。

“为什么？我很喜欢你的故事。”

“以别人的痛苦记忆为乐？”

我被问得很尴尬，急着为自己辩解：“不是这个意思。”

“今晚你让我回忆了太多，我怕这把老骨头吃不消！”

“对不起。”

“晚安。”

接下来的一周，我渐渐适应了新房间：C 区 58 号。

我的室友萨拉曼卡 · 马科斯，也不像第一夜那么可怕了。他经常哼着西班牙语老歌，酷酷地眺望铁窗，要么趴在地上做俯卧撑。但他再也没说过自己的故事，也没再提过 Gnostics，每天与我闲聊无关紧要的话题，比如他一直好奇的中国。

马科斯给我最大的帮助，是让其他囚犯不再怕我。他跟几个老大关系不错，说我并没有沾上墓地厄运，看看他不也是好好的吗？老头在这很有威信，囚犯们不再对我躲躲闪闪，有时还有人主动和我搭话。能让我信任的犯人，除了比尔和老马科斯，就只有图书馆的老金了。

但最令我兴奋的，是收到了一封寄自中国的信。

写信人是秋波。

你不会忘记这个人吧？秋波，地铁上的美丽盲人女孩，电台“面具人生”节目的主持人。许多年前她救过高能的性命，却因此被大火灼瞎双眼，后来被少年的我从水中救起——她还以为就是高能。

在来到肖申克州立监狱的第三天，我给远在中国的秋波写了封信。

这封信将穿越美国西部，渡过浩瀚的太平洋，历经坎坷岁月才能抵达上海。我不指望收到她的回信，只想倾诉几个月来的悲惨遭遇，还有几近绝望的心情。

然而，想不到没过两个月，便收到了回信——

高能：

你在他乡还好吗？

收到你的来信，请人帮我读了一遍，我惊讶得不敢相信。同事说这封信确实来自美国，盖着阿尔斯兰州的邮戳，就连信封也是肖申克州立监狱。真的吗？你真的被冤枉杀了人？真的被判处终身监禁？

如果是假的（但愿是假的），我希望这只是一次恶作剧。

如果是真的（但愿不是真的），请你不要放弃希望。我不清楚美国的司法制度，也不知道有没有翻案可能。但只要你还活在这个世界上，真相必然有澄清的一天，正义也一定有伸张的时刻。

高能，感谢你在监狱里还能想到我，虽然我不能为你做什么，只能在另一个半球默默祝福你。

最近我的心情也不太好，两个月前我的哥哥失踪了。他是我最后的亲人，我想尽各种方法去找他，至今杳无音信。我非常孤单，经常从噩梦中醒来——梦到许多年前的火灾，梦到那个被我救了的男孩，就是你。

今晚，只有贝贝陪伴着我，它是一条拉布拉多导盲犬，哥哥失踪前送给我的，现在已成为我生活中唯一的朋友。除了坐地铁，贝贝几乎可以带我去任何地方，我放心地牵着它过马路，去超市买东西，包括等会儿去邮局给你寄这封信。

期待你的回信。

祝你平安！

端木秋波

2009 年 4 月 19 日

我摸着两页信反复看了几遍，信纸是用 A4 纸打印出来的，估计是盲人专用的电脑。

现在才知道她的全名——端木秋波。

她姓端木，这个姓可不多，比如我认识的另一位端木——蓝衣社的端木良。

她有一个哥哥失踪了，而且是她最后的亲人。端木秋波的哥哥，年龄应该和端木良差不多，难道是同一个人？

不可能那么巧吧？但只要有百分之一的可能，还是得证实一下。

我拿出纸笔，给秋波回了一封信，除了描写最近的狱中生活，信的末尾加了一句："秋波，请问你哥哥叫什么名字？"

天气渐渐炎热，午间气温已上升到三十摄氏度。只要在太阳下跑一会儿，就累得浑身是汗。但毕竟是高原内陆，昼夜温差大得吓人，晚间气温有时会下降到几摄氏度，睡觉必须裹着厚毯子。

C 区 58 号监房。

灯关了，铁窗外没有月光，除了走廊外微弱的光线，我的脸隐没在黑暗中。

“继续你的故事吧。”

这样的夜晚怎么也睡不着，我确信对面的老马科斯也没睡着，因为他安静得几乎不复存在，大概端坐在床上静思。

隔了半分钟，才听到他的回答：“这不公平。”

“怎么不公平？”

“你的故事，你还没说你的故事呢。”

“我？”窝在床里苦笑了一声，“我说我没有杀人，是被人陷害才判了终身监禁，你相信吗？”

“我相信。”

监狱里第一次有人相信我的话，就连一同关在看守所的比尔，对我的冤枉也将信将疑。

“为什么？”

“你个是善良的年轻人，这个问题你不会对我说谎。”

“老马科斯，你怎知道我善良？你太容易相信人了吧！”

“不，我从不相信别人！我已经活了七十多岁，遇到过无数人与事，无数谎言与骗局，无数残暴与杀戮——我自己也杀过很多人，在游击战的过程中。我遭受过许多沉重伤害，也有人无情地背叛过我。我能看出一个人对我有害还是无害，是邪恶还是善良。”

他的话令我沉默许久，才把头凑近了说：“不，你不会相信我的故事。”

“说来听听！就当做了个梦，明天早上就会忘记。”

梦？

自从 2007 年秋天醒来以后，我重新开始的人生不就是一场噩梦？也许，到现在这场梦还没醒，我依然躺在太平洋中美医院的病床上，依然是具行尸走肉的植物人。

“其实，我不是我自己，我是另外一个人。”

我平静地说出故事开头，或许也是故事结尾。

“那么真正的你是谁？”

“现在我还没找到答案。”

“你是 Gnostics。”老头也把脸探出来，微弱的光照亮双眼，“对不起，我不该打断你，继续说你的故事吧。”

现在还有什么可怕的？我已一无所有，还能再失去什么？

生命吗？2006 年我的生命就已结束，如今的生命是以另一个人的名字开始的，而我将要和眼前的这个人关在一起直到生命终结。

看着他的眼睛，我无意中读到一句话：**“你还将比我多活许多年。”**

于是，我把所有的故事都告诉了他。

从植物人的状态醒来，开始怀疑自己的过去，发现兰陵王的秘密，然后父亲自杀，接受前往美国的任务，最后被判一级谋杀罪，来到肖申克州立监狱。

包括我其实是另一个人。

老马科斯听完停顿了好几分钟，慢慢消化我的故事，千头万绪简直就是一部小说，大概怀疑这一切都是我的妄想？

“你不相信吧！”我躺倒下来无奈地大笑，“我说过你不会信的，那不过是我编造的故事。”

笑到最后我竟然哭了。

一只大手在黑暗中抚摸我的头发，老头像父亲那样轻声道：“孩子，你的故事已经感动了我。我知道这不是你编出来的，可怜的孩子。”

“真的吗？”

我激动地仰起头，看到他的眼睛放射幽光。

“小子，既然你已说了你的故事，那么我一定会公平交易。”

“你的故事？”

“是，该死的我真是老了，记性越来越差！”他搔了搔头发，“上次说到哪了？”

“你无法走出格瓦拉之死的阴影，从阿根廷离家出走去了西班牙。”

“西班牙！对，是西班牙！”说到这，他的西班牙语口音更严重了，“我不能忘记自己的懦弱，必须去另一个世界洗涤心灵。我先到了西班牙，接着是法国、意大利、德国……我在欧洲游荡几年，又去了土耳其、埃及和以色列，最后是耶路撒冷。我想通过信仰解救自己，可是 1967 年玻利维亚的噩梦，仍像影子纠缠着我。漫长的旅行过程中，我遇到过几个好姑娘，但都因为我的胆怯而放弃，因为我永远无法饶恕自己。”

“这对你不公平。”

老头淡淡一笑：“1978 年，我终于放弃一切，隐居到西班牙安达卢西亚的一座古老教堂。”

“你做了修道士？”

“不，是图书管理员。一千年前那里是摩尔人的清真寺，有欧洲最古老的图书馆，珍藏许多古代图书与文献。中世纪不少西方学者，都曾到那里学习知识，将希腊语与阿拉伯语文献，翻译成拉丁文介绍到整个欧洲，促进了文艺复兴发生。十五世纪，清真寺被占领改成天主教堂，虽然建筑已面目全非，但图书馆里的古老藏书，却完好无损地保存至今。”

“能管理那么多珍贵的古书，也算世界上最高贵的职业了。”

“我隐居了二十多年，自学了拉丁文、古希腊文、科普特文、古希伯来文和阿拉伯文，阅读了不计其数的古代文献，最古老的撰写来自耶稣诞生前的时代。我对某些被认为是异端信仰的资料特别感兴趣——所谓异端不过是统治者的定义，就像切·格瓦拉和他的同志们也被某些人认为是洪水猛兽。但在那个古老混乱的年代，并非强权所说就是真理，也并非灭亡的就一定是邪恶，比如 Gnostics！”

“又是 Gnostics！能不能告诉我究竟是什么？”

老头并未回答我的问题：“1990 年，有个年轻的中国人来到图书馆，希望借走一份珍贵的羊皮古卷——作者是公元二世纪亚历山大里亚的 Basilides，西班牙政府规定，这些古代文献都属于珍贵文物不得外借。于是，他在图书馆借宿一晚，整晚在我的宿舍阅读这份羊皮古卷。没想到这个中国人竟懂科普特文，一种流行于古埃及的文字，如今只有极少人掌握。我早就读过这份文献，为试探此人的背景，我和他聊了聊古书的内容。这个中国人只有二十多岁，知识之丰富却超过了许多大学者。尤其是他对 Basilides 文献的兴趣，因为这份文献也与 Gnostics 有关。当晚我们一边读古书一边聊天，谈得相当投机，我甚至说了自己的过去。第二天，年轻的中国人悄悄离开图书馆，Basilides 的羊皮古卷完好地留下来，从此再也没有他的音信。”

“真是奇怪啊，那年我应该只有八岁。”

“他是我这辈子遇到的最神秘的人，十年以后——2000 年，我突然接到一个电话，竟又是这个中国人打来的，他说在美国阿尔斯兰州一位收藏家的遗产里，发现一份古代科普特文的羊皮书，其中有解开 Gnostics 秘密的关键资料。他的电话让我萌生浓厚兴趣，尤其是想要再见到这个中国人，当年仅有一面之缘，感觉却是忘年交。我飞往美国，来到阿尔斯兰州一家私人庄园。然而，我并没有见到那个中国人，等待我的竟是一群职业杀手！幸好我在丛林中打过游击战，还没忘记杀人的技巧。我侥幸逃过致命一击，并夺过其中一人的武器，打死了三个杀手。我没有来得及逃过‘及时赶到’的警察，当场就被逮捕了。”

“可你是正当防卫啊！”

“但陪审团认定我防卫过当，而且杀了三个人，属于过失杀人罪，判处了我十年监禁。”

“十年？那你明年就该出狱了？”

原本以为老头也被判了终身监禁，没想到他很快就要出去了，真是让人失望！

“是，你舍不得我了？”

我不置可否地苦笑：“我只是觉得明年还要再适应一个新室友。”

“也许，你等不到明年。”

“什么意思？”

“太晚了，老头子很困了，我们都该睡了吧。”老马科斯躺回他的床上，裹起毛毯，“谢谢你，告诉了我你的故事，晚安。”

“晚安。”

我也躺倒准备睡觉，脑中却还想着老头的话——等不到明年？是说我活不到明年吗？

夏天。

迈克尔·杰克逊永远离开了我们。

当我还是古英雄的时候，迈克尔·杰克逊是高能最崇拜的偶像，房间里贴满了这位巨星的海报，电脑里也有许多他的经典歌曲。

当我听到这个消息，仿佛古英雄与高能的生命融合在一起，共同为迈克尔·杰克逊悲伤流泪。

阿尔斯兰州的落基山下，仍然不见一丝绿色，远方的雪线越来越往上。

老马科斯给我起了个绰号——“HERO”，因为我说出了自己的真名：GU HERO。

收到妈妈寄来的包裹，经过漫长海运与严格检查，到我手里还算完整——除了那些小吃与零食，都被海关没收了。剩下许多日常衣服，中国丝绸和手工艺品，这是特地关照妈妈寄的，我把这些送给其他囚犯，使他们都对我很关照。

最近，多了一个黑人朋友，他是比尔的新室友，有个美国黑人常用的姓——华盛顿。他原本在加油站、快餐店、电影院打零工，去年失业很久找不到工作，便跟着一伙黑帮抢劫便利店。在抢劫了十几家店后，他失手开枪打死一个店员，结果被抓获送到了这里。

华盛顿身高六英尺多，每天放风拉着我和比尔打篮球。没有运动细胞的我，居然也喜欢了蹦蹦跳跳，竟敢在高大黑人面前投篮。打篮球让我性格开朗，肌肉力量增强，照镜子变得阳光许多，不再是以往那个瘦弱男生。

下午，我去了图书馆，从过期报纸里看到一条新闻——

“2009 年 6 月 1 日，通用汽车公司正式宣布申请破产保护，美国政府将向通用提供 301 亿美元援助，持有重组后新通用公司 60% 的股份，加拿大政府将持有 12.5%。百年老店的通用汽车终于破产，但并不意味着将轰然倒下，反而是一次涅槃重生的机会。”

通用倒了，下一个是谁？

不想再看财经新闻，从老金手里借了一堆旧杂志，有本 2008 年 10 月出版的，除了刊载知识悬疑与探险小说，还有最新的侦探圈新闻，有个标题吸引了我——

十二宫杀手浮出水面

六十年代末至七十年代初，旧金山地区曾发生二十多起“十二宫杀手”连环杀人案，至少三十人遇害。第二起案件发生一个多月后，旧金山三家报纸接到神秘来信，声称对这些案件负责。一封信中写道：“亲爱的编辑，去年圣诞节期间发生在赫尔曼湖路的两位青年恋人被杀的案件，以及上月 4 日发生在瓦列霍的一位姑娘被杀的案件，都是我干的，我就是那名凶手。为了证明所言属实，我将叙述只有凶手和警察才可能知道的细节。”

每封信都以“我是‘十二宫’”开头，留下出现在凶杀现场的神秘标志，还有一个星象图案标志，由字母和符号组成的密码。凶手称只有破译这些密码才能抓到他。

这是文章第一页，但最醒目的并非这些文字，而是这一页右下角，画着一个奇怪的符号。一看就知不是印刷的，而是用红色圆珠笔写上去的，大概是看过这本杂志的某个犯人吧——看上去像某种星象图，但又不是十二星座里的任何一个，辐射状趴在纸上。

这个符号散发着诡异气味，让我的手在纸上停留许久，心跳也莫名其妙加快，翻到下一页——

1969 年 10 月 11 日，“十二宫杀手”在旧金山乘坐一辆出租车，行驶至华盛顿街与樱桃街路口，“十二宫杀手”将司机一枪毙命。案发三天后，“十二宫杀手”给《旧金山纪事报》寄去了信件，信中有条沾满血迹的布，正是死者被害时所穿衬衫一部分。凶手声称要袭击当地学校的校车。1969 年 11 月 9 日，“十二宫杀手”再次寄信给报社，描述他为袭击校车制作炸弹的过程。1974 年 1 月 29 日，“十二宫杀手”又给《旧金山纪事报》发了一封信，称当时放映的一部名为《驱魔人》的恐怖片是他看过的最好的一部“讽刺喜剧片”。

杂志这一页右下角，同样被红色圆珠笔画了个符号，又是被人手写上去的。而且这回看得清清楚楚，是一把匕首的形状，刺进一条直线，也许是受害者胸膛的意思？

这匕首符号竟栩栩如生，好像就是杀死常青的那把尖刀！

哪个喜欢涂鸦的杀人犯干的？不过那些残忍的暴力罪犯，不会到图书馆认真看书。

疑惑地看下一页——

“十二宫杀手”信件含有许多诡异密码，旧金山警方请来密码专家协助破译，

甚至星象学和通灵学专家，但凶手至今仍未被发现，成为美国历史上最大的悬案。

沉寂近四十年后，加州男子考夫曼突然爆料，自称发现多件惊人铁证，证明自己的继父杰克就是“十二宫杀手”。后者于 2006 年去世，考夫曼整理继父遗物时，意外发现数件惊人物品——包括多张亲笔便条，与“十二宫杀手”笔迹几乎一致。还有许多尸体照片，以及带血迹的匕首。杰克的遗物被一条黑色头巾包裹，头巾上有个“十二宫”符号，当年“十二宫杀手”在一次作案时佩戴的正是这条头巾。

这一页的右下角，不再是前两页的奇怪符号了，而是用红色圆珠笔手写的话——

“这个杰克太变态了！居然保留了那些东西，早知道的话当初就一起杀了他！”

这段英文笔迹很奇怪，字里行间露出一股杀气，令我刹那间把杂志合上。

回头再看看寂静的图书馆，只有一个年老的囚犯在看书，空气却仿佛要被榨干了。

我喘息着翻到下一页——

考夫曼确信继父就是“十二宫杀手”，FBI 表现出了浓厚兴趣，宣布由于案情取得重大突破，将再次对“十二宫杀手”谋杀案展开全面调查。FBI 证实将首先提取杰克的 DNA，然后与“十二宫杀手”进行对比。如果证实考夫曼的继父杰克确是“十二宫杀手”，这一困扰美国多年的历史疑案将就此水落石出。

这是文章的最后一页，右下角同样用红色圆珠笔写着一行话——

“可怜的杰克，你从来没有勇气杀人，却成为了‘十二宫杀手’，这是你永远不能完成的心愿吧。”

看到这心脏要从胸膛里掉出来了！

他——他就在这座监狱里，不久前打开这本杂志，用血红色的圆珠笔写下这些话。

我激动地抓着杂志站起来，叫醒正在打瞌睡的管理员老金，在隐蔽的角落轻声问：“你知道以前谁借过这本杂志吗？”

图书馆里的每本书，不管是外借还是阅览，老金都会做登记的。他翻开小簿子看了看：“在你之前只有一个人借阅过，2009 年 1 月，C 区的 1859 号囚犯。”

“1859？你还记得他长什么样吗？”

老金还没有睡醒，他揉着眼睛看了看阅览室，忽然指着一个戴眼镜的老年囚犯，也是现在除我之外唯一的读者。

“就是他？”

不敢相信自己的眼睛，难道就在我的跟前？

老金点点头：“是，编号 1859，图书馆的常客，他叫杰克！”

也叫杰克？居然和杂志里说的那个疑似“十二宫”同样的名字？

老杰克穿着橘红色囚衣，看上去七十多岁，头发几乎全秃光了，苍白的脸上全是老年斑，翻书的手也不停地颤抖，精神完全比不上老马科斯，感觉一只脚已踏入棺材。

看着这个风烛残年的老人，我升起一股邪恶的念头，拿着杂志走到杰克的桌前，大胆地坐在他对面。

我貌似镇定自若，其实心里恐惧得要命，将杂志放到桌子上，翻到那篇“十二宫杀手”文章，将被红色圆珠笔写过的那几页，推到老头面前，又装作聚精会神地看杂志。

老杰克的脑袋微微一晃，他肯定注意到了那本杂志，看见了自己写过的字。

虽然，老头的眼皮都快抬不动了，还是摘下老花眼镜，冷峻地瞥了我一眼。

最让人意想不到的是，这双衰老的眼里，隐藏着无比骇人的目光，如匕首飞速穿过空气。

心脏被扎了一刀似的疼！我立刻站起来后退两步，摸着胸口恐惧地看着老头。

杰克仍是那副半死不活的样子，虚弱地咳嗽几声，将我留在桌上的杂志拿过来，指着用红色圆珠笔画的符号。

不可思议，这老头的目光太冷了，像六月里的寒冰，一下子将我的血液凝固。

冷酷的眼里闪过一句话：**“中国小子，你猜我就是十二宫？小心成为最后一个受害者。”**

老杰克都快走不动路了，颤颤巍巍地把书还给老金，像具僵尸一样走出图书馆。

接下来十几天，我一直很注意这个老杰克。

每天放风他只是在操场边缘散步，老迈的他没有丝毫危险性，所以没人来招惹他，就连凶恶的狱警也对他很客气。餐厅吃饭他没什么朋友，混在一大群黑人中间，默默低头吃一点。我在远处观察老头，偶尔当他抬起头，冷酷的目光撞到我的眼里，让人不寒而栗。

老马科斯奇怪地问：“你在看老杰克？”

“你认识他吗？”

“老家伙在这十几年了，听说是抢银行杀人进来的。但我从没和他说过话，他也从没惹过事，没人注意他的存在。”

我们在说话的时候，老杰克双眼定定地看过来，我好像吃了苍蝇那样恶心。

十二宫！

虽然不发出声音，我却做出“十二宫”英语的口形，在人声鼎沸的餐厅里，用这个来传达我的意思。

几秒钟后，我读到那双可怕眼睛里的声音：**“是，恭喜你猜对了！”**

第二天，放风。

我没和比尔、华盛顿一起打篮球，独自在铁丝网边缘游荡，因为老杰克也在那发呆。

高原太阳晒得我发晕，没想到这个衰弱的老头，一阵风就会被吹倒，却坚持站在太阳下。

当我从背后渐渐靠近，距离他不到半米，老杰克突然转过头，就像后脑勺长了眼睛，抬起充满皱纹的眼皮，浑浊的目光瞪了我一下。

老杰克第一次对我说话："中国人，你对我很感兴趣？"

他的声音老得吓人，仿佛刚从坟墓里爬出来。

"你好。"我紧张地后退半步，假设这个行将就木的老人，就是美国历史上最大的杀人狂，"我是1914。"

"我知道你为什么要跟着我。"

既然老头开门见山，我索性就当吃了豹子胆，和盘托出："杰克，是你用红色圆珠笔在那本杂志上又写又画的吧？"

"是。"

"你是十二宫吗？"

老头的身体摇摇晃晃，目光却丝毫不为所动："十二宫早就死了。"

"杰克，你认识另一个杰克吗？"

"我认识许多个杰克，不知你说哪一个？"

突然，我被某个大胆的灵魂附体："你把刀子与照片交给的那个人，那些杀人的照片，还有杀人时裹的头巾。"

老杰克做梦也想不到，我居然会直接点破他的脸皮，他面色阴沉地凝固了数秒，才用虚弱干哑的嗓音回答："有两个杰克，但只有一个'十二宫'。"

"哪个杰克？"

"两个杰克都已经死了。"

"你呢？"

"我也早就死了。"

我强压心底的恐惧，面朝太阳给自己壮胆："难道我正在和幽灵说话吗？"

"也许吧。"

"说说两个杰克吧。"

"中国人，你把我打败了！"老头无奈地叹息，似乎随时会倒地身亡，"许多年前，我有个助手，他也叫杰克，但他从没勇气杀人，只是远远地望风，并代替我给警方写信。1975 年，我把所有的杀人资料留给了他，因为他说喜欢那些东西，并愿意在加州过正常人的生活。"

“从此再没有十二宫杀手了？”

“是的，我杀死了自己，也等于杀死了十二宫。我隐居到遥远的阿尔斯兰州，再也没人会找到我了。”

“可你为什么又到这里来了？”

“十五年前，我患了严重的疾病，也许是被我杀死的那些幽灵们报复吧。”老杰克的笑容让我心惊胆战，他说杀人就像刷牙洗脸般轻松，“医生切除了我的一个肾脏，但只能再延长一年寿命。我觉得自己快要死了，索性持枪抢银行杀人，我想要被法庭判处死刑，因为我早该尝尝坐电椅的滋味了！”

“想要死的方法有很多！干吗还要再杀人呢？”

“对不起，我杀人成瘾，有时候无法控制自己。但我的愿望并未实现，我被判了终身监禁，将在肖申克州立监狱度过终生——当时我觉得自己时日无多，但没想到只用一个肾脏就熬了过来，第一年、第二年、第三年……现在是第十五年。”

老头几乎要摔倒了，还好被我搀扶住：“你感到惊喜还是失望？”

“失望，深深的失望，为什么让我还活着？”

“不怕我告诉典狱长吗？大名鼎鼎的十二宫杀手，就关在肖申克州立监狱！”

“你去告密吧，我就等着这一天，等着被送上电椅，结束我在这里漫长的痛苦。”

老杰克狼似的眼睛里，泄露了心底的秘密：**“小伙子，快点愤怒起来！去向典狱长告密！或者现在就把我掐死，我太老了，我不会反抗，只要一分钟就能轻松地掐死我……”**

“不。”

我的目光也变得异常冷酷，为什么要遂这魔鬼心愿？不如让他在此忍受痛苦惩罚，带着一个肾脏走向茫茫无边的未来，最终在肖申克州立监狱化为尘土。

“求求你！”

老杰克抓着我的胳膊，就像一条即将被宰杀的老狗，而我摇摇头决然转身离去。

太阳，照耀着老去的十二宫。

阿尔斯兰州的夏天很短，操场上仍没有一丝绿色，我的身体倒是越来越壮实。

马科斯就像老师，每次聊天都给我上课，关于他经历的这个世界，革命与爱情，忠诚与背叛，杀戮与忏悔，甚至切·格瓦拉的八卦秘闻。偶尔还会谈起那座图书馆——摩尔人留下的珍贵文献，从柏拉图到托勒密，从马克安到奥古斯都，整个古代地中海文明的遗产，几乎完整地收藏在老头脑中。而我这个二十七岁的中国人，只拥有不到两年的残缺记忆，就像个懵懂的小男孩，变成一块贪婪的海绵，不停吸收着整个大海。

地球上所有不公正的事，比如美国攻打伊拉克，以色列在加沙屠城，都会激得老头义愤填膺。但他的愤怒并非没有理由，常拉着我说一大堆，从国际政治到个人道义，从钩心斗角的大国战略，到“朱门酒肉臭，路有冻死骨”。

他能看破表面现象，准确抓到最本质的核心——从某种角度而言，老马科斯也有一双读心术的眼睛——智慧与逻辑，根据已知条件，独立运用自己大脑进行判断，从不人云亦云，也不受任何舆论影响。没有什么阴谋诡计可以逃脱他的双眼，也没有什么人的小九九不被他发现。所以，他和最没有心计的我交朋友，共处一室毫无防备地睡觉。

能认识老马科斯，是我古英雄三生有幸！

令我三生有幸的不仅是他一个人，还有莫妮卡。

今天，她第二次来探监。

远远看到一条白色长裙，栗色长发被头巾包裹，为遮挡漫长旅途的风沙。她的身材还是那么好，混血儿的面孔略显苍白，袅袅婷婷走进探望室。原以为她会热情如火地抱住我，谁知她却拘谨地停在我面前，仔细端详一番柔声道：“你还好吗？”

“放心，我已在这五个月了，不是活得好好的吗？没受到过虐待和欺负，相反还交了些好朋友。”

她用怀疑的语气问道：“难以置信，你喜欢这里了？”

这个问题真让我难以回答，但鉴于我是一桩冤案的受害者，所以我必须说：“不，我只是暂时适应这里，但我仍然想要自由。”

“对不起，现在我没办法给你自由。”

她忧伤地靠近，几个月没见过异性的我，情不自禁地抓住她的手，紧紧放在我的心口。

“莫妮卡，我不怪你，从来没有怪过你。”

“这不重要，重要的是你还将继续留在这里。”

“到这来一趟很不容易吧？”我贪婪地将她搂入怀中，“你能来看我就很满足了。”

在这不必有什么顾忌，我是健全的男人，面对这个美丽的混血女子，曾为我流过眼泪的女子，为什么不紧紧地抱她爱她呢？

“你很想我吗？”

“是。”

“是因为在监狱太寂寞，还是你真的很想我？”

“两者都有！”

坦诚地看着莫妮卡的眼睛，她终于有了一丝微笑：“我还在雇用私家侦探，希望找到真正的杀人凶手，我不会放弃拯救你的希望，我的父亲也不会放弃。”

“他还相信我是他的侄子高能？”

“对，高能是他唯一的侄子，他非常重视你的生命，尽管他现在的情况也不好。”

“怎么不好？”我警觉地抓住她温暖的肩膀，“因为天空集团的经营状况？”

“嗯，公司有很严重的债务危机，不过他还有其他烦恼。”

“什么？”

她摇摇头躲避我的目光：“不，不说了，父亲特地关照过我，要你好好的！”

“好，为了你，我一定要活着，以高能的名字活着。”

下意识地摸着自己的脸，这张被移植给我的高能的脸。

“不是为我，而是为了你自己！照顾好自己，保护好自己，虽然我已为你打点过了，但监狱里什么人都有，能救你的人只有你自己！”

是，**能救我的人只有我自己**，这大概是我认识莫妮卡以来，她说的最有道理的一句话吧。

“谢谢，为了我自己！”

是，想想将近两年前醒来时，我连自己是谁都不知道！重生后短暂的经历，却超过了许多人几辈子的磨难！不会忘记那个在黑暗中编织，又在迷宫里繁衍的巨大阴谋，不会忘记那个曾与我擦肩而过，又精心策划陷害我至此的那个人！

我埋头在莫妮卡怀中，浸泡在她身上的香味里，记忆如斩不断的野蔓疯狂生长——从上海大雨里华金山的死，到马丁·路德市寒冷夜晚发现常青尸体，所有一切都是个连环局，毫无疑问是同一个人所为！

他是谁？抑或，她是谁？

但直觉告诉我，是他。

哪个他？

仰头看着莫妮卡的眼睛，我看不出答案。

答案，它会自己找上门来。

第七章
阿帕奇

八月，阿尔斯兰州已进入秋天。

当然不会有落叶，也没有满山红色，只有呼啸的狂风，夜里透过坚固墙壁的寒冷。

去年这个时候，我在上海忐忑不安，决定参加蓝衣社的计划，冒充高能前往美国，甚至幻想得到亿万财富，谁能想到现在？我还留在美国，却是肖申克州立监狱，将于此度过终生。

你们已经知道，我的体内有一个幽灵。

自从进入监狱，这个幽灵时常与我说话，但他始终拒绝回答一个问题："你是谁？"就像我一直难以回答"我是谁"。

今夜，他躺在我的心脏上说："我给你个警告。"

"什么警告？"

我的心怦怦乱跳，其实想把幽灵震动下来，可它把我的心当做椰子，贪婪地吸着椰汁。

"你会有个危险，非常巨大的危险。"

"能说得具体点吗？"

幽灵邪恶地微笑："这个危险可能会毁灭你，鉴于毁灭你就等于毁灭我，所以我必须警告你一下。”

“那我怎么解除危险呢？”

“这里会有人帮你的。”

我首先想到了老马科斯：“我的室友？”

“不，不是这个老头，而是另一个人。”

“谁？”

“掘墓人。”

这个名字听着不寒而栗，联想到老马科斯说过的故事，八十多年前令人发指的残酷事件，据说那个幽灵至今游荡在监狱里。

“难道你！难道你就是掘墓人！？”

“不，当你远在中国之时，我就已是你的朋友了，怎么可能是这座监狱的掘墓人呢。”

“朋友？不，幽灵，我可从没把你当过朋友，如果你连掘墓人都不是，那究竟是谁呢？”

幽灵咳嗽了几下：“嘿嘿！我可有一个响当当的大名，没人不曾知道过我！你给我听清楚了，我的名字叫——**梅菲斯特**！”

“梅菲斯特？”

听起来有些耳熟？我努力搜索这个名字，却暂时找不到答案。

“你应该多读些书，我的朋友。”

“没错，我会多读书的，只是这里的图书馆太小了。”

幽灵赞许地点点头，拍了拍我的左心室说：“对了，告诉你一个秘密吧，你并不是肖申克州立监狱里唯一的中国人。

“还有吗？”我惊讶地在床上翻了个身，“可是我连一个东亚长相的人都没看到啊。”

“是的，还有一个，你确实从未见过，而且就在你的C区监房。”

“这个中国人是谁？”

幽灵懒洋洋地下降到我的腹腔，怨妇似的说：“喂，你不觉得我已经很疲倦了吗？让我好好休息吧，晚安！”

晨曦，透过铁窗透到我的脸颊，才感觉浑身上下酸痛异常，摸着心口竟沉甸甸的。

是昨晚梦中与幽灵谈话的结果吗？

紧张地摸了摸腹腔，虽然并无任何异物，但我知道他就在里面——梅菲斯特。

没来得及回想幽灵的警告，便感到一束凌厉的电光，穿过C区58号监房铁门，直直地射到我的眼皮上。

睁开眼睛，瞳孔又被深深刺痛了一下，昏暗牢房里这道电光，让心跳骤然加快数倍。

手背挡眼从床上坐起，才看到一个大盖帽的人影，这是一位狱警。

“1914？”

这个声音非常陌生，不是经常来巡逻的那几个，我小心地站起来靠近铁门，手电光束却突然关掉。

我看到了他的脸。

熟悉的黑色制服与大盖帽，腰间的电棍与手铐，却配着一张陌生的脸。

虽然走廊里的灯光不亮，又隔着密密的铁栏杆，那张脸却特别清晰。

他不是白人，也不是黑人，而是印第安人。

我认得美国印第安人的脸，肖申克州立监狱就关押着不少，是阿尔斯兰州的原住民。他们不同于中国人，而具有北美洲的特点，棕黄色皮肤上有鹰钩鼻，目光深邃明亮，体格硬朗剽悍，藏着一股桀骜不驯的气质。

眼前这张陌生的面孔，就是典型的本地印第安人，但鼻子和眼睛非常特别，就像落基山下食腐尸的秃鹰，却穿着笔挺的狱警制服，孤零零的很是古怪。

“你是新来的？”

我没有意识到自己的说话方式，已经违反了这里的规矩——不能对狱警不尊敬。

那个家伙不由分说掏出电棍，没等我反应过来，就飞快地穿过铁栏杆，精确地砸在我的脑袋上。

就像有个东西钻进脑壳，脑门火辣辣地疼痛，接着整个脑袋强烈震荡，牢房天昏地暗地旋转，最后便倒在地上。

电棍击中我头部的响声，将老马科斯也惊醒了，他敏捷地翻身下床，将我扶起来大声呼唤。眼前闪过许多星星，双脚没法站起来，身体平衡感都失去了，只听到老马科斯愤怒地对外嚷道：“为什么打他？”

“他不尊敬狱警。”

一个残酷的声音响起，我靠在老马科斯的身上，恍惚间看着铁门。

那双秃鹰似的眼睛，仿佛另一个世界的魔鬼，隐隐飘出一股死尸的气味，让我不得不哑巴吃黄连，忍气吞声道：“对不起！”

“我叫阿帕奇，新来的狱警，负责你们这个监区，今后请配合我的工作，谢谢！”

他干脆利落地说了一串话，又瞥了瞥老马科斯：“你们看起来关系不错？”

“是，如果你再敢打他——”

老头才不畏惧这个印第安狱警，当年他随随便便就能干掉许多这样的人。

然而，有着武装直升机名字的阿帕奇，却把电棍指到老马科斯面前：“老爷子，你的年纪够做我爷爷了，所以我不打你。”

说完他走向下一个监房。

“我们的早餐呢？”

“作为违反规矩的惩罚，今天你们没有早餐。”

阿帕奇一路走远，留下难闻的死人气味，我掩着鼻子坐倒在床上，捂着被打的脑袋。

“Shit！”老马科斯终于骂了一句脏话，“我在这里八年了，从没见过这种变态的狱警！”

“他让我感到害怕，因为——我看不到他眼睛里的秘密。”

我申请去了医务室。

伤口虽然不严重，却是最疼的，医生给我上了些药，说最近很少有打囚犯的情况，我算倒霉撞上枪口——印第安人阿帕奇是怎样的疯狗啊？

回到操场还是很疼，更没力气打篮球了。一阵秋风袭来，夹带着许多沙粒，让我低头裹紧衣服，自从被冤案判处终身监禁以来，第二次感到无比委屈。

忽然，有个衰老虚弱的声音响起：“1914，你被谁欺负了？”

居然是老得走不动路的杰克，这个曾经的十二宫杀手，拥有最为骇人的目光。

“一个新来的狱警。”

“阿帕奇？”

“是。”

老头耸了耸眼看就要散架的肩膀：“今天他和C区所有人打过招呼了，我们对他的印象都不错，他对囚犯们很客气很礼貌。”

“该死！”我摸着受伤的脑袋，“那他就是只对我一个人凶恶！凭什么？”

往日一贯受到典狱长照顾的我，一下子成了失宠的怨妃。

“对了，1914，我的室友也是一个中国人。”

老杰克要和我套近乎，却把我吓了一跳：“什么？你说在这座监狱里，我不是唯一的中国人？”

“是，至少有两个，我的监房里就有一个。”

镜片后残酷的目光闪烁，刹那间被我抓到了心里话：**“是啊，我的室友是中国人。”**

十二宫杀手没有说谎。

不，他都是黄土埋脖子的人，难道老得有了幻觉？

等一等！昨夜，那个幽灵梅菲斯特怎么说来着？

C区还有一个中国人！

眼前的老杰克，与我身体内的幽灵，告诉了我相同的一个秘密。

就在与我同一个牢房的监区，还关押着一个中国人或华人，而我在肖申克州立监狱已将近半年，与这些囚犯们照夕相处，却从没见过这个人！

这个中国人是谁？

夜晚，C 区 58 号监房。

月光从铁窗洒入，如银色链条将我五花大绑。

老马科斯已睡熟了，床边的小灯还亮着，我的脑袋依然疼痛，躺在床上拆开今天收到的信——来自中国上海，写信的人叫端木秋波。

高能：

请原谅我隔了许多天才给你回信。

我的哥哥叫端木良，你认识他吗？

当我读小学的时候，我们的父母离婚了，妈妈认为爸爸精神不正常。但我始终觉得爸爸没什么问题，只是经常突然外出，或者把自己锁在房间里，会见一些奇怪的朋友。法院把哥哥判给爸爸，把我判给妈妈。几年前爸爸离奇自杀了，妈妈也生病去世，我们兄妹俩才重新生活在一起。

哥哥是一家投资公司的总经理，每天工作非常忙碌，但一有空就会开车送我。去年九月，他忽然变得忧心忡忡，经常半夜被噩梦惊醒，我几次问他也得不到答案。不久哥哥的公司关门歇业，欠下很大一笔债务，连心爱的奥迪车都被卖了。今年除夕，我等哥哥回家吃年夜饭，他却就此神秘失踪了——现在仍然音信渺茫。

我是一个盲人，没办法到处寻找哥哥，只能尽我所能在网上贴寻人启事。我不知道哥哥失踪的原因，也许为了躲避债务，也许是其他不能告诉我的秘密。每次和哥哥说话，他都会让我很有安全感，好像他会不顾一切地保护我——但我看不到他的脸，也许他完全是另一副表情，抑或所有都是谎言？

现在突然感觉，眼睛看不到也不错！不必去面对那些面具，即便听到言不由衷的话语，乃至卑鄙无耻的谎言，都不用看到对方的脸！就像我的节目《面具人生》，听过无数人被伤害的故事，他们的心几乎破碎，我无法弥补他们的人生，只能用倾听的方式，让他们的痛苦发泄出来，也许可以减轻精神压力。

所以，我宁愿在生活中选择孤独，反正本来就黑暗无边，无论多么美丽的外表都看不到。一个兰陵王那样的美男子，或者一个卡西莫多那样的怪物，对我来说没有任何区别，只有漂亮的声音才能打动我。

现在我最爱的人——其实不是人，而是我的导盲犬贝贝，虽然看不到它的样子，但我能触摸到它柔软光滑的皮毛，闻到它身上特有的气味，听到它的叫声与呼吸，带着它一起散步玩耍，这就是我唯一的幸福吧。

昨晚，我在电台念了一首莱蒙托夫的诗——

孤独

孤独中拖着这人生的锁链，
这样子使我们真触目惊心。
分享欢乐这倒是人人情愿——
但是谁也不愿来分尝苦辛。
我独自一人，像空幻的沙皇，
心胸中填满了种种的苦痛，
我眼睁睁看着，岁月梦般地
消逝了，听从着命运的决定；
它们又来了，带着镀过金的，
但依然是那种旧有的幻梦，
我望见了一座孤寂的坟冢，
它等着，为什么还彷徨逡巡？
任何人也不会为这个悲伤，
人们将（这一点我十分相信）
对于我的死亡大大地庆幸，
更甚于祝贺我渺小的诞生……

我喜欢莱蒙托夫，他有一种忧伤的力量，隐藏的唯美激情，在看似绝望的文字里，还有不可磨灭的希望。

监狱里的你也很孤独吧？

高能，还是上次说过的那句话，千万不要放弃希望，看过《基督山伯爵》吗？也许等待就是凤凰涅槃！

我是美少女战士，赐给你希望吧！

端木秋波

2009 年 7 月 14 日

2009 年 7 月 14 日？

秋波居然是在我（古英雄）的 27 岁生日写的这封信。

上个月我忘了自己的生日，不知不觉在监狱中度过，终身监禁将渐渐消除时间概念，大概等到我满头白发，都不知过了多少个年月。

她的哥哥果然是端木良，我认识的那个端木良，据说还是我从小的好朋友。大概就是这个原因，我才会在十五岁那年，有机会拯救落水的秋波。他们的爸爸妈妈离婚的原因，想必也与蓝衣社有关——他们的父亲肯定也是其中成员，悄悄进行见不得人的勾当，乃至被妻子认为是精神病。至于秋波爸爸的自杀，也是因为兰陵王的秘密而走火入魔了吧？可惜，端木良还不吸取教训，自己也深深地陷了进去，结果害人害己！

秋波信里还说去年九月，她的哥哥变得忧心忡忡，不久公司就关门歇业。那正是我到达美国，常青遇害我被警察抓住的时间——端木良的幕后主子死了，他当然就变成丧家之犬，恐怕他的公司大老板也是常青，否则干吗那么快就倒闭了呢？

没错，这些都与那个黑暗中的人有关！

他(她)在美国杀死了常青,又成功地把我陷害进监狱,悄悄侵吞常青的财产——也许有大量来历不明的黑色财富，甚至去中国对常青的手下赶尽杀绝？于是端木良失踪了，说不定已经死了！

当我被关在肖申克州立监狱，外面的世界不知发生了多少翻天覆地的变化，也包括曾经在我身边的人们。

再读了一遍秋波的信，尤其那首莱蒙托夫的诗——

孤独

肖申克州立监狱。

独自站在操场的铁丝网边，透过高墙眺望八月末的落基山，雪线正逐渐下降，据说两个月后就有大雪降临。

我将衣领紧了紧，阻挡荒原呼啸往来的风，回头看着打篮球的华盛顿与比尔。老马科斯不知跑去哪儿了，就连老杰克也不见了踪影，大概老得没力气放风了吧。

铁丝网外走来一个狱警，我立即转头想要离去，却听到他喊了一声：“喂！1914！”

一个特别的声音，我的双腿被灌入铅水，孤零零地呆在原地，直到看清那张可怕的脸。

阿帕奇。

该死！又是这个新来的家伙，狱警大盖帽底下，一张本地印第安人的脸，秃鹰似的鼻子与眼睛，放射出剥头皮战士的凶狠目光——肖申克那么多的狱警，只有他能让我定住不动，仿佛一下子来到冬天。

“你好！”

装作很有礼貌的样子，我可不愿再挨一下电棍了，这几天头顶依然隐隐作痛，会影响我那本就不高的智商吗?

“关于我打你的那棍子，希望别太介意，因为我是C区的老大，不允许任何人挑战我的权威。”

印第安人阿帕奇与我隔着铁丝网，相距不到半米，他身上的死尸气味让我感到恶心，却只得违心地点头：“我明白了，先生。”

“如果你配合我的工作，并遵守这里的规矩，我们还是可能成为朋友的。”

朋友？我不会和狱警交朋友的！但现在必须伪装自己：“非常愿意。”

“不，你在说谎。”

他的目光像鹰爪一样洞穿我的眼睛。

如果说老杰克的眼神是冷酷，那么阿帕奇的眼神就是死亡。

我的脑袋微微颤抖一下，他是怎么看出来的？我自以为装得非常之像，唯唯诺诺如丧家之犬。

“为什么？”但我必须伪装到底，“我不敢对你说谎，难道我还想再被打吗？”

“1914，我知道你心里在想什么，别想那么轻松就骗过我。”

反正隔着一道铁丝网，我缓缓后退半步：“请问你知道我在想什么吗？”

“你想要越狱！”

这个大帽子可是要把人砸死的！我急忙摇头说：“不，这不是我心里想的！”

虽然，刚来肖申克州立监狱，我有过基督山伯爵那样逃出生天的想法，但看到这里防范森严，外面的荒野又如此残酷，就算逃出去也会活活渴死累死，便断绝了这个可笑的念头。

“是吗？”阿帕奇阴森地一笑，“但我打赌，你很快就会这么想的。”

这个印第安狱警的诡异笑容，使他的死尸气味传得更远，熏得我鼻腔难受得打了个喷嚏。

“对不起，我不是你想象的那种人。”

“不，你就是！你总是对这里的人说，你是被冤枉才进监狱的，是不是？”

我强压着怒火，平静地回答：“先生，为什么要调查我？为什么只针对我一个人？”

“你自己知道原因。”

不，我不知道。

“不管你是不是相信，我确实是被人陷害才进来的。”

“我相信不相信重要吗？”

“不重要。”

“你明白这一点就可以了，再见。”

印第安人阿帕奇转身离去，整个操场飘满了死尸气味。

几天后。

肖申克州立监狱，囚犯放风的大操场。

我恢复了篮球运动，正当满头大汗地抢截传球时，忽然有人大喊："1914，有人找你！"

气喘吁吁地猛然回头，另一边的篮球架下，站着个摇摇晃晃的枯瘦老头。

十二宫？

没错，站在篮球架下的是老杰克，他扶着柱子咳嗽着说："1914，你不是说想要见我的中国室友吗？"

"是！"

"他同意了。"

"什么时候见面？在哪里？"

"现在，这里。"

话音未落，老杰克身后转出一个人，身材高大魁梧如同金刚，却长着一张中国人的脸。面无血色大概常年不见日光，脸部线条极有男人味道，下巴爬满黑色胡须。头发已白了一半，年龄在六十岁左右。

怔怔地看着这个人，确实半年来从未见过，但不能确定他一定是中国人，我用汉语试探着问："你好，我是 1914，请……请问你的名字？"

好久没说中国话了，居然有些说不顺嘴。

"你好，我叫童建国。"

果然是中国话！字正腔圆的中国话！让我激动地靠近他："真好！遇见中国人真好！我们早就应该认识了。"

"是，老杰克说有个中国小伙子想要见我，于是我就答应破例出来一次。"他仰头对着天空深呼吸，"我已经有一年没见过太阳了。"

"你从不出来放风吗？"

"是，从不出来，也从不去餐厅，每次都是杰克给我带饭。"

童建国看了老杰克一眼，十二宫杀手完全听不懂中文，一脸茫然地退到旁边。

"难以置信，你永远不见天日地坐在牢房里？能让你破例走出牢房，也算我的荣幸了。"

"你得谢谢老杰克，他说你能发现他的秘密。这倒令我很惊讶，所以我想你一定很特别。"

"是，我很特别。"

我觉得这对我是一种赞美，所以不太谦虚地承认了。

中国老头还不能适应阳光，用手遮挡脑袋说："我的眼睛有些受不了，得回牢房去了。”

“不多聊一会儿吗？”我的大胆主动让自己都感到尴尬，只能再解释一下，“好久都没说中国话了。”

“我也是。”童建国回头盯着我的眼睛，“不过，你最近有麻烦了！”

他怎么知道的？

瞬间，脑中闪过狱警阿帕奇鹰似的脸庞。

再当我抬起头来，童建国已与老杰克一起离开操场。

典狱长办公室。

德穆革先生刚睡完午觉，不停地吸烟提神，烟雾缭绕如干冰效果。

“什么？你说阿帕奇有问题？”他摸了摸颇为自豪的高鼻梁，明显的犹太种族特征，“1914，我提醒你注意，这不该是你向我汇报的内容。”

“我不仅仅是为了自己，也为了整个肖申克州立监狱。”

“再次提醒你！你的身份是囚犯，虽然我对你很照顾，可以随时申请来见我，但并不等于你可以为所欲为。狱警对囚犯进行管理很正常，他没有违反规定，难道向你索要贿赂了？”

我紧张地站在典狱长的大办公桌前，看着窗外的大操场与落基山：“没有。”

“在监狱里贩卖黑货？”

“没有。”

“参与囚犯间的黑社会斗争？”

“没有。”

“那么请问他惹到你哪里了？”典狱长德穆革掐灭一个烟头，愤怒地嚷起来，“你说你要换牢房，我为你破例做到了，许多囚犯和狱警都看不惯，背地里说我们搞断背！所以我才处处包庇着你！该死的，你降低了我在这的权威，我不可能第二次为你破坏规矩！想要把阿帕奇调到其他监区——想都别想！”

这个肖申克州立监狱的最高统治者，在我面前大发雷霆，似乎随时会把我撕成碎片。

我的嘴角微微颤抖，心脏几乎要爆裂了，告诫自己不能与典狱长吵架，必须控制住情绪：“先生，虽然没有证据，但我感觉阿帕奇迟早会杀了我。”

“那就让他先来杀了我吧！这里我就是上帝，谁都不敢在我的地盘乱来！包括你 1914！”

“我不想死在这里。”

他又点起一根烟，手指关节敲着桌面：“难道你想逃出去？那就死在外面的荒野吧！还有一件事请记住，不要再给高小姐打电话，对于你的过分要求，我绝对不会答应!

高小姐?这个暴君果然提到莫妮卡了。

我盯着典狱长的眼睛,迅速读出他心里的秘密:**"臭小子,要不是天空集团大老板给我打过电话,还给我账上汇了一大笔,我才不会这么照顾你呢!"**

刹那间,我也不想再请莫妮卡帮忙了,为什么要满足德穆革贪得无厌的欲望呢?也许对天空集团来说算不了几个钱,却足够许多中国贫困学生十几年的读书费用!

只有依靠自己才能得到自由。

走出典狱长办公室前,我回头问道:"先生,你有没有闻到过?阿帕奇身上有一股死尸气味!"

"胡说八道!"德穆革弹了弹烟灰,再度咆哮如雷,"不,我从没闻到过他什么气味,其他人也没有闻到过,你是第一个这么说的人!快点给我滚出去!"

"你闻到过阿帕奇身上的死尸气味吗?"

C 区 58 号监房,月光透过高高的铁窗,覆盖在我茫然的眼睛上。

老马科斯坐在对面的黑暗中:"不,从来没有过,虽然他的眼神让人厌恶,但并没有什么特别气味。"

他的回答让我激动:"不可能啊!他不是每天都来查房两次吗?"

"是的,但他没有气味。"

"难道在整个监狱里,只有我一个人能闻到阿帕奇身上的异味?"

为什么?

我的鼻子能闻到所有人闻不到的气味?想到这个诡异的问题,我就陷到小床的角落中,仿佛要找个地洞钻下去。

"也许,因为你很特别,就像你能看到别人看不到的事。"

老头说完打开小灯,现在已接近凌晨一点,子夜时阿帕奇刚来查过监房。

灯光刺激我的眼睛,宛如一片干涸的血迹,我痛苦地抓着自己的头发:"别人看不到的事?"

我明白马科斯说的是我的读心术。

可我真的想要看到吗?

"孩子,你并不知道,其实你是 Gnostics。"

老头坐到我的身边,像父亲抚摸儿子的头发,而我绝望地仰头:"什么是 Gnostics?"

"你孤独吗?"

"是的,非常孤独。"

"因为你被囚禁在监狱?"

“还因为这个世界！当我从昏迷中醒来，看到这个陌生世界，不认识一个人，甚至不认识自己。就像一粒石子，被扔进乱石堆中，孤立无援，怀疑一切！”

马科斯的英语标准起来：“你被扔进这个浩瀚无垠的宇宙，你对它无知，而它也不认识你，因此你极度恐惧。”

“宇宙不认识我？是，每个人都不认识我，包括我自己！他们看到的只是表面的我，并不是真正的我。”

微弱的灯光，宛如铁窗外那颗星星，伴随老头的话语：“宇宙广阔漫长，而你渺小短暂——不仅是你与宇宙在空间时间上的不对称，更重要的是宇宙的沉默，它对于你的渴望漠不关心！人间一切欣喜或悲伤，宇宙都视若无睹不闻不问，它不会来拯救你，也不会拯救任何人，这才是你在万物之中深感孤独的原因。”

“为什么创造我的世界，却这样抛弃了我？被扔进一个充满敌意的世界，像一座巨大的监狱，就像这里！”

看着可怕的铁栏杆，坚固的墙壁，高高的铁窗，这个世界似乎要我窒息。

“许多人都会这样问自己，作为大自然的一部分，为什么你出生在中国而非美国？为什么你活在二十一世纪而非公元前二世纪？没有任何理由来决定！你的出生是个偶然，你的灭亡也是个偶然——但你身上有一样不是偶然！”

“是什么？”

“心灵、精神、思想——看不见摸不着的东西，截然不同于创造你的世界。物质创造了你的身体，不等于创造了你的精神。人不同于宇宙中任何事物，甚至不同于宇宙。与这个无穷无尽的世界相比，你的身体不过是微不足道的一部分，但你的精神并不渺小，而是超越这个世界的力量，不可以放在一个空间比较。”

我的心跳越来越快：“这就是 Gnostics 哲学？”

“我在西班牙隐居了二十多年，研究摩尔图书馆里的古代文献，人类祖先在两千年前，就已深刻探索了人和世界的本质。”

“这是一种古典哲学？”

“世界上有三种人，属灵的人、属魂的人和属肉的人——或者说只有两种人，属灵的人和属世界的人。”

“我们不都属于这个世界吗？”

老马科斯突然厉声喝道：“那你的不幸从何而来？千千万万谎言又从何而来？你为什么感觉世界是一座监狱？”

“因为我个人的命运。”

“无数个人的命运就是人类的命运——人的起源分为宇宙与超宇宙，肉体和魂魄是宇宙产物，是这个世界的一部分，受制于现实命运。封闭于肉体和魂魄的是灵，它不来自于这个世界，却被人类的生命禁锢，这是我们最大的悲剧。”

我躺倒在床上喃喃自语：**“也许，并没有人抛弃过我们，而是我们抛弃了自己？”**

“人最大的敌人不就是自己吗？正如爱因斯坦论证的宇宙是有疆界的，并非无穷无尽，也并非无始无终，而在人的小宇宙中，灵被我们自己的魂所封闭，宇宙秩序之外的力量，在人而言却是最内部的；宇宙秩序最内部的结构，在人而言却是最外部的。最里面属灵的人，就是真正的 Gnostics，他不是 Of this world，而是 In the world。”

“Of this world？ In the world？”

看来我的英语水平还得练习，就这么两个简单的短语，却可能让我一辈子难以理解。

“在认识到自己是 Gnostics 之前，你被放逐到这个世界上，被囚禁在肉体和魂魄之中，浑浑噩噩一无所知——那时的本质就是‘无知’，甚至连你自己是谁都不知道。你的觉醒与复活是由知识，也就是 Gnosis 来实现的。”

“没错，我的生命开始于 2007 年秋天，从对自己彻底一无所知开始，直到我发现兰陵王的……”

“HERO！你将是一个拯救者，你这个内在属灵的人，将从世界的羁绊中解放出来，回归光明的故乡，这才是你毕生为之奋斗的使命！你必须清楚地认识自己，认识你的源头在哪里？也要认识这个世界，包括人间的真相！”

我联想到了一部电影。

“《黑客帝国》？”

“什么？”

“哦，我忘了你关在监狱八年，不可能看到这部电影。”

老头已经完全投入，没在意我说什么：“这种非凡的知识和能力，是世界拒绝赋予你的，也完全不是我能给你的。只有依靠你自己的力量，才能开启被封闭的心！认识你自己！认识你自己！认识你自己！”

“认识我自己？”

这是我有记忆以来最大的而且从未停顿过的问题。

“知道你自己是谁！”

“然后获得觉醒与复活！”

“最后成为所有人的拯救者！”

美国阿尔斯兰州荒漠，肖申克州立监狱，C 区 58 号监房，阴暗的光线之中，马科斯连续说了三句话。

我和老头都沉默了，似乎被扔进一个陌生世界，两千多年前的西奈沙漠，远远走去的先知。

反复默念这三句话，许久才发出声音："三段论？"

"对，专属于你的三段论！作为一个 Gnostics 的使命——人的拯救，才是世界的拯救，也是我们的终极命题，假设终极命题存在的话。"

"谢谢。"

"不，我曾希望自己也是一个 Gnostics，很可惜发现自己不是。"老马科斯苦笑一声，"于是，我用后半生来寻找这个人——就是你。"

"认识你是我生命中最大的幸运。"

"也是我的幸运。"老头爽朗地大笑几声，"快点睡吧，小子！明早查房别爬不起来。"

最后一盏灯关了，黑暗将我的生命笼罩，但我不再害怕黑暗了。

第二天。

放风时间，囚犯们在操场上散步聊天，或者干着见不得人的交易。

没有陪比尔打篮球，而是小心地盯着铁丝网，看看有没有狱警阿帕奇——没看到那张秃鹰般的脸，独自坐在一块台阶上，眺望遥远的落基雪山。

昨晚，与老马科斯一席长谈，烙印似的刻在心中，才明白什么叫醍醐灌顶。

Gnostics——我给了它一个中文音译：诺斯替。

我渴望在某个夜晚，也坐在这块大操场里，仰望阿尔斯兰的星空。无数神秘的星辰，仿佛在头顶闪烁，近得伸手就能捞下来，颤抖着捧在心口，倾听人间的秘密。

可惜，这是一座监狱。

我只有上午一个小时，被允许坐在这里眺望雪山，与熟悉或陌生的人们聊天，比如眼前突然出现的这个人。

中国人。

除了我之外，肖申克州立监狱第二个中国人。

他的名字叫童建国。

没等我慌张地站起来，这个六十岁的中国老头，便随意地坐在我身边，同样托着下巴眺望雪山。

"你好，1914。"

又是久违的汉语，童建国比上次见到干净了不少，就像坐在台阶上看同学打篮球的中学生，虽然头发已白了一半。

"从前我杀过许多人，也有不少人看到我就吓得半死，所以当我来到这个地方，就决定躺在牢房不出来，哪怕一年都见不到阳光，而你让我破例出来了两次。"

不知道是真是假，但想起昨晚那些对话，既然世界本来就很荒谬，我们都在虚幻的镜子中生活，即便再危险邪恶的力量，也不可能把我吓倒。

我试着寻找肚子里的汉语词汇:“上一次我已经很荣幸了,这一次又因为什么?”

“你不觉得上次太匆忙了吗?”

也许，他只是给自己一个理由，一个走到阳光下的理由。

“你对我很感兴趣?”

“你是有故事的人，我能从你的眼睛里看出来。”

“哦?”

我急忙转头躲避他锐利的目光。

“这可是你自找的，干吗总是盯着我的眼睛?是不是想偷看我心里的秘密?就像你发现老杰克的秘密一样?”

“对不起，我来美国之后养成了这个坏习惯。”

“你不怕你心里的秘密也被我看到吗?”

真是“读人心者反被人读”!（本人原创）

“我?”尴尬地笑了笑，肖申克州立监狱是什么藏龙卧虎或藏污纳垢的地方啊!个个都不是省油的灯,“你知道我的秘密?”

“我可不会读心术!”

童建国爽朗地大笑，从眼睛和鼻梁的线条来看，他年轻时长得很帅。也许在黑暗的牢房里窝得太久，他不断活动筋骨，敞开囚服衣襟，可见强壮的胸肌，似乎要胜过许多年轻人。

我却说不出“我也不会”几个字:“你想要听我的故事?”

“这里每个人都有故事,但我想听中国人的故事,不过——别说你是被冤枉的!”

“我就是被冤枉的。”

我的直率让中国老头沉默片刻，他面色凝重地看着我:“你想知道是谁陷害了你?”

“是。”

“你被判了多久?”

“一辈子。”

也许是对我的怜悯，他悲伤地摇摇头:“可惜，你还那么年轻。”

通常年纪大了都会喜怒不形于色，童建国却是表情丰富，甚至有些夸张，大概山水见多了之后，方能“见山还是山，见水还是水”吧。

“你呢?”

“也是一辈子。”他轻描淡写地回答，“我老了，在这里养养老也不错。我的英语可能永远都学不好，以前把自己关在牢房里，只能和老杰克说些简单的话。当年我沉默寡言，现在难得遇到一个中国人，竟变得这样多嘴多舌，自己都感到讶异。”

“你怎么会到这里来的?”

“很多很多原因——我杀过的人可以编成一个连。”

原以为老杰克是这里杀人最多的，没想到又来一个杀人魔王！两个魔鬼关在一个牢房，典狱长德穆革真是个天才！

“职业杀手？”

看他的眼神还有修长健硕的体形，竟然有《这个杀手不太冷》的让·雷诺的感觉。

“是，不过更早以前我参加过战争，在战场上杀过许多人。”

“那个不算犯罪吧？”

“我不知道。”

也许，任何杀人都是一种犯罪吧？

“你已经那么厉害了，能把你抓住的一定更厉害吧？”

“不，我是自首的。”

“自首？”

大概整座肖申克州立监狱，只有他一个是自首进来的吧！

“我厌倦了漂泊的人生，想要找个地方养老，我考察了全世界许多地方，发现肖申克州立监狱最合适！”

虽然，这个中国老头边说边笑，我却已目瞪口呆：“你不会真的想在监狱里养老吧？”

“对一个年迈的杀手来说，肖申克州立监狱是最佳养老圣地。”

“你就在阿尔斯兰州杀了一个人，然后到警察局自首？”

“不，许多年前我受雇于一家公司，在马丁·路德市的酒店里，杀死了一个窃取公司机密的商业间谍。去年我专程来到美国，向阿尔斯兰州警方自首——这时警方才发现，当年已有一名凶手被判有罪，是酒店里的黑人服务生，因为有过犯罪前科，被检察官以一级谋杀罪起诉，后来被判处了死刑。”

“天哪！冤案，和我一样的冤案！他坐上电椅了吗？”

“是——”童建国低下头，忏悔似的低吼一声，“非常抱歉！我投案自首太迟了，多年后才洗清了另一个无辜者的清白，可惜他早就变成了冤魂。”

这个故事让我想到自己，也许当我老死在肖申克州立监狱后，真正的凶手才跑到警察局自首，诉说当年在破旧的公寓楼杀害了常青。

“但愿杀死常青的是个老杀手。”这是自我安慰也是自我嘲讽，“这样我就能期待他想要养老的那一天了。”

“1914，我发现了你有趣的一面！”他恢复了原来的表情，酷酷地说，“老杀手基本死光了，我只能算一个幸存者。”

“你遇到过很多危险？”

“每次都是危险，甚至每时每刻，更多时候是别人想要杀我。”

“而这里也算一个避难所？因此你在黑暗的牢房里藏了一年。”

“哼！你脑子转得真快。”中国老头用力拍拍我的肩膀，幸好这几个月身板锻炼得结实，换作过去早被拍倒在地了，“不，我不惧怕任何人。”

“我还从没听过职业杀手的故事。”

十二宫——老杰克只能算是业余杀手，不能与童建国这样的职业杀手同日而语。

“我的故事？来自天机的世界。”

“天机？”

这个名字听起来有些耳熟。

“发生在大约三年前，那是个谁都无法想象的世界，我失去了生命中最珍贵的东西。”

“是什么？”

“我最好的朋友，他的名字叫叶萧。”

晕，这个人似乎也有些耳熟。

“于是你万念俱灰，想要跑到监狱里来养老？”

“我曾经的念头与理想，几十年前就化作灰烬了。”童建国又一次仰天大笑，笑到最后又藏着一丝凄凉，“该你了！”

“该我什么？”

“你的故事，我想听你的故事。”

我也像美国人那样耸耸肩膀：“我的故事很普通，没什么可说的。”

“没人能骗得过我！从你的眼神就可以看出，你的故事非常精彩！”

“我——”

“别再骗我！”

童建国的目光凶狠起来，手指做成枪的形状，对准我的眉心。

然而，这个动作一下子激怒了我。

只不过是一根手指，难道真会射出子弹？

就算真是一支手枪，也没什么可怕！

“没人可以威胁我！大叔！”

老头惊讶地收下手指，大概从没人敢这么与他说话，停顿几秒后大笑：“你比我想象的更有种。”

“是吗？”我也放肆地笑了，“谢谢你这么夸奖我。”

“但我不会罢休！1914，只要把你的故事告诉我，我就会为你做一件事！”

“真的这么执著？”

童建国面色凝重地说：“只要说出你的故事，任何事情我都会帮你做到，我从不食言！”

当我和他沉默对峙时，一个狱警冲过来大嚷道："放风时间结束了！你们怎么还在这？"

2009 年 9 月 11 日。

肖申克州立监狱，洗衣房。

我多了一个伙伴——老金，他被发配到了洗衣房，也许有囚犯贿赂了典狱长，抢到了图书馆这个肥差。

老金说："可惜了，图书馆让那些文盲去管理，最适合掩盖大麻交易了。"

"最近监狱里有些乱，自从那个阿帕奇来到以后，但典狱长并不这么认为。"

我从洗衣机里捧出一大堆狱警制服，刚想交到老金的手里，却看到他的眼神有些怪异。

"他就在你背后！"

读心术瞬间读出老金的心里话。

果然，背后响起印第安人的声音："你好，1914，你认为是我破坏了监狱的气氛？"

几乎从头皮钻入脑中，震得我耳边嗡嗡作响，匆忙回过头来，对着那秃鹰似的面孔。

"对不起，我不是这个意思。"

"那你就是对我很不满意？"

阿帕奇周身仍然散发死尸气味，为什么别人闻不到呢？

"我的意思只是巧合。"

"巧合？"他保持着一种比哭还难看的微笑，"我发现你可不太会说谎。"

我注意到阿帕奇的腰间，别着一支狱警专用的佩枪，不知有没有上子弹？通常只在执行特殊任务时，狱警才会佩带枪支，平时仅装备电棍和手铐，难道他是故意别在身上的？或者那么醒目地戴着枪，是为了引诱我去抢夺？

"哦，我要继续干活了。"

当我要低头离开时，阿帕奇却拉着我的胳膊说："干吗总是躲着我？我有这么可怕吗？"

"不，我只是不习惯和狱警说话，先生。"

"你的谎话编得越来越差了。"

老金已经识相地跑开，只剩下我和阿帕奇两个人。他可以轻松地编个理由杀死我——比如我试图抢夺他的佩枪，于是在搏斗过程中将我击毙。

想到这，我毛骨悚然地后退两步，印第安狱警却往前走了两步，他的双眼既像秃鹰又似野狼，紧紧盯着我不容得任何回避。

刹那间，我看到了，看到了他眼睛里的秘密。

没有语言，没有文字，只有一幅电影慢镜头似的画面——

我在空旷的荒野上奔跑，天空被血红的颜色覆盖，身后站着一个黑色的人影，有着一张可怕的脸庞，浑身散发着腐尸的气味，他举起手枪瞄准我的后脑勺，抠动扳机射出子弹，穿越空气钻进我的脑壳，灼烧着击碎我的脑浆，然后从眉心位置飞出。

我死了。

这就是我从阿帕奇眼里读出的秘密，也是第一次从别人眼睛里，读出如此生动完整的画面，也是他此刻心中幻想的情景。

没错，他要杀我!

或许，他就是为了杀我而来!

阿帕奇依然保持难看的微笑："你看到了什么?"

"毁灭。"

"这是你自己的选择。"

"什么?"

我茫然地眨了眨眼睛，却转头看向另一边，不敢再阅读那骇人的画面。

"再见。"

他转身消失在洗衣房门外，只留下我倒在一大堆狱警制服中。

凌晨。

肖申克州立监狱，C 区 58 号监房。

一阵奇异的风吹醒了我，睁开眼睛，月光竟如此清澈。小心翼翼下了床，却发现铁门敞开一道缝隙——老马科斯仍在沉睡，外面的走廊寂静无声，老天赐给我的机会吗?

悄悄推开铁门，我像一只猴子蜷缩起来，贴着地面爬出牢房。其他囚犯们都沉浸在梦乡，只有我无声无息地穿过走廊，居然没发现一个狱警！外面的两道铁门也敞开着，似乎就是为我准备的礼物，轻而易举地走出监区，直到最后一扇大门。

我看到了阿尔斯兰州的星空。

宽阔的大操场上，突然矗立着一栋三层楼房，却是荒村公寓似的破败不堪。

怎么会这样？当我不知所措之时，身后整栋监狱都亮了起来，响起刺耳的警报声，许多束手电光线向操场射过来，夹杂着混乱的脚步声，狼狗们狂怒的咆哮。狱警们已发现了我，一颗子弹从我头顶穿过，我只能抱头冲进眼前的小楼。

一片灰尘从头顶落下，急忙把房门顶好，穿过昏暗的大厅，迎面一道旋转楼梯。匆忙爬上楼梯来到二楼，却看到几个十五六岁的少年。他们并不像我以往梦中的自己，而是穿得时髦前卫，嬉皮笑脸地走过来。我不知该怎样和他们说话，没想到他们居然对我拳打脚踢，逼得我又逃回底楼。

然而，我怎么也打不开大门。外面不断响起警报声与狼狗叫声，但我宁愿冲出去被他们抓住，也不愿被关在这栋楼里。可是任凭我怎么想办法，就是没办法走出小楼，难道这里只能进不能出？我急得在底楼乱转，总算找到另一处楼梯爬了上去，没想到越爬越窄，最后竟变成脚手架。惊险地爬到三楼，却看到一个个小房间，里面有许多女子，穿着艳丽暴露，立刻把我围绕起来。但我感到深深的恐惧，用力挣脱这个温柔之乡，一直爬到三楼屋顶上。

头顶是浩瀚的星空，脚下是整个肖申克州立监狱。警犬与狱警围绕着小楼，不少人端着枪向我射击，子弹从我耳边呼啸擦过。最后绝望的时刻，我再也无处逃脱，冲到屋顶边缘，伸开双手一跃而下……

但这不是结束，而是永恒的开始。

我醒了。

还在 C 区 58 号监房，老马科斯在对面熟睡，月光透过铁窗洒到我脸上。

一个梦。

请原谅我如此详细地描述这个梦，因为我忽然明白了这个小楼是什么？

人间。

梦中的这栋楼，是我们身处的这个人间，一旦踏入就难以走出。这里有自私的男人们，欲望的女人们，又被一群狼狗与狱警包围，就算爬上屋顶也无法脱离，头顶美丽的星空永远只是一幅图画。

不，这不是我要的人间。

九月，阿尔斯兰州，肖申克州立监狱。

秋风起兮云飞扬，黄沙漫兮人渺茫。

放风时间。

今天没有看到童建国，也许他总共只出来过两次，都是为了与我说话？没有心情和华盛顿他们打篮球，独自在操场边缘散步，时刻警惕阿帕奇出现。

忽然，我看到那个衰老的背影——十二宫杀手。

老杰克坐在台阶上晒太阳，似乎快要睡着了，我坐在旁边轻轻一拍：“Hello！”

“是你啊。”老头揉了揉抬不动的眼皮，射出两道冷酷的目光，“我知道你在找谁。”

“谁？”

“你的同胞——我的中国室友。”

我深深吸了口气：“你猜得没错，他怎么不出来了？”

“他不需要白天出来。”

“难道晚上出来？”

老杰克神秘地一笑："为什么不呢？"

"你什么意思？童建国晚上也会出来？"

"肖申克州立监狱，只有两个人值得我信任，一个是我的室友，另一个就是你。"

"所以你要告诉我一个秘密？"我兴奋地压低声音，以免被其他人偷听到，"放心吧，十二宫杀手，我会绝对保守秘密的！"

老头的目光在我脸上扫过，宛如两把锋利的匕首："真的吗？"

"我保证！"

"好，如果你泄露了这个秘密，我的朋友会轻而易举地杀死你。"

"没问题，快点告诉我，趁还有时间放风。"

于是，老杰克用那坟墓里的声音说："每天半夜，童建国都会偷偷打开牢门，在监狱各个地方转来转去，他每夜都会爬到屋顶看星星，然后在凌晨悄悄回来。"

"不可能！你在胡说八道吧，肖申克州立监狱戒备森严，每道铁门都关得很死，只有狱警才能打开，他怎么可能自己逃出去呢？"

"中国小伙子，你低估了你的同胞的智慧，世界上没有他开不了的锁，任何精巧牢固的门锁，在他手中都是一堆废铁！所以，他才可以在黑夜的监狱来去自由。"

"这太荒谬了！如果他能轻易打开牢门，如同出入无人之境，为什么不越狱逃走呢？你们两个都可以逃跑的啊！干吗还要凌晨出去转一圈，回到牢房等待早上点名呢？"

"你应该知道，我和他两个人，都不是被抓进来的，而是自愿进入这座监狱，要在这养老送终过一辈子，所以不需要越狱——而且，就算能逃出监狱，也不可能逃出外面的荒漠。"

老杰克的话很符合逻辑，我也用读心术验过他的眼睛。

我看透了他的心思："其实，是童建国要你来告诉我的吧？"

十二宫的目光微微闪烁，我紧追不舍："他不愿自己对我说，却委托你来故意泄露这个秘密，是吗？"

突然，一阵秋风带着黄沙迷离了我的眼睛。

泪流满面地折腾好久，却发现老杰克已起身远去，留下一排歪歪斜斜的脚印……

图书馆。

自从老金走后，这里人气增加不少，黑帮分子聚在一起窃窃私语，有人借来《追忆似水年华》，遮挡一本非法传入的黄色漫画。我尽量不去看他们的勾当，从新任管理员——连环强奸犯手中，借了一本兰登书屋的《维多利亚时代的诗人》。

翻开这本英语诗歌赏析，159 页有一首 William Ernest Henley 的诗，在肖申克州立监狱的这个角落，我默念道——

Invictus

by William Ernest Henley（1849—1903）

Out of the night that covers me,
Black as the Pit from pole to pole,
I thank whatever gods may be
For my unconquerable soul.
In the fell clutch of circumstance
I have not winced nor cried aloud.
Under the bludgeonings of chance
My head is bloody, but unbowed.
Beyond this place of wrath and tears
Looms but the Horror of the shade,
And yet the menace of the years
Finds, and shall find, me unafraid.
It matters not how strait the gate,
How charged with punishments the scroll,
I am the master of my fate,
I am the captain of my soul.

嘈杂的监狱图书馆，黑市交易的罪犯们，许多双凶恶的眼睛里，我已完全被遗忘，独自埋头默念这首诗，直到最后两句：

"I am the master of my fate,"

"I am the captain of my soul."

泪水悄悄从眼角滑落，打湿了发黄的纸页，化成一摊灰色印章。

诗的最后有背景介绍——

"威廉 · 埃内斯特 · 亨利（William Ernest Henley, 1849—1903），维多利亚时代的英国人，自幼体弱多病，患有肺结核症，一只脚被截肢，为了保住另一只脚，终身与病魔搏斗，不甘屈服于命运。"Invictus"是拉丁文(=unconquerable),意为"不可征服"，此诗是诗人在病榻上所作。"

尝试着将这首诗翻译成中文——

不可征服

威廉 · 埃内斯特 · 亨利（1849 – 1903）

夜幕中我独自彷徨，
无边的狂野一片幽鸣。
感谢万能的上苍，
赐给我倔犟的心灵。

任凭恶浪冲破堤坝，
绝不畏缩，绝不哭泣。
任凭命运百般作弄，
血可流，头不可低。

在这充满悲愤的土地，
恐怖幽灵步步已趋，
纵使阴霾常年聚集，
始终无法令我畏惧。

且不管旅途是否顺畅平稳，
不管承受多么深重的创伤，
我是我命运的主人，
我是我灵魂的船长。

此刻，身后那些脑残都已不存在，世界安静得就像坟墓，只剩下这座监狱图书馆，只剩下我一个人——还有一百多年前的那位诗人，他坐在我的面前，带着唯一的那条腿，面容憔悴，骨瘦如柴，终身被囚禁于命运的监狱，但他不可征服。

感谢你！我的朋友，威廉 · 埃内斯特 · 亨利。

我是我命运的主人，
我是我灵魂的船长。

Invictus

我是古英雄，我不可征服！

如果我不可征服，那还有什么牢笼可以囚禁我？如果我不可征服，为什么还要每夜被关在 58 号监房？肖申克州立监狱不是我的人生，童建国可以选择在此养老，而我不能！我只有二十七岁，生命还刚刚开始，老马科斯已经告诉了我，这一生要去完成的使命。

但如果被关在这里一辈子，那么任何一件事都无法完成。

是的，我必须要逃出去，但逃出去不是目的，我也不愿忍受永远东躲西藏，逃避悬赏通缉追捕的生活。我想正大光明地回到社会，毫无畏惧地走在阳光下，看到警察也不用害怕。

唯一自我拯救的办法，就是找到真正的凶手，洗刷我作为杀人犯的耻辱。

但莫妮卡一个人无法办到，我也不指望真凶投案自首，更不指望阿尔斯兰州警方。

必须依靠自己的力量，第一关就是两个字——越狱！

不想等到十年之后，还在监狱操场上和比尔一起打篮球！不想等到二十年之后，经过漫长的自我催眠与心理暗示，相信自己就是十恶不赦的杀人凶手。

命运在哪里？

我摊开自己的掌心。

然后，紧紧捏起拳头。

“你想打谁？”

身后响起一个骇人的声音，我迅速将双手藏到桌子底下，回头只见那张鹰与狼结合的脸。

阿帕奇。

印第安狱警不知何时，已无声无息出现在我身后，散发一股死尸的气味。

他的出现让图书馆里安静了许多，那些黑市交易的家伙们，纷纷识相地掉头离开。

“没……”我的眼神不断闪烁，“没有，只是随便活动一下筋骨。”

“你在看什么？”

还没等我回答，他已拿起我的书，皱着眉头念道：“《维多利亚时代的诗人》？”

“是。”

“你能读英语诗？”

我谦虚地低头道：“只能看懂大意。”

“可喜可贺！”他的手指仍嵌在我读的那一页，讶异地问，“你在读《Invictus》？”

“是。”

“我是我命运的主人，我是我灵魂的船长！”

印第安狱警不用看书，竟背诵出了最后的诗句，这回轮到我惊得说不出话了。

除了管理员外，图书馆里只剩下我和阿帕奇两个人了。

“你喜欢 William Ernest Henley 的诗？”

我小心翼翼地点头：“是，但只读过这一首。”

“我也很喜欢！”他把书还到我的手中，“为了共同喜爱的诗人，我们握个手吧！”

原以为狱警们的阅读喜好仅限于《花花公子》，却没想到这个豺狼似的阿帕奇，居然喜欢维多利亚时代的诗人！

这是他第一次对我表示友好，并率先伸出右手。虽然心底极度厌恶，但我还是强忍着胃里的恶心，和他轻轻地握了握，竟和死人一样冰凉！僵硬得像块金属，我迅速将手抽回来，半边身子似乎麻木了。

“1914，显然你不太情愿？”

他的目光再度犀利地盯着我。

“因为，我感到有些不安。”

“原因？”

寂静的监狱图书馆，我沉默了十几秒，突然鼓起勇气，身体却不由自主地颤抖，冷冷地抛出一句话：

“掘墓人……掘墓人要来了！”

第二天，放风。

狂风夹着无数沙石横行霸道，许多囚犯不敢出来，比尔与华盛顿也放弃了打球。只有我顶风走在操场上，手掌遮挡面孔，眯着眼睛艰难前行。沙子无孔不入地钻入眼睑，刺激得我泪流满面，就像父亲刚自杀的时候。

冲过一片黄色沙障，指缝间依稀可辨一个高大身影，直到他将我拦住，说出一句亲切的汉语：“喂！你不是想要见我吗？”

“是，可偏偏碰上了这种鬼天气。”

说中国话的感觉真好！

他的身体正好挡住风沙，让我看清了这张中国老男人的脸——童建国，这是我第三次见到他，可能也是他第三次来到肖申克州立监狱的白昼下。

“我知道有个避风港！”

“什么？”

“跟我来！”

狂风中说话都很困难，只能连对口形带打手势。

跟着童建国向大楼走去，一路用衣服包裹脑袋挡风，平时被狱警看到一定会挨打，但现在狱警也都戴着防沙眼镜，躲在很远的地方抱怨老天呢。

跑到车库的墙壁角落下，果然风沙弱了许多，张大眼睛嘴巴都没关系，原来这就是“避风港”。

“大叔，你平常不是待在牢房里不出来的吗？”趁着四下无人，我丝毫不给童建国留面子，“怎么对操场地形那么熟悉，发现这个避风港呢？”

“哈哈！”他再度放声大笑，反正大风是最好的消声器，没人能偷听我们的谈话，就算听到也不懂中文，“你很聪明，你知道是我让老杰克故意泄露秘密给你的？”

“是，因为你想要帮我？”

“自作多情！”

中国老头对我兜头倒了盆冷水，躲在这个避风的角落，像观赏难得的风景，看着漫天风沙的奇观。

“对不起，我——”

“等一等！”他冷酷地打断了我的话，出神地盯着天空，“我在东南亚丛林里度过了半辈子，从没见过这么大的风沙。”

我强迫自己耐心等了几分钟，再大胆地问：“你还记得上次说过的话吗？”

“什么？”

“只要我把我的故事告诉你，你就为我办一件事！任何事情都会帮我办到。”

“是，这是我说过的话，绝不会自食其言。”

“真的吗？”

好像我对他的怀疑是一种侮辱，童建国怒目圆睁道：“当然！你要试一下吗？”

“好！我相信你！”

“说说你的故事吧，我不会让你失望的，小伙子。”

怔怔地盯着他的眼睛，是，他没有骗我，他不会让我失望的！

“我的故事，从不到两年前说起——事实上这也是我全部的记忆。”

童建国着急地插话：“你活到二十多岁了，却只有两年的记忆？”

“是，其中超过二分之一的时间，是在美国的看守所与监狱里度过的。”

“难道——你在两年前失忆了？”

这个老家伙果然不简单，一语中的而猜中了！

“是，当我从昏迷中醒来，不知道自己是谁？所有一切都是别人告诉我的，别人为我安排好的。”

“有趣！你怀疑这不是你本来真实的人生？”

“一开始深信不疑，但后来渐渐怀疑，最后疯狂地想要寻找自己的过去，直到我发现一个千年以前的男子，他的名字叫兰陵王！”

于是，我将自己的故事娓娓道来，从发现杭州的车祸事件，遭到裁员走投无路，父亲自杀使我发现血缘秘密，接着是古英雄和蓝衣社，踏上美国的土地，落入白虎节堂式的陷阱！

童建国用了三十分钟，聚精会神地听我的故事，中间没有插入一句话，直至他的目光也变得一片死灰。

这是我的故事，也是所有人的故事，只是我比他们更可怜，或许将在这里慢慢变老等死——不，这不是我的命运！

“信不信由你。”

说完自己漫长曲折的故事，我如释重负地坐倒在地，看着头顶呼啸的狂风黄沙，眼眶中已饱含泪水——这次不是被风沙刺激的。

“你要我帮你做什么？”

大叔一脸严肃地盯着我，沉闷的声音绝不带半点玩笑。

“真的吗？真的愿意为我做任何事？”

“是！我相信你的故事，我的孩子，我相信你是被冤枉的，相信你是一个特别的人，相信你会有一个与众不同的人生，相信你的命运不是在这里像我一样养老等死！”

“谢谢！”最后这番话让我心头一阵激动，“谢谢你的相信！”

然而，我却说不出那两个重要的字，看着老头的眼睛，似乎声音都被风沙吞没。

“如果你不好意思说出愿望，那么我可以代你说——”

“你已经猜到了？”

他微微点头，毫无顾忌地朗声道：

“你想要越狱！”

2009 年 9 月 16 日。

去年的今天，我从洛杉矶飞往阿尔斯兰州首府马丁·路德市，当晚发现刚被杀害的常青，旋即被捕，从警察局到看守所到法院直到这里——

肖中克州立监狱，探望室。

默默坐在椅子上，等待那个黑色人影靠近，她袅袅地走到近前，摘下大大的墨镜，混血面孔沾着几粒沙子。

不需要语言的问候，我的身体先激动起来，难以自制地将她搂住，贪婪地将头埋在她的胸前，要溺死在这条温柔的河中。

莫妮卡的十指紧紧扣住我的后背：“你的肌肉壮多了。”

“也许再蹲十年监狱，我就锻炼成施瓦辛格了。”

“哦，对不起！”她听出了这句话中的辛酸，退后看着我的脸，“我没办法照顾好你。”

“不，你已经对我非常好了，我是知道满足与感激的人。”

我又把她拉进怀中，拭去她脸上的沙粒，抚摸温柔的栗色长发，仿佛是我饲养的小绵羊。

“你好吗？”她摸着我的嘴唇，眼神迷离，“隔了那么久才来看你，有没有怨恨我？”

“没关系，这里我可以自己搞定。”

“几个月前，父亲撒手不管了，让我全面接管天空集团的事务，忙得我在全世界各地飞来飞去，根本没有时间来阿尔斯兰州。”

“可怜的莫妮卡，你一定忙坏了吧？”

“是啊，我才那么年轻，就要与那帮老家伙搞脑子，简直就是缩短寿命！天空集团的内部很复杂，尤其在这种危难时刻，高管们只关心自己利益，彼此之间钩心斗角，搞得我神经衰弱，长期失眠，我担心就要得忧郁症了！”

“只要你和你的父亲不放弃，一定还有希望的，我也肯定能看到！”

我居然把秋波给我信里的话，又说给了困境中的莫妮卡。

“在美国的监狱待了那么久，你的中文一点都没退步啊？”

“哦，最近我的中文说的不少。”

“怎么会呢？”

不想解释关于童建国的事，但有件事我必须要告诉她，贴着莫妮卡的耳朵说——

“我就要获得自由了！”

她立刻往后退了半步，疑惑地看着我，压低声音问：“抓到真正的凶手了？我怎么不知道呢？”

“不。”

“奇怪啊，你才关了一年，不可能那么快就给你减刑的啊！难道法官给予你特赦了？”

“不。”

两个“不”说得很平静，却使莫妮卡越来越着急：“到底是怎么回事？快点告诉我？”

她的急脾气又来了，我还是贴着她的耳朵说——

“三天后，我将越狱。”

几秒钟的沉默之后，莫妮卡的表情凝固住了。

“别担心，我会活着出去的！”我再度将她紧紧拥抱，“我要自由！”

“等一等！越狱？你疯了吗？”

虽然狱警肯定听不懂中文，但她还是对我耳语。

“我没疯，我很理智。”

“这里是肖申克州立监狱，美国最残酷的地方，没人能从这里逃出去！就算你能逃出监狱围墙，也不可能逃出这片荒漠，开车进来就要许多个小时，你会活活渴死饿死的！”

“我有我的计划。”

“God！”她用力摇了摇我的肩膀，“我可不想接到典狱长的通知，说你在越狱中被击毙，或者越狱后永远地失踪——尸体被秃鹰吃掉了！”

但我丝毫不为所动："如果真是这样，那就是我的命运，怪不得任何人。"

"你信不信为了你的生命，我会向典狱长告密，让你被关在禁闭室里不能越狱！"

"不，我不信。"

我已从她的眼里读出了心里话：**"不，我怎么会告密，只是想吓唬你，让你放弃这个荒唐的念头，想要逃出肖申克州立监狱就是痴心妄想！"**

莫妮卡仰头叹息："整整一年以前，我突然接到你的电话，说你被警察抓住了，于是我连夜从中国飞到美国，但我没办法让你自由，哪怕一天都没有！"

"是，我已经失去自由整整一年了。"

"我知道你不甘心做一个囚犯，不甘心每天的铁窗生涯，但你要现实一点，不能因此而送了性命。"

"可我这样活着又有什么意义？从来没有杀过人，却被判定一级谋杀罪，要在监狱里过一辈子！这不是我的人生！我宁愿勇敢地毁灭，也不能这样窝囊地生存——不自由，毋宁死！"

看着我毅然决然的目光，莫妮卡终于低头认输，颤抖着问："需要我的帮助吗？"

"不，我的自由，我自己来完成。"

"古英雄，我发觉你第一次那么自信，浑身上下透着勇敢，完全不像从前胆小脆弱的你。"

自己却完全没感觉到，我的目光那么有力而性感："也许，肖申克州立监狱已经彻底改变了我。"

"你越来越值得女人来喜欢你了。"

"因为我更像一个真正的男人了？"

"嗯。"

她软软地倒在我怀中，像个小女人低头羞涩，我深深吻了她一下："莫妮卡，我只需要你做一件事，就是随时都开着手机。"

"答应我，你一定要活着！"

2009年9月19日，深夜。

肖申克州立监狱，C区58号监房。

合上手中的小簿子，活动酸痛的手腕筋骨，长长吁出一口闷气。

我的故事，截至今晚已全部写完，忠实地记录在这几本小簿子中。

后面的故事将更加精彩。

小簿子们被我塞进背包，还有医务室拿来的药，几件妈妈寄给我的内衣，一叠黑市交易来的钞票，至少有一千美元，以及一个大矿泉水瓶、几块新鲜的吐司面包——老马科斯从餐厅偷偷带进牢房的。

微暗的灯光照亮我和老马科斯的脸，他端了一杯凉水举过头顶，闪烁着格瓦拉式的目光："孩子，祝你成功！"

我也举起一杯凉水，就当上等的香槟："马科斯老爹，祝我成功，也祝你健康！"

两只监狱配发的塑料杯撞在一起，灌入一老一少的愁肠，经过食道刺激隔壁的心脏。

抬头看着高高的铁窗，栏杆外沉沉的黑夜，前几天狂风突然停止，夜空如此清澈美丽。

忽然想起那个梦，站在监狱的大操场上眺望星空。

"谢谢！"我看着老马科酷酷的双眼，"谢谢你为我做的一切。"

"不，我的孩子，你是 Gnostics，是我一生等待的人。"他也抬头看着铁窗，"我知道你的使命，不是留在这里慢慢变老，而是逃出这座监狱，成为一个顶天立地的英雄。"

"假如我死了，就当从来没有过我这个人吧。"

"但这不是你的命运。"

我恋恋不舍地叹息："假如我到了外面的世界，一定会非常想念你的。"

"明年我就会刑满释放出狱，到时候我们可以自由地躺在海滩上晒太阳。"

"但我还是有些恐惧，外面的世界可能比这里更危险。"

"是，外面衣冠楚楚的人们，比这里的罪犯们更虚伪，戴着更厚更漂亮的面具。"

"在我前二分之一的记忆里，我已经看过很多很多了，从没看到过他们真正的脸，这个世界里每个人都戴着面具，说的写的都是假的，真实已成为奢侈品。"

用力地说了这么多，才意识到自己需要保存体力。

"真实？"他重复了这个单词的西班牙语发音，"HERO，你以为自己所看到的都是真实的吗？你以为自己也活得真实吗？包括你自己的人生，甚至你自己的意识。"

"以前觉得是真的，但现在知道我错了。"

"每个人的生命都犯过太多错误，但大部分的错误都是可以原谅的。"

"为什么？"

"因为我们的人生并非自己的选择。"

"什么意思？"

老马科斯又像老师那样说话了："好比我们的出生，并不取决于自己的意志，你无法选择你出生的国家，也无法选择你出生的时代。"

"没错，如果让一个出生在阿富汗的孩子选择，他一定会选择下辈子出生在美国。如果让我自己选择的话，我会选择出生在两千年前，而不是现在这个年代。"

"从来到这个世界上的时刻开始，我们的人生就处处是别人的选择，父母为我们安排好了家庭成长的环境，每个人只能按部就班地在这个环境中长大，养成彼此不同的性格，接受注定不同的教育，最后成为天差地别的人生。”

“性格决定命运，而性格又是童年环境决定的。”

忽然，想到送快递的农民工与收快递的白领们，他们的命运如此不同，但真的是他们自己决定的吗？一个出生在贫困农村的中国人，可能永远没有机会接受高等教育，可能从出生就注定一辈子贫穷；而一个出生在有钱人家的孩子，可能就算读不好书也有机会上大学或出国留学，堂而皇之地成为白领甚至公务员。

命运就是如此不公，真正彻底改变命运的人，又能有万分之几的概率？

“你的人生是自己选择的吗？”

我苦笑了一声回答：“我甚至都不知道自己以前的人生是什么样。”

“但是，老天赋予了你特殊能力，甚至给了你一个伟大使命。”

“因为我可以看到，看到人们真实的心，看到这个世界的真相，看到什么才是人间！”

“你是读心术者，也是 Gnostics！”老头的双目炯炯有神，像发现了一块金矿，“历史上有一些读心术者，比如八十多年前肖申克州立监狱里的掘墓人；历史上也有一些 Gnostics，比如巴西里德斯、马克安、瓦伦廷……但一个既是读心术者，又是 Gnostics，两者合一的人，你可能是人类中的第一个！”

“第一个？”

“HERO，你是独一无二的人！你是注定要拯救世界的英雄！”

灯光下老马科斯的脸庞，如同远古神话里的人物，线条分明的鼻梁与双眼，浓密的络腮胡须，都似雕像保存在我的心底。

他是真正改变了我的人。

曾经，我只是茫然地随波逐流，想满足自己的欲望，解答身份的疑问。后来，当我知道自己是古英雄，却陷入蓝衣社的烦恼，接受常青的任务，冒充高能来到美国，妄想骗取天空集团的财富。然而，我却被流放到阿尔斯兰州的荒野，失去自由，忍受煎熬，暗无天日！直到我遇见这个老人，让我发现真正的自己是什么。

最后的时刻就要到了，我反而从容地倒在床上，闭上眼睛轻声道：“晚安。”

子夜，零点。

肖申克州立监狱，C 区监仓的走廊，一阵脚步声走过每个牢房，此起彼伏着囚犯们的抱怨和尖叫。

“1914！”

又是阿帕奇的声音，在 58 号监房门口响起，随之飘来浓烈的死尸气味。

然而，昏暗的牢房没有任何回音，两个囚犯似乎平白无故地蒸发了。

印第安人狱警的脸色一变，拧起狼似的眉毛，再度厉声道："1914！老马科斯！"

没等里面回答，他已自行打开牢门，其实这是危险动作，囚犯可能趁机夺门袭击狱警。

然而，刚等他走入牢房，我便从床上支起身子，睡眼惺忪，口干舌燥地回答："在！"

接着老马科斯也探出头来，打着哈欠："什么事？阿帕奇先生！"

我和老头都躺在床上，绝不像有阴谋企图的样子，狱警用手电扫射狭窄的牢房一圈，也未发现任何异常状况。

"你们今晚睡得都很熟啊？"

阿帕奇大胆地靠近我的床，丝毫不怕我会抢夺他的电棍。

"是啊！"老马科斯揉了揉眼睛，俨然刚从梦中惊醒，"白天放风运动得太厉害了，晚上睡觉就特别早。"

"1914，你呢？"

我光着上身站起来，摇摇晃晃地回答："不是传说掘墓人就要来了吗？还是早点睡觉的好，免得半夜里看见不干净的东西。"

"你相信？"

"是，不是连你也相信吗？"

"也许。"

阿帕奇面无表情地退出牢房，重新把铁门紧紧锁好，仔细检查确认了两遍："晚安！"

"明天见！"

外面继续响起查房的脚步声，我轻声地问老马科斯："你真没闻到他身上的那股怪味？"

"不，没有啊。"

"难道是心理作用？"

我又用力嗅了嗅空气，腐尸的气味依然挥之不去。

C 区走廊已渐渐陷入沉寂，直到清晨都不会再有检查了。

眺望一眼铁窗。

新月如钩。

躲猫猫开始了！

第八章
复活夜

众所周知，我与幽灵先生的交往，梅菲斯特再度爬到我的心房，用手指戳戳我的肺叶说："喂，你真的准备好了？"

"是，没人可以阻挡我。"

幽灵大概刚吃完夜宵，打了个饱嗝："老兄，你什么时候变得那么自信了？"

"我已完全改变了，既不是以前的高能，更不是当年的古英雄，而是一个全新的人。"

"HERO？"幽灵梅菲斯特冷笑几声，"你以为真能成功？你会遇到没有预想过的危险！"

"能告诉我吗？"

"对不起，无可奉告，我虽然可以预见未来，但不能干预必然要发生的事。"

可以想象梅菲斯特邪恶的表情，但我丝毫不为所动："可以理解。"

"今夜，那个人真的会来吗？"

"你说谁？"

连幽灵也倒吸一口冷气，战战兢兢地说出那三个字——

"掘墓人。"

“没错，你就快要见到他了！”

2009年9月20日，凌晨1点19分。

肖申克州立监狱，C区58号监房。

掘墓人来了。

我的双眼如黑夜的猫，始终未曾离开紧闭的铁门，阿帕奇身上的死尸气味，残留在被他反复检查过的门锁上。

夜半三更，万籁俱寂，囚犯们似乎都被催眠，没有一个发出声响，C区的走廊如同古老的墓道，只有死去的幽灵才能自由穿梭。

他来了。

58号监房的门锁，忽然发出老鼠似的细微声响……

屏着呼吸，牙齿哆嗦，他真的来了？真的信守他的承诺？那个噩梦般无法消散的灵魂，真的从墓地里爬出来了？

等待不到十秒钟，什么声音都消失了，迅雷不及掩耳盗铃之势，最坚固的门锁已被打开！

悄悄背起那个包，藏着必需的逃亡用品。回头看了一眼马科斯，他蜷缩在黑暗的床上，明年就会刑满出狱，不必跟着我冒险越狱——能感到他在看着我，最后默默地祝福。

再见，马科斯老爹。

深深吸了一口气，小心翼翼地推开铁门，精巧牢固的锁果然已失效，自由为我开了一条门缝！

整个人背着包趴在地上，顺着门缝轻轻爬出去，肚子贴着冰凉的地面，心脏要从胸膛爆裂。先是贴地的脑袋，接着是脖子和胸口，最后青蛙似的双腿，依次越过牢房门槛。

再见，58号监房。

掘墓人就在我身边。

他同样也贴着地面，四肢伸展向前爬行，宛如夜行的蜥蜴。

转头看到了他的脸。

他也转头看到了我的脸。

走廊顶上的灯光下，我们彼此面对，就像两个同样古老的幽灵。

忽然，掘墓人对我微微一笑，低头继续向前爬去。

就算有囚犯晚上不睡觉，也未必能发现贴地爬行的我们；即便到处安装着摄像头，但我们爬行的每一步，都是监控探头的死角，狱警也无法在控制室发现我们。

很快爬到走廊尽头，掘墓人抬起上半身，轻轻摆动着门锁，没几秒钟就轻松打开了。但他并没有破坏门锁，当我们通过铁门，他又重新把门关好，看不出被打开过的痕迹。

又一条长长的通道，不需要再狼狈爬行了，掘墓人给我做了个噤声手势，弯腰领我继续前行。拐过一个岔路口，白色灯光照耀之下，他突然蹲下来躲进角落，我也只能挤在他身边。同时响起一阵脚步声，两个巡逻的狱警说笑着走过，我紧张得心脏都要跳出胸口，那两个脑残却没发现我们，又转过岔路往休息区去了。掘墓人身形矫健地抬起，钻入一条狭窄的甬道——这些地方我从没走过，大概是运送垃圾的管道吧。

管道是一道脚手架般的梯子，而我们处于大楼中间，当我以为要往下爬时，却被掘墓人一把揪住脖子，伸手指了指头顶——居然要往上爬？

我的脸色大变，难道不入地，还要上天不成？看越狱电影不都是往地下挖的吗？

但在这紧要关头，根本不敢开口说话，生怕引来附近值班的狱警。再看掘墓人已丢下了我，径自手脚并用爬上梯子。往上眺望只有黑暗一片，往下看亦伸手不见五指，更不敢一个人留在这里，只得壮着胆子爬上去。

两人就像表演杂技，小心翼翼抓着铁条铸成的梯子。完全没有光线，只能凭感觉慢慢往上摸，稍有不慎就会摔下来。不敢发出任何声音，就连蹬铁条也尽量轻一点。不知爬了几层楼，终于头顶闪出一丝微光。

忽然，掘墓人的身影消失，我往上爬了几步仰起头，竟看到一方美到极致的星空。

一只手将我拽上来，原来是平缓的屋顶！铁梯大概是维修通道，只是很久没人使用过了。

我恐惧地蹲在屋顶上，紧紧抓着层层瓦片，大着胆子向四方眺望。

这里是C区建筑的最高点，整个肖申克州立监狱都已在脚下！

透过稀薄的高原空气，一弯新月挂在头顶，宛如剪纸的皮影图画，射出无法形容的冷艳光芒，整个生命都已被吸入月华。

掘墓人——抑或传说中的吸血鬼，在高高的屋顶上挺起魁梧的身躯，夜风呼啸着卷来荒野的寒冷，灌满他全身的衣服，就像一只乘风飞舞的大鸟。

这景象看得我毛骨悚然，一如八十多年前的残酷屠杀。月光明亮如昼，屋顶可以俯瞰整片大操场，甚至乱石堆中的凄厉墓地。

月光还照亮了掘墓人的脸。

一张中国人的脸。

六十岁的中国老男人，来自天机的世界，他的名字叫童建国。

今夜，他就是掘墓人。

无论是否当年灵魂附体，他必将挖掘埋葬这座监狱的坟墓，并承诺将带我逃出地狱。

“来到肖申克州立监狱的几乎每个夜晚，我都会悄悄打开牢房门锁——世界上没有我打不开的锁，只要我愿意，任何时候都可以做到。”童建国对着月光深呼吸，整座监狱都被装入胸膛，“我顺着梯子爬到这里，仰望星星和月亮，眺望夜空下的荒原，我才是这里的主人！”

“我们刚刚逃出牢房，怎么才能走出这座监狱呢？你真的知道出去的路吗？”

这声音刚吐出嘴巴，便被大风卷到了夜空之中，我庆幸没有被他听到。

突然，童建国抓住我的胳膊，厉声道：“走！”

双腿已不受自己控制，他拉着我爬行在高高的屋脊上。幸好屋顶坡度不是很陡，我才没七倒八歪地摔下去。

来到屋顶另一边，在一个高大的烟囱口停住，老头指着烟囱对我说：“爬进去！”

“什么？爬到烟囱里面？”

这不是又回到监仓里去了吗？难道要钻进典狱长的壁炉？

“这座监狱所有的路线，我都做过详细的勘察，这个烟囱在许多年前已废弃不用，所有烟道都被堵塞，但有一条道可以通往地下。”

“真的吗？”

“相信我！快点爬进去！你想等到明天早上，骑着屋顶观看大家放风吗？”

童建国推了推我的肩膀，害得我差点从四层楼顶摔下去！惊险地抓着烟囱口，幸亏蹲大牢一年锻炼了身体，才有力量双臂引体向上翻身。

该死！还没抓牢烟囱的内壁，便感到被扔进万丈深渊，直接自由落体坠了下去。

心跳光速般上升，全身血液冲上头顶，双手双脚拼命乱抓，却丝毫碰不到任何物体，就像从母腹中剖出的胎儿，坠入另一个空白的世界。

终于，我控制不住大叫起来，声音却像雷鸣回荡在耳边，似乎整座监狱都听到了！

砰……

谢天谢地，我还活着。

当我即将窒息之时，才艰难地将头探出，全身陷入一片厚厚的沙土。

一秒钟前还以为将粉身碎骨死得很难看！一秒钟后贪婪地深呼吸，到处都是灰尘，呛得肺里难受，整个人都已染成灰色。

这就是烟囱的底部？仰头看着高高的烟囱口，缭绕着浓浓的灰尘烟雾，最后一点夜空都看不见了。起码有二十米的高度，若直接掉在硬地上，即便大难不死，至少也得残废!

尘埃还未落定，头顶响起一句中国话:“你还活着吗?”

“在!”

我剧烈地咳嗽着回答，一道手电光束穿破黑暗，照亮我的眼睛。

一个近乎橘红色的人影,顺着烟囱内壁迅速爬下来——原来烟囱内是有梯子的，可以沿着内壁一路爬下，而不必像我这样垂直降落。

“你真的还活着?”

童建国突然出现在我面前，先是扫了扫我的脸，又把手电往后照亮他自己的脸。

原来掘墓人也怕遇到鬼!

不过，想必我灰头土脸的样子，已经变得和鬼一样了吧。

“呸!”我吐出几口沙子，颇有男人味地说，“老子死不了!”

“傻瓜，我让你爬下去，没让你跳下去啊!”

他拍了拍我的脑袋，又使劲用衣服擦我的脸，终于确认就是我。

“浑蛋，你为什么不说清楚!”

“算你命大!烟囱底下是多少年积下的煤灰，要不然你早就活活摔死了!”

我惊魂未定地抓着梯子，揉着眼里的沙子说:“刚才我叫得那么响，会不会被人听到了?”

“放心吧，这个烟囱造得非常厚实，没人能听到里面的声音。”

说完他用手电筒照照上面，爬上梯子说:“跟我来!”

“等一等，还有个问题——你哪来的手电筒?”

“刚才在C区狱警值班室偷的，每天凌晨我会悄悄还回去，那些白痴从没发现过。”

“狱警的手电筒?”想起阿帕奇用手电照着我的骇人景象，我又抹了一把脸上的灰说，“你不会连狱警的枪也偷了吧?”

“我们不需要那玩意儿!”

童建国只爬了两米，便钻进一个椭圆形洞口，我紧跟在后面爬上去，前方是条黑暗的隧道。

“上面所有烟道都被堵死了，只有这条道是通的，我花了半年才找到这条路。”他用手电照了照我已面目全非的衣服，“每次通过这根烟囱，我都不会沾上灰尘，包括接下来漫长的地道。我还有足够多的时间走个来回，换上一身干净衣服，从不送出去洗，否则就回不去了。”

“从爬出牢门的那一刻，我就不准备再回去了，宁愿死!也不回去!”

“有种!”

手电再度照亮前面的路，中国老头带我穿过地道，似乎越来越往地下走，两边也从水泥墙壁，渐渐变成泥土与岩石。小心地摸了一把脚下，感觉是手工开凿出来的，没有任何机械工具，想挖出这样一条通道，得需要多少人力和时间呢？想着想着后背心就发麻，中国古代的陵墓不也是这样挖出来的吗？

时不时注意身后状况，担心狱警是否已发现越狱，沿着原路追赶而来。

电光照出一个三岔路口，我立时停下脚步："怎么办？"

"你别管，跟我走！"

童建国毫不犹豫地选择左边那条路，看上去更低矮而不规则，简直就像动物巢穴。

提心吊胆地跟着中国老头，一路扶着地道的岩壁，边走边问："这是一条谁都不知道的秘密通道吧？"

"不，有人知道。"

"谁？"

"掘墓人。"

他严肃地说出这三个字。

"他还在这里吗？"

"也许。"

眼前又出现一条岔路，童建国照样选择往左走。我还是牢牢紧跟老头，却掠过一丝怀疑。

果然，没走几步再度分岔！

闯入迷宫？没等我停下脚来，他就转向左边的道路。

三次岔路都是左边！

这下低得让人抬不起头，只能弯腰往里钻，空气浑浊不堪，喘不过气，担心会不会把自己闷死！

老头在前面告诫："这是一个迷宫，只要走错一步，就会让你在这里转一辈子。"

脚下仿佛踩破了什么，低头一看居然是个骷髅！

这个可怜的头盖骨，已被我踩得四分五裂，大概也是当年越狱的逃犯，困在地下化作枯骨。

我战栗着低头道歉："对不起，我不是故意的！我也想和你一样逃出去。"

"别害怕，这样的骨头，地道里还有许多！"

虽然老头轻描淡写地回答，但我们会和这些尸骨一样被困死于此吗？

不能再等待了，必须说出我的怀疑："这些路你都走过吗？"

"是，我用了一年时间，几乎每晚通过烟囱潜入地下，研究这些密如蛛网的地道，终于搞清了逃出监狱的路线。"

"这些迷宫般的道路，你记得住吗？"

“因为我找到了一个规律。”

童建国边说边往前走，很快又遇到一个岔路口。

“就是所有岔路都往左拐！”

说罢他带着我转向左边的路。

“左拐——左拐——左拐？”

晕！

“你肯定不相信那么简单的规律，但只有这个规律才能被牢牢记住，才会不犯错！犯错就意味着死亡！”

老头说完大笑起来，继续弯腰往前走去。

“是谁修的这些地道呢？”

“还是那个人。”

“掘墓人？”

我的声音隐隐颤抖，童建国拍着我的肩膀：“恭喜你，小朋友，答对了。”

“这是八十多年前挖的地道？”

“当年，监狱里出现了一个读心术者，能透过别人的眼睛，发现对方心底的秘密。他入狱前是给公墓挖坑的，所以大家都称他为‘掘墓人’。他具有非凡的力量，利用读心术控制了许多人，甚至包括典狱长与狱警。他利用囚犯们挖地道，迷宫似的布满监狱地下，但只有一条路才能通往外面，其他都是给追捕者准备的死路！”

“这就是真正的‘掘墓人’的故事？”

童建国微微点头：“没错，他组织了一次绝妙的越狱，准备将所有犯人偷运出去，没想到却有叛徒向州政府告密。”

“他不是读心术者吗？不能发现叛徒眼里的秘密吗？”

“很不巧，那叛徒是个瞎子！掘墓人无法看见他的心里话。”

我狠狠打了一下岩壁：“该死！我忘了瞎子。”

“别浪费时间！你想等到天亮吗？”老头拽着我往前走，“就在计划越狱的当晚，州政府派遣大批军警进入监狱，愤怒的囚犯们杀死叛徒，夺取狱警枪支开始暴动——结果是一场大屠杀，异常残酷血腥，大部分囚犯都被杀死。掘墓人消失于监狱中，警方没有发现他的尸体。一部分囚犯逃入地道，但据说基本都被迷宫困死。”

“从此，就有了掘墓人阴魂不散的传说？”

“不是传说！我曾经见过掘墓人！”

“什么？”

“就在这里！他告诉我当年大屠杀的真相，否则我怎会知道？而他一直隐居在监狱地下，从不以真面目示人。”

又遇到一个三岔路口，童建国毫无悬念地走向左边。

第五个左拐！

而我的问题还没完：“真的是幽灵吗？”

“是。”

“不可思议！”

也许掘墓人就在我的身后，就在童建国的身上？

不过，也没枉费我和老马科斯的良苦用心。

为了掩护我的越狱计划，马科斯到处悄悄散布谣言——掘墓人即将重出江湖大开杀戒！鉴于他在肖申克州立监狱的威信，也鉴于掘墓人和墓地的古老传说，囚犯们对此深信不疑，甚至连一部分狱警都相信了。

虽然，典狱长三令五申严禁谈论掘墓人，但他自己也并非完全不信。因为历届典狱长上任的第一件事，就是与前任交接监狱图纸——他们知道地下有密密麻麻的暗道，但从未有人把这迷宫弄清楚，偶尔有几任典狱长派狱警下去探查，但全是有去无回地送死。

很快又遇到一个岔路口，自然是第六个左拐。

战战兢兢地跟在童建国身后，我又有了新问题：“就算当年掘墓人挖出了越狱地道，但肖申克州立监狱周围都是荒漠，数百英里内渺无人烟，除非能找到水源，否则肯定活活渴死！”

“算你聪明！地道出口已远离监狱，在一处秘密山谷之中，那里就有不为人知的水源。”

“你看到过？”

“嘿嘿！一个月前，我不但看到了，而且还喝到了，那是最上等的荒漠甘泉！”说完老头舔了舔嘴唇，“小子，如果你带了水，现在又渴了，可以抓紧时间喝掉，等会儿就有好水喝了。”

爬在这阴暗的地道，我早已口干舌燥，本来还不舍得喝水，现在立即打开背包，一口气喝掉半瓶水。

“快一点！”

在老头催促之下，赶快把水瓶塞回背包，左拐转过第七个岔道口。

向左，向左，向左……

接下来的时间，我们竟穿越了二十多个岔路口，两人都成为地下恶鬼，偶尔还会踩到几片破碎的人骨。

最后一次左转。

童建国骤然停下，脸色微变地趴到地上，我也颤抖着跟他一样趴下。

寂静无声。

除了我们两个人的呼吸。

重新站起来往前走，地道已变得很宽敞，坡度也越来越往上，空气比刚才清新许多，再也没有喘不过气的感觉。

要接近地面了吧？

压在地震废墟下一百多个小时的人，终于盼到了救援队的探照灯！

我们也越走越快，前方手电光晕中，似乎有影子摇晃？

砰！

又是一声，这回是枪声。

枪声毫无预兆地响起，震得我耳膜嗡嗡作响。

忽然，只剩下我一个人了。

童建国已躺倒在地，坠落的手电正好照到他的脸——眉心多了一个弹孔。

鲜血渐渐染红他的脑袋。

他死了。

掘墓人死了。

我的大脑空白一片，条件反射地蹲下来，合上童建国睁着的眼睛。

他回到天机的世界去了。

白光，一道白光兀地刺入眼中，下意识地抬手挡住，才渐渐看清来人模样。

地道尽头还有一个人。

他穿着狱警制服，左手提着一盏大灯，右手握着一支手枪。

我认识他。

这张印第人的脸庞，鹰与狼混血的面孔，永远都不会被遗忘。

阿帕奇。

他刚开枪射杀了童建国，他是活人还是幽灵？如何找到这里？抑或他才是真正的掘墓人？

无数个疑问还在脑中盘旋，阿帕奇对准我的手枪，已然射出子弹。

就像打死童建国一样，枪口直指我的眉心，火星在瞬间闪烁，我却本能地闪向旁边。

一阵冲击波呼啸着掠过耳边，接着感到火辣辣地疼痛……

我死了？

但身体依然挺立在阿帕奇面前，子弹并未洞穿我的脑袋，只有左耳被震得半聋。

缓缓伸手摸了摸耳朵，边缘刚被子弹擦伤，沾上少许的血。

阿帕奇又往前走了一步，这回枪口抵住我的脑门，冷冰冰的金属感如此真实，这不是幻想也不是拍电影，而是自己即将要被杀死！

印第安狱警照旧散发死尸的气味，却面带微笑："1914，我从没见到一个人，能在这么近的距离躲避子弹。"

我自己也无法想象，闪得竟然如此之快，也许就是求生的本能。

"你——怎么找到这里的？"

阿帕奇的枪口纹丝不动，不给我留任何的机会："你以为只有这个中国老杀手才知道这座监狱的秘密吗？"

"你究竟是什么人？"

他又露出一丝诡异的笑容："你命中注定要遇到的人。"

"阿帕奇，你也不是阿帕奇，你甚至也不是狱警，你不是肖申克州立监狱的人。"

"你总有一天会知道答案的。"

"总有一天？"我的额头还被枪口顶得疼，"你不是马上就要杀死我吗？我还有这个机会吗？"

这个"人"却沉默不语许久，手中的枪仍未放松过，只要稍微动一动手指，我的脑浆就会飞溅到他的脸上。

可怕的沉默维持了一分钟。

虽然身体保持不动，他的目光却微微颤抖。四只眼睛距离那么近，我却什么都读不到，只感到他的眼睛里，瞬间闪过许多东西，直到他张开嘴巴——

"不，我已经改变主意了。"

看着他秃鹰似的眼睛，我不能相信他的任何话："什么？"

"原本我准备杀死你，当你越狱就已有足够理由，先杀死这个帮你越狱的老家伙，再杀死你这个袭击狱警的亡命之徒。"

"Shit！为什么还不开枪？"

阿帕奇却摇摇头，枪从我额头挪开，后退两步："我不开枪，你走吧。"

终于，脑门不再冷冰冰，但我的精神还高度紧张，下巴颤抖得更厉害："不，你在耍我？"

"快点走！"

这个印第安人狂暴地怒吼起来，并将手枪插回腰间的枪袋。

但他的任何话我都不会相信，固执地站在原地："卑鄙的家伙！我不想被你从背后开枪打死，如果一定要死的话，我必须面对着枪口。"

"你不会死，至少现在不会死，我保证！"

"真——的？"我低头看了看童建国的尸体，阴沉着脸说，"不，不是真的，你只是在耍我，让我兴奋地拼命逃跑，然后在我最满怀希望的时刻，突然开枪把我打死。"

“不要侮辱我！快点走！否则我现在就开枪打死你。”

他又把手放到枪袋上，只需一秒钟就可以掀开我的天灵盖。

一阵浓郁的死尸气味飘来，我厌恶地低头挪到一边，宁愿现在就被他打死，也不愿和他面对面了！

“为什么不杀我？”

阿帕奇原本僵硬的表情，突然变得异常丰富：“1914，因为你很特别，我不舍得杀了你。”

“怎么特别？”

读心术？抑或 Gnostics？他是怎么看出来的？

“快走！你已经有答案了！”

到底是哪个答案？还是两者合一？

这算哪一出“捉放曹”啊？

幽灵梅菲斯特却在我心里大喊：“笨蛋！快走！快走！快走！”

虽然我还想问下去，身体却已开始行动，捡起童建国的手电，绕过一动不动的阿帕奇，冷冷地说：“你会后悔的！”

说罢便往地道出口狂奔而去，再也不敢回头看那个人，以及死去的掘墓人。

“开枪吧！”我一路快跑的同时大吼，“脑残！”

跑出去几十米，却没等到那记致命的枪声，也没有子弹钻入我的后背心，唯有前方缭乱的手电光束，是幽灵忽隐忽现的目光？

脚下的路越来越宽，手电所及尽是奇形怪状的石头，感觉竟是一个天然山洞。接着一线幽暗的光，透过岩石之间的裂缝，倾泻入我睁大的瞳孔。黑暗中潜伏爬行太久，仿佛化身为夜行的野狼，好久才敢靠近那道裂缝，刚好可容纳一个人通过。

小心地侧身钻过去，分娩出母亲的身体，这是我的第三次诞生。

老子还活着！

没有婴儿的啼哭，只有野兽般的大声狂呼：“我生下来了！”

头顶是宝蓝色的天空，荒原清晨五点的晨曦，空气新鲜得让人沉醉，贪婪地深呼吸，想把整个世界吸入肺中！

我的声音在荒野间回荡，宛如雷鸣惊醒这座沉睡谷，脚下是一片陡峭的山坡，背后是一块刀削般的悬崖，连绵不绝的黑色山谷寸草不生，巧妙掩盖了这道岩石间的缝隙。

感谢上苍赐予我诞生的产房——黎明雄壮的天空作天花板，乱石嶙峋的大地作地板，鬼怪般耸立的山谷作墙壁，古老地球是我的母亲，日月星辰是我的父亲，无尽的时间与空间是我的祖先……

来不及抒情了，想到身后的阿帕奇随时可能改变主意，我紧张地爬下山坡，几乎从碎石堆中滑了下去。一路上衣服破了许多，胳膊和小腿也被划破，但丝毫不感到疼痛，倒有一股强烈的兴奋感，如电流传遍全身血管，就像回到不曾记忆过的童年。

来到山谷的底部，几乎没有一块平地，想起童建国说的秘密泉水，我慌张地四处寻找。可那么大一片荒野，到处崎岖不平的岩石，连一点点绿色都看不到，到哪里去找什么水源呢？

但是，童建国不是说他不但看到，而且还喝到了甘甜泉水吗？

想到这，我的喉咙又燃烧起来，实在忍耐不住便拿出水瓶，把剩下的半瓶水喝光了。

当喝到一滴不剩才追悔莫及——我已经没有水了，如果找不到水源，靠什么走出这无垠的荒漠？

眼前浮现自己渴死在黄沙上渐渐腐烂的景象……

在荒凉山谷中绝望徘徊之际，一线金黄色的光芒，不经意间照到我的脸上，刺得我的双眼无法睁开，只能抬手挡着脸，在指缝中看到一圈红色的发光体。

万丈阳光！

山谷已变成锯齿状剪影，初生太阳露出半圆形，橘红色的光芒徐徐拱起，不似正午那么灼烈，反而凄凉悲壮。

风萧萧兮日出寒。

就像一帧帧电影画面，太阳也一格格跳起，渐渐离开山谷的地平线，直至完全跃入空中。

记忆中第一次观看日出。

阳光仿佛无数道冲击波，竟将我重重击倒在地，我坐在凹凸的岩石上，不敢相信眼前的景色竟是真实的？究竟是荒原上的日出，还是世界末日的盛大演出？如此壮美瑰丽，无法用语言形容，更无法寻找赞美之词！

终于明白什么叫震撼！

而我只是一个渺小的越狱犯，一个狼狈的逃亡者，在这轮太阳面前如此微不足道。

跪倒在地顶礼膜拜，正如摩尼对光明的虔诚——我的太阳，你拯救了我……

不是夸张与想象，太阳确实拯救了我，因为在前方的绝壁上，我看到一处闪亮的反光。

在这荒无人烟的山谷，除了一汪泉水之外，还有什么能反射阳光呢？

即刻向那片反光奔过去，清晨的阳光下跑了几十步，感到一阵刺眼的光芒，从下往上反射到脸上。

就在那！我看到了，在几块巨大岩石掩护下，隐藏着一汪平静的池水。

疯狂地冲过去趴倒在地，将头深深埋入水中。冰凉的泉水包围着我，虽然只有浴缸那么大，却好像在太平洋的海底！

抬起头浑身都已湿透，放肆地大喊："谢谢你！童建国！"

再度把头埋下，大口狂饮泉水。果然如老头所说，甘甜鲜美到无以复加！这是纯天然的矿泉水，附近既无动物也无人迹，数万年来未曾受过污染，甚至还集合天地的灵气。

贪婪地龙吸鲸吞，泉水顺着喉管，源源不断涌入，一口气把肚子灌满，撑得我身体里晃来晃去，像装下了一头小动物。

连续打了几个嗝，躺倒在岩石上晒着太阳，这就是自由的感觉，那么简单也那么幸福！

虽然这池水看起来那么小，但清澈可见两三米深的水底，岩石缝里不断有泉水涌上来。

这里被几块大岩石遮挡，恐怕只有日出才能照到，要是没有反光的帮忙，大概几天几夜都找不到。

我很快冷静下来，脱掉衣服清洗身体。伤痕仍不感疼痛，或许泉水还有疗伤奇效。将空瓶子灌满了水，又在背包里找到两个塑料袋，灌满水扎紧袋口，牢牢地抓在手里。

最后，池水倒映着我洗干净的脸，竟然第一次觉得自己好看了！

虽然还是以前这张脸，至少不似过去那么猥琐，眉宇之间透着一股特别气质。尤其是这双眼睛，一如这池甘泉清澈明亮，大概除了莫妮卡之外，还会有其他女孩子喜欢的吧？

莫妮卡——脑中突然充满她的倩影，多么强烈渴望现在就能拥抱她啊！

又强迫自己喝了几大口水，吃下背包里的吐司面包，这顿早餐可以补充很久的体能。背上行囊回头看了一眼山谷，不知肖申克州立监狱会怎样？突然发现有两个囚犯失踪，真的难以想象典狱长的脸色，阿帕奇又将怎么回去汇报？至少他不可能坦白把我放走的事。

再见，甘泉山谷！

有了太阳就能辨别方向，面朝阳光走去，艰难地穿过崎岖的谷底。走了大约十几分钟，地势终于渐渐平坦，从谷底来到一望无际的高原，回头只见一片山峦，果然是个极其隐蔽的山谷，大概只有掘墓人才发现过吧。

然而，刚在荒原上走了几步，就看到前头躺了一堆东西，有个物件正在太阳下反光。

小心靠近才发现是具尸骨，散发着恶心气味——正与阿帕奇身上的味道相同。

强忍着反胃仔细查看，死者腐烂得并不彻底，但鉴于这里极端干燥，也很难说死了多久——什么人会死在这里呢？难道是与我一样越狱的囚犯？

然而，那样反光的物件却推翻了我的猜测。

一枚警徽。

没错，我认得狱警们的行头，这是专属于阿尔斯兰州狱警的徽章。

死者是个狱警？

不知怎么又联想到了阿帕奇，他身上那股只有我才能闻到的死尸气味。

抛下尸骨往东走去，好在早上并不热，九月的高原也很凉爽，所以体能消耗不大，但愿能支撑久一些。不知不觉走了十几公里，空气虽稀薄但非常干净，丝毫没有城市的污浊。脚下不是乱石便是黄沙，照旧不见丝毫绿色，只剩下无生命的大地，如一头干渴狂躁的野兽，沉默着迎面扑来。但我并不恐惧，因为任何凶残的野兽，都不如道貌岸然的人类可怕——这里没有其他人类，只有一个亡命的读心术者。

巍峨的落基雪山，阳光下如天堂的珍珠，遗失在这残酷的环境中。很遗憾只能远远眺望，无法亲手触摸那纯洁的冰雪，它们就像莫妮卡微笑时露出的牙齿，假设我能再度吻到她的嘴唇。于是脚步越走越快，再也感觉不到疲倦，腹中的水还很多，无须动用宝贵的储备水分。

忽然，眼前跳出许多巨大的石头，每块都有两三米高度，如纪念碑矗立在荒野中。它们排列成三圈奇怪的组合，最外圈几乎是标准的圆形，中圈则是镂空的五角形，内圈是鸡心形。这些石头总共有上百个，只有少数还保持完好。目瞪口呆地走进去，明显是人工搬运组成，有的还有雕刻痕迹，画着古老的图案符号。石头内圈最中心的位置，是大得足以容纳一个成年人的石缸——也许是上古时期的祭坛，如同玛雅文明将活人屠杀祭献给神。

也许从未被现代人发现过？古代印第安人的遗址？但以他们被美国人征服时的生产力水平，能建造起那么宏伟的建筑群吗？想起“教授”研究的史前文明，传说中可怕的“GREAT OLD ONES”——旧日支配者，曾以邪恶统治过地球，就是眼前的“巨石阵”吗？

如果真是远古的邪恶，有过巨大的力量，但不是一样被毁灭了吗？

我轻蔑地大声狂笑，GREAT OLD ONES？去死吧！

不用回头看这些石头了，它们不过是历史的墓碑，而我将去葬送另一种邪恶。

穿过“巨石阵”，来到荒凉的原野上，终于感到一些口渴，我打开左手的塑料袋，小心地喝下三分之一袋水——至少可以支持两个钟头。

除了遥远的雪山，四周什么都看不到了，宛若来到月球向阳面，整个宇宙只剩下我一个人，没有任何人、任何物体、任何组织可以束缚我，可以大笑，可以痛哭，可以咆哮，可以骂天，可以骂地，可以骂世界万物！

痛快！痛快！痛快！

那些我见过的脸庞，记忆中无法抹去的悲伤，那些人、那些事、那些情景，此刻都已不值一提，渺小得如同我的一根汗毛！伸手触摸天空，揪下那个虚幻神话，人间的真相已昭然若揭。

让我大声狂吼大声宣布，空气与阳光是我的家，大地与岩石是我的床，我就是这个世界，这个世界就是我！

自由！

我的名字叫自由！

多么幸福，多么美好，即便自由一秒钟就死去，也比被囚禁苟活一辈子好！

无论能否活着走出这片荒野，无论能否发现自己的秘密，无论能否找到黑暗中的凶手，我已找到真正的我！

这是比理想更重要的一件事，也比复仇与还我清白更重要，因为我令自己获得自由，令自己拾起自信，令自己感到自豪。

但我不是为自己而战斗。

真的自由了吗？

从逃亡的清晨到行走的正午，从日上中天到黄昏日暮，我在黄沙与戈壁间奔走，万里无人，飞鸟无踪，只有偶尔所见的白骨，还有永远不会消失的雪山。

算不清走了多远的路，反正一直面对阳光。下午太阳就到了背后，但东西南北始终没有搞乱。想起奥运会时的马拉松比赛直播，估计至少跑了四十多公里，却还没有感觉疲倦，大概因为蹲监狱一年的体育锻炼，也是对自由的渴望极度强烈。

整个白天没有任何食物补充，也没发现一滴水源的迹象。只能依靠身上携带的泉水，也许含有某些矿物元素，要比一般的水更解渴，不需要一口气喝太多。两个塑料袋的水刚喝完，背包里的水瓶还没动过，估计可以支持我度过一夜。如果明天上午还走不出去，又没找到新的水源或食物，那就有大麻烦了。

但就算渴死饿死被野兽吃掉，也好过老死在肖申克州立监狱。

荒芜的旷野已被夕阳涂满金色，影子长长地倾泻在身前，再度感到一阵苍凉之气。

终于忍不住回过头，落日化作一个巨大圆盘，燃烧金黄的火焰，天空也不再万里无云，而衬托起火红色的云霞——荒漠中的火烧云，配合灼烤地平线的夕阳，倒是极其稀罕的景象，要有专业相机能拍下来，绝对可以登上《国家地理》杂志封面。

据说这时容易发生海市蜃楼，天空中会出现千里之外的景象，甚至有清晰的人形可辨，我希望看到一张脸，一张来自丝绸之路的脸，混合着欧亚两个世界，栗色长发下的神秘眼睛，张开热烈狂野的嘴唇……

不，被迫中断对莫妮卡的 YY，回到越狱逃犯的荒野现实，绝望地跪倒在地。膝盖顶着坚硬的碎石，磨破囚徒的裤管，影子蜷缩为一团，即将要埋入尘土。

当额头接近地面，我猛然大吼着摇摇头，爬起来继续往东走去。

影子越来越暗淡，金色夕阳化作深蓝，背后的落日彻底陷入荒野，夜色笼罩整个世界。

蹒跚着走向大漠彼岸，喉咙再度灼烧起来，只能拿出背包里的水瓶，极度舍不得地抿了一小口。仅仅几滴甘甜的泉水，暂时熄灭体内的烈焰，这是最后的储备，每一毫升都如金子般珍贵。

往前走了几公里，荒野完全变成黑色，一弯新月升上夜空，悬挂着几颗星星，继续为我指明方向。幸好几天前早有准备，在图书馆读了几本旅游杂志，其中有大量野外徒步旅行知识。秋天的高原之夜迅速降温，狂风越过落基山脉呼啸而下，好在已换上厚囚衣，紧着衣领还能凑合。

忽然，脚下有些异样，不再是松软的黄沙，也不再是坚硬破碎的砾石，而是一片煤渣铺成的平地。我拿出背包里的手电筒，照了照黑夜覆盖的大地，果然不同于一路走来的天然原野，似乎有人工平整的痕迹，宽度大约有十米，向南北方向延伸下去，月光之下看不到尽头……

老天！是一条公路！

虽然看起来非常原始，但仍是一条人工开辟的公路，几乎笔直地穿过荒漠。手电照出两道模糊的轮辙印子，甚至捡到一枚香烟屁股，显然最近还有车辆通过。

兴奋了一分钟后，我又回到焦虑中，在这种鬼地方的公路，很可能是肖申克州立监狱专用的，白天也不会有几辆车，更别说晚上呢？即便有恐怕也是监狱的车，我在这搭车岂非自投罗网？

所以，绝不能在路边守株待兔。

但这条路是唯一走出荒野的途径，路的一端想必就是监狱，另一端大概是马丁·路德市，或者其他什么市镇？

假如摸对方向一路走下去，必然能够逃回人间，那时候就有干净的水和食物，再也不用担心葬身于荒野。

不过，假如摸错了方向……

脑中闪过典狱长德穆革的脸，鼻间闻到阿帕奇身上的气味。

一边是人间，一边是地狱。

向左走，向右走？

绝望地仰天长啸，为什么在我短暂的生命记忆中，总面临这些生死攸关的选择？

虽然，我尚能清楚地辨别方向，但不知道肖申克州立监狱在我的东西南北？在迷宫般的地道七拐八弯了整个凌晨，早就搞不清监狱位置，更别说秘密的甘泉山谷。

秋夜寒风袭来，禁不住打了个冷战，在寂静的荒漠公路上徘徊良久，下意识地抬头眺望新月。

忽然，想起地道中的童建国，他在每个岔路口都永远向左走。

我也向左走！

亲爱的掘墓人，求你的灵魂庇佑，向左……向左……向左……

当面朝东方之时，向左走就是向北走。

迎着北风呼啸的方向，只需低头看着公路，但别忘了身后可能驶来的汽车。不再犹豫也不再回头，那就是我生命的归宿？人总要找到一个方向，究竟是不是错误？看到结果方可明了，这不是一场赌博。

走出去没多远，双腿就感到酸痛，呼吸也喘了起来，肚子终于饥肠辘辘。走了一个白天的野路，才有这种感觉也算奇迹。强迫自己鼓足精神，打开背包抿了一小口水，忍着各种身体煎熬，艰难地迎风北行。

On the way.

走了大约一个钟头，远方地平线亮起一片灯光，我兴奋地跳了起来。

然而，月光下仍是荒芜的原野，不像回到人间的迹象，难道转了一天一夜，又回到了肖申克州立监狱？

不过，那灯光只有一个点，不像监狱的一大片建筑——不管是不是监狱，必须靠近看个清楚。

向黑夜中的灯光走去，脚下是笔直的公路，那光线就在路边。随着越来越接近白光，我压低身体像潜伏的野兽，直至十几米的距离。

不，那不是监狱。

只有一栋孤零零的低矮建筑，矗立在静谧的公路边，亮着一盏白色大灯，宛如大海与墓地之间的幽灵客栈。

我趴在地上慢慢爬行，一厘米一厘米接近，才发现原来是个加油站！房子破旧如同狗舍，总共只有一支加油枪，窗户里躺着黑人老头，发出沉重如雷的酣声。

大概是进入监狱的路途太过遥远，必须在中途设置一个加油站，免得有车子在半路抛锚。但这位管理员也忒大胆，居然敢在那么荒凉的所在，独自守着一个加油站。不过，既然数百里内荒无人烟，也不必担心有坏人过来。

小心翼翼地绕了加油站一圈，并未发现其他人或什么异样，便轻轻走到窗户边上，想翻进去找些吃的。

忽然，前方响起汽车的轰鸣，我急忙躲到阴暗角落。公路那头驶来一辆大卡车，黑夜里扬起一地烟尘，呼啸着开进加油站。

司机是个健硕的白人汉子，跳下车敲打着窗户，惊醒里面的黑人老头，骂骂咧咧地走出屋子，打开机器为卡车加油。长途车司机很是无聊，抓到一个人就拼命说话。

趁着他们都不注意，我悄悄从黑暗中溜出来，钻到卡车背后爬上去。

成功！

车厢用帆布覆盖，这种车在美国已极少见。车里堆满几百个纸箱，躺于其中也蛮舒服的。很快卡车重新发动，颠簸着驶出加油站，透过帆布缝隙，那盏白色大灯越来越远，渐渐变成地平线上的一点星辰。

躺在一堆柔软的纸箱上，终于不用依靠两条腿了，如果再让我走一个钟头，肯定得累死在荒漠！浑身骨架又累又酸，加上摇摇晃晃的车厢，让疲倦的我昏昏欲睡。

不能现在就睡着！

强迫自己起来，得确定这辆车会开向哪里。如果是肖申克州立监狱，那不是惨了吗？我打开身下一个纸箱子，用手电往里一照，发现全是服装——不是狱警制服，更非囚服，而是春秋季的男式夹克，再仔细看看衣服标签，不出所料又是 MADE IN CHINA。

打开另外几个纸箱，都是些休闲时装，衬衫、T 恤、毛衣……还有大量中国外贸牛仔裤，不可能是政府机构的，答案很明显——这辆卡车与监狱无关。

看来我的判断有误，这条公路并非肖申克州立监狱专用，而是阿尔斯兰州境内的一条普通公路，只是因为穿越荒芜高原，很简易也没什么车通过。

兴奋地砸了一下拳头，这辆车将带我走出荒野，回到熙熙攘攘的人间！

不过，也别高兴得太早，不知会不会遇到路障？监狱肯定早就发现了我的越狱，他们会不会封锁附近的公路，严密检查所有来往车辆？

又紧张了起来，但不管有什么等着我，先换掉这身囚服吧！橘红色的衣服满是窟窿，跑上大街就等于在脸上写着“我是逃犯”四个字。

迅速脱下全身衣服，塞进一个纸箱里，赤身裸体地在车厢里挑选衣服。先找到一套白色内衣，又一件灰色休闲装，符合我的身材，颜色看来也很低调，走在人群中不会引人注目。

OK，总算有了新衣服！

为防万一，我还挑选了一套外衣和内衣，装在小背包里，可随时调换以逃脱追捕。躺在无数柔软的衣服上，气定神闲地拧开水瓶盖子，咚咚咚喝下三大口，就连那强烈的饥饿感，也逐渐消散于无形。想起昨夜地道的爬行，白天的残酷荒野，这辆卡车已是天堂！

睡意越来越浓，我却振作精神支撑。一旦睡着就不知何时醒来，万一司机停车下来卸货，发现我躺在车厢里，很可能打电话报警。

我爬到车厢尾部，从帆布缝隙往外看去，荒原没有任何亮光。司机一定开着远光灯，小心翼翼赶着夜路，大概被老板催着送货吧。我紧紧抓着挡板，身上再裹一件外套，抵御肆虐的寒夜狂风。实在困得不行，就狠狠掐自己大腿一把，免得睡着栽下去送命。

卡车开了好几个钟头，估计已到后半夜。我超过二十四小时没合眼了，将近二十小时没吃过一粒米，坚持下来太不可思议了。不能用身体锻炼来解释，也不能说是命运的垂青，而完全是精神能量。曾经以为自己精神很脆弱，在困难面前将不堪一击，现在才发现我并不平凡，能忍受常人难以想象的痛苦，也能坚持到足以令他人崩溃的境地。

轰鸣震动着亘古寂静的荒原，黑暗覆盖着遥远长路，那是我的逃亡之路，也是连通地狱与人间的路。

当我摇摇欲坠之时，眼前忽然闪过两道亮光，定睛一看竟是两排路灯——有了路灯就离城市不远！果然，一辆集装箱卡车从左边开过，呼啸着驶往相反方向。几分钟不到又是数辆小轿车开过，我们已经不再孤独了！

不久，公路两边出现更多灯光，依稀可辨一些乡村别墅，农场与工厂的仓库，甚至还有彻夜通明的广告牌！包括去年挂上的奥巴马竞选广告，大概是这里的人懒得换了。

突然，路边闪过一座破旧建筑，昏暗路灯照耀五层楼房，马路对面也有相同的一栋公寓楼。刹那间，心头猛烈地颤抖，逼迫我将头伸出车厢，仔细辨认这幅凌晨景象——

我认识这幢楼！

眼珠都快要掉出来了，就算化作一堆枯骨，也认识这幢荒凉的公寓楼。

整整一年前的秋夜，我被一个自称吴秘书的人，带到这幢诡异的公寓楼下，告诉我天空集团大老板就在楼上。来到五楼的一个房间，却发现一张写有“**DAY DREAM**”的字条，接着是刚刚被杀死的常青，我被“及时”赶到的警察逮捕……

就是这里！

噩梦开始的地方，凶残的杀人现场，精心策划的陷害空间，将我抛入万劫不复的地狱。

自从上次被押上警车，这是我第二次回到这里，藏身于运送服装的长途卡车，看着这两栋公寓楼渐渐远去，消失在茫茫夜色之中。

这里是阿尔斯兰州的首府马丁·路德市，开过几个十字路口与红绿灯，路边楼房已绵延不断，基本沉浸在黑暗之中。以如此方式重返这座城市，激动得恨不得跳下去，在凌晨街道上自由闲逛，看看地方法院的大楼，看看警察局门口，看看逮捕过我的警察。

车停了。

在一个路口拐角处，看起来是仓库大门。如果司机过来就危险了，我赶紧背着小包，掀开帆布爬下来。在车上颠簸了大半夜，终于踩在人间的土地上。

幸好没人看到我，转入仓库旁的一条小巷，低头潜入沉沉夜色。

“真棒！”

面朝满天星斗，轻声对自己低吼，挥舞拳头舒展身体，大口呼吸自由的空气。

拧开背包里的瓶子，把最后的泉水统统喝完，才想起一天一夜都没吃过。穿过小巷又是条街道，我走在阴暗的角落里，仔细观察周围店铺——没有一家亮灯的，路上也没什么行人，倒是不少野猫四处乱窜，发出骇人的叫声。

其实，我也是一只流浪的野猫。

在无人的街上游荡许久，看到一辆警车开过来，慌乱地闪到小巷中。警车并未减慢速度，很快开了过去，想必不是来抓我的。

但我的脚步越来越慢，体能也越发虚弱，甚至有些踉踉跄跄。饿得实在难受，扶着路灯喘气，才看到屋檐下蜷着一个流浪汉，被厚厚的毛毯包裹，浑身散发臭气——这不是美国吗？不是富甲天下公民福利有加？怎么还有人露宿街头？我同情地看了他一会儿，想起自己也不过是个身无分文的逃犯，便无奈地低头离去。

天空渐渐亮起鱼肚白，我的身上沾着露水，晨曦洒在马丁·路德市的屋顶，距离成功越狱已过去了一个昼夜。

路上行人开始多了，鉴于这里华人极少，我不敢大大方方走在街上，只能在楼房之间躲躲藏藏。我发现美国人的防盗意识很差，尤其在这种偏远的小地方，随随便便就能翻过低矮的篱笆墙。

没错，我走投无路私闯民宅——这户人家窗户没关，趁着四下无人，大胆爬进厨房，打开冰箱取出面包和牛奶，悄无声息地吃起来。

没想到饭量变得如此之大，竟吃了三个人的份量。强忍着要打饱嗝的感觉，轻轻摸到客厅，从电器与摆设情况来看，是个典型的美国中产阶级家庭。当我要摸到电话时，脚底却不小碰倒一个花瓶，清脆的破碎声响彻整栋房子。

心被狠狠揪了一下，楼上卧室也响起声音，主人眼看就要下来了。我六神无主地在底楼转了一圈，却发现大门没办法打开！只能跑回到厨房，刚想从窗口翻出去，却看到一个男人正顺着排水管，从房子外墙爬下来——只穿着一条内裤，狼狈地穿过花园逃出去。

想必女主人红杏出墙，趁老公不在家与情人偷欢，听到楼下发出声响，以为老公回家来捉奸，便慌忙让情人穿着短裤逃亡。

不禁苦笑一声，这栋房子可怜的男主人，大概还以为老婆守身如玉地等待他回家呢。

楼上的女人一时半会不敢下来，我冒险再次摸到客厅，迅速拿起电话拨通一个号码。

只等待了一秒钟，电话里传来焦虑的中国话：“是你吗？”

莫妮卡！

我战栗着抓着电话，又不敢放大声音，用手掌护着话筒说——

“我越狱了！我成功了！我自由了！”

第九章
真凶

2009年9月21日，上午9点。

阿尔斯兰州，马丁·路德市。

我竖着休闲装的衣领，低头戴着一顶鸭舌帽，还有一副大墨镜——都属于那位被戴了绿帽子的先生。

这样遮住脸的大部分，让我暂时有胆量走到大街上。经过一家快餐店门口，橱窗里的电视机让我停下，CNN正播放一条特别新闻——

画面里首先出现肖申克州立监狱大门，然后是典狱长德穆革尴尬的表情，面对镜头支支吾吾地回答："哦……对不起……关于这两个越狱的逃犯……我们正在全力……全力追捕的过程中……FBI也已经介入……"

接着是记者提问："请问这两名囚犯是如何越狱成功的？"

"这个……这个……"德穆革狼狈不堪地掏出手绢擦了擦汗，"目前正在调查中，我们不方便对外透露。"

又一个不识相的记者抢着问："听说这两名囚犯都是中国人，能介绍一下他们的情况吗？"

"这个……我们会向媒体……媒体提供照片和资料的。"

他说完就把镜头推开，惹得电视台记者很不高兴地说："肖申克州立监狱的管理显然很混乱，州政府和FBI已接管案件，正在附近荒漠地区展开搜索。"

镜头又对准天空，一架直升飞机呼啸而过，大概以为我还在荒野之中。

电视画面出现两幅照片，一张是童建国的正面照，还有一张自然就是我的脸——高能的脸。

我下意识地后退两步，尽量不引起路人注意。

画外音介绍两名越狱囚犯的基本资料，对我的介绍是去年以一级谋杀罪入狱，对社会有高度危害性，提请市民加强警惕，若有线索请及时报警。FBI已向整个美国发布通缉令，悬赏缉拿我和童建国——最高奖金达到50万美元！

再也不想看后面的专家评论了，我将墨镜往鼻梁上推了推迅速离开。

转到一条冷清的小路，看到两个警察站在便利店门口，我急忙躲进一间正装修的店铺。等到警察从路边走过，我才小心翼翼地出来，原来便利店门口贴着通缉令，最醒目的正是我和童建国的照片！

该死的肖申克州立监狱，居然把我拍得像个凶残的人渣——我趁着没人便扯下刚贴上的告示，低头走向下一个路口。

穿过两栋楼房间的缝隙，我却不再往前走了，前方十米是个三岔路口，已接近城市边缘，只有稀疏的汽车与行人通过——这座小城还不及中国一个镇子大。

然而，就在路口的邮筒前，站着一个栗色长发的女子。

我却等在阴暗角落不动了。

她孤零零地站在那儿，穿着一身黑色风衣，同样戴着一副墨镜。既不像招出租车，也不像等什么人，只是雕塑似的站着。秋风掠过那头漂亮的长发，隐隐飘来一阵特别的香水味。

女孩转过头，缓缓摘下墨镜。

莫妮卡。

不变的是混血的面孔，丝绸之路的眼睛，改变的是消瘦憔悴的身躯，我的心头微微一震。

半小时前，我悄悄打通她的电话，约在这个路口见面，市区最偏僻的角落。原来她哪里也没去，两天前探监出来后，一直住在马丁·路德市唯一的五星级酒店内。

深深呼吸了一口，我飞也似的冲出巷子，一把抓住莫妮卡的胳膊。

她惊愕地看着我，隔着墨镜也认出来了，乌黑的眼珠霎时颤抖，迅速跟我逃回小巷。

来不及说话，沿着两栋房子间的缝隙，狂奔了数百米，直到一处幽静的公园。这里有阿尔斯兰州难得的茂密树林，周围有些老人在遛狗，是很好的隐蔽场所。

几棵大树掩盖下，莫妮卡终于紧紧抱住了我，脱下我脸上的墨镜，雨点似的吻落下来，让我有些喘不过气，怔怔看着这双混血眼睛，激动地说："我回来了！我说过我会出来的！"

"你这个小东西！"她用拳头砸着我的胸膛，泪水早已铺满脸颊，"不可思议！你真的逃出来了！我以为你只是说大话！以为你会被狱警打死！以为你会渴死在荒野！但你真的逃出来了！"

"莫妮卡，你不相信我会越狱成功吗？"

"不，我相信你！"她挣脱我的双手，紧贴我的脸颊说，"我如果不相信的话，又怎会留在这破地方不走呢？昨天，我应该在纽约总部开会，却对董事会撒谎说我生病了，给身边所有的保镖放假，把会议推迟到三天以后。"

"你想等到我三天后？"

她轻轻抹去眼泪："是，日日夜夜把自己关在酒店，足不出户看着手机，等待电话响起说你自由了！"

"还没有完全获得自由，现在到处是通缉我的告示，许多人摩拳擦掌要抓住我。"

"古英雄！整整一年以前，我没有保护好你，现在我绝对不会……"她激动得说不下去了，"绝对不会……让你再回到那个地方！"

我颤抖着对她耳语道："我宁愿死在外面，也不愿意回到监狱。"

"不，我也不会让你死的！你必须好好活着，活着，不仅仅为自己而活，也不仅仅为我而活，要为许多人而活。"

"许多人？"

我的肩头还担负许多人的命运吗？脑中闪过老马科斯，闪过某些刚刚苏醒的使命。

"别说了，我们先找个地方藏起来吧。"

中午，马丁·路德市街头依然冷清，甚至比一年前更萧条。

来到一条居民区的小路上，我和莫妮卡戴着大墨镜，特意亲昵地挽在一起，其实是为了掩人耳目——逃犯怎敢如此大鸣大放泡妞呢？

一户民房门口挂着块出租牌子，下面有个电话号码。莫妮卡让我退到马路对面的无人角落，拿出手机拨通那个号码。不到二十秒钟，隔壁房子就出来个大妈，显然房东有两套并排的房子，想出租一套补贴家用。两个女人谈笑风生了几句，房东便掏出钥匙带她进去看房。我在对面只等了两分钟，房东便一个人笑嘻嘻地出来，手上拿着一叠厚厚的美元。

莫妮卡在屋里等着我，但我不敢立刻进去——电视播出的两个逃犯都是中国人，阿尔斯兰州的华人又非常之少，每个东亚面孔的男人都受到怀疑甚至举报，特别是独自一人的情况。等了五分钟，确认周围没有其他人，我才快速跑过街道，冲进对面虚掩的房门。

刚刚关上房门，就有一只光滑的手臂，从背后紧紧挽住了我。

“你怎么才来？”

原来她一直守在门后，风衣不知何时脱掉了，嗔怪着勾紧我的脖子，让我快喘不过气了。

“哎呀，松一松！”

她这才胆怯地松开手，我一转身就把她推在墙上，紧紧贴住无法动弹。

彼此看着对方眼睛，我读到了她心底的言语：**“我愿意。”**

“你愿意？”

我直接说出她的心里话，而她像温驯的小动物点点头，闭上眼睛不再泄露秘密。

呼吸越来越急促，脸上又红又热，头上的帽子也掉了。肌肉剧烈发抖，嘴唇却停留在原地，我什么都没说也没做，僵持了几十秒，直到后退一步长长叹息。

莫妮卡终于松弛下来，淡淡地说：“你还是没变。”

我明白她的意思，说我仍像过去那样，在最重要的时刻胆怯。

“不，我已经彻底改变了。”

这次不再附和她的意思，而是斩钉截铁地打断了她。

检查一下这套刚租下的房子，底楼是干净的客厅、餐厅与厨房，楼上有三间卧室和储藏室，后面有个带车库的小院。虽然电器都很陈旧，但家具还很齐全，居住完全没问题，于我而言够奢侈了。但这是美国西部的穷乡僻壤，房价不到加州或纽约的十分之一，那么大的房子租金也就几百美元。房东对年轻漂亮的莫妮卡很信任，没签合同就给了钥匙。

已经一天一夜没睡的我，即刻躺倒在二楼柔软的床上，疲惫不堪地眨着眼睛：“你想在这里住多久？”

“一个晚上就可以了。”

“我还以为你想在阿尔斯兰州隐居下去。”

她的眼神有些失望：“你想吗？”

“不，我不想！”我从床上支起上半身，嗓音沙哑，“我想尽快离开这里，找到真正的杀人凶手，为自己洗刷清白！我可不想一辈子做通缉犯，永远提心吊胆昼伏夜出，听到警笛声就惊慌失措，那样还不如回到肖申克州立监狱。”

“我也是这样想的，你比我想象中更坚强，你口渴了吧？”

莫妮卡轻轻吻了我一下，飞快地跑出去给我倒了杯水。

“高家大小姐，你现在也会服侍人了？”我半开玩笑地喝下她的水，“谢谢关心。”

“对我别说‘谢’字！”她故意露出凶悍的一面，狠狠推了我一把，“你已经几十个钟头没睡了，快点安心地睡一觉，我会一直守在这栋房子里，别担心！”

说罢她轻轻走出卧室，我早就疲倦已极支撑不住，迷迷糊糊闭上眼睛，不消半分钟就失去意识，仿佛依然行走在黑夜荒原，无边无际的旷野寒风，一弯新月亲吻我的眼睛……

在黑暗的水底不断浮沉，耳边依稀响起金属碰撞声，还有每夜陪伴我的比尔的号叫。

不，怎么头顶又是那道铁窗，外面是布满铁栏杆的走廊，对面床上斜卧着老马科斯，他瞪大愤怒的双眼，用带西班牙口音的英语喊道："Gnostics！你怎么又回来了！"

当我惊慌失措地跳起来，牢门前却闪过那张印第安人的脸，狱警制服散发死尸臭味——这个曾用枪口顶住我的脑门，打死了不死的掘墓人的阿帕奇，微笑道："古英雄，你永远都逃不出我的影子。"

他的影子？

似乎从门口延伸进来，怎么躲避都没用，最终还是将我覆盖……

随着一声凄厉的尖叫，睁开眼还是黑暗一片。窗外是阿尔斯兰州的秋风，树叶猛烈敲打着玻璃，令我条件反射地跳起来。

房门突然被打开，灯光刺痛瞳孔，莫妮卡穿着一身白色睡袍，扑上来搂着我的肩膀："怎么了？别害怕！我在这里！"

"这是什么地方？"

"你忘了吗？这是我租的房子，安全的避风港。"

长长吁出一口气，我又躺倒在床上，四肢叉开痛苦地说："我做了一个可怕的梦，以为回到了肖申克州立监狱！"

"不，我不会让你回去的！"

"莫妮卡。"我抓着她柔软的胳膊，"我睡了多久？"

"现在是子夜，你已睡了十几个钟头。"

"啊——感觉还没回到人间。"

她帮我捏了捏脖子，托着我的后脑勺说："我一直守在楼下，CNN 在放你越狱的新闻，警方仍没放弃在荒野搜索尸体，也不排除你们已逃到城市——对了，和你一起逃跑的人呢？"

"他死了。"

"什么？"她的声音颤抖了一下，"真可怕，是不是一路充满危险？"

"是，我能侥幸生存并逃出来，完全因为坚强的精神，还有命运的眷顾。"

我将越狱的经过，简短地告诉了莫妮卡。

就像读一本大仲马的小说，她听完已目瞪口呆："掘墓人？阿帕奇？德穆革？

还有你的室友马科斯？历史上真正的十二宫？旧日支配者的教授？这些都是真的吗？”

“如果不是真的，那我怎么还会在这里？”

“你果然是不平凡的人，从我第一次遇见你就感到了，不但你的眼睛特别，你的内心也独一无二，你的命运必将注定与众不同。”

突然，我莫名激动地坐起来：“我还得感谢失去自由的整整一年，这是人生最重要的学校，它教会我如何面对私人与集体的不幸，如何面对各个不同的人，如何面对不被了解的自己。我还得感谢我的室友，我终于知道自己是谁了！”

“是我帮助你知道你是古英雄的啊。”

“一个人叫什么名字重要吗？”我指了指自己的鼻子，“对于一个彻底失去记忆的人来说，过去只是永远不会再来的前世——蓝衣社、兰陵王、高家、古家……不过是一堆遥远历史的符号，它们不是我真正的生命！我的命运不在于过去，或者说我的过去是谁并不重要——重要的是我的现在是谁？我的将来是谁？”

“你知道了吗？”

“是，至少我知道了一半。我知道将要为自己做什么？将要负担怎样的使命？将要创造怎样的历史？”我抓着她的胳膊剧烈摇晃，“莫妮卡，你相信我能做到吗？”

她怔怔盯着我的眼睛，沉默半晌才点头：“我相信。”

“好，你愿意听我的话吗？”

“我愿意。”

今夜，掌握天空集团亿万财富的大小姐，变成乖乖听话的小绵羊，再无过去那颐指气使的气势了。

我点头轻吻她一下，直勾勾地对着这双混血的漂亮眼睛——

“请你离开我吧。”

“什么？”莫妮卡的脸色一变，“你对我说什么？”

“请你离开我！”

“Why？”

她总算说了一句英文。

“因为我爱你。”

我平静地说出这句话，莫妮卡却像被魔法定格，雕塑似的一动不动。

轻轻地，慢慢地，女人的眼泪，冲刷脸上的灰尘，坠落床单化成一轮圆晕。

这幕景象也令我心碎，忍不住帮她拭去泪痕。

她哽咽着说：“古英雄，这是我认识你那么久以来，你第一次对我说‘我爱你’三个字。”

“是，但我不知道是什么时候，也许是第一次相遇，也许是一分钟以前。”

“你确定吗？”这回轮到她抚摸我的脸颊了，“这三个字？”

“以前不确定，但现在确定无疑。”

“那你为什么还要我离开你？在你最需要我的时刻。”

我难受地转过头去，不敢再看她的眼睛：“莫妮卡，你还不明白吗？现在我是个逃犯，整个美国都在悬赏通缉我！而你明知我要越狱，却还帮我隐藏起来，彻夜和我在一起，那你等于也触犯了法律。”

“包庇罪。”她轻描淡写地回答，“我学过法律。”

“不，我不该连累你！你是高思国的女儿，天空集团的继承人，而我只是个假冒的高能！你要对整个集团负责，对世界各地的数十万员工，以及每一个员工的家庭负责！我不希望你因我而被起诉，更不愿意你因我而关进监狱！你明白吗？亲爱的！”

“这就是你对我的爱？”

“我希望你幸福快乐，不要再惹上新的麻烦，你的父亲和天空集团都需要你。”我抓着她的手往卧室外走，“快点离开这栋房子！飞回纽约开你的董事会，就当从没有遇到过我，这个世界从没有过高能，也从没有过古英雄，彻底忘记我说过的三个字，快点——”

最后几个字还没说完，她重重地扇了我一个耳光。

“啪！”

震得我的耳膜嗡嗡乱叫，刹那间半边声音都听不到了，脸颊火辣辣地疼痛，捂着毛细血管直跳，肯定已染上五根红红的印子！

这女人下手忒狠！

“对不起！疼吗？”

废话！

僵持了半分钟，莫妮卡才心疼地抱住我，使劲地用她的脸颊，贴着我被打肿的半边脸，泪水涟涟地亲着我，接连说了几十个“对不起”。而我完全被打蒙了，定定地站住不动。

她在我耳边哭着说：“古英雄，干吗要这么对我？干吗要我离开你？”

哎，怎么说得好像是我打了她一记耳光似的！她变成了十六岁的小姑娘，情窦初开地抱着男孩掉眼泪。

闻着她身上的香味，脸上火辣辣的伤痛，已比不上心底酸楚，我只能一语双关：“好疼！”

“你终于说话了！”她抱着我的脸又一通狂亲，“我首先是个女人，然后才是我父亲的女儿——对于一个女人来说，心底深爱着的男子，要比古老家族的使命，要比几万亿美元的集团，都重要得多得多！”

这句话深深打动了我石头般的心，牙齿不由自主地颤抖："你真把我当做——心底深爱的男子？"

"嗯，当你竟然真的逃出监狱，给我打电话的一刹那，我想起了一部电影的台词——**'我的意中人是一个盖世英雄，有一天他会踩着七色云彩来迎娶我'。"**

当她念出这段台词，眼神不再是混血的现代，而是一千年前的古典，神往而忧伤。

但是，我违心地挣脱了她："对不起，我不是什么盖世英雄，也没有脚踩七色云彩，我只是个越狱逃犯，脚踩一地黄沙！"

"不管你是什么！"她再度一把将我揪住，"我说我爱你，你也说你爱我，这就足够了！"

真的找不出任何理由来反驳这句话。

这回轮到她将我推在墙上："古英雄，我希望我爱的男人，不是一个胆小鬼！"

"我不是！"

监狱里一年锻炼出来的臂力，轻而易举地将她反压在墙上，彼此交换剧烈的呼吸。

直直地看着她的双眼，读出一句无所畏惧的话：**"告诉我你是一个男人！"**

"我是！"

像匹荒野上流浪了一夜的公狼，我放肆地狂吼，震得她露出恐惧表情。

凌晨，两点。

我的弓弦已张如满月。

一个是全美通缉的越狱逃犯，一个是世界五十强财团的千金小姐，在这个高原小城的秋夜，两个人都只剩下绝望，如两只走投无路的野兽，一边是万丈的悬崖，一边是猎人的陷阱，中间是熊熊燃烧的火焰。

拼尽生命最终的力量，猛烈地对撞在一起，血肉横飞，火星四溅。

窗外，北风呼啸，黄叶飘零。

整个世界都被我们烧着了……

微亮的晨曦穿破窗户，刺入我和莫妮卡的身体。

她像一只被打开的蚌，洁白无瑕，柔软多汁，也许还藏着几颗珍珠，渐渐从冬眠中苏醒。

睁开神秘混血的双眼，天生翘长的睫毛尖上，沾着几许疼痛的泪水。琨玉般晶莹剔透的眸间，镶嵌一对乌黑瞳仁，玻璃体内倒映着一张脸——高能的脸。

难以置信，这张脸居然变了，不再如往昔那样平凡，眉宇间透着浓浓的男人味，下巴和鼻子具有不可征服的气质——更善于征服他人的气质，或者她人。

莫妮卡定定地看着我半晌，刚从短暂美梦中醒来，颤抖着眨眨眼，却带出更多泪滴。

“这不是做梦吗？”轻柔地拭去她的泪水，仰头眷恋地叹息，“真愿留此长醉不醒！”

“我也是。”

她温顺地钻进我的怀中，像被猎人射中的小动物，轻轻抽泣传递体温。

“为什么还难过？”

“我害怕——”眼圈瞬间哭红，泪水打湿我的胸膛，“我真的非常害怕！害怕我们的时光太短暂，害怕我们无法长相厮守，害怕随时可能分离甚至永别，害怕以后只能在梦中回忆，我们在一起的分分秒秒。”

这番话说得我的心粉碎成了几瓣！

不知该怎么安慰她，也不知该怎么安慰自己，因为我比她更害怕——害怕转眼失去这美好时刻，害怕不能再拥抱她的身体，害怕接下来一辈子孤独。

不敢相信自己的眼睛，不敢相信自己的耳朵，不敢相信自己的手指，不敢相信这是真的！真的拥抱着她吗？真的共同度过了一个美好夜晚？真的留下了不可磨灭的山盟海誓？这个曾在我眼前高高在上，可望而不可即的高贵女子；这个身后是古老的兰陵王家族，不为人知的全球首富的千金小姐；这双凡间难觅的混血眼睛，来自两千年前丝绸之路的双唇——真属我所有了吗？

为什么不是一个梦？为什么不是一次幻想？为什么要成为真实的记忆？

因为一旦真实就无法抹去，会在多年以后浮上眼前，会在生命终点缠绵心底，无比遗憾无比怅然地死去。

我恨自己让这一切成为现实，恨自己把她拖入我的旋涡，恨自己从今往后的生命里，就再也少不了一个名字。

“莫妮卡，我恨自己！”

“别这么说。”她封住我的嘴巴，“这是我自己的选择，感谢你实现了我的选择。”

“要说感谢的是我。”我苦笑一声，看着窗玻璃上映出自己的脸，“一年多以前，当我还是天空集团的小职员，无论如何都不可能想象，能这样和你在一起。”

“永远不要低估自己。”

“亲爱的，感谢你用心爱着我。”

说完这句话我又沉默了，回头看着这间小小的卧室，是最后的伊甸园吗？

“快点起床！我给你做早餐！”

莫妮卡把我拖出房间，简单洗漱整理一番，便去附近超市买些吃的。

我独自留在房里，面对卫生间的镜子，下巴已爬满胡渣，牛仔似的粗犷风格，就像三十岁的成熟男人。

通缉令上的照片是刮净胡子的，我想索性把胡子留得更长，掩饰原来的相貌。

匆匆洗了个热水澡，从极度疲倦中恢复，用电吹风弄了个豪放发型。

楼下响起一阵脚步声，我紧张地躲藏在门后，却听到莫妮卡的声音：“亲爱的！”

她买了些原料，走进厨房为我做了火腿煎蛋、牛奶麦片、全麦面包、果汁……这已是莫妮卡做饭的最高水平，却是我这一年来最丰盛的早餐。

吃完，饱饱地躺在佳人怀中，她的脸颊摩擦我的胡子，发出银铃般的笑声。

忽然，莫妮卡将我扶起来说：“忘记给你一样东西了！”

她打开随身小包，掏出一把黝黑的家伙。

“手枪！”

看着这把黑色的金属，就想起漆黑的地道，散发尸臭的阿帕奇，射死童建国的手枪，冰冷地顶住我的额头。

“你怎么会有这个东西？真的假的？”

莫妮卡的神情很是冷静：“当然是真家伙！保镖给我的，我想如果你逃出来的话，这东西或许有用。”

“枪可不是女孩的玩具。”

“开玩笑！小男孩。”她摸了摸我的下巴，“我二十岁就拿到了持枪证。”

“我从没摸过枪。”

想起阿帕奇顶住我脑门的家伙，心里有种莫名的恐惧。

“我教你！”

没等我反应过来，她已将沉甸甸的枪塞进我的手心。

手把手教我退出弹匣，卸下子弹再装回去，将弹匣送入弹匣仓，拉套筒将子弹上膛。

机械地完成这些动作，最后被她抱住双手，抬起来对准厨房墙壁，挂着一面飞镖靶心。

“当心！”我的冷汗出来了，“你不会真的开枪吧？邻居听到会报警的！”

莫妮卡并不理会我的警告，迅速帮我校好准星，三点一线直指靶心十环。

“砰！”

不是枪声，而是她嘴里发出的声音，随后是轻轻的笑声。

我这才喘出一口粗气，赶快把手枪放下来：“大小姐，你真是本性难改。”

“别生气嘛！我天生胆子就大，老爸说我前生是个男孩。”

“那我们现在搞断背吗？”

“切！”她对我做了个鬼脸，“你会用枪了吗？最后只要抠下扳机，子弹就会旋转着飞出枪口，打穿对方的脑袋。”

“我会了，但不到最危险的关头，绝不会随便拿出来的。”

“没让你端着枪满大街乱跑。”她给枪上了保险，小心地放在枪套内，别在我贴身口袋里，“试着走一走，会把腰磕疼吗？”

“没有，只是冷冷硬硬的，像身体里长了个东西。”

“什么叫枪？本来不就是这样吗？”

她说得我有些脸红，无奈地退到客厅，隔着窗帘看着外面，安静的街道空无一人，我们还未被发现。

莫妮卡追到我身后，双手绕过我的胸口抱住，柔声问道：“你有没有计划？”

“有。”

“快点告诉我啊！”

“摆脱通缉的唯一可能，就是找出真正的杀人凶手，为自己洗刷清白。”

“怎么才能做到？”

我看着窗帘缝隙间的天空，喃喃地说——

“重返杀人现场。”

下午。

天色难得阴沉，秋风卷起落叶，街头更见萧瑟。

莫妮卡开着一辆租来的福特车，坐在她身边的人则已完全换了模样。

副驾驶侧的反光镜，可以照出我的半边脸，几乎全被金色络腮胡覆盖，只剩下一双中国人的眼睛。

一路有不少警车巡逻，搜索范围已扩大到城市，差不多每个便利店门口，都张贴着我和童建国的照片。有个警察特意朝我们多看几眼，但谁都没把我们拦下来，全拜我的这身装扮所赐。

车子在城市边缘停下，依然是荒无人烟的道路。大风吹来漫天黄沙，整个视野雾蒙蒙的，笼罩着两栋孤独的公寓楼。

杀人现场。

一年前的黑夜，我被人欺骗来到这里，踏上这栋灰暗的楼房，坠入万劫不复的地狱。

一年后的下午，我和莫妮卡悄然来到，遥望风沙中的城堡，但愿有通往自由的钥匙。

虽然，白天和晚上相差很大，但让人不寒而栗的感觉，却始终未曾改变。也许有某些被忽略的痕迹，也一直没有消失过，这也是我现在唯一的希望。

莫妮卡照旧是风衣装扮，而我则是西部片行头——牛仔帽、牛仔衣、牛仔裤、牛仔靴，更像马丁·路德市郊区的农民。

戴着浓密的金色大胡子，再配上一副大墨镜，原本的脸完全看不出了，一点都不像中国人，就算走到通缉令的照片前，人家也未必能认出我。

走进寂静的五层公寓楼，到处是灰尘与废弃的旧家具，不像有人居住的样子，会不会当年凶案发生后，所有住家都吓得搬走了？我和莫妮卡坐上电梯，一年前夜晚的景象，如同胶片画面不断闪回，就连电梯灯也不停闪烁。总算活着到达五楼，又是那条昏暗走廊，飘散着陈腐的气味。

走廊尽头是致命的 513 房间，整栋楼都是常青买下的，不知他死后房子又归属于谁。

“513。”

我用气声念出房间的门牌，太阳穴剧烈疼痛起来，仿佛回到一年前的时空，血腥气透过门缝扑面而来。

莫妮卡率先敲响房门。

等待了一分钟都没动静，我紧张地站在她旁边，按照我们的计划——如果房间没人回应，99% 的可能性是没人，谁敢住在这种荒凉地方外加凶宅呢？那么我们就强行破门而入，反正周围也没人会听到。

正当我要提脚踹门之时，513 的房门却自动打开了。

一个中年白人男子开门，狐疑地看着我们说：“你们是来买房子的吗？”

“哦——”莫妮卡的反应非常快，赶紧摘下墨镜点头道，“对，这里可真难找啊。”

男人色迷迷地看着她，立刻微笑道：“快请进！我叫 Tom，这房子我在网上挂了半年，终于等到买家了。”

他把我们请到餐厅坐下，冲了两杯咖啡过来——还是这张餐桌！永远不会忘记，这间屋里的每一样摆设，窗帘、电器、家具、装饰品……就像移动硬盘装在大脑深处。

虽然铺着干净的桌布，眼前的桌面却不停闪烁，如投影般射出一把带血的尖刀，还有那张充满嘲讽的字条——**DAY DREAM**。

白日梦。

梦还没有破。

Tom 不断跟美女套近乎，莫妮卡也顺着他的心意，显得自来熟的样子。原来这家伙在网上卖房，饶是经济不景气，全美房价低迷，谁还会买这种破屋子？怪不得要热烈欢迎了。

莫妮卡没忘记问重点：“Tom，你什么时候买进这房子的？”

“去年圣诞节过后，我到马丁·路德市来打工，原本想租这套房子，但房东说如果我愿意一次性出五千美元，这房子就卖给我了。”

“五千美元？”

我瞪大了眼睛，这价格在上海只够买个马桶大小的空间。

“是，便宜得不可思议，房东没说什么特别原因。我凑齐身上所有的钱，还问得州的亲戚借了两千美元，就把它买下来了。”

“房东长什么样？”莫妮卡意识到自己不该这么问，“我只是很好奇，究竟是什么样的人，会把这房子半卖半送给你？”

“是个黑人老头，他说在去年十月，从一个华人手里买下了整栋楼的产权。”

“你还有他的电话吗？”

我着急地问了一句，却惹得 Tom 有些疑惑：“你们不是来买房子的吗？干吗问这个？”

还是莫妮卡温柔地笑道：“哎呀，我的表哥就是好奇心重，想知道这房子那么便宜的原因嘛。”

Tom 显然是个色鬼，看到美女笑脸就忘了所有怀疑：“哎，这个房东算倒霉，在把房子卖给我一个星期后，就在马丁·路德市的机场开枪自杀了。”

“什么？”

“是啊，当时新闻里都有报道的，说他用退休金买下了一栋楼，结果不到两个月又以超低价变卖，一辈子积蓄所剩无几，走投无路留下遗书自杀。”

“奇怪——为什么要以超低价变卖呢？”

如果每套房都以五千美元卖出，这栋楼的总值也不过十几万美元，还不够在上海买套普通公寓房。

“不知道！”

Tom 狡猾地耸了耸肩膀。

然而，我盯着他的眼睛，已读出他心里的秘密——

“这是一栋凶宅！谁还敢住这呢？每夜睡在床上，都会喘不过气，好像有个人压在我身上，让我无法动弹，呼吸困难，这种恐惧是你永远无法体验的——我以为那是噩梦，但实际上不是梦，而是真实的感觉，那个鬼魂就在屋子里，飘浮在你的左右，潜伏在你的身上，钻进你的心窝里，让你死无葬身之地……”

读心术让我明白，Tom 遇到的就是中国人俗称的“鬼压床”。

也许自从凶杀案发生后，这栋楼里所有的房间，都有这种可怕现象存在，使得整栋楼都没办法住人——可怜的黑人老头用毕生的退休金，买下这栋楼想安度晚年，却没想到遭了厄运，只能以超低价格大甩卖，结果葬送了自己的性命。

而这个 Tom 也是同样原因，只是其他住户都吓得搬走了，只有他这个穷光蛋无处可去，只想卖房拿笔现金走人，没想到经济环境太差，根本没人敢接手，就这么每晚忍受痛苦到现在。这家伙也真够坚强，睡在常青被杀死的房间里快一年！

“哦，如果你喜欢的话。”Tom 缠着莫妮卡，竖起食指说，“一万美元卖给你，这可是阿尔斯兰州最低价了。”

“是个诱人的价格。”我抢先说话了，“不过，能不能看看卧室？”

“没问题！”

走进里面的卧室，眼前再度闪烁——屋子被染成血红色，一个人倒在血泊之中，我恐惧地摔倒在他身上，看见了死去的常青的脸……

莫妮卡轻轻扭了我一把，将我拽回现实中，这是典型的单身汉卧室，乱七八糟，乌烟瘴气，墙上贴满《花花公子》海报，墙角还有一堆啤酒瓶。

“哎呀，不好意思，我刚起床。”

Tom 尴尬地整理房间，而我皱着眉头走到窗口。

窗口架着一具望远镜。

“这是什么？”

Tom 的脸色变得更怪：“这个……这个……你们不知道，我是天文学爱好者，马丁·路德市的空气很好，晚上很适合——”

“哦，看星星？”

我打断了 Tom 的话，而他擦擦满头的汗：“是，是，我从小就喜欢看星星。”

同时，我从这个家伙的眼睛里，读出另一个不同的答案——

“该死的牛仔，干吗问这个？我喜欢用望远镜看对面楼房，那里住着不少流莺，每晚都有好戏可看！”

变态偷窥狂！鉴定完毕。

我不顾 Tom 的反应，迅速掀开望远镜盖子，摘下墨镜看着观测口。

哇，这望远镜真厉害，对面公寓楼有数十米远，看起来却像近在眼前，被放大了几十倍，晚上偷看还真够刺激。

对面大楼结构与这差不多，一个个窗户扫视过去，要么是没人的屋子，要么拉着窗帘，没看到什么流莺，大概还在睡觉吧。

“你干什么？”

Tom 刚要来阻止我，莫妮卡就拦在他身前说：“我说过了嘛，我这个表哥就是好奇心重，从小没玩过望远镜，就让他玩玩吧。”

当望远镜瞄准对面五楼，正对我们的一扇窗户时，突然出现一个年轻女孩——窗前的眼神那样特别，掠过一丝无法形容的恐惧。

望远镜里异常清晰，就连脸上的痘痘都一清二楚，好似伸手就能摸到她的嘴唇。二十多岁的白人女孩，留着一头简单的红色短发，和许多胖乎乎的美国女孩不同，她的脸消瘦得有些吓人，却有一双大得极不相称的眼睛。

她也看到了我，或者说是对面窗户的望远镜，好像受到某种刺激，神色竟那样怪异，就像有一场凶杀案发生在眼前。

然而，望远镜与眼睛的对峙，仅仅持续了不到五秒，对面女孩一眨眼就消失了，随即被一幅黑色窗帘取代。

我脱开望远镜再往前看，一下子没适应过来，怎么从近在眼前变成了马路对面？

确认那个窗口就在对面五楼，正对我所在的位置，被厚厚的黑色窗帘覆盖。旁边同一单元的窗户，也拉上了这种黑色窗帘。

赶快戴上墨镜掩盖中国人的眼睛。

“对面有什么？”Tom 也好奇地看着望远镜，以为我看到了什么火爆场景，却失望地摇头，“什么都没有嘛。”

莫妮卡也紧张地看着我，用眼神问我：“你发现了什么？”

那个女孩——虽然只有短短几秒，却深深刻在我脑中。当她看到对面窗户里的我，眼神竟如此恐惧，那不是一般的害怕，而是深入骨髓的绝望，我体验过这种感觉。实在太不正常了！一般人如果看到对面有人偷看自己，最多感到厌恶或者愤怒，不可能恐惧到这种程度——除非她没穿衣服，不过望远镜里她穿着整齐，完全不是你们想象的那种衣衫不整。

无法想象她的理由——我盯着对面的窗户，厚厚的窗帘后面还藏着什么？

也许，她曾经看到过什么？

看到正对面的窗户，也就是我所在的位置——杀人现场！

想通了！就在这扇窗户的里面，就在我的背后，整整一年前的夜晚，发生过一起凶残的谋杀案——常青被人用尖刀捅死，警方认为这个凶手就是我，但我没有杀人！

凶手是谁？

我颤抖着后退几步，踩在当初常青尸体的位置，视线正好穿透卧室窗户，越过两栋公寓楼之间的空气，直指刚才的恐惧女孩的窗户。

她可以看见！

“你表哥怎么了？”

Tom 不放弃任何与莫妮卡搭讪的机会，她冷冷地回答：“他大概要吃药了——该死！他的药还留在车里，我们得赶快下去了。”

说着她把我拉出房子，Tom 在后面茫然地喊：“好的，等你们上来哦。”

回到昏暗的走廊，我飞快地冲向电梯，莫妮卡轻声问：“你疯了吗？发生什么了？”

走进电梯，我才抓紧她的胳膊：“我看到自由的机会了！”

迅速跑出这栋公寓楼，横穿过车辆稀疏的马路，我边走边说：“快！别让那女孩跑了！”

“什么女孩啊？”气喘吁吁地跑到对面楼下，她抓住我不放，“你给我说清楚！”

“你不会是吃醋吧？”

“放屁！”

莫妮卡狠狠扭了我一把。

“疼死我了！”我惨叫一声，幸好旁边没人，“快跟我上去！那个女孩可能是目击证人！”

“什么？”

来不及多解释了，我们冲进这栋公寓楼，比对面凶楼干净多了，看样子也住了不少人。

我和莫妮卡兵分两路，她坐电梯上五楼，而我走楼梯跑上去，防止那个女孩逃脱。

满身大汗跑到五楼，莫妮卡已在513房门口等着我，压低声音：“刚刚敲过门了，里面什么声音都没有。”

“她肯定躲在里面不敢出声！”

我又跑到楼梯间观察一下，确认走廊尽头的513房间，正是我在对面看到的那扇窗户。从她突然拉上窗帘，到我飞快地跑到楼下，总共还不到半分钟——她应该来不及跑出去的。

“这房间里真的有人吗？”

莫妮卡又敲了几分钟的门，还是听不到任何动静。

“继续敲！她就在里面！”

那个女孩越是不敢开门，就越说明她有问题——对某些事某些人格外恐惧，比如发生凶杀案的房间。

敲了十几分钟的门，隔壁住户突然开门冲出来，是个穿着性感睡衣的拉美女子，揉着刚睡醒的眼睛，愤怒地抱怨：“吵什么吵！吵死人了！”

然而，她看到我这副牛仔装扮，便拉了拉胸口说：“Boy，可以来敲我的门。”

我只能装作此道中人说：“哦，你身材真棒！可是我现在上班，晚上或许可以过来，陪你喝杯小酒。”

莫妮卡的脸色很难看，悄悄退到了电梯口。

“那我等你哦——”

拉美女竟顺势靠在我身上，我浑身不自在地说：“美女，你能不能帮我个忙？”

“牛仔，只要你晚上过来，什么忙我都愿意帮。”

“我是电话公司的，513房间的住户报修电话，刚才明明在楼下看到她在窗前，怎么现在敲门都不肯开呢？”

“哦，那你的视力不错！”她火辣地勾住我的脖子，“电话公司的帅哥，513房间的女孩是个怪人，在这住了两年多，一年前还发过精神病，关了几个月才回来。我很少见她出门，整天关在房里，不知道干些什么？”

“她也是？”

“不，她是好女孩，我是坏女孩，你喜欢哪一种？”

我尴尬地笑了笑："我都喜欢，再见！"

挣脱她的怀抱，飞快地跑到电梯口，身后传来那娇滴滴的声音："帅哥，晚上等你！"

低着头回到公寓楼下，莫妮卡仍守在门口，脸色阴沉着说："爽不爽啊？"

"呸！你倒是自己跑了，把我一个人留下来。"

"这样你才不会拘束嘛。"

"别审讯我啦！说正经的！"我把她拉到僻静角落，可以监视公寓楼唯一的进出口，"513 房里的女孩，到现在还守着不出来。根据我刚才的调查，她已在这住了两年，意味着一年前案发的时间，她有可能就在家里，通过窗户看到了对面的凶案。"

"这只是你的猜测。"

"但是我别无选择，这是最后证明自己的机会！刚才五楼那个女孩，看到我用望远镜偷窥她，当即吓得面无人色，将窗帘拉起来，这种反常举动，很可能与一年前的凶案有关。而且隔壁的女人说，她一年前得过精神病，关进去几个月，正好是我被抓的时间。"

"隔壁的女人说？你就那么相信隔壁的女人？你不知道她是做什么的吗？"

哎，她怎么连这种事都要吃醋？女人啊！

"别闹了。"我抱了抱她，"不管 513 的女孩要把自己关多久，她早晚都得出门下楼，我想一直守在车里，等她出来就冲上去。"

"天知道要等多久？"

"你愿意和我一起等下去吗？"

"废话！"她又扭了我一把，"我愿意为你等一辈子。"

我们走出公寓楼，再度飞快地横穿马路，回到租来的福特车上。

莫妮卡把车子挪一下，这是最佳观察位置，隐蔽在楼下角落，又可监视对面出口，警察也不太会注意。

全身牛仔打扮的我，终于摘下大墨镜，喝下一大口水，紧紧盯着对面："耐心一些。"

莫妮卡打开车载音响听着广播，调到警方通缉我的公告。

天色渐渐昏暗，夜幕覆盖这片荒凉街区。

楼上的偷窥狂还等着莫妮卡回去和他谈房价。

等了两个小时，仍未见那个女孩踪影，莫妮卡摇着头说："拜托！你以为所有白人女孩都是大胖子？这栋楼里许多女孩都长那样，说不定早就悄悄出去了。"

"不，肯定没有出门，我认得她的脸，而且她也不是那种女人。"

"可现在是晚上。"

“对面门口那盏灯够亮，绝不会认错的。”

我看到几个年轻人出来，又有两个猥琐的中年男人进去，大概是光顾这里的常客。

莫妮卡抱怨说饿了，便打电话叫了比萨，直接送到车里，足够两个人的晚饭，外加明天的早餐。

看着凄凉的月光洒在街上，她把电台关掉说：“这里是当年的案发现场，也是你被逮捕的地方，警方会到这里来抓你吗？”

“你高估美国警察的智商了，他们无法想象我还有胆子回来，所以反倒是最安全的。”

她看着空无一人的马路说：“如果她一夜都不出来呢？”

“那我就在车里守一夜。”

“我和你换班吧？”

“不，你不认识她，可能会让她溜走，我必须盯紧了。”

“可怜的人。”她总算温柔下来，靠着我亲吻一下，“你刚刚休息好，又要熬夜了！”

我揉了揉眼睛回答：“这是获得自由必须付出的代价。”

既然在荒野上走过一天一夜，就不必害怕在车里熬一整晚。

每隔几十分钟就有人进出，每次我都会把头伸出车窗，以免遗漏任何线索。到半夜那女孩都没下楼，她是习惯这样足不出户？还是担心我们守在楼下？其实，我心里完全没底，但愿判断没错，如果她什么都没看到过，那我就要后悔死了。

估计楼上的变态，也在用望远镜偷窥这栋大楼里的人们吧。

后半夜，莫妮卡躺在后排睡着了。阿尔斯兰州的秋夜颇为寒冷，车里不敢开空调怕把油耗尽。我脱下外衣盖在她身上，不断哈气摩擦双手，继续坚守潜伏任务。

月光，渐渐被乌云吞噬……

清晨，六点。

一辆警车鸣笛呼啸着开过街道，却没把福特车里的我吵醒，因为我本来就不曾睡着过。

又是二十多个钟头，没睡过一分钟觉的我，蜷在车里熬得眼圈红红的，看着对面公寓楼的出口。整晚都提高警惕，清晰地记得每个出入者的脸，也有几个年龄相仿的白人女孩，但都不是513的女孩。她肯定还躲在楼上，如果憋不住要下来，又将是一场躲猫猫。

莫妮卡还在熟睡，像等待被逃犯吻醒的睡美人。我早就饥饿难忍，吃掉了剩下那块冰冷的比萨——吃到最后一口，对面楼下走出一个白色人影，连帽衫的帽子遮着脑袋，从体形判断是个苗条女子。

虽然看不清长相，但我有一种强烈的感应——就是她！

她鬼鬼祟祟地看着周围，始终没有把脸露出来，惹得我马上打开车门，飞快地冲过无人的街道。不管是不是那个女孩，绝不能轻易放她离开。

清晨的街头寒冷异常，我的牛仔外套还在莫妮卡身上，自己只穿着一件单薄的衬衫，毛孔缩起鸡皮疙瘩。我以百米冲刺速度，跑到对面大楼底下，一把抓住手足无措的女孩，大胆地扯下她的帽子，看清了这张无比惊恐的脸。

我赢了！

就是对面窗户中出现的这张脸，513房间的短发恐惧女孩。苦苦煎熬的一夜没有白费，就像整夜潜伏的猎人，终于捕获再也无法忍受的猎物。

在她发出尖叫之前，我果断地捂住她的嘴巴，用强健的胳膊将她拖入电梯，回到她刚刚出来的五楼。

隔壁女人大概还在睡觉，没人注意走廊里的动静，我把女孩拖到513房门前，轻声道："开门！"

又是那种眼神——望远镜里见到过的眼神，世界末日即将来临，一切希望都已破灭，等待无边无尽的地狱……

"开门！你不懂英语吗？"

我尽量不使用暴力，在她耳边温柔地说，但她绝望地摇头，似乎已彻底崩溃，任由我是打是杀？

就怕这种不怕死的人！

她靠在门上一动不动，干脆闭上眼睛，也许是等待我掏出手枪，射穿她那可怜的脑袋。

当我完全无计可施时，身后响起急促的脚步声，我着急地把手摸进衣服，里面藏着一把手枪。

飞速掏出手枪，瞄准来人之时，却听到莫妮卡的声音："是我！"

"怎么是你？"

她气喘吁吁地回答："当你冲出车门的时候，我就被你给惊醒了，跟着你跑了上来。"

"你真行！"

我把手枪塞回衣服，莫妮卡看着那个女孩说："怎么回事？"

不想给她留下暴力印象，我松开紧抓着的手，低声说："就是她。"

莫妮卡小心地蹲下来，拍着女孩肩膀："别害怕，我们不会伤害你，我们是来帮助你的。"

我也低头道歉："对不起，我不想弄疼你，但我真的想得到你的帮助。"

但她依然没反应，坐倒在513房门前，怔怔地看着我们的眼睛。

"你看我们像坏人吗？"

莫妮卡是不太像，但我戴着金色的假胡子，又露着中国人的眼睛，看起来就很可疑了。

“你！”莫妮卡回头怒目对我道，“滚到后面去！”

我只能乖乖地后退几步，而她像姐妹一样抱着这女孩，其实她们年龄也差不多，在她耳边温柔地说：“坐在门口总不太好吧，我们进去谈谈好吗？我知道你受过很多伤害，但我们也受到了同样的苦难，希望得到你的帮助，找到我们共同的敌人！求你帮帮我们，不要再让我们一样绝望，我们会保护好你的。”

“真的吗？”

短发女孩终于开口说话了，莫妮卡真诚地点头：“真的！请开门！”

不得不承认，混血美女具有一种特别的亲和力，无论同性异性都会天然地信任她。

女孩站起来掏出钥匙，打开 513 房间的大门。

三个人走进房间。房间里落着厚厚的黑色窗帘，透不进一点点光线。打开电灯仔细观察，格局与对面公寓楼差不多，想必是同一个建筑师设计的。但女孩的房间就是干净舒服，装饰和摆设也很简洁。

莫妮卡安慰着她，反复解释我们不是坏人，也是一年前的受害者。我赶快脱下假胡子，免得再让她受到刺激。

随后小心地走到卧室窗口，拉开厚厚的黑色窗帘。马路对面的五楼窗户，是一年前的凶案现场，如今是一个变态单身汉的公寓，那架偷窥的望远镜还在窗前，正是昨天我所在的位置。

从这扇窗户看到对面，如果那边晚上开灯，可以被看得清清楚楚，包括所有杀人细节。

愚蠢的警察！勘察现场的时候，为什么不到对面调查一下呢？

莫妮卡搂着短发女孩，坐到卧室的椅子上，抚摸她的头发说：“你叫什么名字？”

“Mary。”

她的声音非常轻，像刚出生的小鸟。

“几岁了？”

“22。”

“在这住了多久？”

“两年。”

Mary 目光有些呆滞，仿佛任人摆布的洋娃娃，隔壁拉美女子说她进过精神病院，看来并非编造。

我走到她跟前，半蹲下来：“Mary，你是不是还记得，去年的 9 月 16 日晚上，你透过这个窗户看到过什么？”

她的后背剧烈一颤，眼神有了微妙变化，明白了我的意思，这个致命的日期——2008 年 9 月 16 日，是她记忆中的魔鬼禁区。

“你一定看到过！是不是？”我将手指向卧室窗户，“就是这扇窗！”

Mary 却低头不语，再也不敢抬起头来。

莫妮卡对我耳语道：“你别刺激到她。”

但我把她的话当做耳旁风，继续对着 Mary 说：“你看到了！透过这扇窗户，看到马路对面大楼，同样是五楼的那扇窗户，亮着灯的房间里，发生了一件可怕的事。”

“No！”

她捂着耳朵尖叫起来，紧闭双眼不敢承认。

莫妮卡赶快抱着她说：“别害怕！我在你身边！”

我狠狠捏紧的拳头又放下，担心再这么刺激 Mary，很可能把她刺激回精神病院去。

“Mary，对不起，我们闯入了你的生活，打破了原来的平静。”我蹲在她面前，神情凝重地讲述自己的故事，“整整一年以前，我从中国飞到美国，被人带到马丁·路德市。当我走进对面的 513 房间，却发现屋里躺着一具尸体，一个我认识的中国男人，刚被残忍地杀害。警察把我当做凶手逮捕，我知道自己是被冤枉的，但法庭上没人相信我，最后被判处了终身监禁。”

“你真的要说出来吗？”

莫妮卡突然提醒了我一句，但我微笑着说：“没关系，在看守所与监狱里，我失去了一年自由，刚刚越狱逃亡出来。现在整个美国都在通缉我，到处张贴我的照片，我随时随地都可能被捕。我知道自己只有一个机会，就是证明凶手另有其人，而你是我唯一的证人，我的命运寄托在你的身上，你明白吗？”

Mary 终于抬起头，表情复杂地看着我的脸，与她那消瘦脸庞极不相称的大眼睛，却泄露了她心底尘封的秘密——

“为什么不是一场噩梦……姐姐刚刚过来……我拿出新买的摄像机……瞄准窗户对面的房间……我看到了……噩梦……我看到了……噩梦……但噩梦也看到了我……我们惊慌失措……噩梦很快就来了……我躲在百叶窗里……姐姐却……为什么……为什么让我一个人活下来……为什么那晚不是我……不……那是噩梦……只是一场噩梦……不是真的……不是真的……”

她终于闭上眼睛，泪水肆意地涌出眼眶，趴在莫妮卡的肩头，哭得那样可怜。

读心术已证实了我的判断，等待 Mary 睁开眼睛，复述了她的第一句心里话：“为什么不是一场噩梦？”

Mary 惊恐地瞪大眼睛，无法理解我怎么也说了相同的话。

“可怜的女孩，我也曾这样问过自己，但那确实不是噩梦，而是真实发生的事情，我们都必须面对现实，面对遭受过的苦难。”

她还是没有回答，却下意识地点点头。

莫妮卡给我使了个眼色，示意我快要打开 Mary 的心扉了。

“告诉我，那个晚上发生的一切，比如——你的姐姐。”

“姐姐？”Mary 的脸色更加惊讶，“你怎么知道的？”

“因为我能看到别人的心，但我不希望使用这种方式，还是你自己告诉我比较好。”

“姐姐——”Mary 主动看着窗户了，我赶快闪开让她看得更清楚，“我有个姐姐，只比我大一岁，她的名字叫 Jenny，一直在南卡罗来纳州的老家。而我在两年前搬到马丁·路德市，为帮助印第安人保留地的原住民做义工。”

我还是小心翼翼：“那个晚上呢？”

“那个晚上，姐姐从东部飞过来看我。一年没见面的姐妹都很开心，我拿出新买的摄像机，要把我们两个人拍摄下来，没想到镜头刚刚打开，就拍到对面房间里——”

“杀人？”

“是，我看到了一起凶手案，被摄像机录了下来。”Mary 突然捂住自己的脸，“但那个杀人凶手，也从窗户看到了我。”

“你们没有报警吗？”

“那天真倒霉，我的电话停机了，姐姐的手机在机场丢了，而我的手机正巧坏了。”

“可以去向邻居借电话啊？”

“我敲了隔壁房门，但是没人开门，我怕会碰上那个坏人，又逃回自己的房间。这时有人在撬我们的锁，我和姐姐都吓坏了。还是我的头脑清醒，把摄像机的内存卡，通过电脑复制到了备份卡上。姐姐让我先躲起来，我就藏在卧室的壁橱里，接着门被撬开了。”

Mary 说到这又流眼泪了，我打开床边的壁橱看了看，门板做成百叶窗形式，里面刚好可以容纳一个人。

她擦了擦眼泪继续说：“我藏在壁橱里不敢发出任何声音，只听到姐姐挣扎到卧室，隔着壁橱的百叶窗缝隙，我看到了凶手的脸！”

“他长什么样？”

“噩梦！那是我每夜的噩梦。”Mary 的回忆使她忍受着极大的痛苦，“姐姐被他掐死了！而我藏在里面吓得一动都不敢动——杀手拉上窗帘，打开摄像机仔细检查，然后就躺在我的床上。”

“他没有走吗？”

“是的，他没走，一直躺在我的床上，直到第二天早晨。”

这回轮到我惊讶了：“而你就一直藏在壁橱里？也没有被他发现？”

“没有，我抓着备份的内存卡，一点声音也没发出，更不敢睡着——与其说是求生意志，不如说是被姐姐的死惊吓的。”

莫妮卡点头附和：“嗯，有的人受刺激会大喊大叫，而有的人受到精神创伤，则会陷入彻底的安静。”

“我练过瑜伽，可以很好地控制呼吸。虽然和凶手在同一个房间，共同度过一个夜晚，却像在两个不同的世界。”

其实，随便想想就足够你发疯了，一个杀手躺在你的床上，屋里还有个刚被杀死的亲人，而你必须躲在黑暗的壁橱里，不能发出任何声音，和杀手一起度过漫漫长夜——怪不得她会得精神病！不疯才怪！

Mary 能够说到这里，已经够坚强了：“整整一夜，我闻着凶手的气味，闻着姐姐尸体的气味，直到清晨才听到凶手走出房间。”

“你报警了吗？”

“不，当我颤抖着走出壁橱，却发现姐姐的尸体不见了！”

这个结果也令人吃惊，但我马上明白：“被凶手带走了！他怕如果留下尸体，警方调查这桩凶杀案，就会发现窗户对面，另一场凶案的现场——怎么会在同一个夜晚，两个互相正对的房间，发生两起凶残的谋杀案？这样我的嫌疑就会大大降低，警方也有可能找到真凶了。”

“我的精神彻底崩溃了！亲眼见到姐姐被杀害，却连她的尸体都找不到！我疯了！没人相信我的话，他们把我送到精神病院，治疗了几个月才放出来。”

“你们的父母没来找你姐姐吗？”

她苦笑着回答：“我们的父母早就去世了，没有其他亲人。”

“以后你仍然每天生活在这个房间？”

“是，在精神病院治疗的时候，我强迫自己忘记了那段记忆，回到这里我几乎足不出户，每隔两天去一次超市，过着不见天日的生活，整天用厚厚的窗帘保护自己，偶尔才会站在窗前，看看对面的房间——我以为自己全部遗忘了，没想到昨天看到了你。”

“对不起，是我唤醒了你的记忆，尤其我们闯入这里，迫使你回忆那个可怕的夜晚，对不起！”

我是真心道歉，刚才对她所做的一切，实在太残酷了。

“没关系，现在我才明白，总有些记忆是抹不掉的，潜伏在大脑深处，终有浮出水面的一天。”

“Mary，你是个好女孩，不该过现在这样的生活，只要你愿意说出这里发生的一切，你不但会拯救一个无辜的人——就是我！”我紧紧握着她的左手，莫妮卡握着她的右手，“我将永远感激你，你的人生也会彻底改变，重新走到阳光下，爱上新的男朋友，认识新的女朋友，永远走出可怕的阴影。”

“谢谢你。”

莫妮卡又提醒了一句：“Mary，你说你备份了内存卡，还在吗？”

“在。”她打开床头柜，拿出一张内存卡，“都快忘记它了，其实从没有好好保管过，能找到算是走运了。”

内存卡通过USB接口，连接到Mary的电脑上。

播放器里出现了画面，镜头对准卧室的窗口，焦距逐渐推向马路对面，也是五楼窗户——对面房间亮着灯光，敞开着窗户，一个大约五十岁的中国男人，我不会忘记这张脸的——常青，居然在摄像画面内如此清晰。

三个人都屏住了呼吸，仿佛都回到了一年前的夜晚。

屏幕上常青的表情很是惊恐，又一个男人闯入画面，却是个光头的中国男人。

光头！

镜头里他的脸很清楚，看起来三十多岁，长长的脸不怒自威，身材也比我高大很多。

突然，他手中多出一把刀子——摄像机甚至拍出了他的白手套。

没等常青反应过来，利刃飞快地刺入他的左胸——这动作绝对是职业杀手，丝毫不拖泥带水，更不像电影里演的，杀人之前还说一大堆废话。

常青痛苦地倒地不起，鲜血迅速染红地板，刀子刺破了他的心脏，没几秒钟他就断气了。

杀手满意地微笑着，忽然转头看向窗户，正好面对摄像机镜头！

他的面色大变，最初的惊愕过后，转为杀气腾腾的目光。

录像到此为止，Mary关闭了摄像机。

还是第一次看到真实的杀人视频，莫妮卡不住地战栗，我愤怒地捏紧拳头，就是这个残酷的杀手，害得我替他背了黑锅，坠入深深的地狱，被关进监狱忍受折磨。

Mary面如死灰，闭着眼睛躺回卧室。莫妮卡感到很恶心，却还一个劲儿地安慰Mary。

“这可是最最重要的证据！”我小心地将内存卡放进口袋，宛若我的命根子，“足够推翻对我的一切指控，洗刷杀人犯的罪名！谢谢你，Mary，你是上帝派来拯救我的天使！”

第十章
高思国

“你，真的让我很惊奇。”

梅菲斯特躺在我的左心房内惊叹。

“你想不到我会越狱成功？更想不到我会找到真凶存在的证据？”

“没人能够做到。”

我自豪地回答：“我做到了。”

“所以——”幽灵郑重其事地完成了鉴定，“你不是人。”

“有你这么骂人的吗？”

“哦，你实在是误会我了，当我说你不是人，就是对你的最高夸奖！”

幽灵的思维方式果然与人类不同，我冷冷地说：“不管我是什么，但至少不是你这样人不人鬼不鬼的幽灵。”

“感谢夸奖。”

不再玩文字游戏了：“梅菲斯特，你到底要对我说什么？”

“你现在有个机会。”

“什么？”

“帮助你赢得一切的机会。”

“赢得一切？”

幽灵梅菲斯特发出低沉嘶哑的吼声：“你将成为足以统治这个世界的人。”

“真的吗？”

“千真万确，将在不长的时间内实现。”

“不，我的理想不在于此。”

“傻瓜，但如果你拥有无限权力，就有资本来实现你的理想，抑或老马科斯令你发现的自己的使命——Gnostics。”

我愤怒地在心底叫嚷：“大胆！你居然敢偷听我与老马科斯的谈话。”

“我说过我无所不知无所不能。”

“梅菲斯特，你真的可以满足我的要求？”

“古英雄，你的记性似乎不太好，楼主该补脑了！”幽灵阴险地笑着，“再说一遍——我无所不知无所不能。

“可是，以我对你的了解，你不可能无偿帮助我。”

它像拍椰子似的拍着我的心：“哦，我的朋友，你真是太了解我了！没错，当然是有代价的，一个沉重的代价！”

“是什么？”

“对不起，你不会接受的。”

我觉得受到了某种侮辱：“告诉我，你的交易条件是什么？”

“你真愿意同幽灵做交易吗？”

“如果可以让我实现生命中最重要的使命！这个使命不是为了我自己，而是为了世界上的许多人，为了人间被掩盖的真相，为了那个被隐藏了无数时间与空间的秘密！”

梅菲斯特居然用力鼓掌：“好，你果然不是普通人！这样的朋友值得一交！”

“说吧。”

“古英雄，我可以满足你的一切要求，但你不可以对你所拥有的一切产生留恋，否则你的灵魂将永久地被我占有！”

这个要求让我想起两百年前那篇伟大的诗剧。

沉默……心跳几乎停止的沉默……

灵魂永久地被幽灵占有？

可是，我所拥有的一切是什么？至少我本来一无所有，没有任何记忆，没有真实的过去，就连“我是谁”都是假的。我拥有的只是赤条条的身体，只是一片空白的精神，还有一颗赤诚的心。既然我能逃出地狱，在荒原上流浪一昼一夜，几度与残酷的死神擦肩而过，又何必在意生与死的差别？既然我能够得到一切，又何必在意失去一切？大不了回到起点，大不了再把记忆一抹而空。我从来不会失去什么，

最多就是精神与肉体的枷锁！

我不怕！

于是，我用心跳告诉梅菲斯特——

“成交！”

2009年10月20日。

上午，九点。

距离我越狱逃出肖申克州立监狱，遭受全美通缉已过去了整整一个月。

阿尔斯兰州地方法院。

又回到这熟悉的地方，曾经站在法庭被告席上，面对陪审团成员们鄙夷的目光，接受检察官刻薄奸诈的提问，听着那些唇枪舌剑的辩论，最终却听到自己的有罪判决。

今天，我不是被告，而是一个上诉者。

老法官再度见到了我，这回他的表情极其复杂，最后露出一丝微笑，紧紧握着我的手说：“高先生，我很抱歉，七个月前没有给你公正的判决，但请相信我和陪审团都并无恶意，因为当时并未发现这些重要证据。对于你在监狱中失去自由的痛苦，我感到非常遗憾并深表同情。现在，你真正自由了！”

然后，老法官低头签署文件，代表阿尔斯兰州上诉法院，撤销对我的一切指控，正式宣告无罪释放。

十三个月的噩梦，终于画上了一个惊叹号式的句号。

我拿起文件深深吻了一下，回头拥抱着莫妮卡——不敢当着别人的面吻她，谁都知道我们是堂兄妹关系，绝不能当众过分亲昵。

然而，她的眼泪打湿了我的衣领，这十三个月也是她的噩梦。

三周之前，我们奇迹般地发现了Mary，以及她摄下的那段关键录像。当天，莫妮卡就带着Mary去警察局报案。而我则悄悄躲回莫妮卡的房子，因为我如果此时出现在警局，毫无疑问会被立刻押送回监狱。记录杀人视频的内存卡，被我做了几十件备份，其中一份由莫妮卡交给警方，还有一份寄给审理我案件的老法官。

Mary的出现震惊了整个警局，她付出惨重代价保存下来的录像，也让当初负责常青案件的探长目瞪口呆——他不相信居然另有凶手，在我赶到之前就已杀了常青。警方请来专家鉴定视频，确认并非伪造，画面中被捅死的正是常青，穿着被警方发现时的衣服。视频所拍到的凶杀房间，是常青遇害的现场，就连墙上时钟也可辨认，正是警察抓到我之前十二分钟。

通过调查2008年9月到10月的全部案件，显示当年9月30日晚上，在马丁·路德市郊外荒野，发现一具轻微腐烂的无名女尸。尸检显示死者年纪二十出头，被人扼住咽喉窒息死亡，并确定发现尸体的郊外，并非凶案的第一现场——凶手是在别处作案，再把死者抛弃在郊外。凶案发生已经一年，却没有任何线索，死者身份至今也未被查明。幸好警方还保存着死者的DNA样本，经过联系南卡罗来纳州的警方，并与Mary的DNA进行比对，确认死者就是Mary的姐姐Jenny！

至此，Mary所有证词都已得到证明。

警方迅速重新调查凶案现场——两个现场，仅仅隔着一条马路，窗户却面对着面。警察在晚上做了实验，确认拍摄视频的位置和角度，正是站在Mary的窗口。如果对面房间卧室开着灯，就可以把全部杀人场面拍得一清二楚。

这次探长终于变聪明了，通过最新掌握的关键证据，推导出案发当晚真相——凶手就是那个光头的中国人，显然是职业杀手，比我提前十五分钟来到现场，因为戴着白手套，现场没有留下他的指纹。他干净利落地捅死常青，却意外发现民：在对面窗户后面，有个年轻女子正拿着摄像机！

凶手迅速清理现场痕迹，跑到对面大楼——紧接着我就来到这里，如果再早几分钟，说不定会在楼下碰到他——可见是精心策划，每一分钟都算得清清楚楚。再回到对面公寓楼，凶手撬开513房门，不由分说地杀害了Mary的姐姐Jenny。因为杀死常青之后，他只看到对面窗户Mary一个人，而Jenny与Mary长得很像，远距离看简直没什么分别。凶手根本不会想到，还有个妹妹藏在这里。他检查了摄像机，看到里面的杀人场面，但没发现其他人的影像。凶手认定只有她一个人，房间里Mary的物品也可以证明，这是个单身独居的女孩——Jenny代替妹妹葬送了性命。

但他还面临另一个问题，怎么处理尸体？不能把尸体留下来，否则警方会联想到对面的谋杀案。但这时马路对面来了许多警察，如果把尸体运出去，一定会被人发现。他索性拉紧窗帘，在房间里藏身了一个夜晚，却没察觉真正拍摄录像的Mary，以及一个备份的内存卡，就躲在他身边的壁橱里——这个夜晚对Mary与杀手来说，都是无比惊险。

直到第二天清晨，对面的警察都已撤离，他才悄悄带着Jenny的尸体，还有记录杀人过程的摄像机，离开这栋公寓楼。即便被人看到也不怕，他可以装扮成死者的男友，架着酒醉的女友出门，没人会多管闲事怀疑的。最后他将死者拖上汽车，抹掉一切身份标志，开到附近的荒野埋葬——就算被警察发现，也不过是一具无名女尸。

当所有的证据链都已建立，莫妮卡雇用了一位新律师，确定成功率万无一失之后，才向阿尔斯兰州上诉法院提交重审申请。

提交上诉申请的同时，我也来到法院投案自首。

一时之间，我成为轰动全美的人物——警方认为我早就死在了荒野，如果侥幸逃生肯定已潜出阿尔斯兰州，但无论如何都想象不到，我成功越狱超过一周，竟然还敢留在马丁·路德市。

首先，我能够逃出戒备森严的肖申克州立监狱，本身已是一件传奇。其次，可以在没有地图和GPS的情况下，独自穿越数百平方英里的荒漠，简直是超越人类极限的奇迹。最后，在定案超过半年之后，找到一年前的凶案录像，证明自己清白无辜，再大大方方地投案自首，这样的智慧和勇气也令人难以想象。

然而，典狱长德穆革听说我还活着，迅速带着大队人马赶到法院，要求亲自将我押解回肖申克州立监狱——他已对我恨之入骨，发誓要对我狠狠地惩罚。他至今仍没搞懂我是如何越狱的，上对州长下对囚犯丢尽颜面，很可能会葬送掉得来不易的乌纱帽。

但是，老法官在看过新的证据之后，拒绝了德穆革的押解请求，反而同意了我的律师的申请，当天便准许我交保假释，对我的通缉令也被撤销！

我说过不会再回到肖申克州立监狱，果然只在法院停留了六个小时，便获得法律保护的自由。不用戴假胡子和大墨镜了，大摇大摆地回到阳光下，面对全美各地飞来的记者——关于我究竟如何成功越狱，也是媒体最最关心的问题，我却三缄其口，不愿透露。有记者悄悄塞给我十万美元，想要买到越狱细节的独家消息，也被我义正词严地拒绝了。

因为在走出法院之前，我与法官达成协议，为保证不再出现类似事件，绝对不向外界透露越狱细节。狱警很快将前往甘泉山谷，寻找童建国的尸体。那位印第安人狱警阿帕奇，在我越狱之后就失踪了，至今下落不明。

我和莫妮卡躲开记者，终于回到她租的房子。假释期间我不能离开马丁·路德市，只能在此深居简出，每天听律师过来汇报，处理我的法律事务。莫妮卡从天空集团总部调来八个保镖，悄悄安插在街区四周，确保我们的安全和隐私。

经过十几天的司法程序，老法官终于签署文件，撤销了对我的所有指控。

此刻，我由莫妮卡和律师陪同，走出阿尔斯兰州地方法院，回到灿烂的秋阳之下，对着碧蓝的天空深呼吸，伸开双手如在十字架上的赎罪。

律师问我是否打算提起民事诉讼，要求阿尔斯兰司法当局的赔偿。但我笑着放弃了索赔权利，并非忘记了自己的苦难，也不是真的宽恕了判决我有罪的人们。而是我觉得真正的罪恶仍藏在黑暗中，不是那个光头的职业杀手，而是躲在幕后策划的人——假设真的是个“人”。

他（她）究竟是谁？

为什么要陷害我？通过杀死常青将我送入监狱，一石二鸟其心可诛！但他（她）的计划如此完美，精确到了每一个分钟，考虑到了每一个细节，编织成一个密密麻麻的网，就此等着我自投罗网！

可惜，他（她）没有计算到Mary的窗口，更没有计算到可怜的Jenny，终于留下了一个小小的缺口，让我抓着备份的内存条脱身而去。

这是命运的决定。

而非任何人的大脑所能“计划”。

人算不如天算。

天算?

天算我将被冤枉为一级谋杀，天算我将被送进肖申克州立监狱，天算我将要认识老马科斯，天算我将遇到掘墓人童建国，天算我将化身为Gnostics，天算我将越狱逃亡逃出地狱；天算我将沉冤昭雪回归人间。

感谢命运赐予我如此非凡的经历!

一辆加长版林肯停在法院门口，我们上车开向马丁·路德市机场，后面还跟着几辆黑色轿车，坐着莫妮卡的秘书和保镖。

从没坐过这么豪华的车，摸着车载电视与冰箱，竟像新郎官的婚车。

上车第一件事，是给远在中国的妈妈打电话——她是高能的妈妈，也是我的妈妈，这一年来我最对不起的人就是她。

两小时后。

马丁·路德市机场。

加长版林肯直接开上停机坪，看到一架中型公务飞机，机身上刷着天空集团的标志。

保镖为我们拉开车门，莫妮卡穿着黑色大衣下车，刻意在别人面前与我保持距离——这种感觉让人郁闷，明明已如胶似漆无法分离，却必须假装是客客气气的堂兄妹，否则要么变成为世人所不齿的不伦之恋，要么就会暴露我是一个冒牌货。

现在，我必须依然是高能。

踏上天空集团的公务飞机，果然是跨国公司巨头的排场，机舱内安装有各种豪华设施。单独为老板隔出一个空间，有独立的卫生间与卧室，可以舒舒服服地躺着睡觉。

莫妮卡故作庄重地对秘书说：“我要和高能先生商谈公务，请不要进来打扰我们。”

刚刚锁上她的小隔间，与其他随从完全分开，我就赶紧抱住她的腰，在她的脖子上一阵狂吻。她也转身紧紧将我搂住，颤抖着耳语：“太可怕了！我们必须在所有人面前假正经，装成很久没有来往的堂兄妹，甚至还要在我的父亲面前！”

“怎么办？”我痛苦地坐倒在老板专用的水牛皮沙发上，“每天都得偷偷摸摸，要在一起就必须像做贼似的！我是一个正常的男人，你是一个正常的女人，我们彼此深深相爱，为什么不能堂堂正正地在一起？”

莫妮卡无奈地摇头，从冰箱里拿出一瓶啤酒，打开给自己灌了一小口，瞥了瞥我的眼睛：“因为你的脸。”

“我的脸？”

我摸了摸自己这张脸，虽然最近越来越喜欢这张脸，不再如以往平庸猥琐，甚至还有几分男子汉的独特气质——但这是高能的脸。

不是我的脸，不是古英雄的脸，我的脸已经永远被埋葬了。

飞机已冲刺起飞，迅速冲上阿尔斯兰州的蓝天。我趴着舷窗俯瞰大地，马丁·路德市渐渐变成一块绿色的抹布，只是一片荒芜大陆中的孤岛，或者说一块小小的绿洲。而在这片无垠荒野的某个角落，是地狱般的肖申克州立监狱，那里囚禁着我的朋友们。

“我恨这张脸！”

抚摸着自己的鼻子与眼皮，回想起一年多前在上海，当怀疑被换过脸，我便愤怒地想要扯下自己的头皮。

莫妮卡抓住我的手，亲吻着说：“但这张脸会给你带来一个世界。”

“什么？”

“一个你无法想象的世界。”她又喝了一大口啤酒，“当初你来美国的目的，不就是要利用这张脸，以及‘高能’这个姓名，得到这个许多人梦寐以求的世界吗？”

“天空集团的财富帝国？”

“是。”

我看着舷窗下的落基雪山，大声苦笑：“不！当我被关进监狱的那一刻起，就不再对此奢望了！那只是一个穷小子不切实际的妄想，你的父亲正值壮年，而你又那么年轻那么能干，什么时候轮得到我呢？不，是什么时候轮得到高能呢？而且，你说不定什么时候就会结婚生子。如果你嫁给其他人，你们的孩子就是天空集团的直系继承人，自然也与我无关。如果那个幸福的男人是我的话，那么我一定不可以是高能。”

“是，我是高思国的女儿高梦，无论如何都不能嫁给高思国的侄子高能。”

“不觉得这是个悖论吗？除非我们两个结婚，我——或者我们的孩子，才有可能获得公司继承权，但那时我必须告诉大家，我不是高能，我只是一个冒牌货，我的名字叫古英雄！”

“不，这样的话，爸爸不会接受的！”莫妮卡忧伤地摇头，混血双眼里充满泪水，“我一直告诉爸爸，你就是高能，你是他唯一的侄儿。他向来对此深信不疑，甚至对你寄予厚望，但如果知道我欺骗了他——”

她已经说不下去了，我夺过她手中的啤酒瓶，给她换了一杯冰水。

莫妮卡又是一饮而尽，抓着自己的头发："不！我不敢想象！父亲是极其严厉的人，虽然可以宽容我的许多错误，但唯独有一点不能宽容，那就是欺骗！他最讨厌别人说谎，尤其是他最信赖的女儿。他不但会杀了我，而且会杀了你！"

"为什么？"

"爸爸将认定你是一个极度邪恶的人，是你杀死了高能，又是你剥下了高能的脸，冒充高能的身份，又一步步诱惑了我，使他的女儿背叛家族与集团，使我成为你们古家，成为卑鄙的蓝衣社的走狗！天哪！你知道这两个家族之间的仇恨有多深吗？"

"等一等！"她最后两句话令我极度惊诧，"你居然知道？"

"是，就在几个月前，父亲把家族的一切秘密都告诉了我！"

看着莫妮卡的眼睛，我羞愧地低下头，想起那封父亲珍藏起来，又嘱咐在死后要烧掉的信——不，他不是我的父亲，我的父亲是高家的敌人！

"那你也知道古英雄的父亲是谁了？"

"我不知道！但我知道你的家族，世代都是蓝衣社的社长。你们蓝衣社古家，与我们兰陵王高家，是不共戴天的世仇！我的曾祖父，他的名字叫高云雾——就是被你的曾祖父杀死的！"

"什么？"

似乎在替祖先忏悔，我低头战栗不已。

"还有我的祖父，也是天空集团的创始人，他的名字叫高过——他也曾被你的曾祖父陷害，结果被送到新疆的监狱，九死一生才逃了出来！"

现在我才明白，祖父留给父亲的那封信里，写到的那个蓝衣社神秘人，其实就是我（古英雄）的曾祖父！

"对不起！"

"不要说对不起！"莫妮卡伸手封住我的嘴巴，"你已遗忘了一切，不必为你的曾祖父，也不必为你的祖父与父亲负责！"

"但你的父亲不会这么想。"

"是，他有他的思维方式，他如果知道你是假冒的高能，会感到极度愤怒与仇恨！他如此热爱天空集团，这份我的祖父、他的父亲创立的事业，是不会让任何人夺走的！你看现在那些欧美家族企业，都是把所有权与经营权分开，但父亲坚持自己来管理，绝对不让外人坐上 CEO 宝座。"

"我明白了，所以他才会如此看重高能，即便只是个不成器的小职员。"

"如果你是古英雄——他会认定你的目的是要夺取天空集团，用如此阴险如此缜密的方式，一步步从内部消灭兰陵王高家，记得有一句中国成语——"

"鸠占鹊巢！"

在美国长大的女孩，能知道这个成语真是很了不起！

“对，你们蓝衣社几代人数十年未完成的心愿，通过你这种特别的方式完成了——虽然我不会这么认为，但父亲一定会这么想！他绝不会饶了你！他如果要杀死一个人，那实在太容易了！”

莫妮卡的话让我绝望，那我还留在这干什么？既然我已获得自由，还不如快点回到中国，远离这些可怕的是非。

可是，我离得开她吗？

情不自禁地将她搂到怀中，咬着嘴唇：“我的傻姑娘啊！既然你已知道我们家族之间的世仇，知道高梦与古英雄之间，永远只能是敌人！为什么不远远地躲开？为什么还要帮我？为什么把你的心和你的人都交给我？”

“因为——我爱你。”

这个理由够简单，但也够沉重。

低头看着她的双眼，眨着丝绸之路的目光，含着莫高窟的眼泪，爱一个人需要理由吗？

需要吗？

心底反复地问自己，却再也说不出话了。

“高家与古家，那是上一代，甚至是上几代人的恩怨，与我们有什么关系？”莫妮卡抚摸着我的头发，“这不是中世纪，不是莎士比亚描写的那个世界，如果罗密欧与朱丽叶生在今天，他们也一样可以得到幸福！”

我心里默默地说：你是美丽的朱丽叶，我却不是英俊的罗密欧。

“不，我不相信，这个世界与一千年或五百年前相比，并没有什么本质上的改变！”

“干吗说得那么绝望？”

“你说过你害怕，害怕我们的好时光会异常短暂。”

莫妮卡恐惧地眨眨眼睛：“是，现在还不是真正的好时光，因为我们的爱还只能停留在地下，不敢走到阳光下让众人看到并祝福。”

“我也害怕，害怕就连这一点点的幸福，也会很快地被剥夺。”

天空集团的公务飞机，正穿越美国中部的广阔天空，穿越麦田起伏的密西西比平原，穿越古老崎岖的阿巴拉契亚山脉，飞往大西洋畔高举自由女神火炬的SEX CITY……

黄昏。

飞机降落在纽约肯尼迪国际机场，滑行到私人飞机与公务飞机专用的停机坪。

走出机舱再度与莫妮卡保持距离，我就像普通的工作人员，跟在几个佩枪的保镖身后，坐上前来接机的另一辆加长版林肯。

看来高思国对林肯车情有独钟。

车上还有司机与秘书，我和莫妮卡只能故作矜持，不能像在飞机上那么放肆拥抱。

从停机坪直接开出机场，据说这是总统级别才有的待遇。来到美国超过一年，刚刚到达第三个州，前两个地方是洛杉矶与马丁·路德市，剩下一年都在牢房里度过。莫妮卡帮我把签证有效期延长到2010年。

飞驰在纽约的道路上，没有想象中拥挤，其实车队并未开进市区，而是直接向东开往长岛郊区。这里集中了许多有钱人的别墅，不乏华尔街的精英们，甚至不少私家庄园，是卖给中国的老板与官员们的。

天色完全暗了下来，空中挂出一弯新月，车队驶入一个僻静庄园。大门前有戒备森严的岗哨，只有我和莫妮卡坐的车，才能进入第二道岗哨的大门。穿过一条绿树成荫的小道，足足开了五分钟，才停在一栋不起眼的两层别墅前。

莫妮卡下车时疲倦地说："这是我父亲的私家庄园，总共有十九栋独立别墅，我就住在这栋最小的里面，父亲说这样才最安全。"

她把司机与秘书都支开了，说有重要事务和我谈，便只剩下我们两个人了。

四周环绕茂密的树林，就像来到童话里的林间小屋，莫妮卡按了一下指纹钮，底楼房门就打开了。

"这栋房子安装了最新的报警系统，任何入侵都会引发警报，值班保镖会在三十秒内赶到。"走进莫妮卡的宫殿，虽然装饰得很普通，却隐藏着许多小机关，她敲了敲客厅的窗户说："这是最坚固的玻璃，可以抵挡火箭弹的袭击。"

参观完一尘不染的楼下，半小时前刚有人打扫过，她紧紧拉着我的手，上楼参观公主的闺房——没想到那么简单，除了一张大床和梳妆台外，就没有其他装饰了。隔壁有个硕大无朋的衣橱间，差不多有三十个平方，摆着成百上千的衣服和鞋子，其中不乏爱玛仕、LV、CD的限量版——如果按照市价估算，不在百万美元之下。

书房里有个顶天立地的大书橱，起码有千本厚厚的精装书，莫妮卡诚实地说："这些书是管家为了装饰房间买来的，我只看过其中的百分之一。"

书橱对面的墙上挂着十几幅油画，她说其中有两幅是凡·高的真迹，但让我看不懂的是，画上的人物竟戴上了墨镜，她尴尬地做了个鬼脸："这是我十三岁那年画上去的。"

二楼后面有个宽大的露台，种植着上百株玫瑰，园丁每天都会来照料。露台下面是个车库，从玻璃顶棚看下去，有一辆火红色的法拉利跑车，除了在她十九岁生日开过一次，这辆车就一直沉睡到今天。车库边是一间狗舍，看起来比我在上海的卧室还大，以前养了两条凶猛的中国骨嘴沙皮犬，价值相当于一辆法拉利。

参观完美国富豪千金的寝宫，我低头沉默无语半晌，回想当年被华金山做催眠治疗时，我说出自己内心的欲望，不就是住这样的房子开这样的车子过这样的生活吗？

莫妮卡关上电动窗帘，靠着我的肩膀关切地问："亲爱的，你怎么了？心情不好吗？"

"没……没什么……"

如果以我过去的心态，一定会感到无比自卑，就连看她的勇气都没有，现在却还能拥她在怀中，究竟我变了还是她变了？

也许，我们都变了。

"你是不习惯这里吧？放心，很快就会适应的。"

"希望如此。"

想想我以前的人生，无论古英雄还是高能，都与她生活在两个完全不同的世界。

那么以后的人生呢？我们能成为一个世界里的人吗？

一阵深深的恐惧。

我转换了话题："你的父亲呢？他也住在这个庄园里吗？"

"他从不住在这里。"莫妮卡按着我的胸口说，"你想见他吗？"

"哦？不！我现在不那么着急。"

虽然，当初我来美国的目的，就是要见她的父亲——天空集团大老板高思国，常青为推动我实现这个目的，还付出了生命的代价。

但是，现在我真的还需要见到他吗？

"亲爱的，明天，我会带你去见我爸爸！记住，在他面前你就是高能，是他唯一的侄子，也是我唯一的堂兄。"

"彻底忘记我真正的名字？"

"对不起。"她难过地低下头，"目前必须这样。"

"好吧，明天。"

莫妮卡又将我拉回卧室："今晚，你就暂时住在这里。明天，我会给你安排另一栋房子——离这不到五十米，晚上你可以偷偷过来，但天亮之前必须回去。"

"天黑以后过来，天亮之前离开？"我又走出卧室，"这算什么？奸夫淫妇偷情吗？"

"不要这么说！"她从背后环抱着我，下巴放在我的肩上，"必须这样掩人耳目，避免风言风语，在这里很难逃过爸爸的眼睛。"

"如果被他发现我们的秘密，他可能杀了我，是吗？"

蹙起娥眉叹息一声，她不知再怎么跟我解释了。

忽然，莫妮卡的手机响了，她接起来一声不吭，但几秒钟后表情就变了，几乎在刹那间面无血色。

"发生什么了？"

我拉了拉她的手，但她已结束通话，将手机贴着自己的心房，在原地站了许久。

当我要看她的眼睛，她却有意识地转过头去，不让我的读心术起作用。

“告诉我！怎么回事？”

“对不起，公司里有些急事，我必须回去处理！”

莫妮卡说着打开衣橱，换了一件郑重的套装，还来不及照镜子补口红，便匆匆跑到楼下，用通话系统叫来专车。

半分钟后，她冲出自己的宫殿，回头叫我安心等她回来，便坐进了加长版林肯。

她没来得及与我吻别。

纽约长岛的秋风袭来，几片黄叶飘到眼前，留下我独自站在门口，仰望满天闪烁的星斗，相较阿尔斯兰州的高原风景，又是别有一番滋味。

星星是穷人的钻石。

突然，空中划过一颗流星。

眼前被什么刺痛，就像钻石划过的闪光，几秒钟后消失于无尽的黑暗。

两年来的短暂记忆，这是唯一亲眼看到过的流星。

心头一阵刺痛，浑身上下寒意逼人，回屋关紧了门，痴痴地坐倒在沙发上。

飞机上已吃过一顿丰盛的晚餐，现在一点食欲都没有。

疲倦再度笼罩着我，不知不觉闭上眼睛，后半夜才惊醒过来。

又是一个噩梦。

为什么？一年的噩梦已然结束，难道又要来一个新的噩梦。

或者——虽然已获得自由，但漫长的牢狱生活，造成我的心理阴影，产生强烈的不安全感。

凌晨两点，莫妮卡却还没回来。

想起她离开时的奇怪眼神，我忧心如焚地拨打她的手机，竟然处于关机状态。

她身边有秘书与保镖，不太可能手机没电，要么就是睡觉了？这更让我忐忑不安，立刻又打了个电话，结果还是关机。

究竟去了哪里？遇到了什么事情？有什么意外与危险？

呸！呸！呸！太不吉利了！

怎么也睡不着，心里升起不祥的预感。原想回到纽约之后，与她共同度过美好的几天，却被迫要做贼似的偷偷摸摸，现在连她的人影都见不到了。

心被狠狠揪了一下，难道我们的时光真的如此短暂？

后半夜坐卧不宁，草草在楼下洗了个澡，不敢动用她华丽的公主浴室。来到二楼打开她的衣橱，抚摸那些柔软的裙子，嗅着她曾经穿过的衣上留存的、淡淡的体香不忍离去。想象她悄然回到屋里，从背后蒙住我的眼睛，发出银铃似的笑声。

终归是想象。

坚持到清晨六点，打电话还是关机。

实在支撑不下去了，没敢睡在她的闺房，而是躺在楼下的客房，在惊慌与疲倦交替之中，渐渐失去意识。

莫妮卡！

“莫妮卡！”

挣扎着从床上跳起来，这里仍是她的宫殿，我躺在底楼客房的大床上，窗外是茂密幽静的树林，密密麻麻的秋雨砸在玻璃上。

再看时间，居然是中午十二点！

该死！怎么睡了那么久！莫妮卡会不会已经回来了？

跑到房子的各个角落找了一遍，却没有她的任何踪迹。试着使用庄园的通话系统，保安说“大小姐”出门至今还未回来。我又急着打了她的电话，没想到依然关机。

不，她有那么多保镖在身边，纽约又是天空集团的大本营，怎么可能发生意外呢？何况昨天她对我说，今天会带我去见她的父亲。

故意要避开我？女孩子的心就像海底的针，男人无论如何都摸不透，她可以让你感觉如沐春风，一转眼又能让你坠入冰窟。

想到这就浑身无力，失落地坐倒在沙发上，随手拿起遥控器打开电视。

屏幕里跳出中午的整点新闻，CNN 的女主播突然插播最新消息——

“十分钟前，总部位于纽约的天空集团，全球排名前 50 强的跨国企业巨头，正式向媒体宣布——昨晚 19 点 19 分，天空集团全球董事长兼 CEO 高思国先生，在纽约因病去世，享年 48 岁。天空集团同时宣布一项董事会的最新决定：高思国先生的独生女，年仅 24 岁的莫妮卡 · 高，接替父亲的一切职位，成为天空集团新任董事长兼 CEO。”

高思国死了。

原本我今天要见的人死了，当初我来美国要见人的死了，我最爱的女子的父亲死了。

目瞪口呆地看着电视屏幕，整个人仿佛被铅灌了而凝固，新闻里放出背景画面，却是一组非常模糊的视频，有个中年华裔男子，戴着墨镜穿着西装，在一群黑衣人簇拥之下，钻入加长版林肯离去。

同时响起 CNN 特约新闻评论员的声音——

“天空集团的董事长，是全美最神秘的超级富豪，据说其个人拥有的实际资产，不亚于比尔 · 盖茨与沃尔玛家族。但他长期拒绝在媒体露面，除了圈内人士以外，普通公众很少知道他的真实姓名，甚至连他的族裔都是个谜。高思国是出生在美国的华裔，根据天空集团公布的消息，他在两年前检查出了癌症，但一直严格保密，连公司高管层也一无所知。几个月前，他将权力移交给自己的女儿，引发公司内部

种种猜测。医生原本估计高思国还有半年生命，想不到昨晚七点病情突然恶化，来不及抢救便停止呼吸。高思国48岁英年早逝，必然将引起又一场经济地震。尤其是他本人绝对控股的天空集团，去年起就深陷于金融危机泥沼，很多人预测天空集团资金链极其紧张，很可能将在一个月内宣布破产。”

电视画面里同时出现天空集团的总部——位于曼哈顿的八十八层的天空中心大厦。然后是墨西哥湾油田的画面，还有位于中东某地的炼油厂，以及东南亚最大的汽车公司，这些都是天空集团在世界各地的投资项目。

CNN的动作真快，如果它们的造假水平再高一些，就不会在中国声名狼藉了。

接着，屏幕上出现了一组现场直播的画面——

还是在天空集团总部门前，风雨打在路人的身上，许多黑衣人保护一个年轻女孩，一把黑伞撑在她的身后。她穿着黑色的职业套装，脑后绾着栗色长发，混血面容楚楚动人，却是素面朝天，表情沉重忧郁，眼神充满悲伤。

我当然认得她，你们也都认得她——莫妮卡！

昨晚七点接到的那个电话，无疑就是她父亲病危的通知，她才会那么着急地离去。高思国死得太突然了，他不是今天就要见我吗？为处理父亲的后事，她当然整夜得不到休息。或者按照中国人的习俗，在死去的亲人身边守灵，甚至必须得关闭手机，所以她不可能回来，也不可能给我打电话，就算想打也沉浸在深深的痛苦之中，不知道该怎么对我说。

媒体的长枪短炮都对准了她，有的记者还与保镖发生了肢体冲突。但莫妮卡丝毫没有慌乱，也不因悲伤而在镜头面前失态，冷静地对记者们说：“我感到非常非常悲痛，我敬爱的父亲离开了人间，这是我自妈妈去世以后，人生中最悲伤的一天！在父亲被查出患有癌症的两年间，我们一直严格保密，希望不要影响公司的运营。天空集团是我的祖父高过先生创立的，我的父亲一直对天空集团充满感情，即便面临如今的风雨飘摇，我们也有信心力挽狂澜。但父亲的突然离世，确实是对公司的沉重打击，我将接受父亲的遗嘱，也接受董事会的重托，继承天空集团全球董事长兼CEO的职务，领导公司数十万员工走出困境，实现祖父与父亲多年来的愿望，成为真正的世界第一号的企业！”

我呆坐在莫妮卡宫殿的沙发上，为她的出色表现而赞叹，面对全世界媒体说得如此之好。平常人遇到这样沉重的打击，早连说话勇气都没了，她却临危不惧侃侃而谈，化悲痛为力量，给了那些期待天空集团倒台的人们一记耳光。这个原本刁蛮骄横的大小姐，想必在最近的一年里，经受了许多锻炼和磨难，智慧与精神都已趋成熟，也将成为一个不可征服的人。

CNN的新闻画面已转回特约评论员——

“我们已看到天空集团新任全球董事长兼CEO莫妮卡·高的讲话，确实令人

非常惊叹，这位临危受命的华裔女孩年仅24岁，前年刚从哈佛大学毕业，却已成为世界500强企业最年轻的掌门人。作为高思国的独生女，她将继承父亲100%的遗产，接管天空集团所有产业。高思国先生或许对她有过特别培养，但在他身患癌症的两年间，就能让一个普通的小女孩，成为掌握数万亿财富的企业家吗？天空集团的数十万员工，整个美国的财经媒体，甚至全世界都拭目以待！”

天空集团的新闻终于结束，画面切换到中东问题。我长叹一声关掉电视，走到窗边看着天空，雨丝像冰点砸在玻璃上，这便是莫妮卡此刻的心情吧。

寒冷的纽约让人瑟瑟发抖，想起昨晚看到的流星，如此灿烂却短暂地飞逝而过，难道那一颗就是高思国？

秋风秋雨愁煞人。

三天。

高思国突然离开人间以后，我连续三天没有见到莫妮卡，打她手机要么忙音要么关机，给她的秘书打电话也没回音，只收到过一条长长的短信——

“亲爱的，我已经两晚没有睡觉，通宵达旦处理父亲的后事。还有大量的法律事务，关于父亲的遗产继承，公司的股权交接。财务总监给了我全部账目，必须尽快处理几千亿美元的债务，每天签署几百份文件，会见全球各分公司的老大……千斤重担压在肩头，我的精神快要崩溃了。神啊，救救我吧！处理完这些就来见你，吻你！”

莫妮卡现在的境遇，我可以充分理解，所以也尽量不去打扰。她非但不因悲痛而沉沦，反而勇敢承担起巨大压力。

三天三夜，我把自己关在房子里——不是莫妮卡的宫殿，而是五十米外另一栋豪宅。每天上午有用人来打扫，有厨师来为我做正宗的中餐，需要什么都有人送到——简直是寄生虫的生活！曾经如此羡慕那些有钱人，向往躺在豪宅的水床上，吩咐手下用人做这做那，但真的尝到这种滋味，却丝毫感受不到快乐，甚至越发厌恶自己。

也许，我天生就适合过穷光蛋的日子？

也许，无论多么奢侈惬意的生活，都比不上孤独对心灵的煎熬。莫妮卡不在的几天里，我的脑中反复播放那首歌——《亲爱的你怎么不在我身边》。

三天后，高思国在纽约长岛下葬。

天空集团派了专车来接我，我将以高思国家属的身份参加葬礼，特地请人定做了一套黑色西装。

墓地坐落在大西洋海滨，周围种植着大片松树林，阴冷的风带着咸味，从东方狂暴地吹来。墓园门口停了几十辆车，许多媒体扛着摄像机，被大群保镖阻拦在外面。但记者们不放过每个参加葬礼的人——据说许多大人物都来了，包括那位以风流闻名的前总统，并携其如今身居高位的夫人。

外面的喧嚣破坏了此地的幽静，随着大家走到墓地最深处，数十米下就是波涛汹涌的大西洋。大海的颜色与所有人的衣服相同，灰暗的浪打出白色泡沫，消逝在崎岖的乱石之上。有人面色凝重步履艰难，有人走着走着老泪纵横，有人却窃窃私语谈笑风生，而我——想起了法国诗人保尔·瓦雷里的《海滨墓园》。

终于来到葬礼之地，四周是成百上千座墓碑，唯独这里被隔成一个独立空间，大约有半个篮球场大小。旁边有钢筋混凝土的暗墙，确保墓地不受海风侵蚀。

我看到一座白色大理石雕像，粗看竟像中国古代的武将，披着南北朝时期的明光铠，脸上却是一张狰狞恐怖的面具！

兰陵王！

我揉着眼睛几乎跌倒，这就是天空集团全球董事长兼CEO的墓碑？一座中国兰陵王的大理石雕像？

绝大多数人更看不懂，前总统夫妇二人也啧啧称奇，还是高思国生前的秘书——不是陷害我的那个子虚乌有的吴秘书，而是一位中年黑人女士，轻声向大家介绍雕像由来——这是高思国先生的祖先，一千多年前的中国王子，因为相貌极度俊美而被敌人轻视，故而戴上魔鬼般的面具上阵杀敌，在整个东亚世界都是一位传奇人物。

这墓碑不是三天内建成的，想必高思国在查出身患癌症之时，便提前准备自己的后事，买下这块大西洋畔的风水宝地，建造兰陵王雕像作为自己的墓碑——虽然出生在美国的，他却从未忘记家族的根源，要天空集团的继承人永远牢记，拥有兰陵王高氏家族的神圣血脉。

墓碑东侧用隶书汉字镌刻——

兰陵王第48代孙高思国之墓，女高梦泣立。

显然是最近才刻上去的。

墓碑西侧是一行英文，与通常的欧美墓碑文无异，记录着墓主的姓名与生卒年，底下还有天空集团的标志。

汉字向东，英文向西，也代表了高思国夹在东西方文化之间的无奈吧。

上午，十点。

葬礼仪式正式开始，没有牧师也没有十字架，更没有和尚或道士，这是一个没有宗教背景的葬礼。

所有人站在墓碑下，围绕着长方形墓穴。莫妮卡站在最前面，穿着一身黑色套装，脸上没有化任何妆，栗色长发绾在脑后。作为冒牌的高能，高思国唯一的侄儿，兰陵王高氏最后的男性，我被指定站在莫妮卡身后，因为死者家属仅有我们两人。

我的身后是天空集团的高管，全球各分公司的老总，甚至有中国分公司的老总——我还记得他的脸，当初是他签字同意将我裁员，他却已完全认不出我了。再往后是世界各大财团的代表，美国政府和国会的代表，以及前总统与前国务卿。

一年多前，高思国秘密飞来中国，带着一群黑衣人来到殡仪馆，参加我的父亲也是他的哥哥的葬礼。

一年多后，当我知道自己是个冒牌货，却以高思国侄子的身份，穿着黑色西装来到墓地，参加了他的万众瞩目的葬礼。

葬礼仪式出人意料的简单，在全体三鞠躬之后，装殓着高思国遗体的棺材，被缓缓送入深深的墓穴。随后由每位参加葬礼者，为他象征性地抔上一捧黄土，最后由墓地工作人员，将坟墓彻底平整完毕——怎么突然想起了掘墓人？

现在，眼前只剩海边的泥土，以及那高高的墓碑，兰陵王戴着传奇面具，俯瞰来到这里的每一个人，遥望浩瀚阴沉的大西洋，辗转反侧地念起诗句——

“起风了！……只有试着活下去一条路！
天边的气流翻开又合上了我的书，
波涛敢于从巉岩口溅沫飞迸！
飞去吧，令人眼花缭乱的书页！
迸裂吧，波浪！用漫天狂澜来打裂
这片有白帆啄食的平静的房顶。”

葬礼结束。

依然没和莫妮卡说上一句话，她由大群保镖陪同走出墓地，避开那些疯狂的记者，坐上加长版林肯扬长而去，就连前总统夫妇也被她甩远了。

众多政要和财经巨头离去后，最后一个走出墓地的是我。再也不剩一个保镖了，饥渴的记者们一拥而上，包围了我这个最不起眼的小人物。许多记者事先做了功课，知道我是高思国唯一的侄子，在一个多月前成功越狱——我的传奇经历早已成为全美热门话题，再加上天空集团大老板离世的轰动新闻，我竟然成为葬礼上最大的明星。

各家电视台的镜头与话筒，几乎戳到我的鼻子上，眼前一个个拥挤的记者，嘈杂的英语让我头晕，甚至感到空气稀薄、呼吸困难。完全听不清他们问什么，耳边擦过“杀人犯”、“越狱”、“男性后代”、“古老家族”等词组。我不想回答任何问题，低头推开那些烦人的摄像机，肉搏似的杀出一条血路，仓皇逃上等待我的专车。

半躺在宽敞的后排座位上，脱下沾着海风咸味的黑色西装，墓地的气味仍辗转于鼻尖，眼前不断闪过兰陵王的雕像，这个一千多年前的美男子——我以他的子孙的身份，来此参加我“叔叔”的葬礼，我可以对全世界说谎，甚至刚刚被埋入墓穴的人，却不敢面对古老的他——我的身体里没有他的血。

纽约的黄昏，车子开回私家庄园，司机将我一个人扔在空荡荡的大房子里。

寒风瑟瑟地打在玻璃上，我端着一杯热水，遥望渐渐昏暗的天色。这道玻璃就像一堵厚厚的高墙，带着铁丝网与电磁感应，一旦越过就会迎来子弹！仿佛回到肖申克州立监狱，只不过比58号监房宽敞豪华许多，感觉却更孤独。狭窄的牢房里，还有老马科斯这样的忘年至交，但在我最爱的人的宫殿群里，我却是寂寞的囚犯，连主人的容颜都见不到几次。

抱歉，我的意识深处还残留低俗痕迹——难道我是被莫妮卡包养的面首？

对不起，我不漂亮，也不是小白脸，我只是个男人。

我要离开这座华丽的监狱。

简单收拾了一下随身物品，匆匆打开房门，却看到一双混血的眼睛。

“你要出去？”

莫妮卡有些意外，她穿着一身黑色的大毛衣，好像刚要按门铃的样子。

“哦，想在树林里透透气。”我尴尬地退回到房中，“快点进来。”

“那么冷的天，还是晚上，去树林里透透气？”

当我面对她的眼睛，就突然变得不会说谎了。

“对不起，我——”

“不！”她伸出一根食指封住我的嘴唇，“应该say sorry的是我！连续三天三夜，我都忙着父亲和公司的事，没有来得及关心你，非常抱歉，亲爱的！”

“我不介意。”

“你介意！”她关上门紧紧抱住我，“别骗我！是不是很孤单？是不是在怨恨我？”

我不想回答这个问题，只是抚摸着她的头发说：“莫妮卡，许多事情不是你自己能控制的，我也有过这种非常无助的感觉，一切都被别人所操纵，自己不过是个提线木偶，你确定这是你的命运吗？”

“但我别无选择。”

“如果你有机会选择呢？”

“那我会放弃。”

“放弃什么？”

她看了一眼我的房子，又回头看看窗外的树林：“一切！我现在拥有的一切——除了你。”

“莫妮卡，你想拥有什么，放弃什么，都是你自己的选择。”

“但我没有选择的机会，我必须！做现在所做的事情。”

“身不由己？”

她闭上眼睛摇摇头：“还有责任，父亲给我的责任，天空集团数十万员工给我的责任，我不能自由地选择，因为我不能逃避我的责任。”

“你以前想不想担负这个责任？”

“以前？如果是两年以前，我做梦都没有想到过！”她苦笑着坐倒在沙发上，“从前我是爸爸的掌上明珠，他从没给我安排过什么，也没说过让我继承他的事业。小时候我说自己想要学画画，他就请了最好的老师来教我。后来我又说要拉小提琴，他又把我送到意大利学了一年。最后，我说要自己创业开宠物用品公司，他就给我投资了五百万美元，但被我在三个月内就花光了。我只想自由自在地生活，不受任何拘束与控制，我只认识我的爸爸，不认识什么天空集团！但现在一切都改变了……”

轻轻抹去她的眼泪：“两年前改变的？”

“在父亲确诊患癌症以后，虽然是早期诊断，医生仍没有把握挽救他的生命，只能保证延长两到三年。他必须提前考虑继承人问题，这个人必须是兰陵王的后代，必须是天空集团创始人我的爷爷高过的后代。父亲只有我这么一个女儿，在美国没有其他亲人。我的爷爷有两个儿子，一个在美国继承了天空集团，另一个在中国默默无闻地生活——但他有一个儿子，名字叫高能。”

“他想让高能继承天空集团？”

“这是A计划。”

“所以，他把你派遣到中国分公司担任总经理助理，目的是为了调查我，看看我有没有这个潜力——这就是当初你说的任务！可惜，我只是个小小的销售员，懦弱无能被人欺负，是不是让你们很失望？”

“是，但没想到高能是假的，谢天谢地你是个冒牌货，我做梦也想不到竟然爱上了你！”

“这是我们的幸运。”

“然而，你瞒着我飞到美国，又被陷害杀人关进了监狱。我没有向父亲戳穿你的面具，他依然相信你就是高能，是他唯一的侄子，兰陵王高氏最后的男性后代。父亲想尽办法要救你，为你请了最好的律师，无论最终结果如何，都不能让你被判处死刑。因为如果你死了的话，兰陵王的男性血脉将就此断绝！”

“三年前就断绝了！”

我仰天苦笑起来，三年前那场致命的车祸，早就杀死了真正的高能，杀死了兰陵王最后的男性后代，而我不过是戴着他的面具的替身。

“当你被判处了终身监禁，父亲改变了他的计划。”

“还有B计划？”

“如果父亲死时，你还难堪大任，那么由我继承天空集团的一切，现在就是B计划。”

“为什么一开始不实行B计划呢？你是他唯一的女儿，是他最亲的亲人，你可以做好这一切的，他为什么要舍近求远？要到遥远的中国，把可怜的高能——可怜的我，卷进这场可怕的旋涡？”

莫妮卡无奈地倒下了，仰天叹息道：“因为我是女人。”

“女人怎么了？”

“我的父亲虽然在美国出生长大，家庭观念却停留在几百年前的中国，他相信只有男人才能继承天空集团！他认为兰陵王家族的事业，从来都是传男不传女——而你是男人！”

我心里暗暗地叹息——重男轻女害死人啊！

也难怪高思国远在北美，没见过四川省计生办的广告——郭敬明与李宇春，生男生女都一样嘛。

“即便我继承了一切，你——不，是高能，仍是兰陵王家族最后的男人，必须保护好你的生命，尽早让你结婚生子，延续高氏家族的男性血统。”

“我可以与任何女人结婚，但唯独不能与你！这真荒谬！”我似乎已看到了这个荒谬的未来，“不，我不能忍受这样的生活，就让我告诉全世界吧，我不是高能，不是你的堂兄，不是兰陵王的后代，我的名字叫古英雄！”

“住嘴！”

“你说这不能让你的父亲知道，但现在他已经死了！没人能对我怎么样！”

“如果你不是高能，就不该持有高能的护照，就是非法入境！我在自己的家里，窝藏一个非法入境者——这几天全世界的媒体都在看着我，不能让他们知道这个事实。”

“继续这样欺骗世界？”

莫妮卡将一头栗色长发扎起来又放开：“别无选择！我们对外必须以堂兄妹相称，但你与天空集团没有任何关系。我将独自承担公司的重任，拯救这艘随时可能沉没的航空母舰。”

我缓缓靠近她的嘴唇，已经三天三夜没吻过她了。

然而，就在我们交换呼吸之时，她却后退两步说：“对不起，刚才参加完父亲的葬礼，我心里还被痛苦充满着，I can't！”

目光没离开过她的眼睛，读心术告诉我，这个女子沉浸在极大的痛苦中。

“该说对不起的人是我。”

她还是难过地摇摇头：“亲爱的，我爱你，很想与你日日夜夜，分分秒秒厮守在一起，但是今晚——”

“别说了。”

我替她打开大门。

秋风侵入屋子，卷进数片枯黄落叶，莫妮卡还是说出来了：“能不能让我单独待一个晚上？”

“OK。”

她缓缓走到门口，廊灯照亮乌黑忧伤的眼睛，混血脸庞苍白得吓人，摸了摸我的脸颊说：“你要照顾好自己。”

我轻轻抱了抱她耳语道：“你也是。”

随后，她转身离开我，没入黑暗中摇曳的树林。

月亮也隐入白莲花般的云朵中。

虽然，她的房子距离我只有五十米，我却感觉她远去了五千年。

回到偌大的豪宅，又剩下我孤单一人，面对空空荡荡的客厅与卧室。晚风从窗户缝隙钻入，触摸着每一寸皮肤，缓缓渗入血管，陪伴我躺下入眠……

第四个寂寞的夜晚。

第十一章
莫妮卡

清晨。

在二楼的床上醒来，梦中幻想莫妮卡就在身边，睁开眼睛却是自己孤独一人。

现实如此残酷，窗外细雨纷纷，纽约天空雾蒙蒙的，就像我现在的心情。

手机骤然响起，却是莫妮卡的号码。现在只有七点多钟，平时她还在睡觉呢，离我不到 50 米的距离，怎么不自己过来呢？

“古英雄！”还是那熟悉的声音，却有些仓促，“我是来和你道别的。”

“道别？你要去哪里？”

“非洲。”

“别开玩笑了！”当即从床上弹起来穿衣服，“我这就过去找你！”

“我不在庄园里。”

“什么？”

莫妮卡停顿了几秒钟：“我在机场，天空集团的专机内，十分钟后就要起飞了。”

“到底发生了什么？为什么昨天没有告诉我？”

“最近半年，天空集团一直在与所多玛共和国秘密商谈石油开发项目，已经确定那里埋藏着相当于半个波斯湾的石油，如果能把这个项目拿下来，不但可以成功拯救天空集团，还能成为全球最大的能源巨头。”

“所多玛？”

这个国家的名字实在太可怕啦。

“非洲东部的一个贫困的小国，全国一年的国民生产总值，还不及我的私家庄园的价值。但这个国家的地下，却藏着数万亿美元的财富！对不起，原本没那么着急，但所多玛的总统——其实是个靠政变上台的军阀，听说我的父亲去世了，就想停止与天空集团谈判。以前一直是父亲与他联系，还给他悄悄送了几亿美元。但最近我们的竞争对手开始介入，搞来几十个东欧美女送给他做性奴，情况非常危险——这些情报是今天凌晨才送到的。”

“你要亲自去谈判？”

“是，必须我亲自去，换了其他任何人都没用，那个流氓总统只相信我的父亲。现在父亲已不在人世，我是唯一能代表他的人。留给我们的时间不多了，反复无常的西拉华拉总统，随时可能与我们的竞争对手签订合同。我将不惜任何代价阻止他们，并拿下这个拯救天空集团的项目，否则公司只能步通用汽车的后尘宣布破产！”

我握着电话的手在颤抖：“去那种地方会不会有危险？”

“一定会有，所多玛每年都会发生政变，上任总统是被现任总统亲手掐死的。”

“天哪！你不要去了！我怎么放心得下？”

“我不去天空集团就会灭亡，兰陵王高家也会一无所有，全球几十万员工都会失业，上百万人的生活受到影响，危险再大我也要去！”

“莫妮卡，你让飞机等一等，我现在就来机场，陪你一起去！”

说着飞快地冲下楼，跑出去通知我的专车。

“不！”她在电话里吼道，“你留在纽约，天空集团与你没有关系，你不能和我一起出访。”

“可是——”

我痴痴地看着清晨的天空，漫天细雨落在眼底。

“不要可是！专机已经起飞了，所多玛没有移动通信，我会主动给你打电话的。”

“莫妮卡！”我对着电话狂喊起来，“别走！”

“再见，我爱你。”

她挂了电话，让我一个人站在雨里，就像与家人走散的小男孩，茫然地看着这个陌生的世界——似乎莫妮卡也有些陌生了！

不，会不会在骗我？只是为了摆脱我？

我飞快地跑到庄园大门口，让管理员给莫妮卡的秘书打电话，证实了今天凌晨她离开庄园，坐专机前往非洲。

在雨里又给她打了个电话，那边果然已经关机，想必已钻入浓密的云层。

忽然，想起一年多前的上海，在前往美国的航班起飞之前，我打给她的那个电话。那时她如此惊愕与失落，正与我此刻的感觉相同。

纽约的雨越下越大，将我浸泡在水中，化成一尾孤独的鱼。

雨，下了三天三夜，

我，等待了三天三夜。

依然那么孤独，像被判处了终身监禁的囚犯，枯坐在私家庄园的豪宅内，看着手机等待莫妮卡打来电话，却没有她的任何消息。我打电话给她的秘书，只是说她已到达非洲，正与西拉华拉总统紧张谈判。我当然不方便询问谈判内容，这种重要项目谈一个月都不算久，她的归来更遥遥无期。在网上查到所多玛国的资料，果然是个三天两头政变内战的地方，也没有任何该国移动通信的资料。而且这个国家与美国没有互派大使，更无从寻找莫妮卡的下落。

现在，我反而怀念在阿尔斯兰州的日子，怀念当我刚刚越狱逃亡出来，作为被整个美国通缉的逃犯，与莫妮卡勇敢缠绵的每分每秒，那时多么向往与她一起来到纽约。

然而真的来到纽约，来到她华丽的宫殿里，却没有一晚是我们共同度过的。

难道我们的时光真的这么短暂？

不，我受够了这种生活，蹲在这个富丽堂皇的监狱里，等待女王回宫恩宠于我！

越狱成功的刹那，我获得了无比的自豪，脱胎换骨为一个真正的男人。然而，现在又开始看不起自己——离“男人”两个字相差甚远。有时憋得极度冲动，想要逃出私家庄园，去纽约曼哈顿闯荡一番。但想到莫妮卡随时可能回来，便又乖乖地坐井观天。

今天，是高思国收藏古董的拍卖会，根据遗嘱将捐献给中国贫困山区的失学儿童。私人收藏必须有家属代表监督，而莫妮卡远在非洲，只能由我代表兰陵王高家出场。

司机和秘书陪伴我进入市区，曼哈顿的一栋老楼，离帝国大厦仅有一箭之遥——在纽约长岛住了一个星期，却第一次来到此地。这是美国最大的艺术品拍卖行，这次将有数十件无价之宝拍卖，其中有些国宝级的中国古代文物，引起中国网民的极大关注，甚至有人呼吁要抵制这次拍卖。我非常低调地到场，戴着帽子和墨镜，躲避各家媒体追逐，从消防通道进入拍卖会大厅。

从没来过这种地方，我表现得很是拘谨，尽量不东张西望，由秘书引我入座——居然是第一排，直接面对拍卖师，成为全场嘉宾的焦点。拍卖会将展示价值连城的文物，因此有极其严格的保卫措施，媒体和闲杂人员不得进入。所有人必须提前三天登记，全是世界各地的亿万富豪，很多是这里的常客，比如那些裹着头巾的阿拉伯王子。

拍卖会正式开始，先是全场起来为高思国哀悼，然后图片展示本次拍卖的文物，同时附有详细的文字介绍。高思国特别喜欢南北朝的文物，这些古董年代基本都是公元五到六世纪——那正是兰陵王驰骋疆场的年代。

第一件文物是早期青瓷，表面非常光滑，没有任何破损，瓶身上端有个精雕细刻的鸡头，简直巧夺天工。英文介绍后面附有中文，这件器物名叫鸡首壶，是古人盛酒水的容器。经过几轮竞争之后，这件青瓷被一个美国老板买下了，价格为50万美元。

接着还是一件北朝青瓷，中文介绍为“青釉仰覆莲花尊”，是代表南北朝莲纹装饰水平的典型作品。莲花尊除颈部堆贴两组飞天和兽面纹外，自肩部至足部装饰六层不同形态的仰覆莲瓣。一个日本商人以80万美元拍下这件青瓷，大概是一位虔诚的佛教徒。

第三件却是由十几件组成，北魏时期的彩色女乐俑，排列成乐队的架势，捧着各种古代的乐器，可说是南北朝的乐器博物馆。一个德国收藏家以120万美元拍下这组乐俑……

拍卖会还算顺利，几十件文物很快各有买主，总成交价已超过一千万美元——这里随便哪件文物的价值，都超过我以前干推销员几辈子的工资！难道就真的值这么多钱吗？或者说它们的价值可以用美元来衡量吗？至少，我在有些买主的眼睛里，看到的不是文物的艺术与历史，而仅仅是一件值得投资的商品，值得转卖为更高价格的东西，本质上与石油期货并无不同。

最后一件拍卖文物，也是今天的压轴节目，高思国生前最喜爱的一件宝贝，被工作人员小心地搬到台上，打开层层密封的金属箱子，外加三道密码锁，方才露出庐山真面目——

一匹腾空跃起的骏马上骑着一位全身甲胄的武将，高度在一米左右。无论是人是马都栩栩如生，几乎可分辨每一片甲叶，包括典型的南北朝明光铠，绝不亚于龙门石窟的精细。整个雕塑形象英姿勃发，宛如随时都会活起来，纵马驰骋于曼哈顿的街道！

然而，当拍卖会现场的人们，看到武将雕像的面孔，全都不约而同倒吸一口冷气。

它的脸狰狞扭曲，铜铃大眼，朝天鼻孔，还有青面獠牙——就像戴上了一张鬼面具。

兰陵王！

坐在第一排的我，差点没从座位上摔下来，情不自禁地用手挡着眼睛，似乎骑在马上的面具武士，已经抽出腰间的宝剑，即将松开缰绳踏在我的脸上。

拍卖师的介绍随即响起："骑马武将陶像，年代为北朝晚期，南北朝造像大多为佛教艺术，这种世俗的武将造像并不多见，历时一千余年之后，保存得如此完好，更是绝无仅有！起拍价为10万美元。"

话音刚落就有个美国古董商举牌喊道："50万！"

不到两秒钟，就有个富家公子打了个响指："60万。"

"70万！"

"90万！"

"150万！"

所有的目光都聚向第三排，一位大腹便便的阿拉伯亲王，这是今天所有文物的最高价。

拍卖师也有些意外，立刻笑着喊道："这位先生出价150万美元！有没有人超过他？150万第一次，150万第二次，150万第……"

没等他说出"第三次"敲下木槌，最后一排响起个年轻的声音——

"151万。"

虽然，这声音并不怎么响亮，但足以令拍卖师的表情僵硬，木槌举在半空几秒钟，才缓缓地放下来说："后面哪位先生报出了151万？"

现场产生小小的骚动，大家交头接耳面面相觑，不知是谁打破了阿拉伯亲王的价格？

"Me——"

又是这个年轻男子的声音，充满着柔和的磁性，甚至微带一些性感的沙哑。

我的心里微微一惊，转头看向拍卖会的最后一排，兀地多了一个白衣男子——居然是中国传统的汉服，从头到脚一片雪白，宽袍大袖衣袂翩翩，细纱衣襟隐隐写着楷书汉字，俨然《世说新语》的魏晋风度，又似兰亭流觞的王右军风采。

如此吸引眼球的古装剧打扮，进场时怎么没看到呢？大概这位汉服少年，是迟到了刚刚进场的吧。只见他一头过肩的黑色长发，摇滚乐手一般披散着。肤色雪白竟似何郎敷粉，又不同于欧美人种的粉红或苍白，而是中国人特有的自然白皙。脸上扬起一对剑眉，双目宛如流星清澈明亮，纯正的中国式细挺鼻子，配以恰到好处的人中，以及线条柔和的嘴唇。下巴不偏不倚，脸庞轮廓也很是端正。

从未见过长得如此完美的中国人！莫妮卡虽然美丽动人，却带着西洋与东方的混血，而眼前的这位白衣美少年，却是地地道道的汉人长相！

真是让我难以置信，他的脸上找不到任何瑕疵，每个细节都像被能工巧匠雕刻过。眉宇之间处处透露着英气，闪烁的目光放射阴柔魅力，给人的感觉就是"刚柔并济"，简直不是这个世界所能有的生物！

我观察到拍卖场内的气氛，他令所有的男人黯然失色，又让所有的女人神魂颠倒！

这独特的气质让我联想到了一个人——张国荣。

然而，我可以毫不过分地宣布：**他长得比张国荣年轻的时候更漂亮！**

怀疑他是否整过容？但仔细观察他的鼻子与眼睛，每个部件都自然和谐，形成一个浑然天成的整体。绝非像某些大明星整容之后，产生的某种生硬的人工痕迹。

突然，心底升起强烈的嫉妒，老天爷真是不公平！世界上绝大多数人，都和我一样貌不惊人，却偏偏要赋予这个少年如此英俊的脸庞，而他看起来不超过二十五岁！

再想想自己过去的样子，我不仅羞愧地低下了头，不敢让他看到我的脸。

请原谅我用那么长的篇幅来描绘他的容貌，而这在拍卖会现场不过是一眨眼的工夫，拍卖师愣了愣说："这位先生，你刚才的报价是151万美元吗？"

"Yes。"

"好，现在的价格已经涨到了151万美元，谁还能超过这位先生？151万第一次！151万第二次——"

"152万美元！"

阿拉伯亲王终于坐不住了，不愿在大庭广众之下丢脸，输给这突然冒出来的汉服美少年。又回到激烈的拉锯战，石油美元果然是厉害，天空集团也不得不臣服在石油的淫威之下。

拍卖师似乎和亲王关系不错，喜形于色道："好，曼苏尔亲王殿下出价152万美元，152万第一次——"

"160万美元。"

美少年面不改色地报出新的价格，再度引来全场一片哗然。而他那双性感迷离的目光，始终没有离开过"骑马武将陶像"，完全不把阿拉伯亲王放在眼中。

曼苏尔亲王殿下想必横行霸道惯了，世界上没有他买不到的东西，为了王室的荣誉争口气，也得拍到这件最后的宝贝！他站起来盯着少年，眼神里带着几分威胁，同时故作轻松地说："170万美元。"

再度刷新今天的纪录！但还没等拍卖师开口，汉服少年理了理飘逸的长发说："180万美元。"

这个石破天惊的价格，让我下意识地站起来，看着眼前跃马奔驰的兰陵王，如果摘下这副魔鬼般的面具，该是怎样的一张容颜呢？

阿拉伯亲王已气急败坏，也不用考虑价格，竞拍变成比大小的数字游戏："200万美元！"

"啊！200万美元？"拍卖师的面色也发白了，激动地喊道，"谁还敢报出比这更高的价格？200万第一次！200万第二次——"

“300 万。”

白衣少年轻描淡写地说了个数字，就像我们平时花三元钱买块大饼。

然而，这个数字足以令在场的富豪和收藏家们目瞪口呆，尽管三百万美元并非艺术品交易的高价，但在南北朝文物中却极其罕见。

我们的曼苏尔亲王也被吓住了，咬着嘴唇低头考虑许久，拍卖师很是配合他的节奏，慢吞吞地说：“啊，300 万美元，这位年轻的先生，你确定这个价格吗？”

“当然！”

“你确定知道拍卖会的规则吗？”

“一旦报出价格，拍卖师落槌之后，就不可以再反悔。”

“你确定不反悔？”

“确定。”

拍卖师显然在帮亲王拖时间，还质疑少年的支付能力，甚至怀疑他是来砸场子的？这引起台下一片嘘声，他只能尴尬地喊道：“300 万美元第一次！ 300 万美元第二次！ 300 万美元第三次！”

就当他要敲下木槌之际，亲王却颤抖地站起来，举起牌子说：“301 万美元！”

看来石油美元已是强弩之末，最后就是赌博心态——万一汉服少年突然放弃，亲王就得硬着头皮付出 301 万美元，肯定远远超出他的预算，算是吃了个哑巴亏。

当所有人都盯着美少年，想看看他是不是来让亲王大放血的，他却略带羞涩地低头，优雅地说出一个数字：“350 万。”

“什么？”拍卖师也有些失态了，他怀疑自己该去检查听力了，“请再说一遍！”

“350 万——”纽约的潘郎扬起头，胸有成竹地补充道：“美元！”

“God！”

有人轻轻喊了出来，拍卖会霎时沸腾了，不少女士悄悄拿出手机，拍下这一身汉服的少年。亲王殿下如一摊烂肉坐倒，满头大汗彻底认输，在保镖们的陪同下退场。

拍卖师无奈地叹息道：“350 万第一次！ 350 万第二次！ 350 万第三次！成交！”

一锤定音。

工作人员抬走了宝贝，根据拍卖行的流程，稍后每位买主都会单独签约。

大家纷纷离开会场，唯独我坐着许久未走，因为汉服美少年也没动过。原本熙熙攘攘的拍卖大厅，飘荡着一股古物的陈腐味，一下子变得如此静谧死寂，只剩下我和他两个人。

忽然，一掷千金的神秘买家，白衣飘飘地走过来，面对这位英俊少年的脸，我莫名其妙地紧张。

走到跟前才发现，他居然比我高半个头，果然是遗世独立的名士风范。尽管一身宽松的大袍，但从袖口泄露的手腕来看，他是个身形纤瘦的男生，不食人间烟火，直接从《烂柯山》中走出来。

“你好，高能。”

中国话——又是难得的中国话，从美少年的红唇间流出，配上他一身的魏晋汉服，似乎是竹林七贤之一？

“你怎知道我的名字？”

少年打量着我微微一笑，露出一丝浅浅的酒窝，随口吟道：**“天下谁人不识君！”**

居然是高适的边塞送别诗！联想最近关于天空集团的新闻，特别是我成功越狱震动全美，这句诗确实形容得恰到好处。

“不敢当！”我自嘲地苦笑一声，“全场人都被你震住了，但还不知尊姓大名？”

“慕容云。”

他撩起落在额前的一绺乌发，咳……虽然我是个男人，但不得不承认，这个动作简直帅呆了！

“慕容云？”

“是，你读过《天龙八部》吗？”

虽然，最近两年没读过金庸的书，记忆中却清楚的有《天龙八部》的情节。

“江南慕容？”

“很好，其实是塞北慕容，我们慕容氏族出自草原鲜卑，乃是五胡十六国的望族。”

“这……这……我还是第一次认识姓慕容的人呢！”

最近半年我说话已成熟自信了许多，为何现在又结结巴巴？

慕容云神采奕奕道：“很多人都这么说。”

“为何那么喜欢那个陶像？”

“因为很漂亮！”

“漂亮？”我摇摇头，“如果摘下面具大概就漂亮了。”

“面具？你也知道他戴着面具？对了，你是他的后代嘛。”

他为何什么都知道？我尴尬地回答：“这是我叔叔的收藏，我并不太懂这些。”

“非常荣幸，以后就是我的收藏了。”他收起长长的袖管，贾宝玉似的柔声细气道，“很高兴认识你，再见！”

慕容云转身离去，背影化作一袭白色汉服，宛如蓬莱山上传说的仙童。

“啊，等一等！”

他果然停住脚步，缓缓转过头来酷酷地一笑：“什么事？”

“你从哪里来？”

“古代。”

话音未落我和他都笑了起来，从浅浅的微笑到放声大笑，两个男人像疯了似的，笑声传遍拍卖行的每个角落。

没错，这身汉服行头果然是从古代穿越而来，没准下一秒钟就要穿越回去了。

他很古典地向我微微颔首，仿佛阮籍向嵇康告别，陆士龙与荀鸣鹤相遇。

奇怪，慕容云给人一种特别的亲近感，不仅仅因为他有张美丽的脸。

只见白袍风一般闪过，留下洋洋洒洒的魏晋空气，让我仰起脖子深呼吸。

一分钟后，我冲到外面的走廊，落地窗户可以俯瞰楼下的街道。

是的，我看见他了——美少年慕容云，穿着飘逸的白色汉服，走过曼哈顿的大街，任凭细雨打湿肩膀，一路引来无数人关注，甚至许多汽车放慢速度，几乎导致交通堵塞，直到消失在各种颜色的人海之中。

究竟哪来的中国小子？年龄比我小，谈吐气质却要成熟许多，看他拍出三百多万美元却面不改色，大概是某位富家公子。纽约有不少这种中国富二代，除了欺世马就是泡妹妹，如此具有古典名士风范，居然穿着汉服走在大街上的，必定绝无仅有！

斯人已去，幻影不逝……

代表高思国家属为捐款签字之后，我在秘书陪同之下离开拍卖行。

刚坐进车里的刹那，手机突然响了，是天空集团总部打来的电话——

“高能先生！高小姐出事了！”

高小姐就是莫妮卡，天空集团新任全球董事长兼CEO。

“什么？她不是在非洲吗？”

“是的，刚刚得到的消息，她在非洲出事了！”

电话里是天空集团的行政总裁，他吞吞吐吐的言语让我越发紧张。

“莫妮卡到底怎么了？”虽然心里极度恐惧，我仍对着手机狂吼，“快点说啊！”

“她死了。”

细雨霏霏。

纽约肯尼迪国际机场，乌云覆盖下的停机坪。数辆黑色汽车刚被特许驶入，其中有一辆小型卡车似的超级悍马。

我穿着一身黑色西装，跨出加长版林肯站在雨中，司机在身后为我打伞。二十多人仰望苍穹，被大西洋吹来的风雨侵袭，等待莫妮卡魂兮归来。

远处跑道上降落了一辆公务飞机，高速滑行后渐渐放缓，直到完全停稳转向停机坪。机身上涂着天空集团标志，周围响起一片轻声哀叹，我的心也被碾得粉碎。

她回来了。

公务机进入停机坪，几名机场工作人员率先登机，随后打开机舱后部的备用门，一具棺材被缓缓抬下飞机。

莫妮卡的灵柩。

漫天阴雨之下，大家快步跑上去，有些人老泪纵横，有些人眼神绝望，纷纷抚摸着棺材——表面覆盖天空集团的旗帜，四名集团退休元老，当年与高过一同打江山的老兄弟，如今已是白发苍苍的老头，扛起灵柩四角，走向由悍马改装的灵车。

我仍孤独地站在雨中，司机也跑过去帮忙了。冰冷的雨将我浑身淋湿，我痴痴地看着莫妮卡——她已香消玉殒，藏身于一具棺材之中，被抬上黑色悍马。

耳边浮起几天前的清晨，在她起飞前往非洲之前，特意打给我的那个电话，她在这个人间留给我的最后声音——

“再见，我爱你。”

我也爱你！

亲爱的莫妮卡，虽然不曾亲眼看到，但我知道这是你发自肺腑的真心话，却成为我们永别的遗言。

倒带——她去非洲东部的所多玛国，为了与天空集团生死攸关的石油项目不被公司的竞争对手抢走。就在她抵达该国的当天下午，前往总统府谈判的道路上，遭遇了火箭弹的突然袭击。车队的五辆汽车全被摧毁，四名公司随行人员当场遇难，另有三名当地警卫死亡，受伤者多达十三人。莫妮卡的座车中弹起火后翻车，人们从车内救出了重伤的她，送到该国最好的医院——60年代中国援建的，医生全力抢救了一天，莫妮卡依然生命垂危，公司要把她送回美国治疗，她却在前往机场的路上停止了心跳。

由于所多玛国的通信极差，隔天才与纽约总部联系上——天空集团内部一片大乱，行政总裁第一时间给我打了电话，莫妮卡的遗体做了简单处理后，被送上专机飞回美国。

天空集团再度成为全球媒体热点，在第二任董事长高思国下葬48小时后，第三任董事长莫妮卡·高在非洲遇袭身亡，这对身价万亿美元的父女，不到一周双双共赴黄泉，令风雨飘摇中的天空集团，处于随时翻船的危险境地。

是谁袭击了莫妮卡的车队？所多玛国总统下令严查，就连奥巴马总统也发表谈话，指示中情局强力介入，甚至要游说国会出兵东非，必须将袭击美国公民的歹徒捉拿归案。

目前媒体有无数种猜测，从邪恶组织到当地部落再到邻国政府，甚至还有人猜测就是所多玛国总统干的！这位传说中爱吃人肉的暴君，做出这种卑鄙勾当也不无可能。但截至目前没有个人或组织宣布对此负责，各方调查也没有任何头绪。

但我另有答案——此行莫妮卡的目的很明确，就是要签下所多玛国石油开发的合同，原因是最近遇到了厉害的竞争对手。他们最不愿意看到天空集团成功，为了独占所多玛国的石油资源，必然想方设法阻挠莫妮卡，甚至要使用最邪恶的手段！历史上财团与财团之间的斗争异常残酷，往往比国与国的斗争更加卑劣，不择手段无所不用其极！一定是某家跨国石油巨头，暗中雇佣职业杀手，用火箭弹袭击的方式，杀害莫妮卡及其随行人员，破坏天空集团的石油开发计划。那些看起来道貌岸然衣冠楚楚的家伙，在福布斯排行榜上风风光光的家伙，说不定就是双手沾满鲜血的杀人魔王。

车队开出停机坪，悍马灵车被夹在当中，载着莫妮卡的灵柩，碾过纽约的漫天风雨。我的座车留在最后，与灵车之间隔着两辆车，雨刮器来回晃动，无法看清莫妮卡的位置，只能无望地靠在车窗上，让冰凉的玻璃凝固身体。

雨越下越大，一路的景色越发模糊，车窗上宛如瀑布流下，前方隐隐是灰暗的海平线。

几天前我刚来过这里——海滨墓地，高思国举行葬礼的地方，莫妮卡也将被埋葬于此。

汽车不能直接开进墓地，所有人都在大门口下车，冒雨将棺材抬进墓园。转过弯弯曲曲的墓道，直到最深处的海边高地，数米之下便是白浪滔天的大西洋。

我看到了高思国的墓碑，兰陵王戴着魔鬼面具，跃马俯视再度来访的人群，包括那具盛着他的后代的崭新棺材。

墓碑下有个新挖开的墓穴，两个华裔老人正在刻字，大概是加上高梦的名字吧。

莫妮卡将被葬在父亲身边。

所有人排列在灵柩后，我作为死者唯一的亲属，照例站在第一排，大家每人举着一把伞，但基本都被淋湿了。

行政总裁轻声问我要不要打开棺材，看看莫妮卡的遗体。

我目光呆滞地摇摇头："不要打扰她了，让死者入土为安，别再承受这个人间的苦难。"

依然没有任何宗教仪式，简短的默哀和三鞠躬后，棺材被缓缓送入墓穴。

看着莫妮卡一点点远去，渐渐被美利坚的大地吞没，我的眼泪混含雨水，一同落入墓地的泥土——这把泥土也将拥抱她的身体，吸收她的皮肤与肌肉，分解她的每一寸组织，却无法溶化她的灵魂。

因为，我能感到她的灵魂，飘荡在我的左右，浮动在我的眼底，叮咛在我的耳边，重复在我的梦中，烙印在我的心间，刻骨铭心，不可磨灭……再也无法抑制悲伤，不是逆流成河而是顺流成海，投入这片阴沉郁闷的大西洋。

棺材已落至墓底，大家每人送入一捧泥土，直到莫妮卡的青丝红颜，完全被埋葬于黄沙赤土之下。曾经被拥入怀中千柔百媚的胴体，曾经穿越丝绸之路混血的双眼，曾经掠过欧亚大陆的栗色长发，曾经在耳边缠绵的辗转低吟，曾经如胶似漆不可分离的短暂光阴。

而今，却化作一堆尘土。

君犹如此，余何以堪？

我傻站在凄风苦雨中，当初的忧虑竟成事实——属于我们两个人的美好时光太短暂了，也许这种恐惧本就是命中注定？

时间，世界上最残酷的还是时间。

譬如朝露，去日苦多。

此刻，什么都看不到了，只剩下高高的兰陵王雕像墓碑，空旷的高氏家族墓地，还有海天一色的大西洋，无边无际的风雨，这个寂静的人间。

永别了，我的爱人！

我听到自己心脏碎裂的声音。

就像一只椰子自高空坠落砸得粉碎，变成粉末融入这片泥土，融入地底深深的墓穴，与她的DNA成分紧紧缠绵，从此以后你中有我我中有你……

简短的葬礼结束后，人们或真或假地抹着眼泪离去。给莫妮卡抬棺的四位元老，也被人搀扶着走出墓地。

最后，只留下我一个人。

没有人为我撑伞，上上下下里里外外湿透，包括心也被浸泡在泪水中。痴痴地看着脚下的泥土，周围种着茵茵的绿草，很快将要覆盖一层不锈钢，再也不能被我看到了。

莫妮卡死了。

我最爱的人死了。

天空集团新任全球董事长兼CEO死了。

古老的兰陵王后代，原本只有四个人——高思祖及其子高能，高思国及其女莫妮卡。

现在，只剩下了高能——不，高能也早就死了！

三年前，高能与我一同发生车祸当场身亡，而我失去了自己的脸，换上高能的脸代替他；一年多前，高能的父亲，突然自杀身亡；一周之前，高能的叔叔，天空集团大老板高思国，因患癌症去世；现在，高思国的独生女，我最爱的女人高梦——莫妮卡，带着残破的遗骸，埋入她父亲的身边。

至此，兰陵王高氏家族的血统，已在地球上彻底断绝！

兰陵王高长恭，这个如此美艳的生命，留下过无数的传奇，引来多少人明争暗夺，却在历史的长河中黯然消逝。

生命是一条基因的河。

兰陵王这条河已彻底断流干涸，再也不可能有水重新灌溉了，因为源头化作了沙漠。

这想必是高能的爷爷，天空集团的创始人高过，做梦也没想到的未来；大概也是兰陵王高家的死敌，我的祖先蓝衣社古家从未想过的。

一切都结束了吗?

不，还有我。

孤独地走出雨中墓地，抹了一把脸上的雨水和泪水，方才打了个冷战，感觉刚被扔进冰窟。

专车还在耐心地等我，一路小跑钻进车里，却看到后排还坐着一个人。

“你是谁?”

“亚力克斯·卡特——已故的高思国先生与莫妮卡·高小姐的私人律师。”六十多岁的白人，戴着眼镜很不起眼的样子，微笑着伸出手，“你就是高能先生吧?”

“是。”

我极不自然地与他握握手，随后转头瞪了瞪我的司机。

“高先生，请不要责怪你的司机，是天空集团行政总裁让我上车等你的。”

“哦，你也认识他吗?”

“事实上,我与高思国先生认识超过二十年了,天空集团每个高管都是我的朋友，当莫妮卡还在吃奶的时候，我就亲手抱过这个小姑娘。”卡特律师的表情阴沉下来，“很遗憾她永远离开了我们，可能你刚才没有注意到，葬礼时我站在最后一排。”

这番话让我放松了戒备，脱下淋湿了的衣服，用毛巾擦着头发和身体说：“很抱歉，我形象不佳。”

“看得出你很难过。”

“嗯，自从我的父亲和叔叔去世以后，莫妮卡已是我唯一的亲人，你也知道我越狱成功以后，第一个帮助我的人就是她，不敢想象她已经不在人世!”

卡特律师深呼吸了一下：“高先生，根据高思国先生留下的遗嘱，他的所有遗产包括天空集团的股权，全由他唯一的子女莫妮卡继承。高思国先生去世以后，莫妮卡在我的面前签字，继承高思国先生的全部遗产，同时写下了一份具有法律效力的文件。”

说完他打开公文包，将一份文件交到我手中。文件内容非常简单，仅有寥寥数语——

“今天，我继承父亲高思国的全部遗产，同时继任天空集团全球董事长兼CEO。根据父亲生前意愿，他希望能有一位家族男性成员，继承他的遗产与天空集团的股权，这位男性成员就是我父亲唯一的侄子，也是我唯一的亲人高能先生。为了遵循父亲生前的意志，以及家族男性继承的传统，我作出如下决定——

将来我若遭遇不测，就将我拥有的全部资产，以及我持有的天空集团股权，交给我的堂兄，也是家族最后的男性成员——高能先生继承，同时他也将继承天空集团全球董事长兼 CEO 的职位。这份文件由我亲笔签字，并由亚力克斯·卡特律

师证明执行，既可决定我的个人财产归属，也可作为CEO签署的文件，在天空集团董事会上宣读。

为天空集团的明天而祝福！”

最后是莫妮卡的签字，中文与英文各签一遍，中文是工整秀丽的“高梦”两个字，签署时间是一周之前。

“莫妮卡让我继承天空集团？”

我的十根手指在颤抖，如果没有这份文件，我不知道自己——即便以高能的名义，是否还有权继承这些？也许有，也许没有，但有了这份莫妮卡签署的文件，那就是铁板钉钉的有了！

“是，这份文件合法有效，已经做过公证，并已转发给集团各位高管。我会为你办理全部的遗产继承手续，下周召开的天空集团董事会上，你将成为第四任全球董事长兼CEO。”

“这个，太让人意外了。”

命运为什么会降临到我的头上？

我说过我——不，是高能，没有机会得到这一切，即便我与莫妮卡结为夫妇，也会成为一个自相矛盾的悖论！除非出现一种情况，那就是高思国与莫妮卡父女俩相继去世，谁都无法想象，这种可能性微乎其微的情况，竟然在短短几天之内成为现实！

是谁给我安排的命运？

“高先生，莫妮卡签署文件时，我也感到非常奇怪。她才二十多岁，人生道路还很漫长，等到将来结婚生子，自然有人继承她的产业，为何现在就指定堂兄继承呢？她说这是高思国先生的本意，只有男性才有权继承家族产业——而且他必须姓高！只是考虑到你曾被判入狱，所以莫妮卡为第一继承人，你为第二继承人。但是，如果莫妮卡不写这份文件的话，你很可能分不到什么遗产，顶多一小部分个人财产而已。”

我强忍着眼泪不流出来：“我明白了，谢谢！”

“你应该感谢莫妮卡，你的堂妹是个好姑娘。”

“是，我当然知道，她是世界上最好的姑娘。”

为什么？莫妮卡明明知道我是假冒的高能！仅仅因为她爱我，想要把她的一切留给我？但这一切都是她父亲留下来的，她自己也未必喜欢，为何要交给一个冒牌货？她知道我不敢接受她的使命，不愿承受那么大的担子。我只是个平凡的小人物，只想为自己报仇，找到陷害我的幕后真凶，我没有勇气承担这样的巨大责任，也没有权力来继承这个帝国。

我会让她失望吗？

“高先生，我还有一样东西要交给你。”

卡特律师从公文包里取出一部手机，交到我的手中说：“你还记得它吗？”

“是莫妮卡的手机！”我一眼就认了出来，但外壳有许多破损痕迹，“怎么会在你手里？”

“当她遭到突然袭击，座车翻倒被困于车内，全身严重受伤之时，手中仍紧紧握着它。今天，这部手机随同主人的灵柩，被一同运回纽约。刚才我给手机充电，开机发现首页有一条备忘录，你可以看一下。”

她的手机首页有行英文，在最最醒目的位置——

“请将这部手机交给我的堂兄高能先生。”

老律师摇摇头：“我没看过其他内容，但相信有莫妮卡给你传递的信息。”

“非常感谢！”

我痴痴地将手机放在胸前，似乎这样就能让另一个世界的她，感受到我的心跳。

“再见，我的司机还在等着我呢。”卡特律师拍了拍我的肩膀，“幸运的年轻人，作为高思国先生与天空集团的老朋友，我向你祝福——好好准备你的艰巨使命吧！”

律师下车之后，司机问我要不要走，而我回头看了看墓地说：“再等一会儿，我不想那么快就离开她。”

仔细检查莫妮卡的手机，短信里都是些公务信息。通话记录里的最后一条，正好是起飞前夕打给我的，想必飞到所多玛国就没信号了。又查看手机的视频和音频，发现在她出事的那天，保存了一条音频。

就是这个！手指微微颤抖，从车里翻出一只耳机，插上手机打开这条音频，耳膜中响起一阵急促的声音，莫妮卡的声音——

“亲爱的……出事了……我们遇到了袭击……我翻车了……啊……好疼啊……”

到这里有些哭泣了，一定是受伤的疼痛感觉，让我也感到某种伤痛。

“我受伤了！不确定伤在哪里，但真的很疼！很疼！我浑身都是鲜血，除了自己的血以外，还有我的保镖和司机的血……天哪！他们都死了！我被困在座位上了，车顶压着我的头，我的胳膊上都是玻璃碴！该死！我想我就快要死了！”

音频里响起不知谁的惨叫，也许是外面其他受伤者，同时还有车辆燃烧和爆炸声，总之乱作一团，可以想象当时可怕的场面。

“这个鬼地方没有手机信号！我没办法打电话给你……啊……好疼啊……亲爱的，对不起！我离开你去了非洲……我怕没有机会再见到你了……疼……我只能……，啊……我的脸……我只能在手机里面录音，但愿我死以后，这台手机里的信息还能保存下来！”

天哪！发生了什么？她被困在一辆熊熊燃烧的车里，也许身体被倒挂着，钢铁车身将她严重压伤，也许还有火焰烧伤了她，想想她的冰肌玉肤，怎能遭受这样的摧残？她疼成这个样子，肯定有多处骨折，却还坚持强忍下来，抓着手机录音说话——全是为了我啊！

“亲爱的……我想告诉你……在父亲去世以后……你就是我在这个世界上最爱的人……也是唯一的亲人……啊……我的眼睛……Shit……什么都看不见了……我爱你……黑暗……无边无际的黑暗……还有流血和伤痛……请不要怀疑……我爱你……”

“我不怀疑！”

此时此刻，我大声呼喊出来，吓得司机紧张地回过头，而我摆了摆手让他不要管我。

耳机里继续响着莫妮卡痛苦的呼声：**“我……我快死了……不想死……但真的好疼……血快流光了……不……如果现在还能做一件事……我就把我的一切给你……还好我已经做过了……但愿卡特律师能把这部手机交到你手中……但是……你必须……疼死我了……你必须……答应我……为了我的父亲毕生奋斗的事业……为了这个动荡的世界……好疼啊……”**

实在听不下去了！似乎我就坐在她的车里，陪伴她一起承受痛苦。我迅速按了暂停键，泪如雨下地倒在座位上，大声命令司机开车。

汽车飞驰在长岛的大雨中，我挣扎着打开车窗，呼吸着外面阴冷的空气，仿佛这样就能浇灭灼伤莫妮卡的火焰！

继续按下播放键，莫妮卡的声音已越发虚弱——

“亲爱的……请你庄严承诺……啊……无论你怎么想……无论未来发生什么……忍住……不……我说的是你……你必须忠于天空集团……忠于兰陵王高氏家族……忠于你曾经服务过的公司……忠于……哦……忠于天空集团全球几十万员工……如果公司遭到毁灭……他们以及他们的家人……也都将陷入地狱……拯救我们的公司……拯救这几十万人的命运……拯救这个危险中的人间……不是耸人听闻的警告……而是我们面临的事实……好疼……”

我答应你！

是的，我已在心中作出庄严承诺，我答应你！我最亲爱的女子，我将忠于这个誓言！永远不背叛！

“承担你的责任……完成你的责任……像男人那样战斗……可惜……我不是男人……但记住……你是男人……听到这段话……不要哭……为我战斗……为天空集团而战斗……为你的理想战斗……你将是一个英雄……”

对，我既是高能，又是古英雄，我心里的名字叫高能古英雄。

我将为了这个承诺而战斗。

“怎么还是那么疼……我真的快死了……你答应了吗……如果你答应了……

我就可以走了……唯一的遗憾是……美好的时光太短暂了……我们的时光……是我一生中最美好的时光……我说不动了……最后时刻来了……天堂再见……我爱你……”

我也爱你，亲爱的莫妮卡。

纽约死一般的天空下，这段来自非洲的声音到此为止，最后“我爱你”三个字，微弱得简直像蚊子叫，这是她用最后一丝力气喊出来的。剩下的就是混乱的杂音，还有外面的呼救声，显然她已失去意识，沉入深深的黑暗。

拔下耳机，睁开眼睛，泪水早已模糊视线。

这辈子从没流过那么多眼泪，也许以后再也不会流了吧。

现在，终于知道莫妮卡选择我的原因了。

不仅仅因为她爱我。

她相信我注定与众不同，能够担负起一个伟大使命，可以完成任何艰巨的任务，我的命运将与天空集团的命运结合在一起。不管我究竟是谁，必将成为一个非凡的英雄。也只有我能守护好天空集团，找到兰陵王的最终秘密，保护这个悲惨的人间。

我的报酬将是得到世界，当然也可能失去自己。

而我的代价将是永远失去莫妮卡。

既然我已经失去了她，那我也没有任何值得留恋的东西，甚至我的生命。

车子驶入莫妮卡的私家庄园，我闭上眼睛默念着几句话——

“死生契阔，与子成说。执子之手，与子偕老。”

第十二章 我的天空

"我的好朋友，恭喜你！你已经得到一切。"

"恭喜？你这个邪恶卑鄙的幽灵，我真想立刻把你掐死。"

"除非你把自己掐死！"

梅菲斯特躲在我心里冷笑了一下。

"不，我已经失去一切。"

"莫妮卡？"

"是，她才是我的一切，而不是被我继承的天空集团。"

幽灵先生叹息道："哎，你什么时候变成痴情种了？我可知道你原来的梦想和欲望，是有许多不同的美女来陪你睡觉！"

"闭嘴！"

我恨不得拿把刀子剖开自己的心脏，把这个浑蛋抓出来抽一顿，然后扔到大西洋里去。

"你不是还想拥有豪宅与名车吗？永远用不完的金钱，被所有人仰慕的地位，控制成千上万人的命运——现在，你终于得到了！"

"但这不是你做到的。"

“你怎么确定不是我做的呢？要知道我梅菲斯特无所不知无所不能。”

“你错了。”我摇摇头抠着心窝说，“虽然，我从前的梦想是要知道自己是谁？要获得自己想要的欲望，得到别人的尊敬和羡慕，获得财富名誉和地位，最好再加上美女的爱情，那么庸俗却又那么真实。”

幽灵使劲地鼓着掌说：“这不是很好吗？你已经得到了，只要你愿意去享受人生。”

“但是，在经历了最近一年多的噩梦之后，我的梦想已经改变了。”

“变成什么？”

“我不是为自己而战斗。”

“哦，说得倒是漂亮——还记得我们之间的交易吗？”

梅菲斯特可以满足我的一切要求，但我不可以对我所拥有的一切产生留恋，否则我的灵魂将永久地被它占有！”

“我已经说过了，现在并不是我所要的，你没有满足我的要求。”

“好，那你等着，小子。”

2009年，11月7日，上午10点。

纽约，曼哈顿，天空中心大厦。

为躲避楼下云集的记者，公司安排我坐直升飞机，从高家私人庄园起飞，穿越纽约摩天的钢铁森林，超低空从帝国大厦头顶掠过，近得可以看清游人们的表情。我有限的重生记忆中，首次坐这种危险的交通工具，何况脚下就是发生过911的纽约。看着我胆战心惊的样子，机师安慰着说很安全，已故的高思国董事长每次都坐这玩意儿来开会——“叔叔”活到48岁才死真是命大啊。

飞抵88层的天空中心大厦，楼顶标准的直升机场，桨叶卷起强烈的风暴，震耳欲聋地降落在靶心位置。

天台上迎接我的人们，早被风吹得东倒西歪，忙乱地整理西装，等待我跨下直升机——酷似黑帮老大降临，秘书又整理了我的衣冠。我戴着一副大墨镜，装作趾高气扬的样子，一尘不染地踏上天空中心大厦。

记得以前在天空集团中国分公司上班，我可是惯于当孙子被人欺负的角色，看到总经理就吓得结结巴巴，想要拍马屁就先把自己的脑袋低到地上！此刻，周围那些灰头土脸战战兢兢的小职员们，看我就像小鬼见了阎王。我忽然很同情他们——哪个脑残下令让大家到天台来受罪的？我对秘书耳语了几句，就让大家回去正常上班，不要搞什么要命的欢迎仪式了。

电梯只坐了一层，便来到88层最高会议室——整栋大楼都属于天空集团，从下往上依次是金融、销售、财务等部门。80层以上属于董事长办公室，有室内游泳池与电影院，还有能容纳千人的宴会厅，只有总监级别以上的才能进入。

最高会议室装修得富丽堂皇，落地窗户直接面对自由女神像，桌子用最上等的亚马孙雨林木材做成，椅子蒙上非洲水牛皮，甚至每个茶杯都是在中国景德镇定制的。

这是我就任天空集团第四任全球董事长兼CEO之后，天空集团召开的第一次最高董事会，也是最近一个月来召开的第三次——第一次是高思国，第二次是莫妮卡，他们分别开完这个会后不久便命丧黄泉，现在下面这些董事和高管们，是否在悄悄计算我还将活多久？

今日与会的包括董事会全体成员。坐在我左手第一位的是上任CEO助理，接下来是财务总监、销售总监、公关总监、行政总裁，还有集团三大业务总裁——能源业务总裁、金融业务总裁、制造业务总裁，坐在我右手的是全球各大区的总裁，包括亚太区总裁、北美区总裁、欧洲区总裁、拉美区总裁、中东非洲区总裁。

鉴于天空集团是由高思国家族绝对控股,所谓董事会就是换个名字的高管会议。

亚太区总裁可是我的熟人，也是中国分公司的总经理。当年我还是一个小销售员时，经常看到他威风凛凛地坐在台上，而我则毕恭毕敬地不敢说话，直到他将我裁员扫地出门。今天参加会议的人，肯定查过我的背景材料，他就算以前不认得我，现在也一定知道我的过去！虽然他表面看不出什么，但想必早已吓得噩梦连连，做好了被解雇的准备。

其他人恐怕也心神不安，都在最近两个葬礼上见过我，但当时谁都不会想到，我这个来自中国的高家亲戚（还是个假货），居然在短短一夜之间，戏剧性地爬上了董事长宝座。

我坐在最上首的位置，看着下面那些严肃的脸，几分钟都没说话。底下也没有一个人敢动，像“我们都是木头人”的游戏。当两个年纪大的开始头晕，脑袋摇摇晃晃，我方开金口：“上午好！我是高能，今天是我第一次到总部，也是我第一次参加董事会，请各位前辈指教！”

话音刚落，便听到下面一阵热烈掌声，尤以我身边的前任CEO助理最为积极，这个四十出头的白人男子，有几分白宫新闻发言人的气质，异常谦卑地向我微笑。

然而，我却一眼看透了他心里的秘密：**“哪来的中国小子？算你走了狗屎运！居然爬上董事长的宝座，要不是莫妮卡出了意外，你就算等到埋进坟墓也轮不上！哎，莫妮卡也真是的，干吗在继承遗产以后签署那份文件呢？凭什么把财产都留给堂兄？公司高管们都等着分老董事长的股份呢！”**

怪不得都是一副大便干燥的表情。

先留着他慢慢教训吧，我依旧面色阴沉地说：“首先，我建议大家全体起立，为去世不久的我的叔叔高思国先生，及我的堂妹莫妮卡默哀三分钟！”

今天，我能站在这里，全赖莫妮卡的恩赐，在这里我永远只是她和她父亲的替身。

所有高管都站起来，最高会议室内鸦雀无声，许多人是看着莫妮卡长大的，也有人确实在葬礼时流下了眼泪，大家低着头气氛压抑，似乎为行将就木的天空集团默哀。

三分钟后，我擦干眼泪，仰头坐下："请坐！现在请莫利斯先生介绍集团最新的情况。"

莫利斯就是我身边的前任助理，他看似诚恳地翻开文件，清了清嗓子念道："我谨代表集团管理层，热烈欢迎新任董事长兼 CEO 高能先生！"

下面又是一片雷鸣般的掌声，这些老家伙的手劲真不赖！

"众所周知，由于受到全球金融危机影响，公司目前处于极其危险的境地。"莫利斯一边说，一边用眼角的余光瞄着我，但又不敢接触我的目光，"集团传统的三大业务——石油、金融、装备制造业，均已陷入严重亏损，北美地区现金流已接近枯竭，公司负债率早已超过警戒线，如果不能按时偿还银行贷款，公司只能宣布破产保护。"

这些消息早已是公开的新闻，高管们的表情丝毫没有变化，大概暗中计划如何离开集团，并迅速在其他公司觅得高位吧？

"目前集团各家分公司与子公司中，最危险的是北美天伦保险公司，由于多家客户破产倒闭，导致公司在本年度的支出比上年增加三倍，从而深陷债务危机。集团上半年给天伦保险加注的五十亿美元，早已消耗得荡然无存，如果天伦保险公司倒闭，将给集团造成数百亿美元损失。"

莫利斯说完，将报告递给了我，眼神像条狗似的说："请董事长批示！"

我看都没看就扔到一边，平静地对下面说："天伦保险的问题，大家有什么建议？"

在这大难临头各自飞的关头，谁还愿发表什么建议呢？纷纷装作唐氏综合征的样子，半晌都没一个人说话。

"每个人都要发言！"

必须为自己树立权威，不能容忍他们无视我的存在！

莫利斯看看下面一群死人的样子，不禁着急地喊道："大家请说话啊！天伦保险的问题必须解决，难道要坐等它倒闭吗？"

我冷冷地抛下去一句："大概你们都觉得天空集团会先于子公司而倒闭吧。"

这话终于让他们的表情有了些反应，莫利斯顺势点名道："洛克博士，你是集团的金融业务总裁，天伦保险属于你的分管范围，请说说你的看法吧！"

洛克博士是个超过三百斤的超级胖子，悄悄瞪了莫利斯一眼，恰巧泄露了心里话：**"莫利斯你这个马屁精，谁不知道你第一个想要逃跑，现在要沉船了却抱着船**

长大腿，想要一起淹死吗？”

博士无奈地说：“嗯……这个……天伦……天伦保险公司是已故的高过先生，在 1990 年亲手创办的，我作为公司的老员工，非常不希望看到它倒闭，我建议集团从天空银行抽调资金，保证天伦保险支撑过今年冬天，也许明年经济形式好转就会有生机。”

莫利斯点点头说：“非常感谢！接下来请财务总监希尔德先生谈谈他的看法。”

财务总监是个四十多岁的法国人，长相酷似萨科奇，皱着眉头说：“我也同意金融业务总裁的判断。我最清楚集团财务状况，目前非常糟糕，外面不可能再给我们一分钱，只能通过天空银行抽调资金，来援救天伦保险，否则天空集团会跟着天伦保险一同沉没！”

他的最后一句话说得很重，其他人纷纷赞同地点头，北美区总裁也主动发言说：“财务总监先生说得没错，从天空银行抽调资金是唯一的办法，我们别无他途！”

奇怪，财务总监——小萨科奇的眼神很特别，有些让我难以捉摸的东西，一时间居然读不出他的心里话。

我烦躁地摇摇头：“各位！你们唯一的办法，就是让天空银行给天伦保险注资？据我所知，天空银行的现金流也极其紧张，用一句中国话说就是‘拆东墙补西墙’，或者说‘剜肉补疮’——把健康的肉挖掉，补到破烂的疮疤上去！”

然而，莫利斯却眉飞色舞道：“妙啊，中国人真是神奇，古代就有整形手术了！”

汗！

这个马屁拍到马腿上的家伙让我哭笑不得，底下那些老外都还点头称是，只有亚太区总裁是台湾人，对着我连连苦笑。

我胸有成竹地继续说：“希尔德先生，我听说除了天伦保险公司外，集团亏损最严重的业务，就是北美地区的八家石油化工厂，分别位于新泽西州、伊利诺伊州、佛罗里达州、得克萨斯州、圣路易斯安那州、加利福尼亚州、华盛顿州，以及加拿大的魁北克省，这些工厂的运营成本非常高，每年占用集团的大量原油，成为集团的沉重负担，是吗？”

“是！”小萨科奇——希尔德先生擦了擦汗，目光怪异地回答，“给集团带来了严重的债务负担，不过我想提醒尊敬的董事长先生，这八家公司是集团创始人高过先生，在八十年代先后亲手建立的，是集团在北美地区的支柱产业，也是天空集团的灵魂所在，必须不惜任何代价输血。这八家工厂雇员超过一万名，他们的工会组织在美国很有势力，可以影响许多国会议员，这是我们不得不考虑的因素。”

“终于明白天空集团为什么会走到今天了！就是你们不停地输血给这些严重亏损的部门，导致集团的现金流越来越紧张，北美地区的业绩也越来越差。我们只能不断借钱，东拼西凑地应对危机。结果就是什么问题都没解决，反而严重拖累集团整体——比如恶性肿瘤，刚被发现时没被清除，后来越长越大直到夺走主人的命！就像已故的高思国先生！”

“对不起！”财务总监居然当众打断我的话，“尊敬的董事长先生，你是否对已故的高思国先生表示不满？”

好狠毒的一招！把我推到高思国的对立面，暗示由我继承天空集团的大统，名不正而言不顺，根本就是外来的篡位者。

我面色冷峻地盯着“小萨科奇”，他的眼神越发让我恐惧，但我绝不能在他面前示弱，否则我将永远在天空集团抬不起头。

“不，高思国先生是我的叔叔，我是他唯一的侄子，他是我最尊敬的人！但我相信他这一生最爱的是天空集团，我绝不容许癌症也在天空集团身上发生。”

我又扫视了周围一圈，不怒自威宛如一头雄狮，当我扫到亚太区总裁脸上时，从他眼里读到一句话：**“这个小子不简单！以前在上海怎么没注意过他？居然还把他给裁了！真是瞎了眼！昨晚姓侯的在电话里跟我说，高能就是个什么都不懂的小傻瓜，现在完全不是这个样子，我真是要被姓侯的害死了！”**

“各位，现在我的建议是——为了天空集团的生存，必须切除危害巨大的肿瘤，出售天伦保险与北美的石化工厂。”

最后那句话真是掷地有声，下面立刻一片大乱，许多人交头接耳，就连我身边的莫利斯也面色大变。

“对不起，作为集团的财务总监，我不能同意！”

没想到“小萨科奇”居然站起来反对我，这让我火冒三丈道：“还有句中国话叫‘壮士断腕’，这几天我查过天伦保险与北美石化工厂的财务报表，完全一塌糊涂！这两个部门都已病入膏肓无药可救，为什么还要把流动资金投到这两个无底洞去？现在我们最珍贵的是什么？现金流！应该投入到最有利润最有前途的部门，投入到朝气蓬勃的年轻人身上，而不应该消耗在就要断气的死人身上！如果我们从天空银行输血到天伦保险，不但无法拯救天伦保险，反而会葬送我们最后的鲜血，结果就是集团与子公司同归于尽。”

“如果出售天伦保险与北美石化厂，高思国董事长会死不瞑目的。”

又是财务总监“小萨科奇”带头造反，他究竟是何方神圣？

“那么就让天空集团死不瞑目吗？”

“董事长先生，虽然你曾经在中国分公司工作过几年，但我们今天这些高管们，都在集团工作几十年了，对天空集团有着深厚的感情。”

又在拐着弯儿地骂我！

那些高管们肯定都把我研究透了，知道我在中国分公司做过几年销售员，最后却是被裁员赶了出去，我的资历与他们相比微不足道。他因此暗示我没资格在这发号施令，更没资格奢谈对天空集团的感情。

忽然，我感觉现在天空集团的处境，正如赤壁大战前夕的东吴——如果投降气势汹汹的曹操，江东孙家必然一无所有，东吴重臣们仍将保留原有地位，故而大臣们多赞同投降。当鲁肃道出内中利害，孙权便挥剑削下木案一角，若有言和者如同此案，誓言要与曹操战斗到底，便有了火烧赤壁的大捷！

我没有孙权的宝剑，但我有古英雄的勇气！

于是，我站起来大喝一声："楼主该补脑了！"

这回下面的高管们全傻了，他们都听不懂中国的网络语言。

财务总监仍在负隅顽抗："董事长先生，请尊重我们的专业意见，你的方案完全不具备可操作性。"

"你说我不专业？"我重新让自己冷静下来，颇有风度地微微一笑，"面对你们这些高级管理层，我的资历确实非常平凡，也没什么专业知识。但我有做人的常识，生病了就必须治病，肿瘤就必须要切除，中国有句古话'留得青山在，不怕没柴烧'，为保护天空集团的根，就必须剪除死掉的枝叶。"

"那么请问，如果出售天伦保险与北美石化业务，谁会来收购？谁敢来收购？"

"价格和债务确实是大问题，但只要天伦保险的品牌价值和客户资源还在，只要北美石化业务的先进设备和销售渠道还在，自然有收购的价值！"

"卖给中国人？"

我目光一亮："不可以吗？只要他们愿意出价。"

"最近一年，是有许多中国公司在收购世界各大企业，但他们是否愿意承担天伦保险与北美石化的债务呢？"

"我们可以降低出售价格，只要不再拖累集团，不必在乎到底卖出多少钱？反正都是要用来还债的，一定可以迅速找到合适的买家，双方各取所需，没有谁赢谁输的问题。"

强烈反对我的"小萨科奇"语气虚弱下来："好，不说买家问题了，那么工会方面呢？特别是北美石油业务，那么多员工怎么处理？工会不会放过我们的，如果发生罢工怎么办？"

"我曾是一个小销售员，同情所有的基层员工，可以满足工会的要求——新员工安排其他工作，老员工支付优厚的提前退休金，无处可去的员工一次性发放补偿，这笔费用从天空银行借用，但相比你们说的输血方案却微不足道。"

大家没想到我会提出自己的方案，莫利斯眼中惊恐地掠过：**"天哪，这小子还真有本事，不是我们期望的傀儡，难道幕后有高手支持？"**

其实，对于天伦保险与北美石化业务，这几天我早已做了准备工作，秘密雇用了一个智囊团出谋划策，否则怎敢在这些老大面前班门弄斧？

再看财务总监和金融业务总裁，双双面如死灰，其他高管也满头汗珠。大概他们早已私下密谋拟订计划，要把我这个推销员出身的傻瓜玩弄于股掌之中，当做一个傀儡皇帝，便于他们上下其手整垮公司，并趁机中饱私囊再把责任转嫁到我的头上。

看着下面没人再敢说话，我索性主动点名："亚太区的牛总，请你发表一下意见吧。"

这位牛总是集团高层唯一的华人，从前在国内是我的大老板，高高在上可望而不可即，如今却像孙子似的对我说话："董事长先生，你好！"

他用台湾腔的中文说了第一句，显然要和我套近乎，但被我顶了回去："牛总，在纽约总部开会请说英文，我们单独交流可以用中文。"

牛总脸色当即铁青，尴尬地用英文说："Sorry！目前集团形势确实很糟糕，尤其是天伦保险与北美的石化工厂。但我们亚太区的形势还算不错，特别是中国区最近几个月出现了恢复性增长，我认为如果让已被判死刑的部门拖垮整个集团，连累到可以赢利的地区和部门，还不如放弃这些大而无当的部门，集中精力到最有潜力的地方！"

"你的意思是赞同我的方案，放弃天伦保险与北美石化部门？"

"是！"牛总居然站起来表忠心说，"当断不断，反受其乱！董事长先生的方案非常好，我认为这是拯救天空集团的第一步，否则很可能这就是我们的最后一次董事会！下次见面可能就是整个集团破产清算的会议了。"

老牛颇谙中国文化的见风使舵之道，看到我如此强势地出现在董事会上，便无耻地阵前倒戈，杀得那些高管们措手不及。

"好！"我为他拍了拍手，"亚太区牛总支持我的方案，还有谁支持我？可以举起手来！"

第一个举手的是牛总，接着莫利斯这个朝秦暮楚的脑残也举手了。

但其余人都是目瞪口呆，许多人悄悄瞄向"小萨科奇"，看来这家伙是造反的领袖，没他的示意谁都不敢举手。

于是，我换了一种策略，高声道："那么，反对我的请举手！"

此言一出更是鸦雀无声，台下没有一个敢举起来手，包括反对我最激烈的财务总监。

我轻轻笑了一声："既然董事会无人反对，那就全票通过我的方案了？"

高管们再度神色惊慌，但没人敢站起来说话，莫利斯这家伙马上喊道："现在宣布董事会最新决议，集团将出售天伦保险公司，以及北美地区的八个石油化工厂。"

但我还是得给这些老大们留些面子："哪位若有异议，请当场提出。"

大家依然默不作声，就连财务总监"小萨科奇"也不再说话，怔怔盯着我的眼睛，他的眼神不再是轻蔑与敌意，而是某种复杂情绪，甚至带有几分敬佩。

“好！今天的董事会决定：出售天伦保险与北美石化业务！”

一个月后。

天空集团的现金流极度紧张，公司还在严重亏损，外界盛传集团随时会破产。但自从上次的董事会后，天伦保险公司和北美地区的八家石油化工厂，都已处于半停业状态，集团再没给它们投过一分钱。公开出售的消息一经公布，就引起美国公众的轩然大波，因为这些企业都曾是美国的骄傲，特别是那些工作多年的老员工，在工会组织下到纽约总部来抗议。美国主流媒体更对我口诛笔伐，仅仅因为一个中国人要卖美国的公司，而买家也很可能是中国企业。许多高管私下来恳求我，希望停止出售程序，避免集团遭到美国政府打压。公关总监愤而辞职，因为无法为集团辩护，更无力组织危机公关，挽回集团在美国公众中的形象。

但我丝毫不理会这些干扰，如果为了所谓的企业形象，一旦向美国公众和媒体妥协，保留天伦保险与北美石化业务这两颗毒瘤，集团重生计划便出师未捷身先死，有限的现金流又将投入这两个无底洞，结果就是天空集团的死亡——届时就不是北美石化一万多雇员的就业问题，而是全球几十万员工的存亡，难道这不是更大的责任？美国人为什么只看到自己？美国公司受一点点损失就要冤枉巨叫，被外国企业尤其是中国企业收购，心态就变得又酸又恨，好像多年老大做惯了，突然变成小喽啰就无所适从。

第一周，没有任何公司来与我们联系，好像天伦保险和北美石化业务，突然成了浑身长刺的墨西哥仙人球。

第二周，印度最大的一家私营企业前来洽谈，但他们的出价低得离谱，两个部门相加竟只有 5 亿美元，把我们当成卖废铜烂铁的，当场就被我拒绝了。

第三周，俄罗斯的一个石油富翁飞来纽约，愿意出价 30 亿美元，单独买下北美的石化部门。财务总监认为这个价格太低，但我觉得可以考虑，派遣了一个专员到俄罗斯考察，继续下一步的谈判。

第四周，终于来了个大 BOSS，中国排名前三的国有大型保险公司，委托一家美国知名投资银行，代理洽谈收购天伦保险的事宜。鉴于我对投资银行的反感，故意让他们等了三天，才在纽约总部开始会谈。我仔细调查了他们的收购计划，虽然这家中国国企出手很是阔绰，还给每位高管赠送了昂贵礼品——已接近行贿边缘。但我感觉他们的准备并不充分，仅仅是拿钱来砸人。一旦接管了天伦保险，未必能把北美业务做好，反而会给中国国有资产造成很大损失。虽然天伦保险的价值还在，但归根结底已是一个破烂货，干吗要让我们中国人高价接手这堆破烂呢？我可不想把同胞当做冤大头来宰。

我断然拒绝了这家中国公司，并停止与投资银行的一切接触。

与此同时，不断派人调查公司内部情况，我相信纸面上显示的资料，未必一定是公司的真相。必须运用非常手段——我雇用了一批商业间谍，秘密刺探公司的各个部门，以及分布在全球的各大分公司。

调查结果触目惊心，天空集团在高思国去世以后，甚至早在他病重期间，大权已被几名高管篡夺——为首正是财务总监希尔德，其次是金融业务总裁、能源业务总裁与制造业务总裁，所有决定都出自这几人，没人敢忤逆他们的意志。何况高思国一直保持低调，除了董事会成员外，极少与管理层和员工接触。很多人在总部工作多年，却从未见过他的真面目，造成员工只认识高管而不认识董事长，从而降低了大老板权威，提升了高管们的势力。

多年以来，由于高思国的自我封闭，集团内部形成错综复杂的人际关系，很多新员工无法适应就被迫离职。老高管们拿着数百万乃至上千万年薪,大多不思进取、贪图享乐，或者暗中为自己捞取利益好处，某些高管私下早已身价十几亿美元。尤其财务总监“小萨科奇”，他在天空集团工作了十八年，从基层会计做起，步步高升，深得高思国的信任，独揽集团财政大权，培养了大量忠于他的走狗，常有人称他为“副董事长”——这是公司没有的职位，也象征他掌握的实权。

如果不改变这种情况，天空集团仍会延续老路，走向灭亡深渊。不管他们的势力多么盘根错节，也不管有多少阴谋手段，既然我坐在董事长的宝座上，就必须要和这伙人斗争到底!

但是，现在还不能轻举妄动，不可贸然更换高管，否则会引起管理层剧烈地震，不但使集团陷于瘫痪，还将公开暴露我们的问题。在这生死存亡的紧要关头，必须稳定军心，绝不能自乱阵脚，被敌人从内部击破。

敌人!

天空集团确实有敌人，非常厉害的敌人，但我不知道这个敌人的名字。

通过智囊团报告——有一个秘密的金融机构，从 2009 年 1 月开始，与天空集团展开激烈斗争，战场集中在资本领域。他们似乎与天空集团有仇，每当我们有什么新动作，就会横插一脚进来阻挠。今年春天，集团要收购墨西哥一家私有银行，却在签约前半个小时，被这家机构捷足先登，以超过我们 20% 的价格拿下。夏天，天空集团出售德国的电站设备业务，即将以优厚价格卖出，欧洲却出现对我们极其不利的消息，说德国电站设备严重污染，导致周边居民癌症发病率升高——虽然纯属子虚乌有，却让此次出售流产，至今仍是我们欧洲业务的沉重负担。经过德国方面的司法调查，该假新闻来源就是这家秘密金融机构!

其实，无论高思国还是董事会成员，都知道这个秘密敌人的存在，但无论通过什么方法，都无法查清楚那家金融机构的背景——甚至连名字都不知道！因为这个敌人隐藏得很深，每次出手都是用一个新公司名称，通常注册地在英属维尔金群岛这些避税天堂。开头几次我们还摸不清头脑，后来就发现他们一些规律，比如每次出手时间都会拖到最后，每次都使用一些阴险招术，一旦引起法律纠纷就即刻倒闭。

唯一可以肯定的，这些影子公司幕后的策划人只有一个！

他是谁？

一个小插曲。

纽约的冬天到了，曼哈顿下了第一场雪。

天空中心大厦，集团总部 88 层，豪华的董事长办公室。对面是一排意大利真皮沙发，背后挂着八大山人的真迹，左面是一套十四世纪法国全身甲，右面陈列着一组万历年间的御用青瓷，中间铺着光洁照人的柚木地板，宽敞得可以做滑冰场。

透过全景式的落地玻璃，我看到漫天雪花从天而降，覆盖怪兽般的摩天大厦。俯瞰曼哈顿密集的街道，仿佛被一个个巨塔分割的国家，全被铺上一层雪白，只有甲壳虫般大小的汽车在滚动，这是托尔金笔下《指环王》的世界吗？

走出办公室的自动防弹门，我对秘书说："我想出去走走。"

"董事长先生，请问去哪？"

"下面。"

"曼哈顿？"

"是。"

秘书点头哈腰地拿起电话："这就安排专车。"

"你没听懂我的意思吗？我是说出去走走，步行的意思。"

"在曼哈顿步行？"她的面色立即变了，"这个不太安全吧？"

"我不是白宫里的奥巴马，也不是天空集团的囚犯，这里也不是肖申克州立监狱，我有权利下去走走！"

一分钟后，我乘坐直达电梯——从 88 层直达地下 3 层，中间没有任何按钮。以前是高思国专用的，避免被其他人打扰，但据说他一次都没用过，每次都坐直升飞机登陆顶层。

地下 3 层停着我的加长版林肯专车，还有十几辆高思国收藏的限量版布加迪威龙跑车，每辆价值都在几百万美元以上——于我而言都是一堆废铁，与其让它们在地下室慢慢老去，长久闲置退化发动机性能，还不如公开拍卖出去，给集团增加一些宝贵的现金吧。

八个带枪保镖跟着我，在地下换乘一部电梯，来到大厦背面不起眼的角落一个专供清洁工进出的小门。

终于站在曼哈顿岛的大地上，我仰头看着雪粒从天而降，贪婪呼吸地面的空气。以前一直在88层楼顶，像坐了一个月的飞机，终于平安降落下来——但天空集团仍未平安着陆，危险的气流和黑暗中的敌人，随时可能使它在空中爆炸。

我已换上一件厚厚的连帽衫，戴着一副大墨镜，就像在纽约街头闲逛的中国留学生。我示意保镖们分散开来，不准靠近我10米之内——莫妮卡在非洲遇袭身亡以后，我已处于最严格的保护之中。如果兰陵王高家最后一个都死了，天空集团就会被美国政府监管。

所以，不管是高能还是古英雄，但我必须活着。

独自混在纽约嘈杂的人群中，迅速被这座城市吞噬。脚下有一层薄薄的积雪，伸手接着从天而降的雪粒，看着口中呼出的热气，却无法回忆童年玩雪的情景——真令人沮丧啊!

让自己振作起来，走过川流不息的马路，回头仰望88层的天空中心大厦。第一次从地面看自己的办公室，宛若挂在雪天之上的空中楼阁，是许多人一辈子可望而不可即的地方，包括这栋大楼中工作的绝大多数人，而我究竟何德何能安然于上?想到这不禁诚惶诚恐，备感肩头责任沉重，令踏雪而行的我丝毫不能轻松。

很快走过帝国大厦，这座大萧条时代的建筑，是否预示那个时代将要复活？再回头看熙熙攘攘的人群，依稀可辨几张熟悉的脸——我的保镖，他们不敢离我太近，但都警惕地跟着我，防范周围每个可疑的人物。

走在曼哈顿飘雪的街上，沿着百老汇大街往南走去，享受这种躲在人群中的感觉，依然没人注意过我，就像芸芸众生中的一员。经过十几条路口，就快要到华尔街了，我想亲眼看看纽约证交所，看看世界贸易中心双塔废墟，看看布鲁克林大桥……

突然，响起一阵刺耳的刹车声。

皱起眉头往街上看去，停着一辆劳斯莱斯轿车，高速开过斑马线的时候，差点撞到一个黑人妇女。开车的是个40多岁的华人男子，走下车指着那女的说：“你是怎么走路的?”

没想到黑人妇女毫不示弱，抓着他的衣服领子乱叫，一时吸引来大量围观人群。华人男子显然很有钱，不想当街和路人纠缠下去，不耐烦地掏出一叠美元，放到黑人妇女手里，果然塞住了对方的嘴巴。

突然，我认出了这个人。

就是这张脸!

一年多前在中国上海，与端木良陪着客户，去见一个上市公司的老总，差点给他投资了八千万，然而几天之后，这家上市公司宣告破产，留下几千名失业员工，还有几十万血本无归的投资者，最惨的当场跳楼自杀。而这位道貌岸然的老总，却偷偷转移了几亿美元，用假护照出逃远走高飞……

就是他。

没错，虽然仅有一面之缘，但他烧成灰我都能认出来。没想到这个背负深重罪孽的家伙，居然在纽约街头招摇过市，开着奢侈的劳斯莱斯拉风，不知吞掉多少中国股民的血汗钱！

当他要钻进轿车离去时，却被我一把抓住了衣服。

“Shit！”

一定把我当成了穷留学生，开口就扔给我一句脏话。

我冷冷地用中文回答：“刁总，你不认识我了吗？”

“你说什么？”他像被电了一下，极不自然地抬头看看我，摇头说，“你认错人了。”

但我紧紧拉着他的衣服，不能让他这么溜了：“刁总，我没认错，一年多前你还是风风光光的上市公司老总，后来却成了国际刑警组织的通缉犯，没想到在纽约过得很滋润嘛。”

“放手！”他的嘴唇开始颤抖，“再说一遍——你认错人了！”

“嗯，但被你害死的那些人，是绝对不会认错你的。”

他恐惧地掏出手机：“再不放手我就要报警了！”

“那就请打电话吧？要不要我帮你拨呢？9——1——1——”

这个浑蛋真的发急了，当街就要挥拳打我，但没等他举起拳头，就被人从身后制伏，结结实实地压倒在地——我的保镖早就候着了，只要敢动手就立刻要他好看！

只听他一声惨叫，大概胳膊脱臼了，昂贵的西装被按在雪地里，痛苦地乱骂起来。

真想上去再踹他两脚，他对许多人破产和自杀负有直接责任，却一走了之躲在美国逍遥快活！但我摇摇头，拿出手机拨了个号码：“喂，是国际刑警组织吗？我抓住了你们通缉的对象。”

一周后。

根据我的指示，天空集团总部地下的16辆全球限量版威龙跑车，全部送到拍卖行——也是上次拍卖高思国收藏文物的地方。

这种跑车年产不超过50辆，即便二手车单价也在数百万美元。天空集团大老板坐过的车，更染上一层神秘色彩，引来许多富豪和明星关注。相比上次的古董拍卖，今天热闹了好几倍，整个大厅座无虚席，个个都有非凡身价——进场者必须提供千万美元以上资产证明。

全美各地的媒体记者，在外面等着拍下跑车雄姿，但财经记者们更关注我——天空集团新任第三代掌门人，曾经是中国被裁员的小白领，又被陷害关进美国监狱，奇迹般完成不可能的越狱逃亡，却阴差阳错被推上亿万富豪宝座。这些传奇经历使我成为新闻人物，多家媒体想对我进行专访，尤其在天空集团将出售天伦保险和北美石化部门的风口浪尖，但我婉拒了所有邀请，先把事情搞定再说话吧。

今天的跑车拍卖会，也算天空集团的一次形象公关。

首先，16辆超级跑车出场本身，就构成了一个极其吸引眼球的时尚新闻，到场的买主中有不少好莱坞大明星，又升级占据了娱乐新闻头条。天空集团以前给人神秘保守的印象，如今却跻身于时尚娱乐圈，再加上我这个二十多岁的传奇董事长，有助于培养年轻人的市场。

其次，在风雨飘摇的经济危机环境中，许多大公司厉行节约以度过寒冬，某些企业管理层的高薪与奢侈都成了丑闻。现在我大张旗鼓拍卖16辆跑车，就是要与奢侈浪费之风一刀两断。从老板自身做起节约每一分钱，提倡高管们自动减薪，降低运营成本，也能与基层员工们亲近。

一石二鸟。

拍卖会正式开始，请了一位脱口秀明星做主持人，先向大家隆重介绍我的出场。

我穿着一套得体的礼服，微笑着点头示意，面对星光灿烂的闪光灯，丝毫没有胆怯和恐惧，反而自信满满，赢来一片掌声，若两年前早就吓得瘫倒在地了！

于是，我临时宣布本次拍卖所得资金，将全部捐献给可能会在北美石化部门出售过程中失业的工人。

接着是拍卖师登场——介绍今天的16辆超级跑车，整齐排列在临时搭建的舞台上，每辆车重新抛光打磨了一遍，配上一位超级名模点缀。这些车的数据也让人疯狂，单车16缸发动机，功率达到1000马力，最高时速407公里，比F1的最高纪录还快。

第一辆车以三百万美元成交，买主是与斯皮尔伯格齐名的大导演。我对这种拍卖没什么兴趣，但作为卖主必须正襟危坐在第一排，只能频频回头观看竞拍者们，却看到不少光彩照人的女明星。

拍卖到第六辆车，忽然发觉大厅里多了一个人，从我的位置回头看过去极其显眼——白色汉服衣袖飘飘，黑色长发自然披散，宛如中国画里走出来的人物，却安然坐在最后一排，其他人都关注台上的拍卖，没注意到这个异类出现。

又是他！

虽然隔着几十个人的脑袋，我还是一眼就看清了他的脸，让人看过一秒就终生无法忘却的脸。奇怪的是周围人的脸都很模糊，包括几位大名鼎鼎的人物，比如布拉德·皮特这样的大帅哥——与这位二十多岁的中国美少年相比，《特洛伊》中的阿喀琉斯也黯然失色！

不可思议，就像是集体合影的照片，唯独有一个人的脸被PS过，才会造成这种“众人皆糊我独清”的效果。

但这又不是照片，而是现场真实的情景，由我的肉眼所见——难道？难道？最后一排的汉服美男并非真人，而是我脑中幻想出来的人物？

不！

他是真的，因为他也看到了我，一双完美的中国人的眼睛，果然比年轻时的张国荣更迷人，可以用“眉目如画”四个字形容。他不是西洋人的油画，而是中国宋朝以前的古画，《韩熙载夜宴图》里的感觉，魏晋风骨，六朝田园，南唐气度，后蜀奢靡……

我痴痴地看着他，他也怔怔地看着我。

忽然，他给我一个微笑。

远在最后一排的他，脸上的小酒窝却如此清晰，仿佛是被照相机镜头放大。

“慕容云。”

心底默念这三个字，我还记得他的名字，这个《北史》与武侠小说里才有的姓氏。

注意力都集中在回头看他，全然忘了拍卖正如火如荼，第15辆车刚以七百万美元成交！

原以为这位酷毙了的慕容美男，会像上次那样一鸣惊人叫价举牌。没想到他始终按兵不动，平静地坐在最后一排，完全不当弹眼落睛的跑车存在。除了与我的目光交流外，就没干过第二件事。

只剩下最后一辆威龙了。

终于把目光投向台上——拍卖师相当兴奋，这辆车的起拍价还是200万美元，但一上来就被叫到500万美元。我等待神秘的慕容云出手，但他全然置身事外地坐着，听任两个美国富豪互相叫价，转眼又升到800万美元，打破了今天的最高纪录。

拍卖师叫喊：“800万第一次！800万第二次！800万第三次！”

突然，最后一辆跑车的引擎盖高高弹起，竟然跳出一个蒙面男子！

全场一片哗然，拍卖师也吓得摔倒在地，因为蒙面男子的手中，还有一把黑洞洞的手枪。

枪口指向第一排，对准了我的脑袋。

电光火石的瞬间，在看清蒙面人的双眼之前，我下意识地侧了侧身。

子弹同时射出枪口，发出骇人的呼啸声，几乎擦着我的耳边飞过。

我还活着。

身后的座位响起一声惨叫，某位富家公子做了我的替死鬼。

全场更乱作一团，到处充满女人尖叫，大家慌不择路地逃跑，拍卖会霎时成为屠宰场。我的保镖闻声也迅速赶来，但杀手的枪口紧跟着我，马不停蹄射出第二枪。这回我钻到座位底下，子弹打在钢铁扶手上弹开。

我突然间异常镇定，脑中干净得宛如白纸，只剩下一个念头——逃生！

没错，这个念头如此强烈，深深烙印在心底，是莫妮卡死前留给我的录音，让我答应她的那个承诺，无论发生什么都一定要做到！但前提是我必须活着，如果死了就什么都没有了。我不是为自己而活，也不是为天空集团而活，而是为了另一个世界的她。

此刻我的眼里，现场那么多人都消失了，静如午夜坟场，只有我和杀手两个人，在空旷的大厅玩着猫鼠游戏。

又一颗子弹，贴着我的头皮飞过去，打中了逃命的主持人。我转到一根柱子后面，逃向大厅的紧急出口。周围许多乱跑的人们，替我挡住杀手的子弹。同时响起一片枪战声，想必是我的保镖开枪了。来不及等他们来救我，飞快地跑上楼梯，开始有几个人跟着我逃，等爬上四五层楼梯，竟只剩下了我一个人。

难道其他人都被打死了？

下面响起沉重的脚步声，不用看就想起杀手蒙面的双眼。

他来杀我了。

再往上跑了一层楼梯，居然已是大楼顶层。推开铁门来到天台，便是漫天大雪，周围矗立数栋摩天大楼，像群峰之中低凹的山谷。

往天台边缘跑去，却发现再也无路可逃，雪粒打湿我的头发，侥幸地回过头去——该死！

蒙面杀手追了上来，举枪对准了我。

到此为止了吗？

我绝望地举起手来，不是为自己的生命绝望，而是为无法完成那个承诺而绝望。

“不许动！”

声音并非来自杀手，而是杀手身后的某个人。

又是那一袭白色汉服，包裹着冰肌玉肤的美少年，俨然与白雪覆盖的楼顶融为一体。

“慕容云！”

情不自禁地叫出他的名字，似乎峰回路转重现生机。

蒙面杀手真的不动了，慕容云在他后面笔直地举着手，有把枪顶着杀手脑后！

他是来救我的？

果然，汉服美少年继续用英语大喊：“放下枪！不然就给你爆头！”

杀手的头都被黑布裹着，只露出两个黑色眼珠，我看出他的眼神在颤抖，瞄准我的枪口也在颤抖。

真怕这个亡命之徒会不顾死活抠下扳机……

十秒钟后，杀手放下了枪。

“快点过来啊！”

慕容云的神色也很紧张，用汉语向我咆哮了一声，鉴于他站在杀手背后，这让我心里也立刻没底了。

飞快地跑到他的身边，并一把夺过杀手的枪，只听慕容云用汉语喊道：“回到楼梯间！”

回头再看却吓死了我！

原来慕容云并没有枪，他只是伸出右手中指与食指，屈起来伪装成手枪形状，用力顶住杀手的后脑勺。

站在原地犹豫了两秒钟，如果我一个人跑回楼梯，让没有枪的慕容云与杀手对峙，这个小伎俩万一被识破，岂非极度危险？

反正杀手的枪在我手里，干脆一枪下去把这个浑蛋干掉吧！

汉服美少年脸上满是雪花，额头却流下汗珠，紧张地对我大喊：“还不下去吗？快一点！”

我摇摇头跑下楼梯，慕容云也飞快地收手，没等杀手转过身来，就把铁门牢牢锁住。

成功！凶残的杀手被我们锁在天台上，慕容云拽着我往楼梯下面跑去，刚下去一层就碰上我的保镖。

保镖们也都很着急，抓着枪气喘吁吁，大概以为我早就被干掉了！我来不及骂他们饭桶，指了指楼上说：“杀手在天台！”

六个保镖冲了上去，剩下两个保护着我和慕容云，匆匆跑回拍卖大厅。

满地狼藉惨不忍睹，至少躺着四具尸体，十几个受伤的人，威龙跑车溅满鲜血。有几个来不及逃出去的女人，躲在角落尖叫或哭泣。空气中飘荡着血腥味，我的嘴角剧烈颤抖，看着那辆引擎盖打开的跑车——杀手就一直躲在里面，等到它马上要被拍走时，才突然跳出来向我开枪，但引擎盖里怎么藏人呢？真是矛盾的 BUG 啊！

我真是大难不死，差一厘米就要被他爆头，究竟是什么人要杀我呢？

也许，是袭击杀害莫妮卡的那帮人。

也许，是那个黑暗中的天空集团的敌人。

也许，是当初陷害我入狱的那个人。

也许，这三路人马就是同一个人？

也许，他（她）就是——

太阳穴再度疼痛起来，大脑似乎已运转到极限，再动下去就要爆炸。

大队警察刚刚赶到，护送我们撤离现场，坐进一辆严格防护的警车。拍卖行街边的雪地上，聚集不少逃出来的人们，不乏奥斯卡颁奖典礼上的老面孔。

手机突然响了，是保镖队长打来的，战战兢兢地说：“老板，对不起，刺客从天台上逃跑了。”

“废物！”

“老板，警察已经包围大楼，正在全力搜索！”

我毫不留情地挂断电话，不指望警察能抓住杀手——他只要把蒙面的东西一扔，就可以轻而易举地混在逃生人群中开溜。

警车呼啸着开向警察局，后排坐着我和慕容云，看着他一身白袍披肩长发，感觉像和古代人坐在一起。

他的表情已恢复冷静，撇了撇嘴角对我微笑：“你没事吧？”

“没事！”看着他漂亮的脸庞，我忽然丧失了自信，无地自容地低头，“谢谢你救了我。”

“啊，没想到会有刺客，你惹到什么仇家了？”

这个问题真难回答，我惹到谁了？

他笑了笑继续问：“你真是大难不死，我看着那个杀手向你开了三枪，又追着你跑上楼梯。”

“那你还敢跟上来啊？”

“哈，我只是很好奇——从没见过这种刺杀场面。”

“你就想看看我被杀吗？”说完我自己也笑了，“其实我也想看看！”

“不，你不想死。”

慕容云的表情一下子变得很严肃。

我也皱起眉头：“不过，刚才你实在太冒险了！”

“用手指装作手枪？”

“是，差点把我吓死，如果被他发现你耍了他，我们两个都会被杀死的。”

“哈哈，小时候常玩这种游戏，我手指顶的力道非常大，他不敢拿自己的命冒险。”

“你胆子真大。”

“其实，现在想想也有些后怕哦！”

“就是嘛！”我仰头长出一口气，“再说一遍，非常感谢你！”

“你要怎么答谢我呢？”

这个问题真让人难回答，若是其他人救了我的命，我会毫不犹豫地签张空白支票，随便他在上面填多大数字。但面对这双迷离的眼睛，这张穿越自另一时空的脸，这个凭空出现的神秘美少年，我却无法说出用金钱来答谢他。

看我好久都没有回答，慕容云眨了眨眼睫毛说：“你真吝啬啊！”

“不！”

最怕别人这么说我，刚想要说出一个巨大的数字，他却抢先问道：“你是哪一年的？”

“1982 年。”

这是高能也是古英雄的出生年份。

“那么该叫你哥哥了。”

“干吗这么叫？听着怪别扭的。”

慕容云却盯着我的双眼，看得我心里怪怪的。

忽然，他对开车的警察说：“停车！请停车！”

警察不耐烦地说：“警察局快要到了。”

“我们不是犯罪嫌疑人，有权利要求现在就下车！”

“好吧。”

警车在路边停下，汉服美少年飘然下车，我却坐在车里不知所措。

他探下头说：“不下来吗？那我一个人先走了。”

大概魏晋名士都这么神经兮兮！无奈地跟他下车，踏着纽约街头积雪，忽然感到了自由。

对面恰是中央公园，他像小孩那样兴奋地说：“兄台，我们进去走走吧。”

兄台？一下子跳跃到了武侠小说，那我该叫他贤弟吗？

踏过一片白雪覆盖的树林，四周路人已越来越少，走到深处竟只剩我们两个。在拥挤喧嚣的曼哈顿，能有这样闹中取静的所在实在难得。他调皮地抓起一把新鲜的雪，砸向旁边的一盏路灯，不禁惊起几只鸽子，他伸出舌头做了个鬼脸：“哎呀，对不起，没看到你们。”

虽然刚刚遭遇行刺，与死神擦肩而过，我的内心却如此轻松，几个月来从未有过的感觉——因为中央公园里的雪景，还是眼前的美男慕容云？

“高能，我们从此兄弟相称如何？”

“什么？”

“你不是说要答谢我吗？”他抓着空中飘落的雪粒，狡诈地微笑道，“既然你那么吝啬，就以此来答谢我吧！”

“你我结拜为异姓兄弟？”

“没错。”

我像看妖怪似的看着他，这是什么年代啊，难道还有刘关张桃园结拜？何况这是纽约，曼哈顿的中央公园！

“你不愿交我这个兄弟吗？”

“不——可是。”

白色汉服在雪地里一晃：“你不想感谢我的救命之恩？”

这话像是对我的侮辱，我连连摇头：“不，你说怎样我就怎样！”

“好，既然这么说，那我们就一齐跪下吧！”

没等我听明白，慕容云已抢先跪倒在地，接着将我硬拽下来——两个男人都已双膝下跪，面朝纽约的天空。

“苍天在上！小弟慕容云。”

他已双手抱拳对天致敬。

而我跪着愣了几秒钟，陷在积雪中的膝盖却动弹不得，痴痴地看着他的眼睛不知所以。

“快说啊！”他重重地拍了拍我的后背，“快说愚兄高能！”

完全无法拒绝这双眼睛，既然已经承诺“你说怎样我就怎样”，便下意识地跟着说：“愚兄高能！”

“就此结拜为异姓兄弟！”

“就此结拜为异姓兄弟！”

此情此景彻底震撼了我，面对这个汉服飘飘的古代人，唯有跟着他一同穿越时空。

慕容云的表情极度认真，绝非少年人开玩笑或恶作剧，无法从他的目光里分辨出谎言。

“不愿同年同月同日生。”

“不愿同年同月同日生。”

我又下意识地重复一句，心底忽然升起一股庄严，如同满眼白雪纯洁无瑕。

“但愿同年同月同日死！”

“但愿同年同月同日死！”

这回两人几乎异口同声地说出来，古装片里常见的情景，在中央公园的鹅毛大雪下重现。

我们的膝盖都已湿透，他拉着我从雪地站起来，毫无顾忌地仰天大笑：“哈哈哈，大哥，小弟有礼了！”

最后那句“小弟有礼了”竟是某种古典戏曲的唱腔。

“请问我高能何德何能，可以赢得你这古代人的青睐？”

“因为你的眼睛很特别。”

“真的吗？可我一直觉得自己长得很平凡。”

“是，但你的心很不平凡。”

“难道你也能看到？”

我这句话说得过分托大，刚有些后悔，他就摇摇头问：“看到什么？”

“没——没什么！既然我们已是兄弟，那么贤弟能否告诉大哥，你究竟是什么人？”

“地球人。”

“哦，这个地球人都知道。”对着美少年苦笑一声，“你从哪里来？别回答我还是地球。”

“另一个世界。”

“你几岁了？”

“25岁。”

这个回答让我有些意外：“可你看起来像二十岁。”

“为什么总是有人这么说？我希望自己看起来像四十岁。”

“你住哪里？工作了吗？”

“我不知道该怎么回答，我只能说我自由自在惯了。”

话音刚落，慕容云迎着雪花撩起额前的一绺长发，宛如踏雪寻梅的少年剑客。

“自由职业者？”

“可以这么说吧。”

“干什么呢？”

“什么都干！”

等于什么都没说。

“小弟，能告诉我电话号码？”

“抱歉，我从不用电话。”

“不可能！除非你真是穿越时空而来的。”

他擦去落在睫毛上的雪粒：“为什么不是呢？我又没说过我的出生年份。”

“25岁不是1984年生的吗？”

“不，我是公元543年生人。”

“公元543年？南北朝时代？”

这回牛皮吹大了吧？

“没错。”

“那你不是一千四百多岁了吗？”

“不，我在25岁时就死了。”

“那你是个幽灵？”

“也许。”

不想再和他玩游戏了：“可你现在嘴里分明在呵着热气！”

“这是你的幻觉。”

“你的存在是我的幻觉？”

“不，我是真实的。”他后退几步，嘴角微笑迷人，“大哥，小弟告辞了，后会有期！”

“等一等！”

慕容云不再理会于我，飞身闪入白茫茫的树林，白衣很快被大雪掩盖，再也看不到踪影。

我着急地向前追去，发现雪地上的脚印居然没了！

曼哈顿寂静无声。

踏雪无痕的轻功？还是我脑中幻想？

抑或真有穿越那些事儿？

2010年。

农历小年夜。

车窗外白雪茫茫一片，几个钟头见不到任何生物，从一望无际的荒凉戈壁滩，覆盖到遥远的落基雪山，却是一年中最湿润的季节。

坐在改装的悍马大车里——装运过莫妮卡棺材的灵车，但它最适合这种恶劣路况，而且可以抵御小型导弹的攻击，我也不会对自己深爱过的女人感到晦气。前后各跟着两辆安保越野车，年底曼哈顿刺杀事件后，所有保镖都被解雇，重金聘请了一群退役的海豹突击队员。

宽敞的车厢足够躺下睡觉，车载电视放着最新的财经消息，我却一直看着窗外，抚摸冰凉的防弹玻璃。

五个月前，我逃出肖申克州立监狱，经过荒漠深处的甘泉山谷，独自步行穿越数百公里，奇迹般地获得了自由。

明天，我将离开美国，乘坐专机前往中国。

该回去了！已在新大陆漂泊一年零五个月，其中十二个月在大牢里度过。妈妈在家早哭干了眼泪，尽管我给她汇了几百万，并请她到美国来玩了半个月。

为了风雨飘摇中的天空集团，我必须回到祖国，这是集团凤凰涅槃的必由之路。

上个星期，捷报终于传到总部，我赢得了上任以来第一场胜仗。

天伦保险与北美石化部门，同时宣布与买家签订出售协议。

三个月的艰苦谈判与反复折腾后，天伦保险卖给了一家名不见经传的美国保险公司，从而也打消了美国公众的疑虑——我并没有把美国的品牌低价甩卖给中国人。

至于争议更大的北美八个石化工厂，我化整为零地与不同买家谈判，分别卖给俄罗斯、沙特、西班牙、法国、意大利、土耳其、巴西的公司，但最好的一个工厂，留给了一家中国民营企业。

此次出售总共为公司收进六十亿美元的流动资金。

虽然，在应付美国政府和工会方面，我们还得付出很大代价，但在资金捉襟见肘的时刻，六十亿美元足够让集团再撑三个月。何况，不再需要补贴两个严重亏损的部门，集团总支出将大大降低。但这笔宝贵的流动资金，并非简单地投入运营，而将集中力量支持亚太区发展。

但集团依然极度危险，如果三个月内没有新动作，等到这笔资金耗尽，就会无可避免地宣布破产。高管层的问题积重难返，以财务总监为首的那些家伙，总是处处与我作对，感觉我的政令不出纽约总部。明天飞往中国的计划，也是为了摆脱他们控制，打造真正属于我的大本营与亲信队伍。

上个月，我已走出了第一步。

替换我的 CEO 助理，马屁精莫利斯本想死心塌地跟着我混，拼命揭发财务总监“小萨科奇”等人的造反阴谋，却被我第一个解雇了！

经我亲自出马反复挑选，从北美分公司调派了一名基层业务经理——三十岁的德裔白人，曾被外派到中国、中东、拉美等分公司。我与他秘密长谈三次，每次超过三个小时，发现他具有全球化视野，有独立主见，不会人云亦云，更不会溜须拍马，对我提出许多反对意见——完全不同于原来的高管层，可以培养成我的心腹。

这是莫妮卡死后的第四个月，我的表现已让全世界刮目相看，甚至连我自己都不敢相信，一个不到二十八岁的年轻人，最高职业资历不过是小小的销售员，却可以指挥天空集团这样的跨国巨头，成功出售拥有上万雇员的两个老牌部门。

但我依旧谨小慎微，保持高思国的低调作风，拒绝所有媒体专访。自从跑车拍卖会的刺杀事件以后，更不再出席任何公众活动。我知道几天锻炼不出一个董事长，但钢铁也不是很多年才能炼成的！

永远不会忘记对莫妮卡的承诺。

但是，今天我想到的是另一个人——他仍被关押在肖申克州立监狱，在我们同处一室的数月内，他成为我这一生最重要的朋友，让我发现真正的自己，并给我勇气寻找自由。

你们已经知道他是谁了。

终于，我的车队停在一群白色建筑前，四周荒凉萧瑟的环境，宛如月球上的科考基地。

我的秘书已给联邦调查局打过电话，否则车队会引起狱警恐慌，以为防弹悍马是来武装劫狱的。

第一辆车里的人跳下来，经过一番简短手续，其余四辆车都停在外面，只有我的座车可以开入大门。经过严格的安全检查之后，我下车走进第二道大门，只有两名保镖可以跟随左右，但佩枪都被狱警卸下。

果然看到一张老面孔——典狱长德穆革，这家伙居然没被免职，因为我被证明是清白的，这次越狱并未危害社会，所以他被减薪之后留用了。

原以为这回冤家聚头，德穆革会趁机对我发难，却没想到他满面笑容，仿佛老朋友久别重逢，几乎要把脸贴到我的屁股上了：“哎呀，高董事长！热烈欢迎您莅临肖申克州立监狱，大家热烈欢迎！”

他的身后站了一排狱警，全部穿戴整齐的制服，抬头挺胸站得笔挺，富有节奏地大力鼓掌，好像奥巴马前来视察！

其实，这些狱警早就对我恨之入骨，因为我的越狱让他们砸掉了三个月薪水。

只有犹太人德穆革拎得清，知道我早已今非昔比，成为堂堂天空集团大老板，更要趁此机会好好拉拢关系，免得将来退休之后晚年凄凉。

看着他那副满口马屁的嘴脸，听着他说每天都想念我的肉麻话，真想抽他两个耳光，大概这家伙也会欣然接受，再换另一边的脸让我继续打。

贱就一个字！

"高董事长，我早就看出你是非凡人物，能够逃出这座监狱，更证明你有超人智慧，你现在是我们最大的偶像啦！"典狱长德穆革已说得眉飞色舞，每一个音节都散发着贱味，"来来来，快到我的办公室坐坐，我为你准备了上等的咖啡。"

"对不起，我来这里是为了见一个人。"

"难道不是我吗？"

他还真敢往自己脸上贴金呢！

"不，是我的室友——萨拉曼卡·马科斯。"

"什么？"德穆革的目光骤然掠过一丝恐惧，"你是专程来见他的？"

"是，我想现在就要探视他。"

"这个……这个……这个……"

他的吞吞吐吐让我有几分担心："怎么了？他提前释放出狱了？"

我知道老马科斯今年就该刑满释放了，但不会这么早吧。

"不是的，真是太不巧了！太不巧了！"

"到底怎么了？"全然不顾典狱长在此唯我独尊的地位，抓住他的肩膀大喊，"告诉我！"

没人敢来阻拦我，德穆革也卑贱得像只老鼠："对不起……就在昨天半夜……老马科斯……心脏病突发……死了……"

"死了？"我突然松开手，但又固执地摇摇头说："不！不可能！你在骗我！他那么健康，怎么会突然就死了呢？就在我来看他的前夜，是不是你们害死了他？"

说完我一拳砸到典狱长鼻子上，打得他满脸鲜血。若平时谁敢袭击典狱长，早被抓起来痛打一顿，关上两个月的禁闭，再追加两年刑期。但我打他却谁都不敢动，就连他自己都抹着鼻血爬起来，孙子似的哭丧着脸说："高董事长，你相信我吧，这完全是个意外，我知道老马科斯是你的朋友，我哪敢害死你的朋友呢？不信你可以去停尸房看看他。"

我仰头长叹了一声，许久没回过神来，仿佛老头传奇而不屈的灵魂，依旧飘荡在肖申克州立监狱的上空，一如永远流传的掘墓人的阴影。

老头啊老头，你怎么没有等到我回来的这一天呢！

HERO 啊 HERO，你怎么没有早点来看你的好朋友呢！

再也不用和典狱长啰唆一个字，就在他苦苦哀求我息怒之时，我一言不发地拂袖而去。

走出监狱白雪覆盖的大门，保镖簇拥我上了悍马，车队迅速掉头驶离此地。

永别了，肖申克州立监狱。

永别了，老马科斯。

我将成为一个真正的 Gnostics，谢谢你！

基督山伯爵得到了看得见的财富。

而我得到了看不见的财富。

那就是我的命运。

明天，就在明天。

我将回到中国。

第十三章
王者归来

中国。

2010年，除夕夜。

深夜，十一点。

我的中国我的国。

我的天空我的天。

我的人间我的人。

十几个小时的长途旅行，天空集团专机飞越太平洋，降落在浦东国际机场，舷窗外闪烁停机坪的灯火，是黑夜梦幻的宫殿，而我只是这座宫殿谦卑的仆人。

此刻，我绕着许多人眼中的光环，作为天空集团全球董事长兼CEO，却丝毫不敢想象“衣锦还乡”、“荣归故里”这些字眼——我的天空仍然危在旦夕，我的人间依旧云遮雾绕，我的眼前黑夜连绵不断，我的敌人还躲藏在秘密角落，此行必须为集团开拓一片蓝海。不是唱着《大风歌》归来，而是肩头压着千钧负担，时刻内心惶恐夜不能寐。

飞机降落的刹那，心底一阵莫名冲击，不仅来自于地心引力，也因为离家太久了——掐指算来竟已有十七个月，这个国家发生了许多变化，但愿不要感觉太陌生。

终于，我踏上故乡的土地，长途飞行让人几乎站立不稳，双腿触电般无法动弹。冬夜的机场寒风呼啸，秘书赶紧给我披上厚厚的大衣。四辆加长版凯迪拉克早已开入停机坪，天空集团亚太区的牛总，放弃了回台湾过年，除夕之夜留在上海，带着一群黑衣人迎接我。

很多人以为我会第一个清除牛总，因为他曾批准将我裁员，但我力排众议留用了他，反而令他对我感激涕零——尽管当年失业让我痛不欲生，但一切都是过去时了，我已不会再怨恨任何人，只要他还能证明自己的能力——亚太区业绩是全球各分公司最好的，作为集团高管层唯一的华人，牛总是我改造天空集团的一枚重要棋子。

牛总跑上来与我握手，照例又是嘘寒问暖了一番。他给我安排了一批中国保镖，虽然不能像在美国那样佩枪，但都是身怀绝技的退役特种兵。

我坐进新专车，认识了新司机与中国秘书。牛总特地坐在我身边，自然想要拍我的马屁。但我没有任何客套话，上车就是开门见山，直接询问亚太区业务情况。牛总已做了充分准备，打开笔记本汇报公司各项数据。

车队飞快地开出机场，虽是午夜空旷的道路，开进市中心却还需要些时间，我忽然问了一句题外话："几点了？"

"十二点整。"

虎年到了，但我并不因此而兴奋，却喊道："快点打开电台！"

"什么？"

我撇开牛总对司机说："打开电台！"随后报出了一个电台的频率。

司机的反应倒是很快，车载音响迅速响起——

"随着我们节目的开始，新的一年也来到了，我在电波中给听众们朋友们拜年！这是个寒冷的除夕夜，不知道会不会下雪？我的声音将始终陪伴在你左右，这里是'面具人生'，我是秋波。"

是的，就是这个广播节目——《面具人生》，这个充满磁性的声音，这双永远看不见的眼睛。虽然离开中国一年半了，回来想起的第一件事，却是电台里秋波的声音。

我闭上眼睛完全沉醉，回到2008年的夏天，内心最挣扎郁闷的时光，她的声音曾陪伴我度过绝望。

车子飞驰在午夜大道，善于察言观色的牛总，再也不敢打扰我了。司机把音量调得更大，寂静车厢内只剩下耳边的秋波，仿佛她就在坐在我的身边，倾听我那曲折而悲伤的故事。

接听完几个电话之后，秋波轻轻苦笑一声，似乎隐含着某种苦楚，那是比听众的故事更深的无奈，她的声音故作轻松：**"女孩，请不要再哭了，今晚是大年夜，可不能流眼泪哦！我这个双目失明的人要告诉你，无论你多么自卑，无论你多么伤**

悲，请相信一句话——野百合也有春天！”

停顿了几秒钟后，电波里响起罗大佑的歌声：

仿佛如同一场梦
我们如此短暂的相逢
你像一阵春风轻轻柔柔吹入我心中
而今何处是你往日的笑容
记忆中那样熟悉的笑容
你可知道我爱你想你怨你念你深情永不变
难道你不曾回头想想昨日的誓言
就算你留恋开放在水中娇艳的水仙
别忘了寂寞的山谷的角落里野百合也有春天

我和司机、秘书还有牛总，都屏着呼吸慢慢听完。台湾人牛总年轻时也是罗大佑的歌迷，不知在悼念那段逝去的恋情，叹息着道："野百合也有春天，可惜我已经老了。"

听这首歌的前半段，我的脑中自然浮现起秋波的脸庞，后半段却想到了另一张脸——"我爱你想你怨你念你深情永不变"，唱的不就是我的莫妮卡吗？她像一阵春风吹入我心中，又像一片秋雨消失在遥远的大陆。但她不曾留恋开放在水中娇艳的水仙，只是去了那个遥远的天国，自己成为一株常开不败的水仙。而我曾经是，现在也依然是，那朵寂寞的山谷的角落里的野百合，只是永远无法等到春天了。

莫妮卡！

电台里的秋波继续说：**"女孩，每个人都有美丽的一面，也一定有人会发现你身上的美丽，你的春天不会太遥远，祝福你！这个声音来自《面具人生》，我是秋波，怎么那么快又要说再见了，晚安！"**

座车已开进市中心，牛总终于有机会说话："董事长，今晚你就下榻在波特曼酒店吧，我给你订了克林顿住过的总统套房。"

"不，我都已经回到家了，自然是要回家过年。"

"那么——"

"还用问吗？当然是送我回家了！"

立即报出我家的地址，市区北部普通的住宅小区，高能父亲单位分配的住房。

那里，才是我的家！

司机也感到很诧异，堂堂的集团大老板，怎么不去五星酒店，反而住在这种"下只角"呢？但没人敢违抗我的意志，车队迅速改变方向，划破凌晨一点的寒夜。

四辆加长版凯迪拉克，缓缓开进破旧的小区大门。值班老头被这气势吓坏了，让我们一路无阻地进来，直接开到我家楼下。

到处是鞭炮爆竹，要是谁偷偷向我开枪，没有人会当真的！八名退役特种兵保镖，立刻在夜色中布控，防范周围一切可疑情况。我让牛总和秘书回去，所有人没我的命令不准上楼，以免惊吓到妈妈，也不得影响邻居休息。

我独自拖着行李上楼，走过阴暗肮脏的公共楼道，来到三楼的家门口。

心底又一阵激动，已经离开十七个月了，这扇门却丝毫没有改变，调整一下呼吸，轻轻按响门铃。

妈妈打开房门，在看清我的脸庞后，拼尽全力地将我抱住，眼泪瞬间打湿衣服。

"能能！能能！你可真要把妈妈想死了！"

她喊着我的小名——不，是高能的小名，就像抱着自己的生命，我想所有的母亲都会这样吧。妈妈难以控制情绪，美国再好也是异国他乡，私家庄园的宫殿再豪华也没有生气，这里才是我们真正的家，是她的儿子出生长大的地方，金窝银窝怎比得上自家的草窝？

走进久违的家，那么小那么不起眼，我的房间还是老样子，贴着迈克尔·杰克逊的海报，放着一大堆高达模型，还有我的电脑和书籍，甚至床单还是原来颜色。这不是我失忆以前的家，但复活后的那一天起，我就有了新的爸爸妈妈，这里是我短暂记忆中，唯一真正的家！

吃了一桌妈妈为我张罗的年夜饭，离开一年多来的痛苦，包括在美国监狱里的屈辱，都暂时抛诸脑后——回家真好！躺在自己的小床上，伸开四肢泪流满面。虽然与私家庄园相比，这张床小得实在寒酸，但感觉就是自己的，我是真正的主人。

窗外激烈的爆竹声丝毫不影响我，这将是睡得最香的一晚，耳畔萦绕"寂寞的山谷的角落里野百合也有春天"……

七天之后。

上班的第一天。

我睡到上午八点起床，精气神都好了许多，还是自己的小床最舒服啊。

放弃了买别墅豪宅的计划，继续住在老式小区里，这样低调不引人注意。安全工作由保镖负责，只要跟居委会搞好关系，没有扰民就 OK 了。

妈妈幸福地给我做了早餐，不知道楼下已布满暗哨，其中两人将 24 小时保护她。

司机和秘书早已等在楼下，接我前往天空集团中国分公司，东亚金融大厦 19 层楼——两年前我上班的地方。

车子停在底楼台阶前，牛总带领亚太区全体高管，整齐列队欢迎我。大厦玻璃幕墙上，打出一幅从顶楼纵贯到底楼的横幅——**"热烈欢迎天空集团全球董事长兼 CEO 高能先生访问中国！"**成为今天上海最吸引眼球的景观！

刚下车就听到雷鸣般的掌声，三名新入职的女员工，为我献上炸弹般的鲜花。

但这种场面我已见怪不怪，从容地让秘书帮我接下，向迎接的人群点头微笑。

没想到为了迎接我的到来，物业居然把大堂封锁了，给我留下一条专用通道，铺着最昂贵的红地毯，把我送到等待许久的电梯中。

牛总同高管陪我坐电梯上去，这些人我都认识，一个个紧张得几乎脸部抽筋，却还硬挤着僵硬的笑容，装作从没见过我的模样——我曾是推销员被他们呼来唤去，生怕激起我痛苦的回忆，会把他们统统炒鱿鱼。

19楼到了，中国分公司前台依然没变，就像两年多前昏迷之后醒来，第一次来上班时的情景——碧蓝天空下小孩抓着纸飞机的海报，“天空集团——我们的未来！”

是，现在我将为了它而战斗。

在牛总等高管的簇拥下，我终于走进大办公室，这个工作过几年的地方（算上高能出事以前的时间），每天在这里呼吸，目睹有人吊死在我的头顶，被人欺负被人谩骂，惨遭裁员流下不甘的眼泪……

上班的员工们全体起立，被迫鼓起热烈的掌声，其中不少都是熟悉的老面孔，甚至叫得出几个人的绰号。他们的表情非常吃惊，尽管事先都知道了我的故事，但看到我再度归来，却是另外一副王者气象——集团全球大老板，让身边的小老板们猴子似的跟着，掌握所有人的生杀大权。

我知道他们印象中我是什么样子——唯唯诺诺的猥琐男，其貌不扬气质低下，从不敢抬头和人说话，销售业绩大鸭蛋，被所有同事瞧不起，成为办公室里不存在的隐形人，最后被赶出去也没人同情。

这样的变化在我看来很自然，因为我亲身经历了这个漫长过程，所有的痛苦与磨难，所有的惊喜与转折。但他们看来却无法理解，仿佛一夜之间大变活人，脱胎换骨成为集团最高领袖，一个充满智慧与自信的救世主。

牛总即刻大声宣布：“诸位同人，天空集团全球董事长兼CEO高能先生，将在我们中国分公司现场办公数个星期，能与集团董事长在一栋大楼里共事，是我们每个人的至高荣幸！希望大家精诚团结，在董事长领导之下，走出困境，共创明天！”

接着又是一片掌声，显然早已经过严格组织，大概反复排练过好几遍了吧？

我快步离开牛总等人的包围，走向以前自己的办公区域，格局竟然一点都没有变化，销售七部还在那个角落里，一眼就看到那张熟悉的脸——老钱。

老油子的表情极度兴奋，几乎跳起来向我致意，等我走到跟前竟几乎哽咽！原本能说会道的话痨，也有激动得说不出的时候：“高……高……不不不……董事长！你真的回来了啊！”

“是啊，老钱，好久不见了！你的太太和儿子还好吗？现在工作忙吗？销售指标还重吗？”

没想到我的话居然比他多。老钱这两年老了不少，大概金融危机让销售更难做，为养家糊口愁白了头。

“好……好……都很好……今天能够见到你……我太高兴了……”

老钱居然激动得眼含热泪，盼星星盼月亮，终于盼到了我这个大救星。前面两个“好”字，也明显言不由衷，牛总等领导在场，他岂敢说个“坏”字？从他潮湿发红的眼里，我的读心术已发现——他过得实在很不好，最近几个月奖金全部为零，年终奖都打了水漂，与老婆天天吵架，想跳槽却没这个胆子。

“哈哈，本来我以为永远都见不到你了呢！”

“不！董事长，我以前不就说过吗，你是吉人自有天相，命中注定的真龙天子，迟早有一天飞黄腾达、轰轰烈烈地回来！果然不出我的预料！我们可是最要好的同事，以前就属我和你的话最多了，今天看到你那么风光地回来，我真是太激动了啊！”

他终于恢复了多嘴的本能，情不自禁地泪流满面，而我微笑着安慰：“哎呀，别这样嘛，我不会忘记你的。”

老钱的水龙头关不住了：“董事长，你不在这的时候，我就像失魂落魄，工作起来完全没精神，每天都在梦游，总感觉身边少了一个人，一个极其重要的人！哎，我日日夜夜思念着你，许多个晚上还梦见你，大概就是你要发达的先兆吧！看，我的电脑屏幕保护，就是几年前我俩的合影，我把这张合影印成了大照片，挂在我家的客厅里，把你当做我的偶像！还有你以前的办公桌，我一直收拾得整整齐齐——当然你也不可能再回到这张桌子上，但这里就相当于你的纪念馆，一定要好好保存流传给公司的下一代！”

这串马屁也拍得太肉麻了吧？再看我当年坐过的办公桌，果然被整理得很干净，但根据老钱眼里泄露的心里话，这不过是早上才腾空出来的。

牛总实在看不下去了，过来挡住老钱说：“说够了没有？董事长的每一秒钟都很宝贵！”

老钱再也不敢吱声，众人陪着我走了几步，却迎面看到一张漂亮脸蛋。

大家都被她怔了怔，果然是销售部一枝花，冬天却暴露大腿，一件名牌的低胸裙子，明显可见一道乳沟，曲线毕露风情万种，散发着最性感的香水气味。

“田露。”

我当然不会忘记她，不会忘记我曾经的冲动，不会忘记高能的痴情，不会忘记她给我的侮辱。

“董事长，你还能记得我，真好！”

她抹着艳丽的嘴唇，言语之间略带暧昧，故作娇羞地往我身上靠了靠，几乎贴到我的脸上来了。

我尴尬地往旁边退了退，这个女人真不简单，想要当众造成和我亲昵的假象，这样公司里就没人敢惹她了。

田露大胆地靠近我，充满欲望地盯着我的眼睛，却泄露了她心底的恐慌——

“这小子终于回来了！天哪，怎么完全变了个样子？不再是从前那个猥琐的小家伙，而是标准的董事长派头。我好害怕，他会不会还恨着我？他会轻而易举地毁灭我吗？不，也许他还想念着我，毕竟我是他的第一个！我要他喜欢我！要他属于我！高能，你是我的！”

原来她还想勾引我上床，而我冷笑着回答：“能再见到你，我也很高兴，今天侯总在吗？”

听到“侯总”这两个字，田露就像斗败了的鸡，胆怯地点点头说：“在。”

我绕过她走到侯总的办公室，终于看到了躲在里面的老上司。

时隔两年他没什么变化，只是表情极度诧异，没想到我会主动来找他。当年是他裁员解雇了我，也是他毫不留情地痛骂我，还有他和田露之间见不得人的关系。

还没说话我就读出了他的心里话——

“啊！他来了！我怎么有脸敢见他？他是来向我寻仇的吗？是要把我开除吗？还是要找杀手把我做掉？对不起，我请求你的原谅，但我说不出口！”

“你好，侯总！”

还是我主动与他打招呼，并向他伸出了手，而他完全没想到我会这么客气，不可思议地傻站在那里。

“不愿意和我握手吗？”

“不！不！不！”

他这才反应过来，颤抖着与我握了握手，我感觉他手心冰凉，目光无比恐惧，像即将要被处决的死刑犯。

“你那么害怕我吗？”

“不是，董事长，我代表销售七部热烈欢迎你回来。”

他闪烁的目光还充满疑虑，我微笑着说：“侯总，以前我们有些不愉快，但都是过去的事了，现在天空集团处于多事之秋，希望能同仇敌忾，实现今年的销售目标！”

“谢谢！”

听完这番话，侯总依旧不相信自己的耳朵，但他会慢慢相信我的。

离开销售七部，没走几步就有人喊道——

“高能！”

这是今天这座大楼里，第一次有人敢直呼我的姓名。

包括牛总在内，所有人都被这声“高能”吓了一跳，好像销售员“高能”从不存在过，“高董事长”是从火星直接降临地球的，又好像是被一个小孩叫醒了的“皇帝的新衣”。

喊我的还是张老面孔，那张与我一同被裁员，绝望地在楼顶天台徘徊，又被我劝说救了回来的人——白展龙，他怎么还在这里？

“高能，很高兴你又回来了。”

“你好。”

他大方地与我握手，笑着说：“谢谢你当初救了我的命，我发愤图强、卧薪尝胆，去年在公开招聘中杀回了公司，因为销售成绩优异，现在成了销售六部的经理。”

“恭喜你！”

我由衷地为他感到高兴，这是被我拯救的生命，我希望他能够更好！

三月。

春寒料峭。

午夜的风肆虐呼啸，路灯下的梧桐光秃秃的，伸展扭曲干枯的枝丫，仿佛垂死挣扎的天空集团。

司机载着我飞驰在上海街头，时针已走到凌晨一点，后面跟着两辆同样的车，警惕地注视四周。

我闭上眼睛躺在车里，《面具人生》节目刚刚结束，秋波的声音萦绕耳边不绝。自从回到中国，每当午夜我都会打开电台，安静地倾听这个节目，倾听秋波的倾听，那些或激烈或平常的故事，或忧伤或为难的心情——真想自己也打电话进去，从头到尾倾诉我的故事，就怕没人会相信，以为是编织出来的小说。

但是，今夜我不想再等待，不想再独自守着电台，只是听她轻柔的声音，却看不到她的脸庞，看不到这个高能的救命恩人，看不到那双看不到的眼睛。

车队停在广播大厦楼下，另外两辆车上的保镖们，纷纷下车各自寻找岗哨，监控周围每一个角落，确保我的安全。

我独自下车到大厦门口，保安用怀疑的目光打量我，难道是凌晨来做节目的嘉宾？而我只是等在外面并不进去，因为我知道她快要出来了。

据说这栋大楼有闹鬼传闻，凌晨的大厅空旷幽暗，来回穿梭阴森的风，微微掀起我的大衣下摆。

忽然，响起一阵缓慢的脚步声，导盲杖不断敲击大理石地面。

端木秋波。

刚做完《面具人生》节目，她的身边还有个中年男人，估计是节目编辑。

门口的灯照亮她的脸，我揉着眼睛仔细观察，像回到拥挤的地铁车厢，一年半来几乎没什么变化，白皙干净的脸上恬静自然，宛若来自另一个人间——可惜是个盲人。

“秋波！”

轻轻叫了她的名字，这时突然冒出来的男人，着实让她吃了一惊，茫然地搜索这个声音是谁。

她身边的男人非常紧张，大概以前也有狂热听众堵到门口，要见一见主持人的真面目，警觉地盯着我说："你是谁？"

"秋波认识我的，我叫高能，还记得我吗？"

"高能？"秋波的脸色立刻变了，眉毛舒展开来，"你真的是高能？"

"你果然没忘记我！是我啊，我从美国回来了，我不再是杀人犯了！"

"对！是你的声音，我想起来了！"

她对声音的记忆力真是惊人！而她身边的男人听到"杀人犯"，更惊恐地看着我。

"我已经回来一段时间了，每晚都听你的节目，可惜我没机会坐地铁了，就想到这里来找你——很抱歉没有提前告诉你，如果让你受惊请原谅。"

"没有，我很高兴！很高兴又能见到你！"她的表情越来越生动，虽然双目紧闭，却眉飞色舞，"我就说过嘛，你只要坚持住不放弃，就一定会有希望的！太好了！这是我今年听到的最好的消息！"

"我是越狱出来的。"

"啊？"

这句话再度让秋波身边的男人几乎晕倒，悄悄摸着手机准备打 110 了。

我笑着对他说："放心，我不是被关在中国的监狱，而且我在越狱成功以后，就为自己洗刷了罪名，现在我是清白的自由人。"

"对不起，现在已经很晚了，有什么话可以白天再说，我要送秋波回家去了。"

"你是她的男朋友吗？"

秋波感觉气氛有些尴尬，抢着说："不，他是我们节目的编辑，每晚是他开车顺路送我回家的。"

"我送你走吧，我的车就停在门口。"

"你现在开车了？"

"不，我有司机。"

"谢谢你，可真的不好意思麻烦你，我还是坐同事的车走吧。"

说完她就跟着编辑往旁边走去，但我拦住她说："不，还是我送你走吧！你不会忘记的，当年我的命是你救的，我亏欠你太多太多了。"

"高能，你越说我越不好意思了，你从来不亏欠我任何东西。"

节目编辑粗暴地推开了我，拉着她要往停车场走去。这时我的司机走过来，一把将编辑拉到旁边，悄悄塞给他厚厚一沓钞票。

编辑的态度 180 度改变了，满面笑容对我点点头，拿起手机装作接电话嗯啊了几句，语气紧张地对秋波说："哎呀，刚才我老婆打电话说她发心脏病了，我得赶快去医院！"

“啊？那你快点走吧，不要管我了。”

“抱歉！那我先走了，再见。”

编辑揣着厚厚的钞票，快步消失在夜色之中。

我沉稳地说：“秋波，现在是凌晨一点半，我打赌你不敢一个人打车回家。”

“好吧。”她苦笑着摇摇头，“你赢了！”

月光，从寒冷的云中探出头来，照亮秋波闭着双眼的脸，也照亮她脚下的夜路。

听着我的脚步声，她来到加长版凯迪拉克前。我绅士地托起她的手，帮她坐进宽敞的座位，面对面却隔了一米距离。

盲人总是那样敏感，感到这辆车的特别，好奇地摸了摸座位：“我从没坐过那么大的轿车。”

“这辆车很安全，我的司机也很专业，请你放心。”

“我晚上回家一直坐同事的QQ，以前坐过哥哥的奥迪A4。”

“你哥哥的奥迪A4——我也坐过。”

她差点就把眼睛睁开了：“啊，我想起你信里写的了，你果然认识我的哥哥！”

“是，真是太巧了，你居然是端木良的妹妹。我被天空集团裁员以后，曾在你哥哥的公司工作过一段时间。”

“那你现在回国找到工作了吗？哦，这个问题真傻，你都坐这么好的车，还有司机为你服务，肯定发财做老板了吧？”

“你这是讽刺我吗？我一直不觉得老板是个褒义词。”我悄悄挪近了她两尺，“你不想回家吗？要一直在车里说下去？”

“哦，对不起。”

秋波报出了自家地址，是地铁沿线一个幽静的小区。司机开出广播大厦，保镖们飞速上车，紧紧跟在我的车后。

看着车窗外掠过的凌晨街景，我轻轻地说了声：“我是美少女战士，赐给你希望吧！”

“什么？”

“你忘了自己在信的结尾写的话了吗？”

“哦，我想起来了，美少女战士——”她羞涩地低下头来，“让你笑话了吧，其实我一点都不美。”

“不，因为你看不到自己的脸，其实你非常非常美。”

她无奈地苦笑：“你不过在安慰我罢了。”

“真的。”

“我不信。”

“没人说过你美吗？”

“很多人都这么说过，但我从来不信，包括我哥哥说的。我知道他们是可怜我。”

我停顿了片刻，凑近她的耳朵说：“你总有一天会知道的。”

“除非重新让我的眼睛看到。”

“我会让你的眼睛看到的。”

“但这要花很多很多钱，以前我哥哥也办不到。”

“我能办到！”

说这句话时有些激动，她下意识地离我挪远了一尺：“不，不需要你帮助我。”

“但你帮助过我。”

“那两封信？”

“是，我不会忘记你的第二封信——落款日期2009年7月14日，那是我的二十七岁生日。”

秋波笑了笑说：“真巧，但这不算什么帮助，我的节目就是疏导人的心理，也经常回复这些听众来信。”

“不，对我的意义却不同，你的信给了我力量，让我不放弃一丁点希望，哪怕世界被绝望覆盖。”闭上眼睛仿佛回到肖申克州立监狱，“那是我生命的最低谷，以为将要一辈子在监狱里度过，永远与那些真正的杀人犯和强奸犯们为伍，永远不能见到自己所爱的人。”

“你后来见到了吗？”

眼前又浮起莫妮卡的混血双眼，我的喉咙也在颤抖：“是的，我为了那一丁点的希望，九死一生逃出监狱，并找到了自己无罪的证据。”

“恭喜你。”

“但我很快永远失去了我所爱的人。”

“哦，真的吗？”她低下头大概心想不该怀疑我的这句话，“对不起！”

“所以，我虽然获得自由，拥有别人羡慕的一切，有时却感到无比绝望。”

“我明白了，节目里遇到过你这种情况，我会经常和你聊天的。”

但我摇着头：“不！任何人都无法明白，无法明白我的秘密，请别再说什么节目了，这不是你的电台节目，而是我的真实人生。”

“可是，请你也不要怀疑我，我想帮助所有遇到困难的人，也是我真实的内心想法。”

“抱歉，我不是这个意思。”

“许多年前，当我对生命感到绝望之时，选择了愚蠢的跳水自杀，却被一个瘦弱的少年救了起来——我永远无法忘记那个少年，无法忘记他的眼睛，甚至无法忘记他的名字，他叫古英雄。”

听到最后那句话，像被电流触摸了一遍，激动地想说出自己是谁！可话到嘴边又活生生咽了回去,只能苦笑着回答:“古英雄,这个名字真好,要比我的名字好多了。”

“高能，现在我所做的事，包括当你被关在监狱里，给你写的那两封信，都是在做当年古英雄做过的事。我感觉帮助别人的时候,我就是那个了不起的古英雄——他才是真正的英雄。”

话题转到古英雄的身上，我和秋波都沉默了许久，第一次有人这么评价我的过去，让我不知是喜是愁，五味杂陈。

忽然，脑中掠过一个念头，既然秋波是端木良的妹妹，那么她就是找到端木良的捷径，只有找到端木良才可能知道——现在究竟是谁控制了蓝衣社，也就知道究竟是谁陷害了我!

秋波是一把钥匙。

虽然，把她想象成一把钥匙有些卑鄙，但这是我唯一的办法，而我的目的并不卑鄙。

“我在你哥哥手下工作时，他一直很关照我，我们成为很好的朋友，现在还是没他的消息吗?”

“没有，他失踪一年多了。虽然，小时候父母离异各自生活，但长大以后我们的感情却更好了，大概是我双目失明的缘故吧，哥哥对我特别照顾疼爱，让我不要去电台主持节目，但我固执地要出去做事，不想在家无所事事变成废人。”

“你们还有其他亲人吗?”

“不，爸爸妈妈去世以后，就再也没有了其他亲人，等一等——”她突然想到了什么,扬了扬娥眉,“还有爷爷!我对他只有非常模糊的印象,忘记他长什么样了,在我读小学的时候，爷爷与爸爸关起门大吵了一架，然后就离家出走消失了。”

“又一个消失者?”

我从端木良的失踪，联想到了古英雄的父亲——也是我真正的生父，不也是在几年前神秘失踪了吗?

“又一个?你还知道谁?”

敏感的秋波立即问道，我尴尬地摇头:“不，只是随便说说。”

明亮的月光下，凯迪拉克已开到她家小区。她说外面下车就可以了，但我坚持要送她回家，一路开到楼下，保镖们再度四面布防。

我扶着她下车,走进一栋五层公寓楼的底楼。这是端木良特地为妹妹买的房子,环境幽静，行动方便。

走到房门口，她回头轻声说:“我到了，谢谢你!”

“要说谢谢的是我!十几年前你在大火中救了我的命，却为我付出那么大的代价，去年你的信又让我在监狱里鼓起勇气，我永远无法报答你的恩情。”

“说什么呢!千万别跟我提当年的火灾，都是过去的事情了。”

她让我千万不要提火灾，说明她心中仍然介怀，这让我更加羞愧：“好吧，你一个人住要小心保重。”

“放心吧。”她熟练地掏出钥匙打开房门，给了我一个微笑，“再见！”

门里响起拉布拉多导盲犬的吠声，我轻轻叹息一声出来，吩咐两个保镖准备一辆车，每天 24 小时秘密蹲点，全力保护秋波安全。

月光，又躲进寒冷的云中。

两周以后，负责秘密保卫秋波的保镖，向我报告了一个特别事件。

日夜蹲点的过程中，偶然发现对面公寓楼二层，有人藏在窗帘后面用望远镜偷窥——瞄准秋波底楼的院子，可以清楚地看到窗户里的一切，尤其晚上没拉窗帘的话。

鉴于秋波的眼睛看不见，所以这个偷窥的望远镜，可能已存在了好久。

特种兵出身的保镖没有打草惊蛇，而是事先到小区物业打探，发现那是半年前出租的房子，承租人是个单身中年男子，邻居很少见到这个人出门，也搞不清他的职业和收入来源。怀疑他是电台的变态听众，因为痴迷于《面具人生》里秋波的声音，跟踪她乃至长期偷窥。这种人说不定哪天会干出可怕的事，我的保镖们决定迅速行动，又调派来几个人手帮忙。

在变态家伙门口潜伏了一整夜，等到他终于开门出来，大家一拥而上将他制伏。没想到这家伙很有力气，奋力与保镖们搏斗，具有很强的格斗技能。就在他要被抓住的刹那，竟挣脱了四个人的手臂，从窗口纵身一跃而下！

幸好是二楼没有摔死，他一瘸一拐地往外逃去，我的保镖们跑下楼追赶。这个变态跑出小区，慌不择路地横穿街道，结果当场被一个飙车的富家子撞死！

警方的交通事故调查结果：一方乱穿马路，另一方违法飙车，各占一半的责任。死者姓名叫南弓，在上海有自己的房子，却在半年前辞职不干，到这个小区租了一套房子。

我很快拿到死者资料，看到那个变态的照片就明白了——我认识这个男人！

南弓＝南宫。

永远不会忘记这张龌龊的脸！

亲爱的读者们，是否还记得上卷的开头，当我还是天空集团小职员，有个神秘男子经常跟踪我，甚至一路追踪到杭州龙井——后来他和端木良与华金山一同出现，原来也是蓝衣社成员，他的名字叫南宫，表面职业是健身教练。

他为什么要偷窥秋波？但秋波一直浑然不知，证明南弓没做过伤害她的事，那就是为了秋波身边某个秘密？既然如此为何不破门而入，彻底搜查一番岂不省事？干吗要辛苦地蹲点守候半年？鬼才相信他是电台听众！既然南弓也是蓝衣社成员，曾是秋波的哥哥端木良的同伙——对了！当初常青意外被杀以后，蓝衣社内部肯定发生过巨变，因此端木良才会恐惧，乃至于在一年前神秘失踪。

端木良！

他才是关键人物，南弓不惜性命代价偷窥秋波，也是项庄舞剑意在沛公！或许觉得端木良很可能还会回来，抑或秘密与妹妹联系，甚至在家里留下了重要物件。南弓也不知道那是什么，只能肯定那个信息非常重要，值得自己辛苦守候——端木良为什么不出现？为什么有家不能回？为什么不敢与妹妹联系？原因大概也在于南弓？也许，就是南弓这个亡命之徒，在常青死后严重威胁到了端木良，才迫使他采取失踪逃亡的下策吧！

既然南弓每夜都在偷窥，那么我的出现也必然被他看到——他不会不认识我的脸，这意味着我也可能在危险之中？联想到保镖们抓住他的时候，他那种丧心病狂的反抗态度，显然他知道那些都是我的人。他明白绝不能落入我的手掌，否则很可能被挖出某些惊人的秘密，他才会冒险从二楼窗户跳下，又疯狂地横穿马路，结果死在欺世马的铁蹄之下。

慢！

我又想起一个重要人物，端木良和秋波兄妹唯一可能在世的亲人——他们的爷爷。

如果端木兄妹的爷爷还活着的话，那他就是蓝衣社幸存的最老人物，甚至还比我（古英雄）的父亲高整整一个辈分。

南弓，或者说南弓背后的那个人，也是取代常青统治蓝衣社的那个人——他们之所以对端木良穷追不舍，逼得他自我消失人间蒸发，其目的正是端木老爷子（姑且让我这样称呼他吧），老爷子才是真正的关键人物！

从事关全球经济的天空集团保卫战，到三两个人之间的蓝衣社斗争，这场隐藏于黑暗下的世界大战，刚刚狼烟万里，方兴未艾。

那头被大家共同追逐之"鹿"——正是兰陵王的秘密。

艾略特说：四月是残忍的。

回到中国一个半月，终于迎来上海的春天。我每天住在妈妈家里，工人新村开满有毒的夹竹桃花，许多下岗工人与老头、老太中间，偶尔会突兀着一个黑衣人，那就是在我家楼下蹲点的保镖。

早上，车队会准时来接我——低调地停在小区外面，等我上车开往19层的豪华办公室。大多数时间与亚太区高管开会，从天空银行抽调有限资金，加大对亚洲地区投资，这是环球金融风暴之下，集团唯一有发展前途的地区。

每逢周五，纽约总部会有高管飞过来朝拜。除了与我对着干的财务总监外，所有人都到过我的上海办公室。我们还在香港与北京，召开过两次全球董事会，几乎替代了曼哈顿的天空中心大厦。

至于以前的老同事们，自然一番与当年截然不同的众生相。田露千方百计要接近我，故意徘徊在我的办公室外，装作与我偶遇的情形。而我每次都会礼貌地打招呼，在她性感地倒在我身上之前，迅速抽身离开免惹麻烦。她不知从哪打听到了我的手机号码，每夜给我发一些暧昧短信，说她是我的第一个女人，那么多年来一直思念着我，随时随地等待我的召唤。就差跑到我的办公室来宽衣解带了。

最后，我给她还了一条短信："田露，在我还没有瞧不起你之前，请你先瞧得起你自己，不要再侮辱自己的人格，也不要再侮辱我的人格。"

从此以后，她再也不敢给我发短信了。

对于我的归来，最高兴的莫过于老钱，每天上班兴高采烈，面对其他同事甚至领导都飞扬跋扈。他自诩为大老板当年最好的同事兼朋友，大肆吹嘘早就看出我有真龙天子之相，一直对我细心栽培，似乎我成为 CEO 完全是他的功劳。他认定我必然要提拔熟人做亲信，他将抱着我的大腿飞黄腾达，每次见到都极尽溜须拍马之能事："我对董事长的景仰之情，有如长江之水绵绵不绝，又如黄河泛滥一发不可收拾……"然而，无论怎样肉麻地吹捧，都只会让我恶心，只是念及同事情谊才给他留几分面子，这种老油条只能做一辈子销售员。

若要颁发公司最恐惧奖，非销售七部的侯总莫属。当年，他对我的恶劣态度众所周知，更是他决定将我裁员解雇。公司内部斗争极其残酷，如今我成为集团的大老板，自然该拿他第一个开刀。但我并未如大家所料那样，将侯总扫地出门，而是继续留用他在原来位置上。

他和田露确实深深伤害过我脆弱的心，但都是过去的事了，我何必再与他们计较呢？对伤害过自己的人宽恕，就是为自己打开更大的世界。

然而，我的宽宏大量并未使他领情，读心术从他的眼里看到，他对自己的前途更害怕，担心这只是陷阱，让他留在公司遭受更大的羞辱。既然如此，就让他永远惶惶不可终日去吧。如果他完成不了销售业绩，销售总监也会让他走人，如果勤勤恳恳努力工作，说不定还会提拔他呢。

没错，我确实会提拔一个亲信，作为我在中国区的心腹耳目。经过对管理层包括基层员工的考察，最终的幸运儿却是销售六部的白展龙——我也算是他的救命恩人，他对我的忠诚度毋庸置疑。何况他在销售方面能力出色，又有过与我一样的失业经历，却能"重整河山待后生"再杀回公司，说明他对天空集团的深厚感情。这样的人才难能可贵，在自杀未遂被我醍醐灌顶之后，他已具备强大的意志与心理素质。白展龙也没有什么背景，与集团传统利益层毫无瓜葛，年纪三十出头，正符合我心目中集团未来的高管结构。

于是，白展龙荣升集团董事长常驻亚太区特别助理，年薪一百万人民币。

昨天，我去看了我的妈妈——不是高能的妈妈，是古英雄的妈妈。

她比两年前更老了，仍住在老式小区的房子里，保留儿子以前的房间，看着古英雄的照片发呆。她想不到我会再度出现，也不知道以前收到的匿名汇款是我打出的。我激动地要哭出来，但又强迫自己伪装成古英雄的同学。我说这两年在国外赚了些钱，想报答我的救命恩人，既然古英雄已不在人世，那就报答他的妈妈。以前我没有能力帮助她，但当我拥有万亿美元富可敌国，又怎能再让亲生母亲受苦？我请了最高级的钟点工来打扫卫生，又雇用私人医生为她治疗老毛病，通过天空集团给她买了一份顶级养老保险，每月可以支取几万元的养老金，秘密派遣保镖确保安全。

但是，我不敢告诉她真相，不敢说她的儿子没有死，就站在她的面前，已成为一个值得骄傲的人物。

自从上次去广播大厦接秋波下班，她的同事就永远有事无法送她了——他谎称老婆住院开刀需要长期护理，为此我的秘书给了他两万块钱。

秋波每次去广播电台，我都会派专车送她，再也不能让她挤地铁。每晚我都会亲自接她下班，但她总是极力推辞，说这不是客套，而是真心不希望麻烦我。但我不管她怎么说、怎么想，每次都是强势地请她上车，让她的表情很尴尬。以这种反应来判断，若她是个健全人，一定会远远地逃走，到马路上叫辆出租车扬长而去。

不过，若不是秋波这个盲姑娘，99% 的上海女孩都不会拒绝我的请求——半夜里有加长版凯迪拉克来接，又是身家无限的超级富豪王老五，早就主动投怀送抱了吧。即便矜持一些也会靠在我的肩头，享受这份让许多人羡慕的虚荣。

秋波可真算是一个异类!

我的秘书都看不懂，明明有钱有势，又是正常健康的男人，为何不去找个女朋友——这年头别说找一个，就算同时找一百个都不稀奇，哪个有钱人没有三妻四妾、五六七八奶的？何况我又无婚姻的束缚，不必考虑道德问题。

有一次秘书说某位大导演，带着几个漂亮的女明星过来，想陪我飞去三亚吃顿饭——他很暧昧地说：这几位女明星都可以陪我过夜，要是满意还可长期包养，若不满意也可换人，如果我指定自己喜欢的明星，人家可以马上飞过来，都是一线正当红的名角，算是大导演要我投资的敲门砖。

我当即把这个秘书解雇了，让白展龙给我物色了一个新秘书。

最初一个星期，秋波还是非常拘谨，毕竟看不到视觉形象，盲人有一种天生的戒备心。尤其我这个突然冒出来的“高能”，越狱归来摇身一变为大老板，更让她产生疏离感，好像以前的高能还属于这个人间，而现在的我是从另一个世界回来的。

如果不解释清楚，恐怕她将永远对我充满警惕，甚至以她的性格而论，很可能某一天会突然消失，以躲避我不厌其烦的“骚扰”。

于是，我把越狱的过程告诉了秋波，这段奇迹般的经历让她很惊讶，若非盲人必定目瞪口呆。她终于相信其中也有她的功劳，她的书信是继“掘墓人”童建国、老马科斯，还有莫妮卡之后的第四种力量，促使我有勇气逃出生天。之前的三个人都已死去，秋波是唯一还活在这个世上的，我发誓要好好保护她。

还说了我如何成为天空集团大老板，其中少不了要提到莫妮卡，她是我不能绕过的人——我坦言自己深爱过这个混血女子，而她以生命为代价，铺就了我通往权力宝座的道路。

秋波再度为我感动，第一次看到她悲伤的样子，当听到莫妮卡最后留言的故事，她嘴角颤抖着说：“你真幸福！能有一个真心爱你，又被你真心所爱的人。”

“但幸福的时光太短暂了，几乎转眼就一去不复返，也许我再也找不到这种感觉了。”

“不，你会找到的。”

从此，她不再处处提防我，也渐渐进入无话不谈的境地。她告诉我在节目里听到过的各种悲伤故事，也说了自己少女时代的种种不愉快——双目失明的痛苦，被周围人看不起和欺负，无法正常就读大学，父母离异后双双亡故……

许多是从未讲过的，甚至连她的哥哥也没听到过。而我却说不出自己的少年时代，因为记忆已被彻底埋葬。

然而，无论如何向她敞开心扉，却有一个秘密没有说出口——我不是高能，而是那个在水中救起她的古英雄。

她大概也不会相信，我居然从一个被她救命的人变成了另一个救她命的人。

但这个世界就如此荒谬。

当然，还得解释我和莫妮卡的关系，既然必须说自己是高能，那只能说莫妮卡并非我的亲堂妹，只是被叔叔收养的一个混血孤儿，所以我们之间没有血缘关系。

可因为我的这种谎言，每次与秋波分别以后，都会感到隐隐不安。

莫妮卡——她离开人世已经半年，那双丝绸之路上的混血双眼，仍时常在凌晨梦中出现，翩然穿越阴阳来与情人相会，当我醒来又是满眼泪水。

不，我怎能忘记她？

过了几个星期，秋波已习惯我的存在，习惯每晚凌晨我来接她，一直送到她家门口，礼貌地道别离去。我保持良好的绅士风度，从未对她有过任何轻浮，更不敢加以暧昧言语，只是把她当做一个好朋友，曾经的救命恩人，电波里的“声优”偶像。

不过——今晚，我要带她去一个地方。

凌晨一点，车队开到广播大厦楼下，接上穿着连衣裙的秋波，驶入茫茫的上海夜色。

今天她显得特别漂亮，虽然看不见自己衣服的颜色，但仅凭双手就能挑出最合适的。她耸了耸眉毛似乎有什么要说，却含在嘴里没说出来，我直截了当地问："发生什么了？"

"上午，我见到了爷爷。"

"什么？"

端木秋波的爷爷，也是端木良的爷爷，我想象中的端木老爷子，果然还在这个人间？

其实，中午我就得到报告，暗中保护秋波的保镖说——有个老人敲了秋波的房门，但不到一分钟就走了。

"我猜他是爷爷，虽然看不到他的脸，就算看到也认不出，但我有一种感觉，他就是我的爷爷！"

秋波差点要把眼睛睁开了，仿佛爷爷就坐在我的车里。

"他没有说话吗？"

"大约十点，有人敲我的门。我已养成了警惕的习惯，躲在门后问来人是谁，对方是个老爷爷的声音，说是来找秋波的。于是，我牵着导盲犬贝贝打开房门，我问他是谁，他也不回答，只是说：'秋波，你长大了，长得真漂亮！'"

"啊。"

"是个七十多岁老人的声音，话语还有些激动，我是盲人所以对声音很敏感。"她仰起头靠在车窗上，"他没有进门，就在门口站了一会儿，便匆匆离去。90% 的可能是爷爷，除了他没有其他人会这样对我说话。"

不知该怎么安慰她，至少对我来说是件好事——端木老爷子终于出现，之所以选择这个时候，想必是因为监视秋波的暗哨已被拔除，否则会引来南弓的跟踪，甚至更可怕的事。

老爷子一定还会出现的。

车子在夜色里飞驰许久，秋波的面色微微有变，果然是敏感的女人，疑惑地问："怎么开了那么久还没到家？你要带我去哪儿？"

我只能向她坦白："对不起，事先没有告诉你，我想带你去另一个地方。"

秋波恐惧地向后缩去，双手下意识护在胸前，像夜路里遇到流氓："你……你……想要干什么？"

"带你去听海。"

"听海？"

"去听海哭的声音。"

(请允许我直接引用《听海》的歌词。)

"海边？我这辈子还没去过海边呢！"

是的，正因为上周她说了这句话，才使我决心要带她去听海。

车队在通往的大海的路上，一个多小时后才抵达尽头，机场附近一片荒凉海滩。滩涂广大漫无边际，白天从来没有游人，晚上却能欣赏机场浩瀚的灯光，听到缓缓起落的潮声。

没有月亮。

车子停在黑暗的大堤上，我已提前吩咐保镖们分散，不要靠近我超过一百米。我扶着秋波走下堤坝，举起手电走下平坦的滩涂，除了远处机场的灯光，眼前什么都看不到。耳朵充满了海的声音，从遥远的太平洋汹涌而来，穿越第一岛链接近长江口，与浑浊的江水融为一体，却逐年被人类击败向后退去，只剩下海天一色的荒凉景象，不知何年何月会一鼓作气报复人类?

我和秋波闭上眼睛，在这里双目已是摆设，唯有耳朵与鼻子有用。她比我更加灵敏，能清楚分辨海的气味，还有远方海浪发出的完整音阶，甚至脚下小螃蟹吐泡泡的声音。凌晨咸咸的海风，就像伤心时的眼泪，抚摸脸上每寸皮肤，渗入张开的毛细血管。我担心她穿着裙子会着凉，就脱下外套披在她肩上，却不敢伸手揽她入怀。

“如果你想哭，就对着大海哭出来吧。”

其实，我已抢先流下了眼泪。

她终于被深深感动，发出电台里才有的磁性嗓音，似乎来自高空电波的歌声：**“听，海哭的声音，叹息着谁又被伤了心，却还不清醒。一定不是我，至少我很冷静，可是泪水，就连泪水，也都不相信。听，海哭的声音，这片海未免也太多情，悲泣到天明。写封信给我，就当最后约定，说你在离开我的时候，是怎样的心情……”**

终于，情不自禁地抓起她的手，她在最初的剧烈反抗之后，却温顺地抚摸我的脸。

冰凉的手指，带着海风咸味，划过我的额头和鼻梁，穿越脸颊和下巴，电流从四面八方袭来，刺激孤独的心脏。

“让我猜猜你长什么样！”她微笑着靠在我耳边，“嗯，你的鼻子很正气，眼睛不大也不小，嘴唇长得也不错，应该长得很好看吧。”

这样的答案真让我尴尬，我可从来不觉得自己好看。她大概是今晚对我很有好感，所以给自己的心理暗示吧?

我心慌地回答：“不，我可是个丑八怪呢！”

“切，你骗我！坏东西！”

她说着渐渐靠在我身上，鼻息间已没有海的气味，全被她的气味所取代。

瞬间，我感觉自己爱上了她。

却忽然心如刀割！疼得几乎无法站立，疼得想要粉身碎骨。

黑暗里浮起另一张女子的脸庞——莫妮卡。

重新揉了揉眼睛，却又是阴影中秋波的轮廓，也许这两个女子对我来说是同一个人。

其中一个早已化为幽灵，仅仅半年多的时间，曾经的海誓山盟就变得这么快？

也许男人比女人更善变。

对不起，莫妮卡。

同样也对不起，端木秋波。

我痛苦地后退几步，拉着她的手回到大堤上，黎明前的海风吹乱头发，也吹乱了我脆弱的心。

但是，有一件事我已打定主意。

必须为秋波做些什么——无论我与她如何发展，无论是否对莫妮卡心存内疚，无论秋波能否引出她的哥哥与爷爷，我都必须拯救她。

当年，她为了救高能而失去了光明。

若是少年高能被烧死了，也不会有我现在的脸，更不会有天空集团大老板的高能。

就像古英雄在十多年前救过她那样，我也将再度拯救她一次，报答她对高能的救命之恩，报答她写到狱中的两封信，报答她此刻给我的温暖。

要尽一切力量还给她光明！

秋波披着我的外套打了个冷战：“谢谢你带我听海！我想可以回家了。”

2010 年，五月。

赤色的五月。

舷窗之下几千米，是干旱酷热的黄色大地——传说中旱季的热带草原，布满枯黄灌木，一望无际赤地万里，依稀可辨成群结队的非洲野象，高空看去似蚂蚁搬家。

天空集团公务专机，我坐在舷窗边忐忑不安，十个小时前刚从中国起飞，不经停任何地方直接前往东部非洲——所多玛共和国。

三天前，华尔街传来一条重磅消息，迅速震惊全球财经界——非洲所多玛石油项目，即将与一家英属维尔金群岛的投资公司签约，这家公司刚于去年注册成立，有个特别而神秘的名字：Matrix，意即“矩阵”——如果熟悉美国电影，就会知道这也是《黑客帝国》片名。

这家以《黑客帝国》电影命名的公司，居然击败了许多强大的竞争对手，包括早已觊觎多年的天空集团，还有埃克森美孚公司、壳牌石油集团、美国雪佛龙集团、道达尔石油公司……甚至中石油这样的后起之秀。

但没人知道这家 Matrix 公司的底细，就连 CEO 和法人代表的名字也不清楚，就算有也是假名或傀儡，但无疑这家公司具有雄厚实力，有神秘强大的背景，否则怎能让那些赫赫有名的老牌帝国败下阵来？

只有我知道他们的真面目，不需要什么花哨的名字，在我眼中只有两个字——**敌人**！

没错，就是这家所谓的投资公司，去年以其他名字出现，狙击了天空集团的几个关键项目。又在金融市场上兴风作浪，步步紧逼集团软肋，给我们造成数百亿美元的惨重损失。可以说天空集团沦落到今天，处于如此危险境地，一大半要“归功”于这位劲敌。

更可怕的是，我们对他的全部了解仅限于“敌人”两个字！

敌在暗，我在明，焉能不险？

而且，根据目前所多玛国的选择，我有 99% 的把握——去年刺杀莫妮卡的行动，正是出自于这位 Matrix 敌人！

这个消息更让天空集团陷于绝境，原本全世界都以为我们最有可能拿下这个项目，毕竟付出了前任董事长生命的代价！至此，集团最后的救命稻草沉没，债权团已对我们彻底失望，天空银行账上早已空空如也——助理向我报告，如今纽约总部已乱成一团，许多人提交了辞职报告，债权团发出律师函，正与财务总监等人谈判，非常担心“小萨科奇”会胳膊肘往外拐，内外勾结出卖集团利益，甚至强迫我宣布破产保护。

我已到悬崖边缘，再退十厘米就会粉身碎骨！

不能坐以待毙！

就像当初果断决定越狱，逃出了被认为无法逃出的肖申克州立监狱，我也必须当机立断，力挽狂澜于即倒，得让敌人把吃到嘴巴里的肉吐出来！

所多玛！

这就是我的目的地，也是莫妮卡香消玉殒的伤心地。为了整个天空集团的生存，也为了我的身家性命，更为了我背后千千万万的人们，不能让我深爱过的人白白牺牲。

此刻，舷窗下就是这个不幸的国度，虽然地下埋葬着黑色黄金，地面上的人们却过着不见天日的生活。

不见天日——想起这个成语，脑中又浮起了另一个人。

秋波。

不，她很快就会摆脱这种生活。

一周前，我雇用了一家国际顶级医疗机构，由合法渠道获得了器官捐献。一位可怜的女孩身患绝症，只剩下不到十天生命，愿意在死后捐献自己的视网膜。

这种事情一般很难遇到，但通过这家背景雄厚的机构，可以在短短数天之内，通过全球范围内的筛选，迅速找到合适的捐献对象。因此花费也是常人的数倍，捐献本来是免费的，但中介费用极其昂贵，基本可以在上海买一套独立别墅。

秋波一开始强烈拒绝，不想欠我那么大一份情。以前端木良也曾想帮她做手术，但普通移植需要漫长等待，几年来遥遥无期。但我坚持要她接受，反正费用已提前支付，如果她放弃的话，就等于浪费了一个女孩的视网膜！这是人家十几年生命的结晶，如果能在别人的生命上延续，也算是获得了新生。

终于，她被我说服了——重获光明是她十几年来最大的心愿，她暂停了电台节目，找了其他主持人代班，安心住进一家外资医院准备做手术，等待另一个女孩生命的终结。听起来有些残酷，却是我们无法违抗的命运。

专机飞临所多玛国首都，俯瞰就是一大片贫民窟，找不到任何四层以上的建筑。机场像不长草的足球场，停着几架七十年代中国军援的歼六战斗机——早该淘汰进博物馆了。

剧烈的摇晃颠簸下，飞机在布满石子的危险跑道上停稳。我先在飞机上等着，全副武装的二十名保镖，下去检查周边情况，确保安全之后再发出信号。由于莫妮卡遇袭身亡的前车之鉴，集团提前从美国飞来一架 C130 大力神运输机，装运了五辆布莱德利步兵战车，以及随车的五十名雇佣兵，他们参加过许多次战争，个个都是凶悍的天煞地罡。

如此规模的武装力量，基本可以侵略这个贫弱小国，至少应该在机场派遣军队阻拦。但我已事先行贿买通该国陆军司令，当天将首都卫戍部队全部放假，基本处于不设防状态。

于是，我在众人前呼后拥之下，登上一辆特别改装的步兵战车，夹在整个车队的最中间，浩浩荡荡开往所多玛总统府。

机场出来畅通无阻，连警察也告绝迹。我的保镖和雇佣军都很紧张，因为这里三天两头爆炸，每年有数万人死于武装冲突。第一辆战车装着地雷探测装置，第二辆战车有车载防空导弹系统，每辆车都可抵御火箭弹袭击，除非 100 毫米口径以上火炮，否则没人能伤害到我。

路边满是沙土与灰尘，灌木丛中长颈鹿在散步，偶尔可见干涸水塘里鳄鱼的尸体。开进首都最重要的道路，仿佛一个巨大的集中营，路边全是简易棚屋，偶尔点缀几间破烂的砖房。几乎看不到商店和广告牌，遍地饥饿的人群，街道就是露天厕所，还是天然的停尸房，野狗与乞丐们争抢食物——通常是野狗获胜。

通过战车内部的观察孔，我惊讶地注视这个国家，既不是古老的中世纪，也不是野蛮的殖民时代，而是伟大的二十一世纪！这就是我们引以为自豪的地球？泽被苍生的现代文明？

路边一个悲伤的母亲，抱着自己刚刚死去的孩子，野狗正从她手里抢夺孩子的脚！许多骨瘦如柴的黑孩子，蹲在路边等待死亡降临，无数苍蝇嗡嗡地围绕他们，还有天上盘旋的秃鹫——在所多玛共和国，人与自然真正做到了和谐共处。

然而谁又能想到？这个已退化到蒙昧时代的国度，却是四千年文明古国，创造过辉煌的巨石文明，古埃及方尖碑就记载过这个国家。所多玛近代陷入殖民统治，不同部族受到殖民者挑唆，结下永远无法解开的仇恨。从六十年代宣布“独立”伊始，政变与内战就没有停息过。当今总统阁下便是由政变上台，他的治下部落仇杀不断，信仰格瓦拉主义的反政府游击队，已控制相当大部分的农村。在发现丰富的石油资源后，原本袖手旁观的大国纷纷插手，但没人能解决贫困与饥饿的问题，成千上万的儿童挣扎在死亡边缘……

看着这个黑色的人间地狱，眼泪不知不觉滑落脸颊，想想那些母亲和孩子们的痛苦，我身上的离奇遭遇又算什么？而他们只要得到哪怕一丁点满足，都会感觉是天大的幸福！

而我今天看到的这个地狱，是否全体人类未来的警告呢？

转念之间，车队已开到总统府门口，这是所多玛国最豪华的建筑，也是殖民时代的总督府。门口有维多利亚风格的雕塑，却吊着一具发臭的尸体——刚被总统处决的犯人。

看到五辆全副武装的布莱德利步兵战车，守卫总统府的军人们都很紧张，他们紧闭铁门架起机枪和火箭筒。我的秘书已事先联系过该国外交部长，经过一番简短的交涉，终于打开铁门——但所有战车不得入内，我只能带上两名保镖，而且严禁携带武器。

秘书劝我不要贸然进去，该国总统是个杀人魔王，最近又被天空集团的敌人收买，很可能要对手无寸铁的我开刀。

但我推开阻拦的人们，固执地走下步兵战车，看着吊在总统府雕像上的尸体，冷冷地说："不入虎穴，焉得虎子？"

既然已到了这里，怎能被一个卑鄙的军阀吓倒？如果不能挽救天空集团，我又有何面目去见九泉之下的莫妮卡？

这个险必须冒！

我挑选了两名最忠诚的保镖，交出武器走进铁门。我吩咐外面的雇佣军，如果超过两个小时还没动静，就硬闯进去踏平总统府！

在几十名士兵的看守下，我们走过戒备森严的小径，如同刚被逮捕的囚徒，来到一栋三层洋房前。一个军官命令保镖等在外面，让我独自走进洋房会见总统。

踏进一间布满灰尘的大厅，到处是握着冲锋枪的卫士，好像战争前线的指挥部。军官带着我来到二楼会议室，就是总统接见外宾的地方。墙壁上有新鲜血迹，大概刚刚处决过犯人。

等待了几分钟，松松垮垮的卫兵突然立正，军官用当地语言高喊了一句，所多玛国的总统大驾光临。

总统的皮肤像炭一样黑，年纪不会超过四十岁，穿着一套笔挺的军装，戴着一顶绿色贝雷帽，腰间别着锃亮的手枪，小腿上居然绑着匕首，活像黑社会老大。

他放射傲慢的目光，这个国家至高无上的帝王，颇为瞧不起我这个中国青年，用手上的戒指敲了敲桌面说："你好，欢迎你访问美丽富饶的所多玛共和国。"

非常标准的美式英语，我有些惊讶地伸出手："很荣幸见到您，总统阁下！我是高能，天空集团全球董事长兼CEO。"

"啊，很高兴认识你，高先生。"他却不伸出手来，大概觉得我没资格与他握手，"你一定感到奇怪，为什么我的英语那么好？我曾经在西点军校培训，为美国政府服务，参加过索马里战争。"

"所以贵国与美国的关系一向很好，每年能得到美国政府的军事援助。"

总统自豪地高声道："是，伟大的美国是我的好朋友，没有美国的支持也不会有所多玛国的繁荣富强。"

所多玛国的繁荣富强？真是绝好的讽刺！

"总统阁下，请允许我的直截了当，您也知道我此行的目的，关于贵国石油开发计划——我的叔叔高思国先生，花费了大量心血在这个项目上，相信总统阁下是最清楚了。"

我是暗示他拿了天空集团很多好处，不要翻脸不认人恩将仇报。

"是，如果高思国先生没有意外去世，这份合同早就签给天空集团了。"

"我的堂妹莫妮卡·高，也为了贵国的石油开发计划，付出了生命的代价！"

"哦，那太遗憾了，一定是那些反政府暴徒干的！他们就知道杀人放火，袭击你们有钱的美国人，我早就下令要彻查此案，并且逮捕了几千名嫌疑分子，大多数已被处决了。"

所谓的"暴徒"，也就是反政府的游击队，但我才不相信这种鬼话！袭击莫妮卡的是天空集团的敌人！他们不愿意看到石油项目落入我们手中。至于总统所说处决了许多嫌疑犯，很可能就是杀人灭口。

"请问有没有具体的调查报告？"

"这个……一定会有的！请你放心，美国是我的朋友，你们的奥巴马总统，都已经发表了谈话，我怎么不会照办呢？美国的意志也就是我的意志！"

就在总统说这些话的时候，他瞪大的眼睛里的秘密，却被我的读心术抓住了——

"中国小子！你是在怀疑我吗？就是我干的！有人送给我几十个漂亮的白人女奴，还在地中海上给我买了一艘豪华游艇，让我做掉天空集团的新任董事长，于是我在路上安排了火箭筒，将高思国的女儿轰上了天！"

就是他！

突然，我站起来目露凶光，直勾勾盯着这个浑蛋总统，恨不得撕碎他全身烂肉！

从来没人敢这么看总统，着实让他也吃了一惊，皱起眉头说："高先生，你怎么了？"

"没，没什么！"必须要控制自己的情绪，如果当面激怒这个畜生，他是不会对我心慈手软的，“只是感到意外，你为何宣布要和一家新公司开发石油项目？干吗不选择我们天空集团，或者其他有实力的老牌跨国公司。”

“你怎知道 Matrix 没有实力呢？不要小看了人家新公司，可是有相当强大的实力呢！”

“请问总统阁下，您见过这家公司的老板吗？”

“从没见过，每次都是一位退役的美国将军——那可是我最好的朋友，没有他的帮助，我也不可能成为总统——明天，他就会从美国飞过来，代表 Matrix 公司与我签订为期九十九年的石油开发合同。”

我知道再问也不会有什么结果：“太遗憾了，总统阁下，希望今后还有机会合作。”

“嗯，也许你们可以来开发所多玛的木材资源。”

“告辞！”

“恕不远送。”

我快步走出小洋楼，在保镖和士兵们的簇拥下，走出总统府的铁门。

秘书和雇佣兵看到我出来了，这才松了一口气，立即将我接上战车，掉头疾驶向机场。

但我并非要离开这个国家，虽然无法阻止 Matrix 的石油合同，也意味着我的“A 计划”宣告失败，但我还有一份“B 计划”。

“B 计划”。

一个小时后，五辆步兵战车停在机场，紧紧护卫天空集团专机。

我佯装离去回到飞机上，却迟迟没有起飞迹象，躺在老板专用的休息室，一觉睡到晚上九点。

夜幕，笼罩非洲野性的原野。

飞机上装载一台原始的步话机，与某个声音通话联系了几句后，我走出飞机宣布“B 计划”开始！

休息了半天的雇佣兵立刻上车，摩拳擦掌准备好各种武器，驾驶五辆战车冲出机场。

我仍然坐在中间的战车上，携带简易步话机保持联络——所多玛国没有移动通信。

首都的卫戍部队依旧在放假，夜色覆盖车队踪影，这里没有任何夜生活可言，贫民窟里的人们都已睡去，任由我们长驱直入总统府。

神兵天降！

但我们不是独自在战斗——总统府外已布满了武装人员，他们都是格瓦拉主义的游击队员，一夜之间潜入这座不设防的首都。

这就是我的“B 计划”，通过雇佣兵头目，联系所多玛国的游击队，行贿解除了首都武装，可以轻而易举地围攻总统府。

这样的屠夫总统早就该下台了！这样水深火热中的人民，早就应该揭竿而起了！

我也应该为莫妮卡复仇了。

夜晚，十点十分。

总攻开始！五辆步兵战车首先发难，撞开总统府前的铁门，带领游击队员一拥而入。哨兵们被迅速干掉，其他卫兵还在睡觉，看到游击队便缴枪投降，可见总统早已众叛亲离。

不到五分钟，我们已全面控制了总统府，没遇到什么激烈抵抗，总共只有四人被杀，不到十个人受伤，被俘的卫兵有几百名之多。

总统拔枪顽抗了两分钟后，也被游击队员逮捕了，本来要当场枪毙这个杀人魔王，却被我极力阻拦下来。

依然在白天的会议室，只不过那时我是客人，现在总统则成了阶下囚。

他像头陷阱里的野兽，不断发出狂暴的怒吼，痛骂游击队员都是暴徒，犯有叛国罪全部该被吊死！

我不想跟他啰唆，直接拿起一把尖刀，顶在他的咽喉上说：“总统阁下，现在法律上你还是总统，请在这份合同上签字盖章吧！”

桌子上多了两份厚厚的文件——天空集团与所多玛共和国石油开发协议，开发期限二十五年，所多玛政府将分享 50% 的石油收入，这要比 Matrix 的协议文本合情合理得多。

原本不可一世的总统阁下，这回终于对我卑躬屈膝了，颤抖着盖上政府国印，又用我的万宝龙钢笔，签署了这份决定天空集团命运的文件。

“谢谢！”

我收起两份协议，将总统交还给游击队员，他原以为我会带他去美国，破口大骂道：“臭小子，你不能把我交给这些暴徒，他们会把我碎尸万段的！”

“放心，贵国人民将给你公正的审判！”

这位帝王像狗一样被拖走了。

随后，我坐着步兵战车开出总统府，来到所多玛国立电视台，连接卫星到美国的电视新闻，向全世界宣布一个最新消息——

“天空集团已正式与所多玛共和国政府，签订独家开发石油项目的协议，预计两年内将达到全球原油产量的 10%！”

同时，所多玛共和国民族团结临时政府宣布成立，废除前总统独裁统治，同时废除以往所有不平等条约——唯独承认天空集团的石油开发协议，并将大力推进该项合作，开发本国丰富的石油资源。

天空集团将给予所多玛共和国新政府每年五亿美元援助，还将为该国运去数十万吨粮食，拯救死亡边缘的饥民，并将捐款建立五十家小学、二十家中学，以及十家医院，彻底改善民生问题。

为感激我对这个非洲国家的卓越贡献，我的头像将被印在所多玛共和国新版纸币上。

至于恶贯满盈的总统阁下，他被关押在自己的卧室，不想忍受前任总统被杀的羞辱，掏出匕首割腕自杀，胆怯地逃避了人民的审判。

根据我的授意，在所多玛共和国的首都，播放当年为非洲灾民唱的老歌《天下一家》——**We Are The World**。

这首由迈克尔·杰克逊和莱昂内尔·里奇共同创作的歌，曾经是高能生前最爱的音乐——我已把从前的高能当做自己生命的一部分。

迈克尔·杰克逊已经不在人世，高能却在古英雄的身上永生不死。

We are the world, we are the children...

从这个意义上来说，We are the world，也是一种 Gnostics。

所多玛不会被抛弃。

这个消息一经公布，意味着天空集团已拥有巨大宝藏，当即振奋集团上下士气。聚集在纽约总部讨债的银行债权团，也重新评估了我们的赢利能力，一致同意暂缓偿还贷款。认为这个最新的石油项目，可以带来数千亿美元利润，足够帮助天空集团重整旗鼓。

现在，我该回家了。

黄昏，飞机穿越浓密云层，高高掠过江南田野。

十个小时前，天空集团的公务机从所多玛国起飞。我与上海的白展龙通过电话，才知道秋波的手术已在前天完成——那位绝症女孩已经离世，视网膜被火速移植到秋波眼里。

现在，我急切盼望见到秋波，或者说是让秋波见到我。因为她将在今晚术后拆线，十多年来第一次见到光明。

我希望她第一个看见的人是我。

还有半个小时，飞机将降落在浦东国际机场，我坐在舷窗边拿起电话——公务机专用电话线路，不会影响正常飞行，拨通了秋波病房的电话。

"秋波，我是高能！我的飞机马上要降落了。"

"能听到你的声音真好！"听得出她的心情很愉快，"高能！两天前的手术非常顺利，医生说我的眼睛没问题了，三个钟头后就将拆线。"

我看了看表："三个钟头，肯定来得及！我下飞机就直接赶到医院，看着你的眼睛拆线。"

"那么我恢复光明以后，看到的第一个人就将是你！真好！"

"你想的果然和我一样。"

"你在非洲怎么样？我很担心你呢。"

显然，她没有听最近的新闻，我笑着回答："很愉快的一次旅行，我做得太棒了！你会为我感到骄傲的。"

"那就好，你知道这两天我在想什么吗？"

"在想我长什么样。"

这样的回答是不是脸皮太厚了？但她的答案却是 Yes。

"你怎么知道的？"

"也许我是你肚子里的蛔虫。"

"去你的。"电话里她笑得更灿烂了，我都能想象她此刻的容颜，只是眼睛被纱布缠着，"我猜你是个帅哥。"

"对不起，别抱太大希望，我会让你失望的。"

"可你为什么有那么好听的声音呢？"

我尴尬地咳了两声："其实我一点都不好看。"

"如果我拆线以后，你还不出现，我就闭着眼睛不看，一直等到你出现。"

"好，一言为定，飞机在降落了，我绝不会迟到的！"

"等着你。"

挂掉电话，舷窗外已是巨大的机场，回想十几小时前的所多玛国，真是恍如隔世的感觉，我的心则已飞到了某个人的眼睛上。

公务机安全降落着地，停机坪上已有我们的车队，亚太区的牛总和全体高管，捧着鲜花迎接我胜利归来。我匆忙走下舷梯，听到雷鸣般的掌声——天空集团最新的石油项目，已震撼全球财经界，中国分公司原有许多人准备跳槽，但听到这个好消息，立刻撕掉了辞职书，纷纷赶来机场欢迎我。

我让秘书接下几十束鲜花，弯腰钻入加长版凯迪拉克，命令车队迅速开出机场。

秋波所住的外资医院，坐落在上海西郊，车队飞奔在外环线上，从外围绕过整个上海。我不想再打电话打扰她的休息，让秘书为我整理头发，起码让她看到一个好形象吧。

还剩下一个小时。

突然，感到身体往前急冲了一下，秘书赶忙扶住我的胳膊，脚底响起刺耳的急刹车声，整个车队在两秒钟内停了下来。

"怎么回事？"

透过车窗看到路灯下的公路，前方横过一辆集装箱卡车，完全底朝天翻倒在地，将整条八车道的公路拦腰截住。

所有车子都停了下来，我的司机也惊讶地喊出来，担心这辆集卡会不会爆炸。

只见浑浊的夜色，一个人影爬出驾驶室，幽灵似的越过公路护栏，消失在茫茫稻田里。

不，这辆大集卡就是冲着我来的！再差半米就要撞到车队的第一辆车，幸好我在第三辆车上。前两辆车里的人员都已撤离，站在我的座车四周严格保护。

我刚刚以非常手段，赢得了所多玛国石油项目。我们的敌人原以为胜券在握，就等着观赏天空集团轰然倒塌，但这回煮熟的鸭子飞走了。他们必然对我恼羞成怒，说不定会采取极端报复手段，就像害死莫妮卡那样。我被要求坐在车里，千万不要打开车窗。因为在黑夜的掩盖之下，公路两边的田野最适合隐蔽狙击手，用夜视装置轻而易举地一枪把我击毙。

等待了很久，车队始终被堵在路上，后面的车流也排起长龙，没办法掉头走其他的路。前面的卡车过于笨重巨大，普通牵引车根本没用，必须紧急调运特种车辆，比如大吊车之类的家伙，才能把这辆横倒的集卡搬走。

困在车内的我心急如焚，离我和秋波约定的时间越来越近，医生会不会已给她拆线了？

不，我们不是说好了吗？她睁开眼睛以后，第一个见到的人应该是我——我不可以迟到的！可我现在完全动弹不得，难道独自爬过这辆集卡，到马路对面打辆车吗？保镖极力阻拦我这种危险举动，因为只要我一下车，就可能引起狙击手开火。

那该怎么办？难道派一架直升飞机？但这里不是纽约。

虽然，我可以打电话让医生晚点拆线——不，不该再让秋波等待光明了，让她快点看到这个世界吧。

一直折腾到九点多钟，大吊车终于把横倒的集卡吊走。我的车队迅速开过路障，看了看表还剩下五分钟，虽然肯定看不到拆线，但她会等我来到才睁开眼睛。

接下来的路畅通无阻，车队在夜色中飞速超车，很快绕过市区来到西郊，开入环境幽静的外资医院。

还未等车子停稳，我便着急地跳下去，在保镖们展开队形之前，独自跑进住院的小楼。

秋波已提前告诉我房间号，当我忐忑不安地来到门前，深呼吸着整理头发，拿出吸油面纸擦了擦脸，但愿还能看得过去。心里极度紧张，闭上眼睛徘徊片刻，想象秋波此时的模样，想象她睁大着的眼睛，正如她的名字“明眸秋波”。

九点十九分，小心翼翼地推开病房门。

空的。

重新揉了揉眼睛，在这间顶级豪华的病房里，冰箱电视电脑一应俱全，打扫得干净整洁，全是五星级酒店的标准，还有许多特别的医疗器材——就是没有一个人影。

“秋波！”

心里被狠狠揪了一下，我着急地大喝一声，打开卫生间依然没人，就连大床底下都看过了，而她的个人随身物品也没了。

只剩下床头的病人号牌，写着“端木秋波”四个字。

没错，我没走错房间，她到底去哪里了？

飞快地冲出去，爬上两层楼梯，找到秋波的主治医生，气喘吁吁地问：“请问端木秋波去哪里了？她的眼睛拆线了吗？”

“是的，大约在一刻钟前，我亲自为她的眼睛拆线的。”这位医生从没见过我，疑惑地问道：“请问你是哪位？”

“我是高能！秋波的手术是我付钱的。”

“什么？你是高先生？”医生的面色大变，像审问犯人似的说：“不对！刚才那个人又是谁？”

“刚才那个人？”

电光火石之间，脑中已隐隐想到某些可怕的事。

医生抬腕看了看表：“十分钟前，秋波的眼睛拆线之后，有个年轻男子来把她接走了，他跟我说他就是高能。”

“该死！”我终于失态地大喊出来，“那是个山寨版的高能！”

难道我自己不也是山寨货吗？只不过遇到了山寨版的山寨版，传说中的“超级山寨”。

十分钟前——才想起刚才开进医院时，有辆车飞快地从大门开出去，秋波肯定就在这辆车里，竟然与我擦肩而过！

打电话给车里的保镖，让他们飞速开出医院，务必追上刚刚开出去的那辆车。

“对不起，怎么证明你就是高先生呢？”

医生居然怀疑我是个假货——尽管他的怀疑没有错，但今晚秋波等待的人确实是我！

手忙脚乱地掏出身份证，医生看过才后悔莫及地：“抱歉啊！刚才我没有看那个人的证件。”

“白痴，你怎么能让她随便被人接走！你难道不知道她做了多少年盲人？她没见过身边任何一个人的脸！”

是的，随便哪个人都能在秋波面前冒充我，可是声音呢？她不可能听错我的声音，还有护卫秋波的保镖到哪里去了？

我愤怒地抓起医生的领子:“那个冒牌货长什么样子?”

“哦——他很特别，对！可以看录像的，走廊里都有监控探头！”

医生带着我走向保安室，正好遇到我的一个保镖，他低声说:“对不起，董事长，刚才那辆车早就开远了，我们不可能再找到了。”

“去查！”我握紧了拳头大声呵斥，“一定要查到那个人是谁！”

“还有——我们在卫生间里，发现了负责保护秋波的两个保镖，他们刚从昏迷中醒来，脖子上被射中了麻醉弹。”

“该死！”我恼火地转身问医生:“那个人来接秋波走的时候，秋波有没有反抗过?”

“没有，我让他单独进病房的，没听到什么动静。秋波出来的表情很愉快，瞪大眼睛到处看着，就跟着那个男人上了车。”

“她居然很愉快?不，她不会忘记我的声音的，不会真的把那个家伙当做高能！”

突然，我的脑中又闪过一个名字——端木良。

年轻男子，会不会是她的哥哥?

这时，保安已调出了刚才的监控录像，显示器上可以明白地看到病房外的走廊——

我怔怔地盯着显示器，先看到秋波提着包走出病房。终于见到她睁开眼睛的样子，虽然监控画面不太清晰，还是看得出她美目流连。毕竟双目失明那么多年，不太适应用眼睛看路，习惯性地用手摸着墙壁。她不断张望每个角落，这个世界如此精彩，就是为了她重新睁开眼睛而存在。

不可思议，监控里看到秋波的表情，确实兴高采烈的样子，不知仅仅为了重获光明，还是为了见到“高能”?

突然，显示器里又多出一个人，跟在秋波身后从病房出来，乍一看居然是个白衣女子！

“怎么回事?”

不是说是个男人吗?我瞪了医生一眼，没想到他点点头:“对，就是他！”

紧接着监控上的人抬起头来，原来是个长发过肩的年轻男子！身着一件拖地的白色汉服，宽衣大袖的魏晋风度，但在医院这种地方出没，却像太平间爬出来的鬼魂。

如果你们的智商没问题，现在应该猜到他是谁了。

没错，显示器上露出一张美丽的脸，美丽的男人的脸！

二十出头的年纪，眉目入画的面孔，仿佛潘安复生于人间，又似何郎敷粉于今世，黑色长发点缀白色汉服，真个是飘飘乎遗世独立之美少年。

复姓慕容，单名一个云字。

慕容云。

曼哈顿中央公园的大雪之中，我们曾指天发誓结义桃园，拜为只愿同年同月同日死的异姓兄弟！

就是这位我的慕容贤弟，竟冒充自己的大哥，抢先一步劫走了秋波。至于那辆阻拦我们车队的大集卡，无疑是他安排的绊马索！

美少年似乎故意对准监控探头，露出一个放电的迷人微笑，然后握起秋波的手——果然没有任何反抗，他们居然还有眼神交流，脉脉切切宛如小别重逢的情侣。

不！这个人本该是我！在秋波恢复光明之后，第一次睁开眼睛见到的人，应该是我！

为什么偏偏是慕容云？

尽管只是监控画面，但他已尽显六朝名士风流，而她是古墓派中的小龙女，两人在一起真是神仙眷侣的感觉！

随着他们情意绵绵地走出监控范围，我已自惭形秽地低下了头。

秋波说过猜我是个大帅哥，我担心自己会让她失望——但慕容云令她很满意，不就是她想象中的美男子吗？

不错，就连医生也这么认为，我的读心术看透了他的眼睛，当时医生绝没怀疑过美少年，因为他和秋波两人真是般配！

我叹息着离开保安室，走出医院来到满天星空下，推开簇拥而上的保镖们，命令不准靠近我五十米以内。

原来的兴奋坠入悲伤的谷地，绝望地仰天长啸，夜空充满我的吼声——

"端木秋波，你到底去哪里了？"

"慕容义弟，你究竟为何而来？"

突然，胸腔里响起一个诡异的声音——

"嘿嘿！你遇到大挫折了吧。"

"谁？"

背后渗出一身冷汗，我恐惧地环视着四周，却不见哪怕一个鬼影子。

但确实是一个鬼影子，藏在我体内的鬼影子，它的名字叫梅菲斯特。

"是你最忠实的朋友！可以理解你此刻的心情，就像一直垂涎于青果的猴子，千辛万苦九死一生爬到树顶，却被飞鸟轻易地啄走了果子！"

"又是你？卑鄙的幽灵，总在这种关键时刻跳出来说话，放什么马后炮？"

真想撕开自己的心脏，掐死这个该死的幽灵。

"哦，你真正的敌人终于出现了。"

"慕容云？"

"是，他长得真漂亮，你是不是嫉妒他？"

“滚！不论他究竟是什么人，我一定会抓到他！”

梅菲斯特却厚着脸皮说：“亲爱的朋友，我敢打赌，在这个故事的下卷，也是最终的大结局，你和他的故事将更精彩！”

“比如？”

“你能不能找回秋波？慕容云到底是什么人？蓝衣社如今是什么状况？你能否带领天空集团绝境逢生？古英雄与高能家族的秘密，神秘的兰陵王面具的下落？还有，你永远不会忘记的使命——Gnostics！”

“梅菲斯特，我以自己的命运保证——你将看到一个出乎意料的大结局！”

《人间》下卷（大结局）预告

《人间》中卷已到此为止。

你们已经看到了上卷无法想象的我的命运转折，你们关注的重心是否也发生变化？重要的不在于我的过去是谁？而在于用双手创造命运发现自己的未来是谁？

关于我与天空集团，请不要认为是时下流行的YY，而是我们每个人在极端环境中，所能作出的极端反应——“故天将降大任于斯人也，必先苦其心志，劳其筋骨，饿其体肤，空乏其身，行拂乱其所为，所以动心忍性，增益其所不能。”

我在上卷的特殊经历，失去全部记忆，移植面孔和身份，被公司裁员与父亲自杀，在中卷被诬陷杀人，判处终身监禁，关进肖申克州立监狱……全是这个“故天将降大任于斯人也”的准备过程。

即将到来的下卷，是我在“天降大任”之后的激烈战斗——我将为了天空集团与全世界战斗，为了对她的承诺与黑暗的“敌人”战斗，为了Gnostics的神圣使命与自己战斗！

能否找到并实现我的命运？兰陵王秘密何时重出人间？你们最关心的谜底将是什么？

敬请期待《人间》下卷，整个故事最终的大结局！

我的人间我的人！

蔡骏

2009年6月21日星期日初稿于上海

2009年6月26日星期五定稿于上海

媒体眼中的《人间》

我，从天机回到人间，却丢失了全部记忆。平庸的现实生活，每天厄运缠身，整个世界都与我为敌。忽然，发现自己拥有神奇的读心术，一个惊人的秘密已近在眼前——兰陵王面具忽隐忽现，蓝衣社大门突然敞开……

《人间》——悬疑大师蔡骏 2009 年最新作，一部人性和命运的传奇体验，一本注定被载入中国悬疑小说史册的里程碑式作品。上市 60 天，以 30 万册的销量稳居 2009 年上半年度最畅销悬疑小说榜首。

《人间》不但获得了读者的热烈支持，而且得到了媒体的广泛深度关注。全国各大媒体纷纷不吝褒奖，对本书给予了极高评价。为了让读者朋友更好的理解《人间》，我们特从上千篇报道中，精选以下文章，以飨读者：

《每日新报》:《人间》完全超越悬疑属性

《人间》——蔡骏第一次将视点投射在我们真实的生活中，描述的是当下社会的生存空间和时间，里面不乏对一些热点事件进行了记录和批判，充分表现了一个作家的人文关怀。小说主人公高能不再是此前蔡骏作品中面目模糊的大学生或者警官。他是世界五百强公司的销售员，每天面对的就是我们现在正在遭遇的事情，经济危机下他被炒鱿鱼，失落的心情是现在很多年轻人正在体验的。所有的这些都能让读者在欣赏到精彩的悬疑情节时，真正体验一种置入感的互动。

此外，小说主题足够的深邃，充满了哲学思辨。那就是：我真的是我自己吗？这个世界上最神秘和可怕的或许不是其他，正是我们自己。而人类可以征服世界，却无法真正了解自己。小说立足现实生活，通过一系列离奇事件，对人性的神秘和无限可能作出了有力的探讨。这无论是相对作者过去的作品还是其他同类作品，都是一个大的进步。

所以，《人间》对于蔡骏来说主要有两方面的突破，一是在小说深度上的突围，二是在类型上的突破，蔡骏首次将现实、历史、悬疑进行了完美的糅合，又从小说事件冲突上升到对人性的探索上，可见《人间》并不是单纯的悬疑小说，而是完全超越悬疑属性、一本适合所有人看的悬疑小说——“现实是最精彩的小说，人心是最大的悬疑”这是蔡骏创作十年，首次将他的这种认知用小说的形式去体现。注定的，就算不喜欢看悬疑类小说的读者也能看得感同身受。

2008年，中国作家协会创作研究中心召开“蔡骏作品研讨会”，奠定蔡骏国内悬疑类小说第一人的官方地位。在这次研讨会上，作协专家对蔡骏作品进行了深入细致的分析，从意识形态上和蔡骏进行了深度沟通，对蔡骏的作品形成了积极的影响。直接反应在这本《人间》的创作高度和水准之上。《人间》也以绝对的实力除了在作者自身的创作上具有里程碑式意义的地位外，也是中国悬疑类型小说至今的一个里程碑式作品。

《齐鲁晚报》:《人间》是一部“社会风俗画”

蔡骏，2000年起发表作品，同年获“贝塔斯曼·人民文学”新人奖。2001年长篇小说《病毒》横空出世，至今已出版《地狱的第19层》、《荒村公寓》、《旋转门》等长篇小说15部。而他的小说《天机》一度创造了中国本土悬疑小说的销售神话，他也因此成为了中国悬疑小说的领军人物。26日，蔡骏带着自己的新作《人间》来到了正在举行的第19届书博会，接受了记者的专访……

拍婚纱照时有了灵感

记者：请介绍一下你创作《人间》的背景和出发点。

蔡骏：2008年夏天一个傍晚，我去一家摄影工作室谈拍婚纱照的事宜，闲坐无聊时头脑中突然爆发灵感，立刻拿出随身携带的小本子，写下几句话：“第一人称，我是谁，我从哪里来，从失忆者开始，我在寻找过去，有人来告诉我，我是某某公司的职员，因为一场意外，而昏迷了整整一年，刚醒来。公司欢迎我回来上班，我仍然是一个销售部小职员，整天看着领导脸色，并与难缠的客户打交道。其实，我一直戴着面具生活！”当时我整整记录了七八页文字，就是这个故事的开头。接着，我又想到了小说中最重要的那个秘密，大约在四五年前就想好了，但那是另一个故事的构思。而小说中至关重要的“兰陵王秘密”，则是在三年多前就构思好的。我将这两个构思合而为一，又结合金融风暴的背景，再加上全新的主题与风格，就构成了三卷本的《人间》。

记者：这部作品和你此前的作品相比，最大的不同在什么地方?

蔡骏：其实,从书名《人间》就可以看出一个最大的不同。我的上一本书叫《天机》，而这本书就是从“天机”回到了“人间”，不写鬼不写天只写有血有肉有灵魂的人。如果说以往我的作品着重点在于悬疑本身，那这本书的着重点就在于悬疑中的人，以及人类是如何面对悬疑的世界，如何把握并创造自己的命运。虽然小说中的主人公命运很特别，他丢失了全部记忆，他的人生都是别人告诉他的，以至于他不知道自己究竟是谁？但现实中你能够完全清楚地回答这个问题吗？我是谁？我从哪里来？我要到哪里去？假设我们能够完全地了解他人，但谁也不能说你能够完全地了解自己。所以，《人间》是一个发现自己的故事，发现自己内心的秘密，发现自己基因的秘密，发现自己人生的使命。

《人间》是一部“社会风俗画”

记者：有媒体说这是你的首部批判现实题材的作品，你如何理解？

蔡骏：从题材的角度来说没错，我们的现实从来都不会完美，总有许多让人遗憾的地方，总还埋藏着许多难解的秘密。因为这个世界不完美，因为我们渴望完美，所以才会有批判的精神，希望让这个不完美的世界逐渐地完美起来。小时候读经典名著，给我印象最深刻的是《红与黑》，那是一个真正意义上批判现实的作品，也是一部“社会风俗画”，更是通过社会表现出了人的欲望与希望。我们都是社会中的人，没有人能够超凡脱俗。在社会中我们会遇到好人也会遇到坏人，会遇到尔虞我诈与勾心斗角，人的本质究竟是善还是恶？

记者：你的儿子在这部小说出版前一个月诞生，在你眼中，他们是否有某种关联？

蔡骏：《人间》上卷的创作过程，恰好是儿子在他的母亲腹中孕育的过程，所以说我同时创作了两部作品：一是用自己的基因创作了儿子，二是用自己的智慧创作了《人间》。儿子来到了人间，那么自然《人间》的问世也不会远了。接下来是我创作《人间》中卷和下卷的过程，也是儿子在哺乳期逐渐长大的过程，中卷与下卷中的主人公将面临命运的挑战，儿子的人生也刚刚开始，希望他日后长大成为一个勇敢的男人。

记者：据说你要把悬疑小说进行到底？

蔡骏：不，我也有可能在未来的某个时间，改写其他类型的小说。当然悬疑小说对我来说永远有特殊的意义，因为当我开始写这个类型的时候，国内几乎还是空白。我也看到通过这几年的努力（也包括其他很多作者），使得这一类型逐渐地从无到有，成为许多读者非常喜爱的类型。我希望把这个类型继续发扬光大，使中国的悬疑小说能跻身文坛的主流地位。

记者：因盗墓类小说而红的几个作者学历有限，但作品依然火爆，你觉得学历对于悬疑类小说有影响吗？

蔡骏：首先，盗墓类小说与悬疑小说是两个截然不同的类型，盗墓类小说可以被归入探险小说的范畴，不应该与悬疑小说放到一起来评价；其次，我本人的学历也不高，事实上绝大多数作家的创作，与其是什么学历、什么专业并没有关系。学历是一个很没用的东西，尤其在写作方面。

《江门日报》：每个人心中都住着魔鬼

与西方悬疑派大腕相比，中国新兴的悬疑小说只能说还处在婴儿期，或者说模仿秀时期。宏大的主题，庞大的架构，超凡的想象力，精美的语言等等西方人玩熟了的悬疑小说的几大要素，在国内当下的同类小说里，还只能略微看到一点影子。但蔡骏的新著《人间》(上卷 谁是我)，似乎让读者看到了中国悬疑小说的一线希望。

“读心术”是这部书的核心词，也是打开关于“兰陵王”这一惊人秘密的钥匙。我想“读心术”的潜台词，应当是“每个人心中都住着魔鬼”。

这是一个关于拯救的故事。车祸失忆昏迷1年才苏醒的高能，突然获得了“读心术”的特异功能，能够通过人的眼睛看穿人的心灵。这个现实世界中长相、能力、工作业绩、人生经历均十分平庸的年轻男人，给别人带来灾难也给自己造成无尽麻烦的倒霉蛋，却被赋予了拯救世界、拯救人类的重大使命。蔡骏把故事的发生背景放在金融危机发生的当下，现实性语境使得此书有了强烈的影射色彩。同时，蔡骏也一改过去撇下有灵有肉的人专写神鬼的旧套路，并努力洗去其作品隐藏在华美之下的空洞和浮浅。

在拯救世界和人类之外，这个故事还有另一层拯救，那就是拯救灵魂、拯救人性。高能找回记忆、寻觅自己的基因和发现自己的过程，同时也是拯救自我，改写既定命运的过程。他不断地追问“我是谁？我从哪里来？我要到哪里去？”哲学三大终极命题的提出和贯穿，让本书有了思辩的色彩，有了哲学的意味，有了一定的深度。

有人说，从《天机》到《人间》，代表着蔡骏从天到地的“人性回归”。还有人说，《人间》是一部“超越极限震撼世界的当代悬疑史诗”。我们的评论家，从来都不吝于把大把的溢美之辞砸向当红者。在《人间》的中卷和下卷还未写出之前，我们不应该如此草率地评价它。

蔡骏曾一再地申述他对悬疑的理解：“现实是最精彩的小说。人心是最大的悬疑。”这两句话卓有识见，因而我们有理由期待蔡骏把《人间》写成中国悬疑小说真正的代表作。

《北京晨报》：蔡骏“作而论道”，“天机”可以泄露

悬疑小说领军人物、畅销书作家蔡骏近日在京亮相“感恩十年——蔡骏《人间》巡回签售会”现场。《人间》将现实、历史、悬疑进行了糅合，这是蔡骏创作十年，

首次将他的这种认知用小说的形式去体现。有评论称蔡骏的个人文学成长史也就是中国悬疑小说的发展史，对此，蔡骏本人没有加以否认。蔡骏开始写悬疑小说时，中国的悬疑小说市场还未成雏形。当时悬疑作者并不多，而其他悬疑作者李西闽、周德东等人都是面对较成年的读者，而蔡骏小说的出现正好迎合了爱看悬疑小说的年轻人的口味。

记者：写畅销书让你一下子成为作家新贵。拥有多处房产、开起了宝马，迅速跻身富翁行列，是否很享受这种新贵生活？

蔡骏：远远谈不上"富翁"和"新贵"。当今中国作家如果仅凭写作收入，没有一个人能称得上"富翁"，顶多也就是小康，更不能与欧美日本的畅销书作家相提并论。在这点上我与韩寒的观点相同，现在中国畅销书作家的收入不是太多了，而是太少了。如果中国可以消除盗版，出版商也能够诚信守约，每一个中国畅销书作家的收入都应该在千万以上。

这几年我的写作和图书的畅销，当然也使我的物质生活发生了一些变化，比如房子与车子。但这些都没有改变我的心态与原本的生活习惯。对我而言住大房子或小房子都不重要。妻子是德语专业的，所以买了 BMW，其实我并不喜欢开车，汽车对我来说仅是代步工具，有时候一个人出门宁愿坐出租车。房子和车子更多的是为了我的家人，而不是为我自己。我至今从不吸烟喝酒，更不知名牌为何物，除了与朋友去钱柜唱唱卡拉 OK 之外，从来不去外面的娱乐场所。

记者：写作对你而言，最大的改变是什么？你认为，写作是不是一条名利双收的捷径？

蔡骏：一开始写作的时候，纯粹只是少年人的激情与冲动，从来没有想过要将此变成为职业，也从来未想过能从中赚钱。当时我所知道的作家生活状态普遍都很清贫，但我仍然羡慕那些在文学期刊上发表作品的人们，如果能在当代或收获上发一两部小说，对我来说已经是几乎遥不可及的梦想了。但后来写作确实改变了我，一方面是写作的过程，让我充满创造的快乐，尤其是构思到兴奋的时候，简直觉得这就是人生最幸福的时刻。另一方面是写作的结果，让我重新对自己产生自信心——我确实有上天赋予我的才华，我也确实是灵感的宠儿，我在某些方面能够比绝大多数的人都优秀。以前我是一个不太自信甚至有些胆怯的人，但现在我充满着自信，我确信自己确实如儿时所想象的那样与众不同，并且能够创造更大的惊喜。至于所谓的"名利双收"，那仅仅是写作带给我的一种报偿，而绝不是我的写作目的。我的写作目的从未改变过，那就是创造一个自己的世界。

记者：麦家批评中国类型小说太粗糙野蛮，说男盗墓女穿越全是垃圾。你写的是悬疑小说，也是类型小说的一种。你怎么看待这种批评？你认为中国有好的类型小说吗？

蔡骏：我与麦家有过一面之缘，但没有深入沟通过，我不知道麦家是否认真阅读过所有的类型小说，或者是从来对类型小说不屑一顾？如果是前者，那么任何人都不可能阅读全部的类型小说，如果是后者既然未曾读过，那么又何从评价？何况麦家自己的作品也是可以被归入类型小说，无论他自己是不是承认，因为类型小说的定义非常广泛，严格来说不是类型小说，而是小说类型——这就可以涵盖所有人的作品了。至于他说的男盗墓女穿越也仅仅是类型小说中的一小部分而已，我承认他们的写作方式是有问题，但未必全部都是垃圾。我读过的中国类型小说并不多，虽然大部分都不忍卒读，但也确实读到过少数让我拍案叫好的作品。

记者：写悬疑小说，到底有没有秘诀？你最欣赏的国外悬疑作家是谁？你模仿最多的人是谁？

蔡骏：写悬疑小说需要一些特定的条件，通常写小说都是感性与形象思维，但写悬疑除了形象思维以外，同时还要具备理性与逻辑思维，要把这两种思维方式很好的结合起来，这可能是悬疑小说相比其他类型难度更高之处。就我自己的经验而言，还要具备一定的想象力与知识背景。我平时的阅读喜好就在于历史，这样积累的大量的素材可以信手拈来。我最欣赏的国外悬疑作家当然是斯蒂芬金，尽管我认为他的作品并不太适合中国人的阅读习惯，但他在作品中表现的世界观与精神力量，却深刻地影响了我。我受到许多作家的影响，比如卡夫卡、博尔赫斯、斯蒂芬·金，日本的井上靖与铃木光司。但开始写长篇小说之后不久，我就有了自己的风格，而且每次都力求改变风格并突破自己。

记者：你觉得国内悬疑小说，谁是头牌？

蔡骏：我不喜欢这种“头牌”的说法，从来都是文无第一，武无第二，没有什么标准能评判。即便是我的读者，也不会喜欢我的所有的作品，也会对我的书做出批评。

记者：听说你是标准“宅男”？

蔡骏：对，“宅”着是我的生活常态。我是说得少想得多做得更少的人。我最痴迷的事应该是阅读历史类书籍，以相对生僻、学术性很强的著作为主。其实我很希望自己生活在古代。历史对丰富我的内心世界益处很大。

记者：以后会不会尝试其他类型的写作？

蔡骏：暂时不会。我攒了一肚子的故事大纲，再写个几十多部不成问题。况且悬疑类作品的写作我还没到随心所欲的地步。不过我不是很喜欢被贴上悬疑作家的标签。

图书在版编目(CIP)数据

复活夜/蔡骏著.—郑州:河南文艺出版社,2009.7
(人间中卷)
ISBN 978-7-80765-144-4

Ⅰ.复… Ⅱ.蔡… Ⅲ.长篇小说—中国—当代
Ⅳ.I247.5

中国版本图书馆 CIP 数据核字(2009)第 113398 号

上架建议:畅销书 | 长篇小说

复活夜(人间 中卷)

作　　者:蔡　骏
出版统筹:单占生
责任编辑:张丽侠
策划编辑:吴成伟　一　草
美术编辑:李定斌
整体装帧:利　锐
营销编辑:欢　莹
出版发行:河南文艺出版社
地　　址:郑州市鑫苑路 18 号 11 栋
印　　刷:北京嘉业印刷厂
经　　销:全国新华书店
印　　张:19
2009 年 8 月第 1 版
2010 年 3 月第 2 版第 1 次印刷
书　　号:ISBN 978-7-80765-144-4
定　　价:25.00 元